网络文学名家名作导读丛书

第一辑

猫腻与《将夜》

庄庸

著

作家出版社

网络文学名家名作导读丛书

主编：肖惊鸿

第一辑编委：庄　庸　夏　烈　西　篱　乌兰其木格
　　　　　　　林庭锋　侯庆辰　杨　晨　杨　沾　瞿笑叶

序

　　20世纪90年代以来，文学与这个伟大的时代一道，经历了巨大的发展变化，其中一个标志性的现象，就是网络文学的兴起。以通俗大众文学之魂，托互联网与媒介新革命之体，网络文学如同一个婴儿，转眼已成为青年。网络作家们朝气勃发，具有汪洋恣肆的创造力，架构了种种可能的和不可能的世界。科技与商业裹挟着巨大变革中释放的青春、激情和梦想奔腾向前。时至今日，作者是有的，作者群体大到过千万人；作品是有的，作品总量已逾两千万部；读者就更多了，读者群体数以亿计。

　　网络文学是新生事物，也是一片充满活力的文化热土，是中国特色社会主义文学生机勃勃的组成部分。习近平总书记高度重视包括网络文学在内的网络文艺的发展，勉励广大网络作家加强精品创作，以充沛的正能量满足人民群众特别是青年一代对美好精神文化生活的新期待。

　　所以，这套《网络文学名家名作导读丛书》生逢其时，它将有助于探索网络文学艺术规律，凸显网络文学的艺术价值和社会价值，推动网络文学的主流化、精品化；同时，它也是精确的导航，通过这套丛书，我们将能够比较清晰地认识网络文学的重要作家和重要作品，比较准确地把握网络文学的发展历程和发展前景。

　　这套书的入选作者是目前公认的网络文学名家，入选作品是经过一段时间检验的代表作，而导读部分由目前活跃的网络文学青年评论家群体担纲。预计这套丛书的体量将达到 10 辑至 20 辑、全套 50 册至 100 册。无疑，这是一项浩大的工程，但也是值得耐心地、持续地做下去的工作。网络文学必须证明自己不是即时的快消品，它需要沉淀、甄别、整理，需要积累经验，逐步形成自身的传统谱系，需要展开自身的经典化过程。这套丛书就是向着经典化做出的努力。

这套丛书的主编肖惊鸿长期从事网络文学相关的研究和组织工作，她的眼光和能力值得信赖。尽管网络文学的理论建设近年来已经取得重大进展，但是，将理论落实为面对作品的、具体的分析和判断，实际上仍然是艰巨的课题，也是网络文学理论评论工作的薄弱环节。希望肖惊鸿和其他评论家们深入学习贯彻习近平新时代中国特色社会主义思想，以习近平总书记关于文艺工作和网络文艺的重要论述为指导，自觉运用历史的、人民的、艺术的、美学的观点评判和鉴赏作品，向现在的读者，也向未来的读者交出一份令人信服的答卷。

李敬泽

2019 年 3 月 7 日

于北京

目录

导读

选文

导读

代前言
活着主题：猫腻、系列作品和《将夜》

猫腻，著名网络文学作家，除了未完成的处女作《映秀十年事》之外，其作品均可称为网络文学精品，而且具有自己独特的理念、风格和主题。

我们将其解读、诠释和构建为"活着，就要活得更美好"。

2005年《朱雀记》，成为后西游潮流中起承转合的桥接作品，主题是"活着"。

2007年《庆余年》，成为整个"国民第二人生"重生潮的集大成者，主题是"为什么活着"。

2009年开始创作的《间客》，堪称改革开放四十年来国民心态嬗变的延续之作：从《平凡的世界》映射整个中国朝外、向上、进取的全民奋斗潮，到《间客》关照中国人朝内、向下、转后并折返到出发点重新寻找出发的意义与价值的个人心态史，主题是"人要怎样活着"。

2011年开始创作的《将夜》，可以说是以此为基础寻找身心安放的国民心态重塑史，主题是"如何活得更有尊严和信仰"。

2014年开始创作的《择天记》，抗天命，顺心意，我命由我不由天，从择天变成人择（人的选择），主题已在演绎"人如何如其所愿地活着"——逆天改命，回到人间。

2016年至今仍在创作中的《大道朝天》，回到了中华文明基元的起点，以东方玄幻为形态，寻找、发现和探索存在的价值和意义，主题似乎已经在挖掘"人活着的状态与理念的根本分歧（比如存在就是一种残缺）"——大道朝天，各走半边，我不是配角甚至炮灰；井水不犯河水，人生不如意事十之八九，但我，仍然是人生的绝对主角。

我们在"网络文学封神榜——以猫腻作品解读'中国我'"的专章解读中指出：从《映秀十年事》自我意识的觉醒和直面世界规则的"起点之问"，到《朱雀记》建构起自我在这个世界的行事哲学，再到《庆余年》坚持自我的哲学，对规则利用、对抗甚至颠覆，直到《间客》《将夜》《择天记》一直在东方西方、国家和个人、浩瀚星球和渺小如蚁之间寻找个人的生存和生活哲学……猫腻的作品，都是在寻找自我在这个世界中的意识、身份和位置：我是谁？我应该如何活着？我怎样活着，才能活得更美好？[①]

在这个框架之下，我们解读《将夜》的主题就是"蚂蚁哲学"。从宁缺说自己就是一只"蚂蚁"，到夫子是有史以来最大的"飞蚁"；从"生民如蚁，如何立命"，到"俗世蚁国，大道如何"……《将夜》构建起一个完整的"蚂蚁哲学"。解读透了"蚂蚁哲学"，就等于抓住了整部《将夜》的纲领。

---

① 庄庸、王秀庭：《网络文学评论评价体系构建：从"顶层设计"到"基层创新"》，福建教育出版社 2016 年 9 月，P249。

第一章

接力棒：填平世界这个大坑

在薪火相传这一点上，二师兄君陌接起了从小师叔轲浩然到小师弟宁缺的真正承接。

他那像棒槌一样的"高冠古义"，就是接力棒——他以自己的眉、以自己的铁剑、以自己整个人为标尺——把轲浩然的精神和宁缺的践行，衔接了起来，理所当然。

这其实是一件很奇妙的事情。

二师兄不二。虽然他狂热地崇拜起小师叔来，颇有点像热血无脑的中二少年。

最崇拜小师叔轲浩然的，不是宁缺，而是头顶高冠连养的鹅也骄傲的二师兄君陌。

从小师叔到二师兄再到宁缺的精神脉络特别值得梳理。

何以最奔放不羁的小师叔，所收割的狂热粉丝，会是最古板严谨的二师兄？

为何小师叔拔剑抗天的朝天之姿，会被二师兄转化为启蒙蚁民的俯首之态？

而且，这种俯首不是轻视和恩赐，不是优越和傲慢，不仅仅是导师和领导者，而是到了他们中间的人，站在他们前面的人，就是他们的人。

而这一点态度，其实二师兄、小师叔与夫子截然不同。

小师叔永远都是一个人在战斗，而二师兄却把它变成了"千军万马来相助"；

夫子其实一直都是大唐国民甚至整个人世间的精神导师，所以，他是启蒙人间、教化民众、领导民众的——这种架子端起来后，就再也放不下来了。但是，二师兄却把夫子的这种架子放下来了，融到民众中去了。他不是亲民，他真的就是民众中的一部分了。唯其如此，他才把书院真正地从二层楼，搬到人世间，成为真正的大唐的书院，国民的书院，人间世的书院。

如果没有二师兄这种关键的步骤，宁缺怎么可能书写得出那个大写的"人"字，从而集聚一城之力，网聚人的力量？

因为，从骨子里，宁缺和小师叔一样，都是孤独的一个人，不然怎么可能承传轲浩然的浩然精气神？一个习惯了孤独的人，其实是没办法网聚众人的力量的。

但是，宁缺最后不但做到了，还将夫子、书院众师兄没有做到，在二师兄那里已经萌芽，却尚未蓬蓬勃勃，更遑论成熟发展的真正革新性的种子，催发出来，开花结果：那就是——民众其实是不需要启蒙的，或者说他人启蒙。他们需要完成的只是自我革新。

并不是你选择了做他们的代言人，而是，他们的选择，才让你成为这股时代潮流的代言人。

他们才是真正的力量之源。

一、理所当然：二师兄迷人的笑与刚直的剑

理所当然。

书院讲究的就是理所当然。

小师叔轲浩然理所当然，二师兄理所当然，甚至最后宁缺也学会了理所当然。

所以，二师兄理所当然地会为奴隶义军在精神上跪下去而心微微一冷，当然也会很理所当然地为那个年轻的奴隶自己发出那道声音而"唇角微微牵起"——这大概是整部《将夜》里二师兄最迷人的一个细节了。

如此表情，不是二师兄吗？但他就是二师兄！

假若每个人都是一部书的话，二师兄给我们的形象，从来就是一部大开大阖的大历史书，让人敬仰。但这样的微表情，才是让他可亲可信，让他成为七师姐喜欢、我们也集体喜欢的二师兄啊！

但不管怎么说，奴隶自己发声，蚁民为自己代言，在二师兄看来，是自然而然的事情。这个问题无须思考。他也从未思量。但自然而生时，连我们也都自然而然地认为——这就是二师兄一直在做的事情。他只是做了，而没有说而已。

这事情就是这样。有些人说了，却不做；有些人做了，却不说。

有些人认为这事情需要思考，深思熟虑，把利弊权衡清楚，才能决定做还是不做；有些人却认为这样的事情无须思考，直接去做，就是了。

前者如七念，后者如二师兄。

七念是说了，没做，而且确实经过了认真的思考。

二师兄是没说，但做了，而且确实是无须思考。

因为，一切都理所当然。

《将夜》把他们两个放在一起对比，确实很有道理。

猫腻把七念前后的思考和言行，放在一起比较，也形成很大的反差。没有反差的张力，确实不容易讲道理。

紧接着二师兄"唇角微微牵起"迷人的微笑，悬空寺天下行走七念"悚然而惊，浑身寒冷"，揭开了微表情和大反应的 PK 之战。

七念为什么有这么大的反应？因为，千里之堤，溃于蚁穴。这些曾被他们视为蚁蝼一样的凡人和奴隶，却犹如星火燎原，燃起足以毁灭他们的千里怒火。而那一丝导火线，就隐藏于二师兄微微牵起的唇角里。

"草蛇灰线，伏脉千里"，说的就是这个道理吧？蛇从草丛中逶迤而过，再快，也会留下不明显的痕迹；线在燃烧殆尽的灰里拖一下，再轻，也会留下隐约可寻的线索。这种线索和痕迹，如果反复出现，哪怕绵延千里，也会让人看见那些看不见的脉络和迹象。

这说的是七念和二师兄能够预判的现状与未来发展趋势——

星星之火，可以燎原；千里之堤，溃于蚁穴；冰山再大，也是崩于一道声线。那一声"闭嘴啊"的发声再弱，也是独立的第一道声线。

七念都可以预见到，若是这一道声线，如蛇行千里、草灰伏线，那将带来奴隶们从身体独立到精神独立的滚滚声浪。

雪山即使高耸千丈，壁立万刃，说崩也就崩了。

悬空寺即便再雄阔，再势大，在这种独立的声浪所带来的雪崩潮流之中，也避无可避，退无可退，只有被恐惧地淹没。

这大概就是"皮之不存，毛将焉附"的状况吧。

二师兄君陌，之所以举起铁剑，竖目以对，就是认为悬空寺说到底就是一只硕大无比的寄生虫，依附于被他们视为蚁蝼的奴隶贱民的身体和精神上，吸他们的血，吃他们的肉，榨尽他们的骨髓，甚至还把他们精神和信仰的力量，像庄稼一样收割了一茬又一茬——直到把丰腴肥沃的心灵土壤，变成贫瘠难产的大脑贫矿——就是为了养肥自己。

这是他们取之不尽、用之不竭，即使取尽了用竭了，也可能立刻弃之不用、转向下一个目标的宿主啊。

他们为什么要把一个又一个站起来的独立之人，变成跪下去的奴隶和贱民，再变成一个个视若尘埃和凡草的蚁蝼，并且汇聚起来最多数量最大体量的蚁群，从而建立真正的俗世蚁国？

就是因为，一个人是资源，一群人是资源堆，一个俗世蚁国才是真正的资源禀赋——蚁群，或者像蚁蝼一样的普通人和俗世蚁国，争的都是生存的地盘和所谓的精神家园。

而他们这些神明一样的存在——凌驾于俗世蚁国之上的悬空寺，却是用"那种像树根或者骨头"一样的东西，来圈"人"或者是"蚁民"这样的资源。因为，有人，才能贡献物质；有人，才能供奉信仰。人——尤其是像蚁蝼一样扎堆的蚁民——是人世间最大的资源禀赋。整个悬空寺，都是寄生于蚁民之上的。

这就是君陌理所当然要以剑斩之的原因。

二、末日图景：当宿主觉醒，寄生虫何依？

世间但有不平事，皆可用铁尺量之，铁尺测量不平事，不平处皆削去。

只是，二师兄的战略或策略，前中后期各有所不同。

前期，他以为斩掉寄生虫就可以了，却发现，你斩掉一条寄生虫，还有一条、两条、三条……以及更多的寄生虫诞生；因为，这个制度、这个体系、这条食物链，甚至这个规则本身，会自动繁衍出无数的寄生虫，子生孙，孙生子，子子孙孙无穷尽。

中期，君陌就开始剑斩这个规则本身。斩碎这个规则，最佳的路径是什么，就是替之以一个新的规则。

但这个新的规则从哪里来？从君陌来！

君陌自身就是规则。他以自己为道，他以眉间心宙为理，他把整个古往今来世所必循的礼，都化为以自身为准则的道理；然后，他用这一把铁剑，来跟悬空寺，甚至整个人间讲道理……

书院其实就是一个讲道理的地方，书院的人都习惯了跟人讲道理：夫子觉得昊天不讲道理，所以走遍四海八荒，看有没有办法，能跟昊天把道理讲清楚——最后发现确实没有别的办法可以把道理讲通，就只好自己登天而去，化月而战，用拳头跟昊天讲道理去了。夫子大概是古往今来，第一个升天且用拳头跟昊天讲道理的人吧。

有其师必有其徒。甚至整个书院的规矩，就是谁的拳头大，谁就最有道理。其实，这句话的真正意思是，道理要讲得有人听，就得有拳头。最有道理的规矩，需要用最大的拳头去维护。

二师兄君陌和小师弟宁缺，可能是这个规矩最坚决的拥护者。二师兄用铁尺来跟人世间讲道理，宁缺用元十三箭和权杖来跟整个世界讲道理——都是在用拳头讲道理。宁缺有一句话的意思极其霸气侧漏，我要让整个世界静下来听我讲话的声音。

但到了后期，君陌也发现了一个问题，悬空寺的规矩就是悬空寺的规矩，他的道理就是他的道理。

他讲得多，拳头打得也多。但人家的规矩还是人家的规矩，他的道理还是自己的道理。换句话说，他的道理还是没法取代悬空寺的规矩。

问题到底出在哪里？还是出在根子上——悬空寺的基础还是在蚁民的供奉和信仰上。只有动摇这个根基，才能打碎整个悬空寺的规矩体系。因此，君陌要做的，其实就是让那些蚁民觉醒，找到自己的道，想出自己的理，然后，用自己的拳头来跟悬空寺讲道理。

这才是真正动摇了悬空寺的规矩。宿主都觉醒了，不再是宿主，寄生虫，还能寄生到哪里？

让七念"悚然而惊，浑身寒冷"的，正是这种已经、正经、即将发生的末日图景。末日还未到来，他已经预见了这种图景——甚至，在他还没有意识到自己是在预见时，他就已经像预言师一样，预见到了自己和悬空寺的末日。

直到现在，他重新"想起自己多年前在荒原上，和叶苏的那段对话"。

那段话非常精辟，讲出了三段论：

第一，飞蚁论。只不过他自己也一直相信，飞蚁是像他这样天下行走的修行强者；直到现在，他才意识到他犯了一个致命的错误，就是飞蚁其实植根于那些他曾经视为蚁蝼的奴隶和贱民。

第二，牺牲论。蚂蚁"擅长为同伴作基础，不惧牺牲"，成为他人的垫脚石。只不过，他一直错误地理解为：这些蚁民是为他这样的飞蚁铺路的。他们成为修行强者的垫脚石是天经地义的；整个俗世蚁国，成为悬空寺的资源基础，也是理所应当的。只是他现在才深刻地意识到，蚂蚁的牺牲是为同伴做出的，而不是为他这样的飞蚁做出的。同伴，同伴，是志同道合的伙伴；而他和他们，不是同伴，而是不同的阶层。

第三，数量论。天穹再高，蚂蚁再小，但只要数量足够多，仍然可以跨越两者之间巨大的距离。哪怕悬空寺居于苍穹之顶，蚂蚁堆出来的通天之塔，仍然可以将它踩到脚下！

只是七念当时相信的，恐怕仍然是他这样的飞蚁，可以高居于蚂蚁堆上，触摸苍穹之顶；而现在，他开始深刻地意识到，那超越苍穹的，不是哪一只飞蚁，而是蚂蚁这个集体。

当所有的蚁蝼都团结起来时，它们汇聚而起的巨大力量，足以让神圣的苍穹都感觉到战栗，何况悬空寺和七念自己？他们再强、再大、再不可一世，仍然也是在苍穹之下啊。

这真的是深刻而卓越的预见啊。只是讽刺的是，当时不相信的叶苏，"最后开始相信蚂蚁，开始带着那些蚂蚁向天空飞去"；但是，当时言之凿凿的七念，"却早忘了当年说过的话，相信过的道理"。直到现在这些蚂蚁用自己的拳头来跟他讲这个道理。

到底谁是真言，谁是假说？

谁又真正地在"草蛇灰线"之初，就能察觉那隐约可寻的线索和迹象，能够"伏脉千里"？

猫腻就能。

现在回过头去看开篇，再看现在这个段落，以及将君陌率奴隶起义、叶苏领蚁民创新教、宁缺聚长安城之力书写大写的人这三大举世伐唐事件之后，最重大的里程碑事件，可以见出猫腻真正是"注此写彼，手挥目送"，真正体悟到了金圣叹评《水浒传》时提出的"草蛇灰线法"——

草蛇灰线，伏脉千里；蛛丝马迹，贯穿到底；隐于不言，细入无间，却又陡起波澜，大开大阖；犹如黄河之水天上来，奔流向东欲到海——仿佛就只剩下"最后一公里"时——忽然猛地一拐弯，朝南直泻三千尺！

让所有的人，都措手不及！

猫腻"草蛇灰线，伏脉千里"就是如此，不但三千里蛛丝马迹隐约贯通，而且，在最重要的大事件节点上，来了个出人意料之外的大拐弯。

三、书生本色：让不愿做奴隶的人站起来

这都是从人第一次站立开始的。

从身体上的站立，到精神上的独立。

有了第一个，就有第二个、第三个、第四个……然后，就有更多的人站起来了。

"这只是第一只蚂蚁，还会有更多的蚂蚁站起来。"

当越来越多的人站起来时，就形成了浪潮：一人成树，两人成林，

三人成森，众人就成为树林甚至森林；一个人喊"闭嘴"只是号召，两人喊"闭嘴"就是响应，三人喊"闭嘴"就是宣告，众人都喊"闭嘴"就成为黑色的潮水；一个人站起来只是一个"人"，两个人站起来就成了"从"，三人站起来便为"众"，所有人站起来，就成为聚集起来的气势磅礴的力量……

这股力量就在君陌的身后。他的头仍然低着，但是，他的唇角越来越高。一低一高，两相映照，形成优美的弧度。这是第一重对比。

弧度是闭合的，然而，笑是敞开的：从"微笑"，到"展颜的笑"，再到"开怀放声大笑"……程度越来越浓烈。这是第二重对比。

"哈哈哈哈！终于还是站起来了，那些不愿做奴隶的人们。"

有史以来，二师兄有过如此快意无比的笑吗？没有。他一直是君子，君子遵循古礼，过得一板一眼——整个人都像被锤炼了成千上万遍的铁尺。向内锤炼的君陌，和朝外快意大笑的君陌，完全是南辕北辙的两种形象。这是第三重对比。

这两种形象之间，是一片波澜壮阔的海——君陌的心就是一片海；但那些聚集起来的人更是一片大的海洋。当两片海洋汇聚在一起，就形成一片完整的汪洋大海。

拥有一个完整的海洋之力的君陌，笑容渐渐敛去，看着七念，顿喝一声："闭嘴！"佛唱就此终止。以我的发声，止住你的声音。这是第一步骤。

第二步骤，所有老弱妇孺的目光都看着他，所有浑身伤疤的奴隶的信任都交给他，所有饱受羞辱的妇女的力量都追随着他……"一道难以想象的磅礴力量，充斥着他的身躯。"君陌举起铁剑，向那神明一样的存在斩去。以我之剑，斩去你所有的神迹。

第三步骤，在各种视角的交替变幻之中，君陌把自己还原成书生：蚁民仰视他为天神，但他不是天神；七念敌视他如来自幽冥，但他不是幽冥使者；同道中人平视他为人间代表，但其实他真不代表谁；君陌自视自己就是一书生，路见不平一声吼，拔剑削平所有人间不平事。

短短两段话，寥寥几行字，却写出了——四种视角：仰视、敌视、平视和自视；三角关系：领导者 - 追随者，敌 - 我，同盟（如唐）-

志同道合（如叶苏）；两种身份：书院弟子－匡扶正义者；一种本色：沧海横流方显书生本色——"他只是书院里的一名书生。那名路见不平，便要拔剑的高冠书生！"

满满的即视感——这就是君陌。这就是二师兄。这就是那个"君子以方欺之"的标尺书生！

他以自己的眉为尺子、以自己的铁剑为标尺，甚至以自己为人世间最标准的一把方尺，来衡量一切不平事，改正一切不对的事情。甚至，他会聚众人的觉醒之力，斩出一条通天大道，让悬空寺地底的农奴，能够登上他们曾经视为神明一样的存在，却被君陌以其觉醒之力一剑斩断的巨峰化成的桥梁，终于走到了他们曾经视之为像天一样遥不可及的地面的世界，终于发现——

　　原来，天空很近。
　　原来，大地没有边缘。
　　原来，这就是自由的味道。

这才是真正的觉醒。

从身体上站起来，到精神上站起来，有了拥抱明天的太阳的新的追求和目标。

四、接力棒：填平世界这个大坑

夫子没有做到的事情，君陌做到了。

所以，这个一向骄傲得如同棒槌一样的高冠书生，冲着已经化成明月的夫子，说道："在这件事情上，老师你不如我。"

没有嘚瑟。

二师兄只是在平静地陈述一件事情。

他怎么陈述都可以。反正，夫子再也不可能从天上一棍打下来，用"拳头"来教自己的弟子，什么才是礼，什么才是道理，什么才是书院的规矩。

但猫腻说二师兄想错了。其实君陌也明白自己错了——但他不在乎。他都不在乎，他的老师夫子还会在乎？

闻道有先后，术业有专攻，但书院更有传承。他们其实都是在做一件事情：把别人挖的坑填平，让陷在坑里像蚁蝼的人觉醒——

除了好奇心、想象力，最重要的，还有一颗勇敢的心：走到坑外去，见到外面的世界，从已知的领域探索未知的边界：太阳到底有多大？天空到底有多高？这个世界到底有没有边界？那些星星、苍穹、宇宙的深处，到底有没有别的像我们一样的人、神明或者其他物种？……这是人之所以为人、人类之所以能够繁衍、人类文明之所以能够传承的真正驱动力。

君陌已经做成了这样一件事："地底的奴隶出天坑，见到真实仿佛无垠的世界。"但他还有更多的事情要做。"但这世界何尝不是一个大些的天坑，他要带着更多的人去更大的世界，这是从夫子到小师叔，再到书院这一代人，始终孜孜不忘的事情。"

这就是书院的传承。从二师兄君陌到小师弟宁缺，是书院这一代人里，把这两件里程碑式的事件，做得最好的人。

君陌让农奴看到了外面的世界，克服对未知的恐惧，产生了未来的憧憬和期待。

宁缺让所有人看到了昊天外面更为广阔的新世界，我们的征途是星辰大海——是像酒徒、屠夫一样恐惧，还是像夫子一样期待？

是像悬空寺一样闭眼拒绝，还是像书院一样等待机会？

是像知守观陈某一样，即使为人间改换新天，也要维持这个世界的封闭与均衡，阻止人们从已知的领域迈向未知的危险？

还是像轲浩然、柳白那样的先行者，即使是飞蛾扑火，也要勇敢地飞向虚空，去探索，去追寻，去发现那未知的领域。即使身魂俱灭，也要为人世间留下一盏指路的明灯？

这些父辈一样的修行强者，已经做出了各自的选择。没有该不该，只有做没做的问题。

现在——选择权——已经从这些修行强者，交到了每一个普通人的手里！从农奴，到普通的唐人，再到每个俗世蚁国曾经被视为蚁蝼的蚁民……

是的，选择，不应该只是强者的权利，也应该是普通人的权利！选择之间，必须要有选择的权利和能力，以及，以此为基础的选择的自由和自由的选择！

这就是选择权。

从君陌到宁缺，他们这一代书院人，和叶苏这些同道中人，要做的事情，其实就是继承父辈的旗帜，开创他们没能走出的新路，把选择权真真正正地交到每一个普通人的手里！

判断是不是一个最好的时代，一个最好的世界，一个最好的社会……不是看最强的会怎么选择，而是要看最弱的能怎样选择！

这才是从君陌到叶苏再到宁缺，他们接过接力棒要做成的那一件事情，真正的价值与意义。

五、史上第一人：从个体奋斗史到全民奋斗史

但追根溯源，说起接力棒的历史，还是绕不开夫子。

因为接力要做的那一件事情，不就是要"破开"昊天的世界，颠覆昊天的规则吗？论起对昊天世界、昊天规则最有研究、最亲身实践的"史上第一人"，不是夫子还能是谁？

一千年来，夫子要做的，就是探索和打破从有限空间到无限领域的昊天边界。

在《将夜》的世界观设定里，最大的空间就是昊天之外的未知宇宙——它的法则就是宁缺前世、我们今生最为熟知的那一整套地球、星球和宇宙体系：有太阳，有星星，最主要的是有月亮……连夫子都忍不住为之感叹："一个时刻发生着变化的世界，该是怎样的生机勃勃。"

但《将夜》最主要的空间，就是昊天的世界：这是一个封闭的世界；没有边界，始终相贯，才是封闭；"昊天不想被人打破边界，所以它不肯让人看到边界。"这是夫子终其一生探索得来的结论。

"昊天"其实就是这个世界的规则集合体，静穆、均衡、永恒、封闭和循环等，就是它的运作法则或者秩序的核心特征。这是夫子和宁

缺讨论昊天世界的重点。

> 宁缺："如果天外有天，昊天世界之外还有世界，或者说，昊天世界处于一个更大世界之中，那为什么能够不与外界交流？"
>
> 夫子："根据这些天你说的那些道理，我猜想你梦中世界的大智慧者，如果知道昊天世界的真实情况，大概会认为我们身处的世界是一个泡。"
>
> 宁缺："飘浮在外部世界里的一个泡？"
>
> 夫子："这个泡因为某种原因，与外面的世界并不相通，稳定、自洽、独立，甚至可以说是完美，可以永远这样生存下去。"
>
> ——第四卷垂暮之年第七十章"摘秧休妻换新天"

于是，按照师徒两人的推论，昊天就用这个"泡"，把自己和外部的世界隔离起来了。其实更通俗地说，它就是一层"无形的膜"，把人世间的世界和未知的宇宙"隔膜"开来——夫子一生的追求，其实就是把这层膜通开，让人能够呼吸到外面的新鲜空气。

这就涉及"世界观"了。

从未知（地球）宇宙到昊天世界，其实是《将夜》最重要的世界观设计体系。世界观，有硬币两面。一面是，先有"世界"，后有"观"；另一面却是，"观"世界，有参照系，有对象——比如，拿地球世界，来"观照"昊天世界，方能解读、诠释甚至构建起某些新的"世界观"体系。但这，其实涉及的都是"世界"和"人"的关系——面对如此世界，人的"观"是什么？

这是猫腻在《将夜》里最宏大的抱负和欲望：进行世界构建和三观（世界观、人生观和价值观）设计。贯穿于整部作品，特别分成三条脉络：第一条脉络就是宁缺"梦境线"——他在数次梦境中都"预见"到了昊天和未知宇宙打通后的末日世界景象。第二条脉络就是夫子巡游世界记——一如他曾经飞过几十年，就是想寻找世界的边界。第三条脉络就是昊天系——无论是桑桑本人还是知守观观主陈某，都在顽固地捍卫着原来的世界体系。

这三条脉络集中交会于夫子带着宁缺和桑桑"看人间"的旅程之中，因为他想最终确认甚至是确立人和世界（昊天）的关系——这可以说是《将夜》世界观设计中最浓墨重彩的地方。

夫子和宁缺的研讨，将《将夜》的世界观体系设计，提炼出如下几条精髓。

第一，这是一个封闭自守的世界。昊天是这个世界的规则——"泡膜"——用一种泡和膜似的东西，把整个世界与未知宇宙隔绝起来，自成一个能量内循环的系统。最终，这个世界会因为能量枯竭而趋向寂灭，如果世界破灭昊天会跟着破灭。所以，才会有"永夜"，降低能耗。

第二，昊天为什么不与外界沟通，去往更广阔的世界里寻找新的能量来源？因为，它对未知充满恐惧——害怕与外界相通后，它会直接毁灭。因为，"昊天"就是这个世界与外界"不通"的规则。

第三，人跟昊天一样，也恐惧未知。但人跟昊天不一样的是，人同样也向往未知。"面对未知，永远不会缺少勇于尝试的人，因为人们会恐惧，但也会好奇。未知和好奇是相生相伴的两个概念，正是人类最显著的特征。"

> "这个世界绕来绕去，起点便是终点，这真的很没有意思。人类对未知好奇的天性决定了，我们不可能在一个封闭的世界里永远平静地生活下去，世界既然是封闭的，我们便想打开这个世界，去外面看一眼。
>
> "但昊天不是人，虽然它有生命性，但归根结底，它是枯燥的、单调的、无趣的客观规则，它害怕改变，更没有勇气面对未知。这就是我们与昊天最大的区别，也正是我们与它不可能永远和谐相处下去的根本原因。"
>
> ——第四卷垂暮之年第七十章"摘秧休妻换新天"

这就是《将夜》中的飞蚁世界观：就是要把贼老天盖在头顶的那个锅盖掀翻，或者，把那一个泡、那一层膜捅破，呼吸到那个天外天、界外界、昊天世界之外更为广阔的未知世界的新鲜空气。

夫子这只有史以来最大的飞蚁，就曾经一飞几十年，自由穿梭于时空之间，其实，不过就是为了呼吸一口新鲜空气而已。

"莲生是这样想的，你小师叔是这样想的，我，也是这样想的，事实上，古往今来有无数人都在这样想。"

从小师叔轲浩然"逆天"——像飞蚁一样触碰到了昊天的边界，到夫子化月用拳头"战天"——试图打破这个封闭循环的昊天世界，再到宁缺桑桑性命相依"捅天"——把昊天捅出了一条通外宇宙的道路……整部《将夜》最核心的世界观设定，就是以"昊天"为界，从边界内封闭的空间，要迈到边界外无限的空间，追求那未知的自由。

即使"天外有天，那个天或者也只是一个更大的囚笼，但至少我们可以多看一些风景，多经历一些事情"。

而飞蚁——从修行强者到俗世蚁民——之"飞"的能力，其实就是飞越界限的能力。人只有拥有了打破边界的能力，才能拥有选择自由、自由选择以及追求自由本身的能力。

"这些事情，或者很重要，或者不重要，但我以为值得为之而奋斗。"

一如后文中宁缺听了夫子的故事后最真切的感受："像夫子这样沉静人间千年苦思冥想以身实践想着要破开这片青天让世界呼吸新鲜的空间，这便不是故事，而是最真切最生动最壮烈瑰丽的奋斗。"

夫子本来可以不用这么选择。他完全可以像酒徒、屠夫一样，"平静低调沉默地享受时光"，但他最后依然选择了这种"逆天"的奋斗：一是满足自己的好奇心，想破天而出，从这个无趣的封闭世界里，去看那个有趣的变化世界，去看不一样的风景——这是个人的奋斗。二就是"既然我还是人，活在人间，当然便要做人事"——这是为人世间奋斗。

夫子才是将小师叔轲浩然的个人奋斗史，和君陌-叶苏-宁缺三个相继代言的全民奋斗史，衔接起来的"第一人"。从修行强者，到普通蚁民，为此而奋斗，成为双方能够达成共识的最大公约数。

猫腻从《将夜》创作的一开始，就在作者公告里，把这种最大公约数的奋斗概括为："千万年来，拥有吃肉的自由和自由吃肉的能力，就是我们这些万物之灵奋斗的目标。"

这个奋斗目标，从一开始跟宁缺毫无关系，到最后成为他必须扛的最重要的责任。也正是以它为桥梁，它才真正从修行强者认识世界的世界观，变成了普通民众改变世界的实践行动。

六、空间之力：在昊天世界里找生存的夹层

但是，打破昊天的规则何其难矣。

修行修到夫子、佛祖和酒徒屠夫等最强境界，也不过是在昊天的世界里，掌握、利用甚至创造出自己的秩序、规则甚至法则；领悟到昊天有关时间和空间的最高法则之后，掌握甚至化用"空间之力"。

于是在昊天的规则世界里，除了昊天的空间之外，还有夫子的人间领域、酒徒屠夫的隐匿空间、佛祖的棋盘世界……它们都在昊天的空间之内，但其实又在它的规则之外。

就像夫子给宁缺解释说："这是昊天的世界，它是世界的规则，越五境的修行者，能够拥有自己的规则，但那些规则始终是在世界本原的规则之下。"

或者不如这么说，夫子、酒徒屠夫、佛祖都是在昊天的世界里，彼此之间仍然是天和人的关系——他们可以无视昊天的空间法则，做到无矩——瞬间抵达万里之外，却仍然不能随心所欲——从心所欲不逾矩——因为不能逃脱昊天的时间法则，亦即因果和算计，而必须小心避开。

如夫子在不甚强大时，始终因为活在昊天的世界里而焦虑和不安："担心被昊天找到吃掉，一直想着怎么逃，怎么躲。"

但他们也在自己的世界里，可以创造自己的规则，连昊天也无法知道他们在哪里。

这就是酒徒、屠夫躲开昊天的注视几千年甚至上万年。比如，"酒徒无矩亦无量，动念便是三日"；可以说，"他已经领悟了昊天世界里最高级的时间和空间规则"。

而夫子的世界在整个人间，昊天也得用千年布局来诱他现身："我舍了这身躯壳，不往三界外跳，直向人间去，把自己与人间融为一体，

昊天要杀我，便要把这个世界毁灭。但它是这个世界的规则，世界不存在，它便会毁灭，所以它只能想办法找到我，邀我上天一战。"（第四卷垂暮之年第七十五章"那些年，我们一起逆的天［下］"）

佛祖更是躲到天都算不到的棋盘里，甚至反过来，狠狠地把昊天算计了一把——因为，岐山大师说，据说很早之前，佛祖就悟得空间通行无碍的至高法门；于昊天最高级的时间法则之内，再造一个连昊天的世界法则都无法宰制的时空世界，似乎也不是什么难事。

这就是大局。

从小局来说，在昊天的空间之下，修行强者争的其实就是空间——不是生存空间，而是存在空间——修行战争，其实是存在空间之战。

宁缺和知守观观主最后一战，就不停在真实空间的次级空间里作战。猫腻用了画中画来形容：观主是画中人，但他同时又是画外人。他其实是在比这幅画更小的小画中的人。这就是画中画，空间中的空间。因此，他看似极近，其实极远。看似在空间里面，但又在里中里——这种空间套空间，其实是对空间规则的拓展。

> 寒潭边的世界是一幅画。
> 宁缺将这幅画切成了无数碎片。
> 观主是画中人，如何自安？
> 如果山间的青草野花构成了一幅完整的画，观主确实是在画里。然而他其实也在画外，更准确来说，那幅画里仿佛还有一幅小画，他在那幅小画里。
> 那幅小画是天地气息的夹层，是真实空间之间的次级空间，他就站在那处，看似极近，实则极远，看似其里，实则在里中之里。
>
> ——第六卷忽然之间第一百零八章"敢教日月换新天"

这其实也是一种象征和隐喻。

昊天的世界就是一幅大画，修行强者修的不就是画中画、画外画？他们是画中人，但是，他们偏偏还能在昊天的画里，找到自己生存的夹层。

颜瑟大师和光明大神官的最后一战，其实也是"空间之战"："颜瑟大师用逾五境的强大符意把空间切割成了碎片。光明大神官以天启之力强行维持空间的存在。"

因为，光明需要空间来行走。但是，符道如果切割并让空间继续破碎，那光明将依附于何处？连空间都碎了，光明还该如何灿烂？

这其实是"人和昊天"之战的缩影：颜瑟大师用的"井"字符道，是人类从天地间自我领悟的道理和世界深层次的规律；但光明大神官，所使用的光明则是昊天的规则。颜瑟大师施出的"井"字符，可以切开空间，"能够把光明大神官以天启之境所获的昊天神辉切断在空间里！"

一脉相传，宁缺后来在长安之战里，用"人"字符聚集人间之力，破坏知守观观主陈某的昊天规则，其实是一样的逻辑。

柳白和桑桑（昊天）之战，可以视为两者之间的桥接：柳白是人间最强的第一剑，他手握的那一把剑经过夫子借用、注入人间之力后，也成为人间最强剑；两剑合一，代表着人世间最强大的剑，却仍然刺不入桑桑身前用规则凝聚的空间。

它比"人间修行者所开辟的领域不知道强大无数万倍，因为在昊天的世界里不允许别的独立世界存在，而这个空间却与昊天的世界来自同源，虽不相连却隐隐相通，便可源源不尽复生新力。与之相比，长安之战里余帘用蝉翼凝成的独立空间，显得那样的弱小"。（第五卷神来之笔第五十四章"斩不断"）

桑桑的小世界就是昊天的空间本身。没有人能够进入她的世界，所以，哪怕柳白的剑已是人世间第一恐怖，却仍然无法进入——"除了那道尘缘"。所以，宁缺和桑桑之间那道斩不断、理还乱的尘缘，才是侵入昊天世界、并重改规则的唯一机缘。

七、时间之力：从"活久见"到"活在当下"

时间和空间其实就是昊天世界的两个最高法则。

能说明这种状况最极端的例子，就是冥王的传说："传闻冥王生于时间之始，终于时间之终。"当时岐山大师对宁缺说，"又传闻冥王居住在空间之外，握有无限世界。"

事实上，这只是一个天大的骗局。后来揭开"冥王"就是"昊天"，所以，时间上不动不灭，空间上广阔无垠，只有两个词能够形容：守恒和内循环——这就是昊天的时间和空间规则。空间规则如前所述，就是一个捂紧了盖子的封闭世界。

昊天的时间规则？夫子说："要学会和昊天最强大的两个规则之一的时间对抗。你要尽可能活得更长久一些，活的时间越长，你的境界便会越高，于是便能活得更长，如是循环不尽。"

也就是，要对抗昊天的时间规则，你必须学会"时间之力"。

什么是"时间之力"？

仔细剖析《将夜》的设定，除了那种"沉默了很久时间""花了整整三天时间""十六年时间"……之类常规的计量方式之外，其特殊的、核心的或是完整的时间之力，包括三个方面。

一是，"活久见"——活得久了就能见到的效果或者力量，或者用宁缺自己的话来说，"时间是检验真理的唯一标准"。

比如夫子活了一千多年，如果他愿意，貌似还可以继续活下去，甚至是无限地活下去："我说过除了活的时间长些，我没有别的长处。不过正是因为活的时间够长，所以我的境界越来越高，高到无前者可以学习，只能自己摸索，好在还是摸索出来了一些手段，它（昊天）要找到我变得越来越难。"——活得越久，修行越高，于是夫子就比几层楼还高。

酒鬼、屠夫活得比夫子更久，他们甚至经历过并熬过了上一次的永夜——这让他们成为下一次永夜到来之前各方势力争取甚至连昊天都要驯服的珍稀物种。

夫子说，人生就是一场修行。那么修行有时候比较的便是年月；而知守观观主陈某活得比大师兄李慢慢和三师姐余帘长，自然就比他们都强。所以，余帘才会对宁缺说，即使她和大师兄联手，也挡不住观主踏进长安城——还得靠宁缺手中的那根能够启动惊神阵的"阵眼杵"。

二是，"量质变"——"任何事情只要时间足够长久，便能积累起来足够强大的力量"，从而量变引起质变。

就像魔宗把自己磨成坚硬的石头，来对抗昊天无情的磨砺；但再坚硬的石头，也禁不起风侵水蚀，最后大石头变成小石头、小石头瓦解成小沙粒——这就是时间积累的量变。

又如宁缺用了一生的时间，在桑桑身上书写"人"这个符，硬生生地把"神"写成了"人"，把"天"写成了二个"人"本命相依——这也就是时间累积的质变。

人、事、物同理，时间长短而已。

小如宁缺人生的体悟，"那些高山，那些看似强大不可摧毁的敌人，随着时间推移必将成为道路旁的风景"。

大如千年的变局：长安城这座城在人间遮天千年，便形成一道铁幕；道门也用了千年的时间，终于在长安这道铁幕撕开了一条缝；昊天用了千年的时间，来设下惊天之局，来诱捕夫子，而夫子给桑桑注入的那一丝人间气息，将自己的铁幕也撕开了一条缝……只要这条缝隙一开，黄河决堤，就在所难免。任你力挽狂澜，也无力回天。

因为，在这个昊天的世界里，最核心的时间规则，其实是因果："因果是事物发生的顺序，事物发生的顺序便是时间，时间代表一切。"

夫子对这个昊天之下的核心时间规则，解释得最为专业和权威："在这个世界里，昊天无所不知，所以无所不能。它能计算安排所有，我们却无法提前预知而躲避，这便是所谓天意不可测，天意不可违。"

三是，"时间相对论"——一秒即一生，千年如一年；甚至，从一秒到千年，过去、现在、未来轮回往生，共存于一种时态：开始就是结束，结束也就是开始。

宁缺和桑桑相爱相杀了一辈子，人生不过六十年；但是，前十六年少爷侍女相依为命不别离，但后十年桑桑体内昊天意识觉醒，将宁缺骗入佛祖的棋盘，用千年时间修佛修成桑桑样，从而帮助昊天除去体内红尘意，斩断桑桑和宁缺尘世缘，最终决绝而去——但棋盘内的千年时间，在人世间不过数年。

一如夫子对君陌说："如果棋盘里是另一个世界，另一个空间，那么如果棋盘毁灭，宁缺和桑桑自然也就随之毁灭。如果七念当时催动棋盘时间流速成功，那么我们人间一年，这两个可怜的小家伙在棋盘里只怕已经过了三生三世。"（第三卷多事之秋第一百零九章"归去来兮"）

但另一方面，有时候，光明似金，一千年太短，但另一时间，度日如年，一秒钟太长。连宁缺自己都觉得，"痛苦煎熬的时间总是度日如年，幸福享受的时间才叫逝水流年"。

所以，为什么总要说"活在当下"？就是因为过去的已经过去，追忆没有什么用；未来的还没有到来，担心也没有什么用。不如活在此时、此刻、此事、此地、此人，美食该吃的吃，美景该看的就看，美颜该弄的还得弄……夫子大概也是"活在当下"活得最理所当然的人了。

不然，怎么会每年去"诸国旅游"，斩桃花饮酒……做一个美美的吃货？

不过，从"活久见"到"活在当下"，的确是对抗昊天时间法则的不二法宝。

八、人间之力：从本能的欲望到众生的觉醒

修行世界，说到底，就是要打破这种时间的规则、空间的樊笼，无视真实的时空法则，亦即突破"人"在时空界限内的定位、超越和蜕变的极限能力。

事实上，《将夜》整个修行体系，可以说就是按照这个标准来设计的。

因为，俗世蚁国，犹如今日世界一样，普通人生老病死，仍是按照从一秒到一百年来计算——不然，宁缺桑桑，何以相伴"十六年计"？

从西北边塞渭城，到都城长安，仍然是一架马车走千里，空间的距离仍然得按一里一骑、一步一遥计。

就算举世伐唐时，隆庆皇子率领数千铁骑，奔袭长安，仍然得算计好有几千里程、几日可到，能否到时长安城已破？

即使是宁缺修行后使用的元十三箭，已经强大到可以几乎无视时间，却不能完全无视空间——因为，"铁箭能从空间一处陡然出现在另一处，靠的是无法想象的速度，箭身实际上依然是要从这些空间里穿过"。（第三卷多事之秋第九十五章"行走人间的佛子"）直到宁缺的修行跨过某个边界之后，元十三箭才会无视空间与时间。

但是，修行强者，就可以做到在昊天世界的规则里，拥有自己的时间与空间之力。比如佛祖在悬空寺与朝阳城之间开辟的空间通道。而那张棋盘便是开启这条空间通道的钥匙，而且棋盘里的时间世界自成体系。

其他如贺兰城、长安、西陵、宋国、烂柯寺、西荒深处……都是在昊天世界之间，开辟出空间通道的起始或者终结处。

但问题在于，这样的空间之力和时间之力再强大，也是在昊天世界的本原规则之下——你怎么可能用本属于昊天世界的时间和空间高级法则，去对抗甚至颠覆昊天的世界呢？

从夫子开始，到君陌、叶苏，再到宁缺，逐渐明悟了，能够对抗昊天世界及其时间和空间规则的核心力量，除了时间之力、空间之力，最重要的——还是人间之力。

人间之力是什么？

第一，夫子的力量。夫子将自己与人间融为一体，夫子就是人间，人间是夫子的一部分。所以，人间之力，就是夫子之力。

"我就是人间，我的力量就是人间之力。"

但其实，夫子的力量仍然是他自己的力量，并不是众生的力量，只是因为夫子的力量和众生的力量同源——都是来源于人世间，都是来源于人的力量，而且是来自于最具人间烟火气的力量。

犹如夫子所言："人间最热最乱最真实，能让纯净的不再纯净，能让寒冷变成温暖，能让炽热作为炊烟，本身便是一个无中生有的过程。"

第二，信仰之力。信仰来自人间。庞大的信仰产生了巨大的力量：它把人间的气息，转变成真实的力量。

昊天就是人间信仰产生的集合体：它是我们心中对未知的恐惧和

永生的渴望，因此通过顺从于神明一样的昊天，从而让自己免于恐惧和超脱。"当无数人的信仰集中在那个指向上，力量便会体现在那个指向上。"

悬空寺的信仰其实也是来自于这种本能的恐惧，但是侧重于忍受和轮回。

后来叶苏新教的出现，代表着人间另外一种信仰的力量：我们渴望自己代表自己，不应该被束缚和压制。

第三，人觉醒后自我意识、自觉、自为的力量。这就是众生觉醒的力量。每个人都为自己代言；所有为自己代言的个体觉醒之力，会聚在一起，就是人间之力。

它来源于众生的力量，但又脱胎换骨，是精神觉醒后的自我意识、自觉自为、自我超越和自我实现。

从"众生的力量"到"人觉醒的力量"，逐渐可以见出几个层次：

第一个层次，就是那种非常原始的特性：活着就要吃饭，渴了就要喝水，非常本能的欲望和意识……但也是最具人间烟火气息的部分。

在这个意义上，夫子刻意诱导昊天"吃人间最好吃的烤羊腿，吃宋国最考究精致的十八碟，吃草原最鲜美的涮羊肉"，甚至还让她和宁缺成亲入洞房，在带她"吃遍人间美食，赏遍人间美景"的基础上，"体会到作为人最大的快乐"，甚至还顺手让昊天"体会了一下更深的情感"——这种让昊天身体里多起来的浊重、低级而顽固的气息，就是体现了"人间的美好"，但确实是原始本能的人间之力。

第二个层次，就是那种会因为强迫或愚弄而屈从、被诱导而顺从、被引导而服从的力量。比如蚁民、信徒和选民，它们自身也呈现不同的梯度进化。这三种最典型的代表：悬空寺的农奴；道门的信徒；大唐的平民——如夫子"以仁义教化世人，以礼法固化道德，以律法减少纷乱"而造就的大唐人。

第三个层次，就是精神觉醒之后的个体 - 群体汇聚之力：悬空寺的农奴，被二师兄君陌启蒙之后，从身体上站起来到精神上站起来；道门的信徒，被叶苏启发后，从信自我出发，去信昊天；而大唐的平民，却是自我指引，在宁缺所写的那个"人"字符里，汇聚出自我超越和实现的磅礴之力。

某种意义上，这最后一种自我觉醒并且汇聚起来的力量，才是《将夜》真正意义的人间之力——从君陌到叶苏再到宁缺，"接力棒"要做成的那一件事情，其实就是：如何才能调动这种觉醒并汇聚的人间之力，重新择天、变天甚至换天？

这样的逼问，随着夫子登天、举世伐唐的形势，越来越急迫——特别是长安城战。

知守观观主陈某和大师兄李慢慢七日拖击战，而每一战场都相隔数百里甚至上千里计：从知守观，到青龙峡，再到长安……举世皆敌，事关全局。

大师兄拦截观主七日；二师兄带着其他师兄妹，就能在青龙峡狙击伐唐大军七日；小师弟宁缺就有七天最宝贵的时间，修复夫子留下的惊神大阵——惊神阵在，世间便无人可破。但如何才能修复惊神阵？宁缺必须领悟人间之力。

就有可能像三师姐所说，狙杀观主陈某，从而改变举世伐唐甚至是整个人间天上千古未有之战的战争局势。但如何才能狙杀陈某？长安"众志成城"还不够！

宁缺还必须找到"那个字"——那个能够让长安城甚至整个人世间的"人间之力"调动并汇聚起来的字——并且把它写出来！

历史是被"写"出来的。

《将夜》中最精彩的七日，起笔就始于大师兄突破昊天空间法则的无矩之战，落于小师弟宁缺书写长安城"人"字符，把人间之力汇聚到这个"大写的人"里——七日，创世纪。

从上帝创造整个世界，到"人"间之力开创新世纪——而且主角从强者转向普通之人，"长安城战"就是一个时代的拐点。

第二章

情感羁绊：那个人名叫长安

举世伐唐。

二师兄率同门，于青峡"正面硬抗"西陵神殿联军；

大师兄李慢慢和知守观观主陈某七日追击战；

三师姐余帘守住书院后山；

宁缺就在长安城里看长安——

所有的人都在为他争取时间。

因为，在陈某兵临城下之际，他必须先修复被内奸破坏的惊神阵（第四卷垂暮之年第一百三十八章"一夜不眠（下）"）——如此，方能与观主在长安城决战。

但是，长安城病了！

长安城出问题了；长安城堵住了；长安城天地流转的气息被堵塞了……

从一般到具体，从有形到无形，又从局部到整体，宁缺逐渐找到界定清晰了的问题：因为长安城是一座城，千年雄城；这座城就一个阵，惊神大阵；这座阵的威力，来源于长安城里流动的天地气息；而这些本应自由流动的天地气息，拥有依然自由但必须按之运行的规则——这些规则，才是长安能够"惊神"的本源。

但这种规则是什么？宁缺用肉眼都能看到身前的长安城，为何会因为十余处地方光雾无形的干扰和堵塞，而导致这种规则无法运行？

宁缺找出了问题，却没有找到原因。他只有继续看城，看人。

仍然是由有形到无形，由一般到具体，并形成对比：大唐全民总动员，长安城气息混乱，但唐人开始专注地做自己的事情；唐人们平静而坚定，准备迎接挑战，但是，长安城却因为天地气息十余处堵塞，而陷入无形的危机；典型的大唐人，于内心处，重新收获信心与勇气，而宁缺这个非典型的唐人，却陷入焦虑不安、彻夜难眠……

因为，长安城里留下了太多桑桑的气息。恰恰是这些气息，成为惊神阵坏的罪魁祸首。

我看长安多烦扰，料长安看我应如是。

一、书痴山主：山到你那边来

从这个意义上讲，宁缺觉得莫山山，就是某个人"感受到自己此时的焦虑与不安，所以把她送到了长安城，送到了自己的面前"。

他第一反应，这个人是昊天（桑桑），但第二反应，其实是自己天上的老师。这种反应极其微妙：老师在天上与昊天作战，却送来山山到长安城，来修补桑桑造成的破坏。

恐怕，连宁缺自己，在那一瞬间，都没有意识到自己下意识暴露出来的精神分裂：桑桑和昊天，两个人（形态）其实是同一个存在；但是，昊天是敌人，桑桑是媳妇；老师在天上与昊天为战，山山在人间帮助宁缺修补自家老婆造成的错误；在宁缺和桑桑你中有我我中有你、性命相连生死相依、连一根针都插不进去一颗盐都撒不进去一滴油也渗不进去的关系之中，莫山山又是"多余的第三个人"……这种关系和情势，怎一个"复杂"形容得了。

但是，猫腻却用极简的笔法，将这种浓墨重彩都难以形容的"复杂"，极其清楚明了地交代出来——一句顶一万句。尤其与后面那个山山和宁缺对话"信任"的细节中所潜藏的几重海一样深的"辛酸"对比，更是将千言万语都难以言明的"滋味"，勾勒了出来。

不管"眉如墨。眸如点漆。容颜如画"的女子，到底是谁派来：或许是昊天（或那个爱吃醋的桑桑）派来，或许是天上跟昊天正在战斗的夫子派来，或许是许多拍砖的粉丝读到前面的章节忍不住要把她派来，或许只是因为莫山山她自己想把自己派来——其实在字里行间，言内句外，我们听到的都是宁缺自己的心声。

不管是谁把莫山山派来，都是，而且只是因为他或她，听到了宁缺心底想她来的喊声。因为宁缺自己想她来，于是莫山山就来了。心有灵犀一点通，身无彩凤双飞翼。他想她来，她就来了。

这对也不对。宁缺其实也是一个"不主动、不拒绝、不负责"的三不男人。山不到我这边来，我就到山那边去。这不是宁缺处理感情的风格——虽然他的脸皮极厚，比城墙拐弯还厚。

你不到山那儿去，山就到这里来。这才是莫山山对待感情的态度——虽然她的脸皮极薄，薄得比纸还不如，吹弹即破。

脸皮极厚的宁缺，对感情惊恐起来，却逃得比兔子还快——即使他真心觉得丢人丢脸都可以，就是不可以丢感情。脸皮极薄的莫山山，对情感主动起来，追得却比猎人还锲而不舍——虽然，她自己甚觉没脸没皮。身处易位，宁缺和莫山山在情感路上，有缘无分，可叹可惜。

但不管怎么说，他想她来，她便来了；或者她想来，就来了。不管他到底有没有想，还是想了不敢说也不敢做。宁缺和莫山山之间，共同经历了那么多事情，彼此之间已经有了很深的羁绊。

情感的纽带只是中间的一部分。他们之间有情感的羁绊，但他们之间真正的羁绊又不仅仅限于情感。比如，宁缺相信她的能力胜于相信自己，莫山山视宁缺在自己心中的重要性要重于自己。

但即使如此，当莫山山半开玩笑半认真地说："那你可以把阵眼杵交给我。"宁缺仍然摇了摇头。

即使她和他都知道，莫山山是真心想为他分一分重责大担。别让那不可承受之重，把宁缺的肩膀都压垮了。

但是，宁缺的拒绝，却仍是不可承受之轻。

　　莫山山微笑说道："我以为经历了这么多事情，你已经学会了信任。"
　　宁缺想起泗水之上，那个双脚白如雪莲、身体黝黑的少女。
　　那个脚踩光明、身在黑暗的桑桑。
　　他说道："抱歉，现在除了书院，哪怕李三娘活过来，我都没办法完全信任。"

莫山山问道:"李三娘是谁?"

宁缺说道:"我母亲。"

莫山山沉默片刻后说道:"抱歉。"

——第四卷垂暮之年第一百三十九章"何事秋风落黄叶"

这一段咀嚼起来,只有一个词可以形容:辛酸。

二、情深似海:有一种感情叫辛酸

人心似海,如九重天。

若天有九重,则心海必须九重。然而,这种辛酸,却是九重也难以道之——犹如天外天、海内海,九重之内必有外之九重。

或许,可以称之为"辛酸"同心圆。

第一就是为莫山山辛酸:"还君明珠双泪垂,恨不相逢未嫁时。"两人虽然彼此喜欢,但怎敌得过宁缺和桑桑的相依为命?在这二人性命相连、见缝都插不了针的关系之中,连红颜知己都做不成。

第二就是为李三娘辛酸——她是宣威将军府二门房林前的妻子,而不是传说中的宣威将军的夫人:"她只是一个出身低贱的婢女,虽然她喂过少爷奶,可以出入后宅,但她依然只是一个婢女。"

她甚至没有名字,从小到死都被人叫李三娘,只是因为被人从河北郡卖到长安城时,隐约记得自己在家里排行第三。

林前和李三娘在宣威将军灭门惨案之中冤死,没有人记得还有这么一个人,除了宁缺。当宁缺历经千辛万苦地复仇,终于逼来了大唐帝国为宣威将军府集体翻案——但一大堆的名字听下来,宁缺却没有听到他的门房父亲婢女母亲的名字,没有听到李三娘的名字。

第三就是为宁缺辛酸。前世,他是一个"隔壁的孩子",但不是在语数外补习班的路上,就是在各种竞赛的场中,从来没有一天快乐过。但是,今生,那一对门房婢女的父亲和母亲,却给宁缺带来了四年短暂却永恒的幸福时光。

这一段记忆弥足珍贵，足以铭刻一辈子。以至于，他用尽十六年的少年时光，处心积虑，都是为了向那借着合法性褫夺他那段最美好的时光的人报仇雪恨——他不是为了将军翻案，他只想为父母复仇，为了他们一家三口的幸福时光和悲惨命运复仇："只是我很遗憾……没有听到我父母的名字。"

说这句话时，宁缺的神情很平静，叙说得也很平静。只有桑桑感受着他此时的感受，悲伤着他此时的悲伤，寒冷着他此时身心的寒冷，下意识里伸手握住他的手想要给他一些温暖。

一如他现在平静地说李三娘是他的母亲。同样的平静，同样的感受，同样的悲伤，同样的寒冷，但是，没有同样的温暖，因为，没有同样的人——桑桑不在，莫山山不是桑桑；而且，就算现在桑桑在，她也不再是那个陪着少年一起长大、从不分离的小侍女，她现在是昊天桑桑。

所以，第三、第四、第五……第N重辛酸，其实都源于桑桑，那个"泗水之上，那个双脚白如雪莲、身体黝黑的少女。那个脚踩光明、身在黑暗的桑桑"，以及"桑桑不再是桑桑"，给宁缺、给他和莫山山、给他为李三娘复仇甚至给整个人世间带来的无穷无尽的辛酸的滋味。

从前世到今生，宁缺都是一个极度缺乏安全感的人。

他就像叶红鱼一样"习惯于不信任任何人，包括自己的判断，习惯性地要给自己留一条后路，或者说留一条活路"。

也就是说，他骨子里就没有信任过任何一个人：别说莫山山了，连夫子他都没有信任过。

但是，宁缺很信任桑桑；而从昊天降落凡尘的桑桑，第一时间想到的是也宁缺，"他是她唯一信任的人"。他们彼此之间的这种信任，不同于宁缺后来终于学会了把后背交给书院的信念，也迥异于他四岁之前对李三娘那种母子舐犊情深的信赖，当然更不同于他对莫山山那种并肩作战、互相施以援手甚至携手共进的相信。

宁缺和桑桑是真正的相依为命，但并不仅仅是"在天愿作比翼鸟，在地愿为连理枝"，因为他们不是同命苦鸳鸯——这些诗情画意的字眼并不适合他们，虽然他们的确无数次从生死边缘、死人堆里爬出来。

他们也不是打碎了彼此重塑的泥娃娃：不是她是他，他就是她，你中有我，我中有你……而是握着她的手，就像握着自己的手，平时没有感觉，但是斩断了，就会很疼。

他和她是"本命物"。

三、本命物：我用一生雕刻你

宁缺和桑桑真正的关系就是"本命物"：桑桑是宁缺的本命物。

本命物是什么？

用天才陈皮皮的话来说："修行者寻找培养自己的本命物，就是寻找能听懂并且非常喜欢听自己曲子的对象。"

按照我们对《将夜》设定的理解，本命物就是能够听懂你自己的心声（念头和想法），并作为桥梁与整个世界沟通、协作和共鸣的"专属感知之物"。

也就是说，本命物将你和整个世界连接起来。因为连接，你才能和世界成为一个整体：当你想和世界谈谈时，世界才能倾听你的声音；当世界想和你谈谈时，你也才能理解它想跟你说什么。

这个设定对于宁缺甚至整部《将夜》都极为有趣——它把那个很有意义的根本问题变得很有意思：通过桑桑这个本命物，宁缺与整个世界都连接起来了，从而与昊天连接起来，并与人类择天的主观规则和核心共同意志连接了起来，并且从"本命"的理论和逻辑上，可以沟通、协作、共鸣甚至支配整个天－人的规则、选择和意志。

因为，整个世界"规则"的集合物就是昊天，但是昊天的规则并不像人们通常认为的是那种宇宙间客观存在的规则，而是人类认识世界的主观规则——也就是说，它是人类共同选择的主观规则的集合体，代表着人类保护自己、维护人世间大多数人利益"最大公约数"的共同意志。这就是所谓的"择天"。

择天之后才会选人。昊天和桑桑一体两面，于是，桑桑这个本命物，就让宁缺与整个昊天，以及那种主观的规则、人类择天的共同意志连接成了一个整体。

这就为《将夜》埋下了"择天"的最大伏笔：从一开始，宁缺就在择天——选择一个什么样的天，其实并不是人类共同意志的最大公约数，而是宁缺一个人"核心利益"的选择。

为什么这么说？因为，纯粹的昊天，既然只是人类主观选择和共同意志的规则集合体，它其实就没有任何感情；作为昊天的分身或者说投影，桑桑从幼年时起，也是情感淡漠，甚至可以说是一个完全没有感情的雕像——没有感情的雕像，就犹如没有灵魂的躯壳。

但是，宁缺就是一个雕刻师。他用了一生的时间，在雕刻桑桑这座雕像；就如在棋盘的世界里，他不知道用了几生几世，来把那个神明一样存在的雕像，雕成了桑桑的模样。

他投入进去，不仅仅是时间、精力，还有感情和生命。宁缺把自己全部的情感甚至灵魂都灌注到桑桑的雕像里，直到她真正"活"了过来，成为一种有生命、有情感、有灵魂的人：

桑桑的生命，成为宁缺生命的延伸，相依为命已经不足以解释他们本命物中的那种共同体联系；

桑桑的情感，也成为宁缺情感的映射，他们移情、共情、融洽甚至最后成为一种情感的羁绊；

桑桑的灵魂，也成为宁缺灵魂的重要组成部分。即使只缺了个角儿，也像掉了魂儿似的，不再完整。

甚至，时间本身就是一个最佳的时光雕刻师。在桑桑和宁缺都没有意识到的情况下，把他们在一起经历的点点滴滴，都灌注到了这个桑桑为像、昊天为体的雕像之中：不但有他们生死与共、相濡以沫的生活和情感体验；还有渭城有雨、长安风来的人情冷暖；最重要的还有从大唐边城到都城长安的阡陌红尘、人间烟火、世间味道，比如那著名的"鸡汤帖"……这才是真正在昊天身体中注入人间气息、重塑桑桑性格的真正力量。

夫子一直都想邀昊天来人间做客、体验红尘、咀嚼滋味，甚至最后不惜冒着再也隐藏不了自己行踪的危险，也要在桑桑体内留下一道人间之力，试图为人世间留下天可择、运可改的希望的种子。

然而，比起这种看似见效快、功底却不扎实，甚至后患无穷的速成大法来说，宁缺和时光本身的雕刻，才是真正择天改运的做法。

滴水可以穿石，铁棒可以细磨成针，耳濡目染、潜移默化，永远比惊天爆破的功效，更可持续和耐久。

宁缺其实一生都在择天，一生都在雕刻，一生都在写"人"——他以自己为笔，以桑桑为白纸，以情感为砚，以人间烟火味为墨，用了十多年的时间，把一个天大的"天"字写成了两个人的"人"字。

天，被宁缺以他穿越者独创的永字五笔拆法，拆成了"二"和"人"两个完全独立又相互羁绊的字。然后，他以"人"字为模型，以笔为刀，将昊"天"这个没有感情的纯粹规则集合体，雕刻成了被人间烟火味渗透而完全侵占的"人"这种情感生命体。

也就是说，他用一撇一捺这种天上人间都平常之极却又罕见之极的拙笔，把桑桑从一种客观理性的"天"，写成一个有感情的"人"，最后写成一个跟他羁绊的小侍女——那个"天"写成"人"之后，多出来的"二"，就被写成了少爷侍女两个人的连接方式：本命物，以及情感的羁绊。

宁缺用了一辈子的生命，就是以笔为刀，要把桑桑到昊天写成"人"，雕刻成"小侍女"，并且羁绊成自己那很二很二的本命物：她就是这世间的另一个自己；她的命就是他的命；爱她就是爱自己——

虽然，这听上去确实很"二"很"二"。

四、相爱相杀：原来我们的关系真很"二"

但就是这样一种本命而羁绊的"二"人关系，现在，却仿佛变成了传说中的双生花：一株二艳，并蒂双花；在一枝梗子上相爱，却又以整个人世间为战场相杀。就像桑桑和宁缺在西陵神山的相爱相杀，极其惨烈，又极其悱恻。似乎不以这种最深刻的伤害，就不足以证明最缠绵的爱。

宁缺和桑桑，像是双生花传说的逆转。他们用了前三分之一的人生，长成了并蒂相对的花；但从现在，却要用另外三分之一的人生去相杀——一朵花不断吸取另一朵的精魂，似乎不把它湮灭自己就没法生存。

难道他们还要用剩下的三分之一人生，去证明，一朵花枯萎，另一朵花亦必毁灭，因此在艰难的前一刻，终于有了最后一次的相爱？

不，这不是宁缺的风格。

宁缺的风格是：桑桑和昊天才是双生花；她们彼此相杀，而非相爱。而他遇见了这朵宇宙中最奇葩的双生花，就毫不犹豫做回了砍柴人：柴刀砍向昊天，收割来的银钱，当然就留给桑桑了。

相爱相杀，本来就不是一个选择题。

只是，宁缺自己也没有想到，泗水之上，桑桑脚踩光明、身在黑暗。从此之后，她就是昊天，昊天就是她——相爱相杀，就真的变成他和她之间的难题。

相杀是决绝的，意义在于，杀死对方，就是在杀死自己。所以，相杀不能，只有相爱；但难以相爱，复又相杀——当然，这其实也是单向的。

从宁缺来说，只有相爱；从桑桑来说，只有相杀。只是，他们之间，就像阴阳太极，相爱到了极处，其实就只有相杀；相杀到了极处，就转化成相爱——只是选择权从来就不在宁缺手里。

就算他以杀掉自己，来威胁桑桑止杀以爱，选择权也仍然在桑桑手里——就像宁缺曾经愤怒地咆哮，从小到大，家里哪一件事不是由你做主？

这样的宁缺和桑桑，让人心酸。但事实上，遇到他们这对双生花，莫山山变成了一生的纠缠——而且不是三个人的纠缠，是她一个人跟自己一个人纠缠。

所以，最后真正让人心酸的，还是莫山山。尤其是参照第五卷神来之笔第八十九章"她的身影"和第九十章"无题"的内容，莫山山真的让人心疼。

就这么简短的几句话，绕来绕去，以为只是寸步之遥，却是峰回路转，陡然风景显；不是浓墨重彩，却写尽了繁花。

这是什么笔法？这就是拙笔！

人世间，任何一种神笔的铁画银钩，都再也没有如同这种——犹如宁缺在渭城时用砍柴人的木棍屑片，在沙石砾土上——笨笔拙画，更能细腻而丰富写尽力透纸背的人生况味，以及那种精神之河越在表层细波无澜，越在深层激烈动荡的情感体验。

后来，知守观陈某说宁缺不懂拙笔：即使你现在懂了，也晚了。写那个字需要拙笔，书写整个人生也需要拙笔。

苏轼说，文字之绚烂，臻至极致，方能返归平淡。

辛弃疾又说，"少年不识愁滋味，爱上层楼。爱上层楼，为赋新词强说愁。而今识尽愁滋味，欲说还休。欲说还休，却道天凉好个秋。"

元稹诗云："曾经沧海难为水，除却巫山不是云。取次花丛懒回顾，半缘修道半缘君。"

说的是情感，谈的是人生，状写的却是人间世——因此，没有那种阅历，就只会用华章；历经了沧桑，方能用简言；只有看透了，滋味尝透了，也有大智慧了，方能用拙笔。

写那个字，状写人间世，只能用拙笔。知守观陈某说宁缺悟道已晚，何况他还太年轻。但宁缺说犹未为晚——朝闻道，夕可不死。

亡羊，不补牢，不是宁缺的风格。

谁说补完了牢，羊不会回圈？修好长安城，桑桑重回人世间——所以，宁缺骨子里是把长安城当作羊圈来修补的，就是要让桑桑这只迷途的羔羊重新回到圈里。至于这其实跟昊天做的事情是不是殊途同归，则不在他的知识范围之内。

昊天不就是把整个人世间当作羊圈一样吗？她把修行强者当作羔羊一样圈养，设局让夫子上天然后举世伐唐、破惊神阵毁长安，从本质上来说也是在修补羊圈，让那些像迷途的羔羊一样的修行强者重新回到羊圈，安安心心地做被圈养的喜羊羊、美羊羊、乐羊羊……一堆强大但又弱小、精明而又弱智的"傻"羊羊！

即使宁缺知道了也不会在意。昊天就是桑桑，桑桑就是昊天，虽说她们一分为二，但天下大势，分久必合，合久必分，昊天和桑桑终究要合二为一。桑桑回到人世间，跟昊天回到自己修补好的羊圈里，又有什么区别？

她愿意一人饰两角，既扮演牧羊人，又扮演迷途的羔羊，随她高兴！你有意见？宁缺这个老公都没意见，你有意见有个屁用。从骨子里来说，宁缺是一个极其护短的人。

五、拙笔写人生：朝闻道，夕可不死矣

宁缺骨子里也是一个极其怕死的人——一个人只有从尸山血海里爬出来，每时每刻每事每地都需要挣扎着才能有一线活下去的生机，才会知道生命是一种多么可贵的东西。

因为珍爱生命，所以极其怕死。宁缺让自己变强、更强、更更强，也是因为想活下来。修行变强，也是他活下来的手段。

朝闻道，夕死可矣，不是他的风格。

闻道，是为了什么？不就是可以不死，可以活下来吗？所以，朝闻道，夕可不死，才是宁缺奉行的人生信念和准则。无论是修行变强、河边悟道，还是长安城写"人"字符，于人世间神来一笔……所有的"闻道"，都是为了"可不死"。

这里显示出了一个非常有趣的精神脉络。"朝闻道，夕死可矣"，原文出自《论语·里仁》。而《将夜》中的书院，映照儒家之书院；夫子之形象和气质，源头是孔子；小师叔轲浩然，据说原型是孟子；而其他书院中人物，也各有映照和影射——如大师兄有颜回之影，二师兄有子路之魂……

因此，夫子用拳头讲道理（如登天化月，与昊天讲道理），用木棍树规矩（如用一根木棍打得知守观陈某终生不能登岸），颇像孔子及儒家君子将"仁义之道"当作修身立己和治世理政的理想与准则；而小师叔轲浩然禀浩然气，仗浩然剑，杀尽世间强者，最后剑指昊天，也颇有《孟子》"我善养吾浩然之气"之至大至刚、为天地立法的胸襟与抱负。

孔孟一脉相承，轲浩然与夫子交相辉映。两条脉互文映照，同中有异。从孔子"杀身以成仁"，到孟子"舍生而取义"，成为"朝闻道，夕死可矣"这一种精神传承的最佳注脚。但夫子有仁，却不杀身；轲浩然取义，却非舍生——他们选择并非是"为……而死"——懂得了仁义之道，就应该用自己的一生去实践它；甚至为了捍卫它，不惜牺

牲自己的生命——而是这种逻辑的"逆思维"和"反行动"：朝闻"仁义之道"，并且从早到晚、从生到死都实践之、捍卫之，到底是为了什么？不就是可以不牺牲自己、别人甚至整个人世间的生命吗？谁也不能以仁义之道，进行精神绑架，让自己、别人甚至整个人世间做出牺牲。

从某种意义上，朝闻道，夕可不死矣，才是《将夜》中从小师叔、夫子到宁缺一脉相传的精神传承，并追求选择的自由和自由的选择的真正准则。

区别在于：小师叔只看天，不接地，一个人率性任意，那只有绝世强者才能做到；夫子既仰望星空，又察观内心，俯瞰人间世，过于高大上，非眼中有世界、心中有大悲悯、脑中有大智慧的人，做不到。

然而，宁缺却是一个人，一个普通的人，一个极其自私自利为生存的利益驱动、为自己能活下来且活得更舒服而挣扎的人——所有的道理，所有的仁义，所有的"道"，不过是让他活着且活得更好的手段和途径，而不是目标和目的。

但恰恰是这样的宁缺，才跟我们每一个普通人相似，才跟神明一样的存在视为蚁蝼的每一个俗世蚁民相通。

我们在宁缺身上看到我们的影子。

因此，宁缺才是那个最像我们的人。他的"朝闻道，夕可不死矣"，才真正符合我们的实际利益——生存的地盘，精神的家园，不过是犹如蚂蚁一样蔽身安心的那一根浅褐色树根；从生存到信仰，活着确实要追求什么，但追求活下来永远是第一位的目标，其次才是追求"活着且要活得更美好"……

换句话说，宁缺闻道不死的做法，才是最接地气的。从小师叔死到夫子的闻道不死，美则美矣，好则好矣，但不适合我们。因为，我们不是牛人，我们更不是完人。我们只寻找最合适的，而不是追求最优秀的。

就像宁缺的"宁缺"这个名字，让人很容易想到"宁缺毋滥"，是不是？然后，据猫腻说，他取这个名字其实是"宁滥毋缺"！

从"宁缺毋滥"到"宁滥毋缺"，宁缺这个名字看似恶搞，但仍然像硬币的另一面，映射了《将夜》的整体精神意蕴。宁缺毋滥，是君子所道；宁滥毋缺，却是市井之为。

从君子所道，到市井之为，"宁缺"这个名字，在增加了土腥味的同时，却也增加了大道至简的意味：洒扫进退，皆为道；甚至，道就在市井之中。

这就是拙笔。

宁缺要写那个字，必须用拙笔；而猫腻写《将夜》，也会用拙笔。

人生其实就是用拙笔，一笔一画，写出来的。

六、人间烟火：长安城就是个人

通过这种拙笔，猫腻写出了莫山山之来，帮助宁缺解决了四个关键环节，从而可以把断裂的思路和逻辑衔接起来——一个完整的思路和逻辑，如果没有中间关键环节的桥接，就没有办法理通理顺，从而找到出路和道路。

第一，就是长安城就是一个"人"。

"我只看了一夜时间，但长安城在我眼里也已经不再是城。"

既不是符，也不是阵。

"都不是，我觉得这座城是一个人。"（第四卷垂暮之年第一百四十章"看长安 [上]"）

这是莫山山的眼光锐利之处。穿透城、阵和符等逐渐由具象、意象到抽象的形态，她窥探到那现象背后的本质——如果以我们现代人的思维来看，这是一种"抽象力"：整部人类文明的发展史，就是以"抽象力"来编成文明的密码——长安城本身就是一个密码。夫子把这个密码写成了一道"符"，一道莫山山"此生所见的最强大的一张符，甚至可以说是真正的神符"。

但紧接着，从力量的本源、运行的规则到具象的符号或代表，莫山山又把整个长安城还原成了一个"人"——这就是解码的过程。她把长安城的密码，解读成"人"。

从编码到解码，从抽象到具象，在这样一种思维逻辑之中，从解读长安城的神符密码，到将长安城还原成了一个"人"，我们看到，莫山山成功解决宁缺修复惊神阵，面临的一个最大问题——就像狗咬刺猬，无处下嘴，此前的宁缺，一直不知道如何修复惊神阵，更不知道它自由但又自主运行的规则是什么，如何又能重新找回力量的本源。

第二，把这个名叫"长安"的人和宁缺联系到了一起——这座城，不再是与你无关。

长安城这个人，和宁缺当年一样，"雪山气海诸窍被堵"。这不一定会让宁缺产生"同病相怜"的感觉，却一定会有"感同身受"的关联。

这个场景，其实有三个要点：

一是，长安城就是个"病人"，像当年的宁缺一样，"正等着我们去替他医治，帮他把诸窍打通"。这相当于找到长安城的病症和原因，就可以开药方了。

二是，医城如医人，就像医宁缺一样，去医长安。既然宁缺当初都于不可能之中，通了诸窍；那么，打通长安城的雪山气海，也一切皆有可能。

三是，少女莫山山静美温柔，但药方简单粗暴。"如果被她医治的是真正的人，在服下这剂药后，绝对会诸窍流血而死，但如果服这剂药的是长安，会不会不一样？"这个还没有答案，但是，已经刷新了我们对莫山山的感观。

无论如何，长安城就是人，就是一个叫长安的病人。医城如医人，迈出修复惊神阵的关键一步。

第三，长安城是人，又把宁缺和长安人连接了起来。

因为长安城是个人，那个叫"长安"的人，最重要的是什么？生气！一个人要有生气，第一层就是生活的气息。第二层，就是精神的气质。

从雁鸣山悟道，到长安街头，宁缺在一个又一个片断里，去体悟这种"生气"：吆喝贩卖的声音，包子铺，蒸汽、雾气……晨市犹如尘世，到处都是生活的气息。

猫腻用两幅颇具传统神韵的中国书画，截然对立，却又阴阳相生，勾画出一种"太极图"。

一幅画是清冷画，犹如"独钓寒江雪"一样。画的是雁鸣山，雁鸣湖，湖中莲叶，他和桑桑的宅院……非常凄冷、黑暗和压抑。没有桑桑的宁缺很孤单，仿佛长安城里就只有他孤单的一个人。甚至整座长安城都很孤单。在举世伐唐战中，那个名叫长安的人，成了人世间最孤单的一个人。因为他被举世孤立。

一幅却是市井画，犹如"清明上河图"一样。人声鼎沸，有蒸锅里水沸腾的声音，有百姓细碎而平实的话语；有各种各样的人，排队买着早点的百姓，担心从军子侄的妇人，撕包子纸的孩子……非常热闹。战争还在继续，生活也要继续。皇帝死了，但人们还活着，而且活得还很鲜活。这就是长安。长安就是由这种热闹的人组成的。他们活着，长安就活着。他们活得有生气，长安城就有生气。

宁缺就行走在两种不同的长安城之间，或者说，他行走于长安两张不同的面孔、两种不同的活法之间。而他行走的路线，将两种不同的长安城活法衔接起来，构建那个叫长安的人。

在宁缺的行走过程中，举世伐唐的无形局势，和长安雄城的有形之态，形成对比；大唐人的集体精神面貌，宁缺的个人情绪状态，堪称反差；

最重要的，有形长安城墙的雄阔天下，和惊神大阵无形之中的千年无敌，到底哪一个才是唐人信心和勇气的力量之源？

还是相反：大唐人的信心和勇气，才是长安城墙拒敌天下、惊神天阵可灭强者的真正本源？长安人，才是长安的城墙；长安人的心，才是惊神阵的本源？

比如，观主即至，长安死战，宁缺仍然找不到抗拒他的办法，却忽然听到墙后传来读书声，"不知何家的塾师，在给学生们讲授唐律疏议"。"国将破，家将亡，街巷之中依然有读书声。"

这种平静中有一种让人感动，甚至是敬畏的力量。但是，如何才能把长安城的这种力量，转化成宁缺的力量？还没有找到好的方式。

名叫长安的这个人，和叫宁缺的那个人，还是相看两厌的状态。

七、妻债夫还：天大的事儿，就是小两口的事儿

长安城的事儿，其实就是宁缺和桑桑的事儿。

千年以来，"长安城是唐人最后也是最强大的信心来源"；惊神大阵，是"修行界最顶端的人物"，都不敢轻易侵犯长安城的真正原因！

这是千年以来形成的"长安城永不陷落"的心理定式。这种信心和力量的双重保障，现在都系于宁缺一身：他一个人两个肩膀，左肩挑着长安城的坚不可摧，右肩扛着强大的修行者；而这种左右双肩挑的重责大担，都系于修复惊神阵，让它重新恢复力量的本源和规则的运行。

这种系千年雄城和举国命运于一身的责任，其实让他很不习惯。

因为，宁缺一直都认为，自己就是一个自私自利、仅为自己和桑桑而活的人。何况，直到现在，他仍然是一个非典型的唐人，一个穿越来到这个世界，并没有真正把自己喜怒哀乐的情绪，融入到大唐国民，更别说这个人世间悲欢离合的命运之中的人——其实他就是旁观者。他没有别人想象的那样伟大，就算他被师愿和民意绑架，他也成不了英雄。

"阵眼杵在宁缺的怀里，硬邦邦的就像是石头，硌得他的心情有些慌乱。"

这座城是夫子留给他的，阵眼杵是师傅颜瑟和皇帝陛下留给他的，这便意味着，守护长安以至大唐，是他无法逃避的责任。

这是无上的荣耀，也是世间最沉重的负担。

但宁缺又无法选择逃避。

仅仅是从做人的角度来说，他也没有办法撂挑子。

因为，他最后意识到，破坏长安城和惊神阵的真正罪魁祸首，不是别人，正是桑桑："而且很遗憾的是，这几年她在长安城里待的时间太长，我自己太懒，什么事情都让她去做，结果她走过的地方太多，留下的气息太多。从这个角度上来说，长安城现在的危险是我们夫妻的责任。"（第四卷垂暮之年第一百六十六章"我以长安战无敌"[下]）

自己的媳妇犯了错，自己这个老公不去补救，难道还能指望别

人？这其实是做人最朴素的、最基本的道理："你说得对，如果是以前，我可能早就已经逃出长安，但既然是她和我的责任，而她现在已经死了，那我只好留下来扛。因为她是我的妻子，这个账总是要认的。"

当然，作为一个自私的男人，比起这种朴素的做人的道理，宁缺这样做的更核心的理由，是不想自己的媳妇被"千夫所指、戳断脊梁"。桑桑是决计不会脊梁寸断的，但没有哪一个男人能够忍受自己的媳妇被千夫所指。所以，她闯祸的行为，其实可以高高举起、轻轻揭过；但是，让自己免于被千夫所指、戳断脊梁的命运，却是宁缺这个自私的男人，必须扛起来的责任。

这其实是一种很滑稽、极其荒谬的心理支撑和杠杆：宁缺左右双肩挑起来的，是一个天平；左，是关乎长安城之时运、大唐国民之命运，甚至整个大唐之国运等扭转乾坤的重责大担；右，却是自家小媳妇桑桑犯下的错、小老公要去补救的鸡毛蒜皮的私人考量。

而且，这种极其自私的驱动，居然是撬动重责大担的真正杠杆，也是宁缺的双肩，没有被重担压垮的真正原因：四两拨千斤；千斤，真的需要四两拨——这只有宁缺做得出来，只有猫腻写得出来，也只有《将夜》展现得出来！

因为，其实到最后，宁缺和桑桑（昊天）本命物的关系，就紧紧地将这个名叫长安的人和他们夫妻俩羁绊在一起了，从而可以将长安城"众"聚而成的人间之力，和人类择天与共同意志的规则，联系到一起：毁了昊天，或者，毁了桑桑自己?!

这就是不同的"造天"和命运。

这简简数笔，就将宁缺面临的十字路口的处境勾勒出来了：悟到不同的规则，将带来不同的选择；不同的选择，将带来不同的命运……结果，并不直接由意识决定，是由选择带来的。但是，人做如何选择，却直接跟意识到了什么有关。思路决定出路，出路决定道路，道路——决定结果。

宁缺就站在长安城和桑桑之间，面对惊神阵，必须做出正确的判断与抉择。

从开始到结束，这都是一个二难选择。

第三章

末日审判：代表昊天灭了你

长安城是个人。

长安城的敌人，其实也是一个人。

宁缺还没有找到那个字，知守观观主陈某已至。

大师兄的木棒、莫山山的块垒、余帘的二十三年蝉、黄杨大师的佛珠，甚至观主亲生儿子陈皮皮的天下溪神指……这已经代表着长安城甚至整个人间最顶级的一批战力，迎战观主一个人——完败！

因为，轲浩然死了，夫子走了，观主只好天下无敌。

> 他和夫子、轲浩然二人生活在同一个年代，而那两个人则是万年难遇，所以他才被迫沉寂低调了这么多年。
>
> 现在的人间已经没有夫子，早已没有轲浩然，他便是人间最高崛的那座山峰，最强大的那个人，他便是天下无敌。
>
> ——第四卷垂暮之年第一百五十九章"知守"

陈某在接连施展两个五境之上的能力"寂灭以及无量"，并让"二者形成完美的统一"之后，宁缺感叹道："原来你是只飞蚂蚁。"

在此处（第四卷垂暮之年第一百六十六章"我以长安战无敌［下］"），猫腻再一次"草蛇灰线，伏脉千里"，用拙笔重述整部《将夜》的"蚂蚁哲学"，以呼应整部作品从开篇到举世伐唐以来整个修行强者宰制世界的飞蚁理论，却又开启《将夜》从前半部到后半部人类蚂蚁——普通凡人改写甚至创造历史的"蚂蚁哲学"——或者说，长安之城才是真正的拐点：从修行强者的"飞蚁理论"，转向俗世蚁民的"蚂蚁哲学"。

知守观观主陈某和宁缺与长安城普通民众之间，就是典型的"昊天与飞蚁"和"飞蚁与蚁民"的双重关系。他们之间的"主要矛盾"构成了整个故事的轴心。

双方的矛盾不可调和。甚至，在修行强者和俗世蚁民之间，飞蚁到底是谁的代表？从《将夜》一开篇，双方这个根本的分歧，就已经"草蛇灰线，伏脉千里"。只是直到这里，又再一次浮现出来，并且凹凸成最根本的拐点。

假若说从叶苏之新义、君陌之标尺到宁缺之抉择，是那三层塔"蚂蚁哲学"的传承与开启；那么，观主之修行强者（宰制世界）、观主之道门审判（审判世间）、观主之昊天规则（裁决人类），或许就是千年"飞蚁理论"的成形、完善并集大成者。

一、溯源观澜：你这只飞蚁"代表"谁

举世伐唐，大唐孤军应战，看似风雨飘摇，其实根基未动，仍然可以抵挡各路大军。

但是，却没有办法抵挡那个真正危险的敌人："那个让长安城陷入危险的敌人，不是金帐王庭的骑兵，不是隆庆和他的骑兵，不是南方浩浩荡荡的神殿大军，而只是一个人。"

知守观观主陈某，就是这样一个可怕的敌人。

余帘给宁缺分析过局势，认为从战役上，大唐其实已经败定了。但只要诛杀掉观主，就可以从战略上不败。

所以，书院誓杀观主，观主又对长安城志在必得。双方都把最后的决战放在了长安。

在这次举世瞩目的长安之战中，宁缺和观主有一个关于飞蚁的小小中场对话。

这让我们想起李安导演的电影《比利·林恩漫长的中场休息》。

它其实就是一条轴线，事关人类三千年的极简史：过去一千年，

现在一千年，未来一千年……人类从何而来、向何而去，现在处于什么样的状态，将如何抉择自己的过去、现在和未来？

因为：未来已来；过去成就未来；对未来最好的预测和期盼，就是去创造它！

先回溯到悬空寺的农奴，他们就像蚁蝼一样，生活在地下的大坑里。他们作为一个样本，提供了三个标准参照点。

第一，他们被视为蚁蝼。

第二，他们生活在坑地，连太阳是什么都不知道。

但是，第三，就是如此深陷坑地、暗不见天日的农奴蚁民，却维持了将他们视为蚁蝼的悬空寺那"神明一样的存在"——这是一种尖锐的讽刺。

以此对标，观照昊天之下的人类——

第一，他们其实也是昊天的农奴，"类似于蚂蚁般的存在"。

第二，昊天的世界也是一个大坑，人类犹如农奴和蚂蚁一样，"任劳任怨地重复着乏味的人生"。

第三，但就是如蚁蝼一样、俗世蚁国的人类蚂蚁，却供养了昊天，不管是物质食粮还是精神食粮——人间的信仰之力——如果没有这些，昊天哪能成为神明一样的存在？

从蚁民到昊天之间，按照历史和社会发展的逻辑，必然会现"飞蚁"。这不是问题。问题是：这飞蚁"代表"着谁？

这种"代表"本身就有两重逻辑：一是，这"代表"的是主体："谁"是飞蚁？修行强者，还是普通蚁民中最先觉醒的人？

二是，这"代表"的是宾语：飞蚁代表着谁（的利益）？加上后面一个词"利益"，或许就更能清晰地界定这种意思。

到底代表的是昊天的利益，还是人类的利益？或者，代表着人世间整体的利益，还是代表着某种人某个人"个体的利益"？

非常明显，作为承前启后的关键场景，这段情节，其实是用简笔勾勒出了明暗两条线。

作为看得见的明线，就是呼应开篇到前半部的"飞蚁理论"——飞蚁代表的就是强者；

而作为看不见的暗线，却伏到从举世伐唐、长安之战到整个《将夜》后半部的"蚂蚁哲学"：飞蚁是蚁民中最杰出的代表，但它仍然只是蚁民——犹如那个君陌率领的奴隶义军中，第一个从身体上站起来到精神上站起来的人。

从这个意义上说，这种觉醒的蚁民飞蚁，比那些尚未觉醒的强者飞蚁，甚至要高贵得多。因为有些修行强者，虽然真的从身体到能力都很强，但他们仍然在精神上跪着——比如酒徒、屠夫和那些知守观后山的绝世强者，他们仍然在精神上向昊天跪着。

这就是飞蚁觉醒后不同的反应和抉择。在此，呼应开篇，当飞蚁代表修行强者，当他们脱离蚁民向湛蓝青天看了一眼之后：因为看见，他们做出不同的选择和反应，他们的人生从"道"到"路"，也从此发生了很大的改变——他们基本囊括了有史以来、迄今为止最强的那一批飞蚁不同的选择与人生，并由此生发出那后一个根本的问题：他们到底代表"谁"——代表谁的根本利益、核心权益，以及最广泛的意志。

"有的蚂蚁因为看见所以向往"，比如那些知守观的绝世强者：修行就是长出翅膀，能够飞向天空；越强就得越高，越远，就越能回归天国，和那神圣领域的规则融为一体——因为看见天国，他们渴望向往神圣回归。

"有的蚂蚁因为天空的遥远而愤怒"，比如从光明大神官到莲生大师。光明大神官抬头看天，天太远，终其一生地飞，都只能无限接近，而无法真的触天，更别说超越；所以，返回归心，求诸自身，创建魔宗，在自己身体内"造天"，造出一个全新的小天宇宙，来容纳自我和世界——他因为愤怒而沉默。

在此基础上，莲生大师走得更极端：如果只是在自己体内"造天"——还得在昊天无处不在的注视之下偷偷摸摸——那算什么样的"逆天"，仍然只是"顺天"！真正的逆天而为，就是要真正地改命：改变人的命运，我命由我不由天。但要改变命，就必须换天。让所有的人都疯狂起来，把天都换了，造出一个新天来，这才是真正的造天——他因为愤怒而疯狂。

"有的蚂蚁因为看见所以恐惧"，或者选择了臣服，比如掌教大人和王书圣，"颤抖着臣服在泥土里"；有的选择了逃避，比如酒徒和屠夫，他们只想躲到昊天关注不到的眼皮之外，顺顺当当地活过一千年又一千年；有的选择了顺从，衷心地赞美上苍的奖赏，比如，最后一任光明大神官，"因为得到天空的恩赐而感激"。

选择了对待昊天的立场和态度，其实也就选择了自己所代表的利益——因为他们已经有能力选择和代表自己、他人甚至整个天上人间的利益："无论是哪一种结局，那些蚂蚁已经不再是普通的蚂蚁，从某种意义上来说，他们已经离开了蚂蚁的范畴，因为他们可以飞。"

正是在这个意义上，文本才会刻意交代，宁缺说知守观观主是只飞蚁，并不是嘲弄对方，而是对对方具有这种选择和代表的能力，表示足够的尊重——并不是强者就值得尊重，而是有能力做出选择并真正代表着谁的强者，才值得他这样的人尊重。

不管他选择的是什么立场，代表的是谁的利益。

二、理念分歧：道不同，不谋而伐

作为有史以来最强大的三只飞蚁，轲浩然、夫子和观主分别选择了代表谁。轲浩然选择了代表自己——作为自由的个人，他的个体利益就是不愿受到昊天规则的束缚，因此，他必须拔剑战天。

夫子选择了代表自己和人世间交叉的共同利益——掀开昊天捂得死死的盖子，可以自由呼吸来自未知世界的新鲜空气；以及生活在这种新鲜空气之下，不但免于被"吃"的恐惧，还可以享受自由地吃肉和吃肉的自由。

那么，观主的呢？他是选择代表自己的个体利益，还是选择代表他人比如道门的核心利益，还是整个人类或者人间世的整体利益？

于是，才有了观主和宁缺这一"改变历史"的对谈。

因为，宁缺一直不明白的是，既然小师叔和夫子之后，出现了有史以来第三大飞蚁，观主为什么不朝向天外，代表自己的利益？或者俯瞰朝下，代表蚁民的利益？却偏偏要在这两者之间，把自己当作

"昊天的看门狗"，代表昊天的利益？

其实还是缘起于观主与夫子、书院与道门、人世间与昊天理念的分歧——理念的分歧，才会决定道路的不同：从"道"到"路"，本来就基于认识世界和改变世界的选择。观主的话很清晰。

这可以剖析成三个层面。

第一层面：变化 PK 封闭。夫子坚持从已知到未知的"变化"，才有生机和活力。但观主认为有结束也有开始的封闭的循环，才是永恒和稳定。

第二层面：平等 PK 等级。道门坚持强弱、阶层和秩序，才能维持天地人间、神人的稳定——这其实是一种"固化"。但是，书院讲究"拳头"就是规矩，谁拳头大谁就是规矩——但拳头最根本的作用就是来打破规矩的；而拳头是人人都有的。换言之，书院的逻辑是，必须给每一个人用拳头讲道理的机会——这种机会本身才是平等的。

第三层面：人 PK 昊天。从变化到平等，人才是利益考量的轴心；但是，从等级到封闭再到永恒的回归，昊天才是规则的至高法则。以人作为世间万物的唯一衡量标准，那么，不适应于人的一切法则，均需要改变。

但若是以天为天上人间唯一的秩序准则，那么，人即使是万物之灵长，也必服从于天之意图和目的——甚至，为了天的生存和可持续发展，牺牲人类的整体利益，都在所不惜。

于是，从人到天，其实就回到了一个选择的问题：选择天，还是选择人？

若是选择人，就可择"天"；天不从，就可以"改天"；天改不好，就可以造天——总而言之，是天"从"人。但若是选择"天"，则人要顺天、从天、服天，并且信天。天意难测，天威难拒。天若要你归天，你必归天；天若要你死，你就不得不死。

因此，说到底，观主和夫子的区别，在于观主是代天行事，夫子却"人定胜天"；道门以昊天的规则为准绳，对人世间进行裁量——一切不合规矩的都必须被修剪掉细枝末叶；但是，书院却以人的自由生长为依据，有教无类——那些不合标准的枝丫，难道就不是枝丫？

最要命的其实是，从观主代天行事，到道门举世伐唐，这背后有一个至关重要的根本大法——亦即将"永夜"贯彻到日常世间的昊天规则：收割强者，减灭蚁民——被常规化了、持续化了和彻底化了，就像《复仇者联盟3》中的灭霸一样，要减灭星球宇宙中一半的人口。

这本来就是昊天冰冷、随机选择的灭世机制，却被观主执行成有机选择、自由裁量的灭国／去民计划。

什么意思？也就是说，昊天假若要执行新一轮永夜，那么除了小师叔和夫子这样它需要精心构陷、精准打击的最大飞蚁之外，对于大多数修行强者和俗世蚁民来说，它至少是"一视同仁""无差别打击"——当世界末日来临，你是昊天道门的信徒，还是书院大唐的子民，对于昊天来说，其实是没有区别的。

唯一的区别，可能是道门强者和信徒，会认为这是他们向往的天国和神圣领域的回归，从而欣欣然接受；但是，书院和大唐影响下的子民，却仍然贪恋红尘，而视之为痛苦和灾难。

但这一点人间蚁蝼间的小小差别，你以为像神明一样存在的昊天会在意？不，她不在意。她的永夜收割机，会无差别地收割人世间的这一切。

但是，现在，执行者从昊天自己，转移成了知守观观主和昊天道门，就发生了一种微妙却是根本的差异：同样是永夜收割机的昊天法则，观主代天行事，却把它从末日世界的"无差别"，变成了人间战争的"有差别"——代天行事，执行昊天规则，观主同时也在"取代"昊天，来决定哪些国家（比如大唐）、哪些国民（比如那些同情大唐的世间之人）、哪些强者派系（比如书院）、哪些蚁民（比如长安人）……要被从世间抹去。

这其实已经从昊天无差别的人类灭世计划，变成了观主有差别的灭族灭国灭人计划——这其实是一种很可怕的"权力转移"。

三、人口收割机：从末日审判到人为灭世

观主在代替昊天选择灭国，观主在代替昊天筛选灭族，观主在代替

昊天裁决灭人——这哪是昊天的末日审判，分明就是观主的人为灭世。

人世间最有权力的飞蚁，不是在维护人类的核心利益，却是基于昊天的根本利益，来审判人间"有罪之人"。飞蚁本是蚁民中的杰出代表，应该代表着蚁民的根本和最广阔的利益，但是观主却选择成为昊天的代言人。

这也就罢了。更为关键的是，他代表昊天来裁判、审判和裁决世人时，把无差别的灭世，变成有差别的灭国灭族——依据他所认为的昊天规则，来灭掉大唐、重塑大唐人、净化人世间。

最为核心的是，他并不认为自己的理念是错的。相反，他认为这种有差别的灭国灭族灭人计划，才最符合昊天的根本利益，人类的整体利益，甚至整个人间世最核心的利益。

这才是最可怕的理念、立场和抉择：观主认为自己做的一切，"理所当然"——是最正当的、最正确、最好的选择。

观主通过做一个"永夜前的人为收割机"，灭掉那越来越多、越来越强大的同为飞蚁的修行强者——如书院——不让他们威胁到昊天；最重要的是，把人世间当作昊天圈养的牧场和土地，要减灭蚁民膨胀的人口，减少对资源的损耗，让整个人世间进入新一轮的休养生息，从而确保未来能够可持续地提供给昊天她所需要的能量。

这其实跟《复仇者联盟3》灭霸的理念和立场是一致的，但又有根本的迥异之处。

当普通人类人口膨胀和修行强者的量和质，都已经威胁到世界甚至整个昊天（星球）的生存和发展时，减灭一半的人口（从强者到普通人），就成为势在必行的事情。否则，无法维持昊天世界的运作，也就无法再为存活下来的修行强者和普通蚁民，提供可持续生存的空间和资源了。

所以，观主和灭霸一样，都认为他们的选择才是最正确无比的。他们坚持他的理念和立场。这让他们超越了传统意义上的坏人角色，而把自己变成了"拯救世界"的悲情英雄——因为，为了拯救这个世界，他们都必须向昊天牺牲自己"最爱的人"：灭霸是亲手把自己的养女推下了宇宙的"悬崖峭壁"；观主最后是把自己亲生的儿子作为"献祭品"，献给昊天回归神国之路⋯⋯

因此，他们这种新型的超级无敌"大BOSS"，已经超越了传统意义上两种"坏人"经典角色，成为一种新型的"大魔王"人设：

第一种坏人，是"知道我在做坏事，我就是要做坏事，而且要把坏事做彻底"，是并不认同人类最大公约数的好坏原则、以破坏正确原则为乐事、以犯罪作恶为快感、骨子里坏透了的人。

第二种坏人，是"知道这样做不对，但就是忍不住要去做错的"，是认同和接受世间正确的原则，又忍不住要作奸犯恶，事前挣扎、事中纠结、事后忏悔，但仍然屡犯屡作恶的人。

第三种坏人，就是与人世间大多数人所接受和认同的正确原则，有一条并行的理念和信仰体系；甚至超越于人世间所有的原则之上，信奉或者确立了另一条优于所有原则的"第一宇宙原则"——

他们坚定不移地相信这"第一原则"，才符合人类的根本利益，虽然这不一定符合大多数人的利益；

他们深信不疑这样的原则，才真正有利于人世间、世界甚至整个宇宙的核心利益，虽然不一定符合人类的利益；

他们不折不扣地践行这样的理念和原则，以此为标尺，来审判、裁判和裁决一切人、事、物，甚至种族灭绝、人口灭绝、强者灭绝，认为这样才符合破坏旧世界、建立新世界或者永存世界、重建新秩序的现状与未来发展趋势⋯⋯

这样的超级敌人，才是最可怕的。因为他们有理念，有准则，并不疯狂，也不精神分裂；他们很冷静，很清醒，甚至经过思考之后，他们的理念和准则比人类所谓的正确原则，还要强大和有说服力——你发现你根本无从辩驳。

他们比那人世间一直期盼的超级英雄，还要有"正义感"和"超级能力"——相比之下，超级英雄们拯救世界的信念，就沦为了教条和口号，干瘪瘪的，不再有丰满的躯体、鲜活的血肉和震撼人心的灵魂。

而这些无敌大BOSS提出来的东西，更接地气、更实际、更切中这个时代、这个世界、这个人间所面临的根本问题，所以，更震撼人心、动摇根基，让人的大脑都发生革命。

而且，他并不是想想而已，他还付诸行动。比起那些只认识世界的哲学家，他还有改变世界的行动意志。而且，他还不是"秀才论兵、三年不成"的人，他有足够将理念付诸实践，并且将其创造成预期结果、成果和效果的超级能力。

他从理念原则、行动意志和超级能力三个方面，就占据了战略制高点，所以，一旦他行动，旧世界毁灭、新世界诞生，或者旧世界重构、新秩序重建，就是理所当然的事情了。他比任何人都能创造一个崭新的世界、重建起全新的秩序。

这就是从灭霸到知守观观主这样的"无敌大BOSS"的可怕。也是知守观观主陈某为什么无籍籍名，却远超莲生大师和创建魔宗的光明大神官——他们要么有理念，却没有超级的手段；要么有能力，但却没有可以匹配的理念——也是其在小师叔死了、夫子走了之后，在人间大放异彩的根本原因。因为，世间再无能够压制他的人，无论是理念还是手段和能力。

他们既有"道"，又有"路"。

四、权利之争：谁有资格审判我？

但是，从灭霸到知守观观主，选择的这种道路——从"道"到"路"——真的对吗？

它看似的确符合整个人世间、整个世界，甚至整个昊天、星球、宇宙的核心利益，看似也的确符合全体人类、所有物种，甚至整个多样性生物圈和生态系统的根本利益。但是，它符合某一个物种、某一类群体、某一个人的切身利益吗？

你不能拿整个宇宙的核心利益，来审判某一个物种的生存利益；你不能拿人类整体的根本利益，来裁判某一类群体的发展利益；你不能拿所谓的世界、昊天、人类"第一利益"，来裁决并剥夺一个人活下来且活得更美好的自由权利。

知守观观主陈某选择的这条道路，必然会跟每一个蚁蝼一样的蚁民的生存权利，发生根本的矛盾；他代表昊天裁决人间的原则，必然会与整个人世间的发展需求，发生尖锐的冲突——因为，彼此之间的主要矛盾，就是生存和发展的权利。

这个主要矛盾，决定双方的冲突，将不可调和与避免。

于是，当观主陈某通过宁缺把整个长安城都冰封时，他其实就是在剥夺长安人生活的权利——至少，温暖是没有了。

当两个普通少年，受不了这次冻寒，也受不了这个青衣妖怪打败书院先生，第一次向知守观观主发起攻击时，他不在意——因为这只是两只撑在巨人鞋底的蚂蚁。他甚至都懒得把他们踩死。因为，他们的生死，他毫不在意。

但是，当那个三元里的泼皮把青砖和污言秽语泼向他时，观主宣判了他的死刑——因为他代昊天审判他亵渎了神。

但当越来越多的普通的唐人向知守观观主发起攻击时，他同样代表昊天审判他们有罪，甚至把长安人都审判成歹徒，直接裁决长安城就是一座罪恶之城。

既然全城都是罪犯，所有人都是歹徒，所有长安人身上都有洗不清的罪恶，甚至整个长安城就是一座罪恶之城，那他代昊天判他们死刑，将所有渎神的人都送进地狱，甚至将整座长安城都从人世间抹去，又有什么不对？

观主就是正义的使者——不，他其实就是末日审判的神的代言人。

但是，对于长安人来说，就算是罪人，也有生存下去的权利。

何况有罪无罪，凭什么由昊天道门来裁决，凭什么由观主来裁判，凭什么由观主代昊天来审判？——就因为大唐人不想活得像条昊天的狗？

朝老太爷的观点最能代表长安人甚至整个大唐人的立场和态度：

第一，我们活得要像个"人"，而不能像条"狗"——"我们不是燕国南晋宋国那些被道门圈养起来的猪狗"。

第二，我们尊称和供奉书院，但是我们和书院的关系是"平等"的——一方面是书院和夫子立下的规矩，另一方面是唐人自身的精神和态度。但是，道门与神殿却是凌驾于俗世国度之上的。

第三，在这个国土、家园和人世间之中，我们不是"仆人"，我们是"主人"——这是最重要的，国是我的国，城是我的城，家是我的家，我是主人！

第四，还有一点很重要，唐人虽然也信奉昊天，但因为受夫子影响，也相信"人定胜天"。也就说，人把昊天既视为像夫子一样值得尊敬和信仰的人，但也从未"低声下气，自视为仆"，甚至潜意识里还把昊天视为对手——这两重态度，其实只表明一种关系：平等。哪怕只是一种精神上的平等。

但这已经够了。连昊天如果下到人间来，长安城都会热情好客，把她视为客人来招待——主人和客人，难道不是一种平等的关系吗？

何况，观主、道门这样所谓的昊天代言人，到了主人的地盘上做个恶客也就罢了，还想把对方的家都拆了！

只因为你审判它有罪——罪恶之城?！

如果想做个人、想做个主人、想做个能请昊天到红尘做客的长安城、大唐帝国的主人，就是渎神，就是有罪，那么大唐人宁可渎神，长安城宁可有罪。"每个人都有罪，犯着不同的罪"，只为争取不做狗的权利，可以选择不做仆人，拥有能在自己的地盘、家园和国土上，自由请谁和不请谁做客的自由！

说到底，这是一种权利之争。

观主代昊天行事，就是要把大唐变成看门狗，把长安城变成仆人，把长安人都变成供奉昊天的蚁民。

而这些蚁蝼一样的人，居然还想成为这个人世间的主人，还想跟昊天平起平坐。这不是渎神又是什么？这不是罪恶又是什么？任滔天血雨，也洗不净这满城的罪恶！

于是，这些长安人像蚂蚁一样死去，在观主看来，毫不足惜，没有一丝价值。甚至连渎神之后非死不能赎罪的资格都没有。

但在长安人自己看来，死有泰山之重，也有鸿毛之轻，哪怕他们的死连让那所谓的"神明"一样的存在看一眼的资格都没有，他们也会"继续向他扑去，然后继续死去"。

勇敢或者愚蠢，只是从不同的角度去看。

在长安人自己看来，为了维护自己的核心权益，明知其不可为而为之的勇气，"在人间是一个值得尊敬的词汇"；

但在观主的角度来看，以卵击石，以弱小可笑的蚁力，抗拒代表昊天的绝对力量，用愚蠢来形容，都显得轻了，还想形容成壮烈？

或许书院大师兄李慢慢和三师姐联手对付代表昊天绝对力量的观主之战，才可以用壮烈来形容吧？

五、理所当然：从慷慨赴死到不甘心

面对无法抗衡的差距，面对这绝对实力的碾压，观主本应该轻而易举地就摧毁掉唐人的意志，让他们像仰望青天的蚂蚁一样，明了昊天不是他们所奢望"人定胜天"的对象，从而绝望和放弃，从人重新做回一条狗——一条昊天或者道门的狗。

然而，由那种做人不做狗、做主人不做仆人的精气神支撑着，唐人们的情绪有悲痛、有愤怒、有不甘，但就是没有绝望——为了这样或那样的理由，明知道这样做就是在送死，他们仍然坚持去做，坚持去送死——不——赴死！

一字之改，从"送"死到"赴"死，就是为了表明唐人决绝的态度：宁可站着死，也决不跪着生。为了不当狗，要当人；为了不当仆人，就要当主人——唐人们，宁可慷慨赴死！

围绕核心权益之争，从观主代天罚唐，到唐人慷慨赴死，《将夜》写出了三个层面的"理所当然"。

代昊天行事的观主，打败书院，拆掉长安城，灭掉大唐，审判并裁决每一个罪恶的唐人，是一件理所当然的事情。

为了做一个活着且活得更美好的人，唐人慷慨赴死，长安众志成城，唐国举国而战，书院千年抗天，也是一件理所当然的事情。

狭路相逢，并不是勇者胜，而是实力决定一切。代昊天审判人世间的观主，用实力碾压长安、大唐、书院和整个人世间。

宁缺即使知守到底，也无力回天，力挽狂澜；唐人慷慨赴死，像蚂蚁一样堆起天堆，也无法堆起一个像神明一样存在的"大写的人"，跟昊天的代言人甚至是昊天本人抗衡——那么，接受灭院、灭城、灭族、灭国、灭世的命运，似乎就是一件理所当然的事了。

但是，宁缺，不甘心。唐人，不甘心。

猫腻用了一连串并联的镜头，聚焦并展现从宁缺到唐人的不甘心：喋血长安街的宁缺，不甘心；向晚原牧场死战金帐骑兵的大唐军官司徒依兰，不甘心；追击隆庆皇子的草原精骑、驰援长安的朝小树，不甘心；拼命赶路、后援青峡书院诸位先生的镇南军，不甘心；一夫当关青峡、万夫莫开此路的书院诸师兄弟，不甘心……在举世伐唐中最勇敢、在道门神殿联军前最无畏的、在观主代昊天审判长安城中无惧于生死的无数像蚂蚁一样的唐人，不甘心。

连慷慨赴死的勇气、众志成城的决心、人定胜天的信念，都不能改变人和天之间的差距，似乎只能理所当然地做臣服于昊天的仆人、做代昊天行事的道门"看门狗"，甚至只能做供奉神殿的卑微的蚁蝼……真的不甘心啊！

为什么不甘心？

因为，对于朝老太爷来说，大唐国强，是因为人强；唐人之所以强，是因为在这片土地上，唐人是像人一样站着，是像主人一样活着。

对镇南军将军来说，敢死，敢恨，敢战，是因为大唐帝国和书院举国、举城、举世都敢于为"人"、为"一个人"而战："当年太祖皇帝为一使者，不惜冒灭国之灾，耗尽国力，使大军远征北荒，直至屠尽敌酋才肯归师；书院为一孤苦幼女，敢与佛道两宗相争，二先生斩破烂柯佛祖石像，才稍宣恶气……"

对于义勇军最普通的一兵杨二喜来说，来到遥远的东疆，与东荒蛮人死拼，就是为了扼守通往家乡的方向：妻子炖的腊猪蹄，学堂那面没有漆完的墙，跟里正和县衙要打还没打的工钱官司……国家，家乡！因为有能做人的国，才有能做家人的家；因为有做主人的家国，才有可以捍卫一个人权利的家乡。

对于司徒依兰、朝小树、皇后娘娘和小皇帝等许许多多的普通或者不普通的唐人来说，大唐"可托六尺之孤，可寄百里之命，临大节而不可夺，君子人也！"大唐就是这样一个君子国：可以做人，而不必做狗；可以做主人，而不必做臣仆；可以以人、以主人的身份，邀昊天到红尘做客，而不是跪着——即使只是在精神上跪着，形态上还是维持人的站立……或者为了做人、做主人，不惜与昊天为敌，也要站着死，决不跪着生。

在这样一个人人皆可为君子的国度，唐人和昊天都能平起平坐，何况知守观观主只是昊天的代言人，道门神殿也只是昊天的信徒？如果不得不死、非死不可、待死之后，"终将变成一抔黄土或一捧骨灰，那么我们便是平等的"。

为了这样一个"平等"的君子国，为了这样一个人可以做主人的家园、让人之所以为人的国土，以及可以捍卫一个普通人的权利的美好的地方，每一个唐人都敢战、敢死、敢于赴死，即使像蚂蚁一样死去——因为人终有一死：死有泰山之重，亦有鸿毛之轻。为自己而死，如泰山之重；为昊天而死，却如鸿毛之轻。

唐人慷慨赴死，在观主看来，犹如鸿毛之轻——因为他们就像蚂蚁一样。但是，在唐人自己看来，他们的死，却犹如泰山之重——因为他们的存在重于昊天。

这超出了观主对普通人的评价。即使他已习惯了像神明一样存在于云端之上，俯瞰世人如同蚁蝼一样，看着那一张张没有任何恐惧神情的脸，也真的难以理解这些普通人的选择。所以，观主才会问："像蚂蚁一样地死去，能甘心吗？"

回答观主问题的，除了朝老太爷那一番"君子国"的理念，还有那"我甘你奶奶"的国骂和上可打天子下可杖庶民的拐杖：

"我大唐从来都不缺少这样的人，大唐就是君子国。"

"如此美好的国度却要被你们这些贼老道从人间毁掉，你还问我是否甘心……"

"我甘你奶奶！"

这是双方不可调和的主要矛盾和尖锐冲突。

观主代表昊天，天要伐唐，道门要灭国去族，将整个人间变成一条狗；唐人代表人间，人欲胜天，争取人之所以为人的权益，不仅关涉唐人整体利益，更有普通人个体权益。

因为代表昊天，所以，观主无视唐国的强大，唐人的骄傲。因为，唐国再伟大，也是世俗的伟大，只不过是俗世蚁国。昊天在上，唐人在下，"天生"就是蚁蝼。蚁蝼再强，也还是蚁蝼。在昊天的神圣规则之下，这些世俗的强大和骄傲，不过是尘埃而已。

非但如此，从朝老太爷那不甘心的拐杖打下来一开始，观主改变了策略：从"杀人"到"毁心"——既然"杀人"解决不了问题，那就打碎唐人骄傲的硬壳，把他们荣耀的脸面踩到泥土里，毁掉他们那颗让唐国伟大的"心"！

六、天要灭唐：从"代言人之争"到"天人之战"

大师兄说这样不对。

书院犹自不甘心，仍然成为昊天和大唐之间的最后屏障。

观主却道："唐国虽强，天要亡唐，你能奈何？"

"天要灭唐"的声音传遍人间的每一个角落。既然朝老太爷的"君子国"理念，在东疆、在北疆、在唐国的每一寸土地上回响，那观主代天"灭唐"的声音，就一定会覆盖过它。

青峡战之前，叶红鱼说道："天要亡你书院，你能如何？"

二师兄君陌率领众师弟妹，将神殿联军阻挡在唐国之南，使其七日无法寸进，确实将书院的屏障践行到了极致，但现在离"最后的死亡"只有一步之遥。

但二师兄平静地重述了一遍朝小树当年流传于长安城的两句话"天若能容，我便能活，人不能容，我便杀人"，然后说："我一直认为这两句话不妥，因为天不容我，我也要活。"

然后，二师兄斩钉截铁地回答叶红鱼的话："如果这贼老天，真的不能容我活下去，那么……我也不能让它活。"

"至少不能让它活得太痛快。"

这捅破了最后一层纸。

举世伐唐，尽管代天行伐的昊天道门与唐国已然势不两立，但毕竟这是在昊天的世界里。

叶红鱼猝不及防。因为，她没有想到昊天之下，"有人会如此平静而坚定地提到这个问题"。

其实严格地说来，这最后一层窗户纸，不是君陌捅破的，而是观主捅破的。

这一层纸捅破之后，性质就发生了根本的改变。

没捅破之前，道门灭书院，神殿联军灭国去族，观主灭长安，虽说是代表昊天行事——但是，"代表"毕竟只是"代表"。观主不是昊天，道门神殿也不是昊天的规则，所以只能说是"代"。但天意不可测，天威不可拒，昊天是不是真的这么想，谁也不能妄自揣测。

如果天不是这个意思呢？那么书院和道门、大唐和神殿、长安城和观主，还可以限制于"人间的战争"；双方还可以都打着"天"的旗号，互相讨伐对方——比如，同是昊天的信徒，凭什么你说你们西陵神殿就代表着昊天的旨意，为什么大唐子民就不能是昊天的代言人？

所以，双方都可以争夺"天之使者"的名分——就像千年历史中历次战争所打的旗号一样：都说自己才是真正代表天道，所以才是真命天子，是"天命所归"。

好吧，说夫子是个彪悍的"与天斗其乐无穷"的老人家，这纯属掩耳盗铃的做法。但只要话语权掌握在自己手里，大唐人仍然可以强词夺理——历史不都是掌握权杖的人书写的吗？拥有诠释权的人，才可以诠释真理和标准吗？——夫子也没说要与天斗啊，你看他老人家不是一直在躲避老天，甚至把自己整个人都融入人间去了，和人间成为一个整体，就是不想被昊天找到，不想跟昊天面对面地"像男人一样地"战斗（搞笑的是，人和天战斗，最后变成了一个男人和女人的战争）啊！难道不是昊天千年构陷了一个惊天大局，就是要把夫子找出来，逼他作战的吗？想战斗的是昊天，不是夫子啊！

好吧，就算夫子骨子里其实一直想与昊天斗，想"破天"——但只要他不说出来，就不会被昊天抓住把柄。但就算昊天抓到了夫子的把柄，逼夫子上天作战，夫子也不是认尻的——他其实也一直在谋划"邀请昊天到红尘做客"。

但即使如此，夫子和昊天作战，仍然可以诠释成"改天、换天或者变天之战"——书院和大唐信奉的"天"，不是这个"昊天"；昊天不是"真天"，是"假天"。从这个意义上，夫子所做的"变天"，和观主最后所做的"换天"，有什么区别？不都是为了证明这个昊天是"伪天"，所以必须换成一个"真天"吗？这跟那种"苍天已死、黄天当立"的说法和做法，又有什么本质上的区别？

事实上，还是有本质上的区别的。

观主"昊天灭唐"的说法一出，就戳破了那层虚伪的窗户纸：这不是不同利益集团的"昊天代言人"，在人间进行"谁才能代表昊天"的划分地盘和势力范围的重新洗牌之战，而是"天要灭唐、天要灭书院、天要灭长安、天要灭唐人"的天罚之战：唐人从来就不是昊天的天选之民，书院从来就不是昊天在修行世界的代言人，大唐也从来不是昊天在人世间钦定供奉的俗世蚁国——所以，昊天才要伐唐罚人，灭国去族，抹去长安这座罪恶之城，将所有长安人甚至唐人都当作罪民审判。

于是，从同奉一个天、"人间代言人"之战，变成了"天要灭你"的天人之战，整个战争的性质，就从人间之战，变成天上人间的"天人之战"——天和人终于对立起来了。

而且，这个天特指昊天，这种人特指唐人——特定的昊天，要灭掉特定的国族、人族和物种：受书院庇护、以大唐为国土、长安城为精神的大唐子民！

这是一种定点消除、精准打击的特种国族灭绝计划。

七、择天之战：天若不从，就灭了它

但更深层的真相浮出了水面。

都说唐人信仰的是昊天，但其实唐人信的并不是这个名叫"昊天"的天。

就像夫子一直认为"天外有天"：昊天并不是这个世界的全部；破开昊天这个"破天"的贼盖子，就能看到真正的天——这就是所谓的"真天"。

既然有所谓的"真天"，那现在的昊天算什么？只能算是"假天"或者"伪天"。一旦被夫子证实了有真天，或者昊天被观主证伪——好吧，这两件事情其实是同一个硬币的两面——这就动摇了昊天治理这个世界的合法性。

这其实就从"天人之战"，转移成了"真天伪天"之战——而它们，都系于人世间的信仰：你到底相信的是哪一种天？

从书院到大唐，他们信仰的其实不是昊天，而是真正的天——这就是书院被视为异端、唐人被视为罪民，从而举世伐唐背后昊天灭唐的真正逻辑。

但就这样吗？

真相就只是到这个程度吗？

不是！削竹剥笋，最后的真相，才是真正突破底线的地方：唐人信仰的也不是真天，而是人间；唐人并不是不相信昊天，而是他们从来就没有相信过天，他们相信的只是自己。

唐人就是"没有信仰"的人！或者说，他们信仰的就是"信仰"本身。

没有对天的信仰，意味着他们就会像夫子一样，是理想的现实主义者——这个昊天不行，就换成真天；真天不行，就换成假天；假天还不行，就换成苍天、皇天、青天、白天……反正哪个天好用，就拿来"换"着用。

"天"——这个曾经如此神圣的领域，却变成如此世俗实用的字眼。没错，换天就像换个字眼，那么容易、草率。而唯一的标准，就是它实不实用。

但比这更激进的，却是"我就是天、天就是我"的危险倾向。不是人在天之下，而是人在天之上——人才是真正的天。

所以，一切是以人的生存权、发展权等为标准，来衡量天有没有符合人们意愿和实用标准的资格。

人才是人间天上真正的主宰。

所幸的是，以人来换"天"，到人就是天，还有一个漫长的过程要走。但是，唐人从争人的生存权利，到要求换天改天，已经是一个非常危险的苗头。因此，必须将它扼杀于摇篮之中，火苗之上。

因此，观主宁可把那层窗户纸捅破，也要防患于未然："天要亡唐，你能奈何？"

因此，二师兄君陌这个问题，其实不是回应叶红鱼的，而是回应观主的——君陌代大师兄、代书院、代大唐人甚至只是代他自己，回应了观主的。

"天若想让我活得不痛快，我必让它也活得不痛快。"

在此基础上，大师兄援引夫子的话，进一步回应观主："人心所向，天必从之。"

"天若不从，天若不容，那你又如何？"观主停下脚步，望了望天，若有所思，"你们可以抬头看看，苍天可曾饶过谁？"

若真是昊天的意志，有谁能够违背？在昊天冷漠而残酷的规则之中，"人类的意愿，似乎从来都不是什么重要的东西"。

观主的话，似乎无人能够辩驳。大师兄不擅长，瘦道人不会说，楚老太君只会做，朝老太爷一时半会儿，也不知道该说什么该做什么了，只能沉默。

"那便灭了它。"于无声处听惊雷，在沉默中起闪电，宁缺终于响起来的话，如疾雷闪电，把那沉重的铁幕撕开，让唐人看清楚自己内心真正想要的东西，"人心所向，天必从之，天若不从，那便灭了它，我想这是一个很简单的道理。"

从此，整个战争的性质，发生了真正的改变。

第四章

人间之力：写出那个"大写的人"

这是一个时代的拐点。

从此，修行强者之间的战争，转变成了全体蚁民直面神明的抗争。

夫子登天，是整部《将夜》的拐点；长安之战，是拐点之中的拐点。

举世伐唐，天上人间，全都陷入了战斗。

夫子化月，在天与昊天战斗；宁缺和他的师兄师姐们，留在人间战斗。两场战斗的结局，将决定整个人世间的走向。

而决定这两种战斗结局的关键，又在于同一源："人间之力"。

区别就在于：人间之力到底是什么——对于人间之力的不同理解，这是定义。运用人间之力的规则又是什么，这会定性。人间之力的生产者、决定者和主导者又是谁，这将定位。

这两种战斗，不同之处，就在于这三点：人间之力；规则；谁！

正是以此同源，但又不同态的人间之力为轴心，战斗又在两个层面展开：一个层面是在夫子、昊天和知守观观主陈某相互之间，围绕着"规则"而战。

另一个层面，就是宁缺们与修行强敌，大唐帝国、大唐民众与伐唐联军的举国之战，以"谁战、为谁、决定未来的又是谁"为轴心，不停地转换。

而将这两个层面扭结起来，就是宁缺和陈某的关键之战：从长安城战到整个人间世之战，关键的关键就是"人"——扭转整个战局的，就是宁缺书写的"人"字符；从小写的人到大写的人，它改变了聚焦人间之力的规则，从而改变了历史、时代和世界的真正书写者！

以两次长安城战为桥接，从君陌到叶苏再到宁缺，构成了一个从 1 到 0 的"转场升维"。

一、时代的拐点：从强者之战到普通人 PK 神明

这是一个时代的拐点。

从此，修行强者之间的战争，转变成了全体蚁民直面神明的抗争。

这种抗争，其实是从长安城里少年的两把刀开始的：一把柴刀，一把菜刀；城里少年叫张三，乡下少年名李四。

这两个少年恐惧、害怕、颤抖，但是，他们胸腹间有一股气；于是，他们一路骂着脏话、一路哭喊着冲了出来，冲向这个被他们视为妖怪的青衣道人——知守观观主陈某……

那股一直孕育和酝酿、庞大而强大、喧嚣与躁动前的时代暗流，就此找到了一条极小极小的导火线，或者一点极微极微的火星——那种像火药桶甚至比活火山还要激烈的岩浆洪流就要被引爆了，喷薄欲出，汹涌澎湃，裹挟一切，吞噬所有。

天上人间，神明强者，人间万物，都将避无可避，退无可退。不愉快地投入，就只有被痛苦地吞灭。

现在，所有的一切，都被死死地压制在这两个长安少年的那两把刀和知守观观主之间极轻极轻、没有分量、微不足道的"临界线"上……

在此之前，修行强者之间的战斗，跟俗世蚁民毫无关系。

尤其是知守观观主这样天下无敌的存在和长安城战——"这场战争虽然发生在人间，但早已超越人间的范畴，没有任何普通人有资格参与这场战争中。"

连体现俗世蚁国国家体制的军事力量，都是如此，遑论那些像蚁蝼一样的普通平民？

所以，这两把刀劈出的线，又能算得了什么？

修行强者和俗世蚁民的关系，再一次被显著地突显出来。

似乎嫌这样还不够强烈，猫腻又在这一层关系上，浓墨重彩地涂

了一层。

第一层，向上提升——将观主的地位不断提升，不但超越所有人世间的修行强者，而且，上升至"昊天代言人"，甚至可以堪比昊天的位置。

第二层，向下降低——将两个少年的身份不停降低，不但低于那种军事化组织中的人如"所有唐人少年视为偶像的羽林军"，还低于普通强者如"平日里横行市井的流氓、平日里无比艳羡的游侠儿"，甚至都要低于那些最一般的普通人——比如那些胆子太小但身体至少还壮的"老男人"，因为他们是，而且只是两个少年。

两个蚁蝼，像昊天一样神明的存在，两者之间反差实在巨大。蚁蝼对昊天发起的冲锋，甚至都不能说是"挑战"。而神明对蚁民的抗争，只是觉得些许"趣致"。这种画面，看起来太可笑了。仿佛扔了一个小石头到汪洋大海里，什么都改变不了，连点浪花都溅不起来。

> "宁缺看着那两名不要命奔跑的少年，心跳莫名加速，仿佛看到了一只螳螂苦苦挡着车轮，看到一只蚂蚁正撑着巨人的鞋底。
> "他知道那两名少年什么都改变不了，更不要说长安城的命运，就如同此时的他也什么都改变不了，包括那两名少年的命运。"（第四卷垂暮之年第一百七十一章"罪恶之城［上］"）

但是，改变还是发生了——

两个少年，就像茅坑里的石头，又臭又硬地反复扔掷；三元里著名的泼皮，跟着抛出了青砖；

紧接着，一把菜刀、一个黑锅、晾衣的竹竿、价值不菲的茶壶……连同茶博士、豆腐摊的女老板、顽童等无数唐人的污言秽语、辱骂嘲弄，全都向观主身上砸了过去；

然后，鱼龙帮的青衣汉子们，数十名最后的羽林军，天枢处的修行者们，瘦道士带着观里的小道士，朝老太爷带领数十名皓首老人和他们的子侄辈们，楚老太君带着满府妇孺……

"所有人都满脸凶神恶煞。慈眉善目的唐人，急公好义的唐人，虔诚奉天的唐人，在这一刻都变成了歹徒，长安城变成了一座罪恶的城。因为这座城里的所有人都要拼命，都要杀人。"

他们都想杀掉那个青衣道人——知守观观主。

一块石头是石头，但成千上万块石头就成了"雨"，再乘上无数倍唇枪舌剑，就成了"海"……长安城成了一个人声鼎沸、罪恶滔天的汪洋大海，欲要吞天，欲要噬人——无论吞天，还是噬人，它们指向的，都是那个像昊天一样存在的道人。

它改变了整个战争的走向：不但蚁民参与了修行强者之战，甚至，引发了对神明的战争。

什么叫蝴蝶效应？

这就是！

一只小小的蝴蝶扇出的翅膀，可以扇起改变整个历史的大西洋的龙卷风。

飓风起于青蘋之末。小人物也可以创造历史。

从举世伐唐，到举唐抗天，就是从两个长安城少年开始的。

少年强，则大唐强。

二、话语权：把权杖还给故事创造者

这不是"量变"，而是"质变"；它改变了整个战争的性质。

《将夜》对这场长安之战的描述和精绘，最能体现它的文字风格——遣词造句，谋篇布局，微言大义，主题关键词，草蛇灰线，伏脉千里，甚至画中画、图像外图像、镜头之远还有镜头……整个视觉系统甚至五种"官能联觉"！

这是一种可以由文字阅读引发的视觉、听觉、知觉等幻象，比如：文字就是绘画，数字就是颜色，笔墨就是音符，甚至看到人时，你都能闻到包子铺的味道……

猫腻从纵、横、交错、立体和全景等几个视觉，逐层将这种"性质"展现了出来。有诗一样的笔触，也有白描线条的画意；有影像的动感，也有文字的爽感；既有史诗的品格，也有思想的深邃……所有这些杂糅在一起，就组成了一锅狗肉汤——热气腾腾，大补，可以坏掉观主的清虚镜，也会打破阅读的宰制权。

整个故事的阅读，已经不是猫腻所能掌控的——他的笔墨恣意肆虐，已经让故事漫过文字的边界，逐渐导向失控，却被那一笔一画的拙笔强行收敛和束缚起来，形成了强有力的逼迫，以及普遍紧张的关系。

读者的视野弥漫苍穹，正在被像颜瑟大师的"井"字符一样的笔意文气，切割成无数破碎的空间；或许并行不通，或者垂直并错，彼此独立，而又奇妙地连接在一起；每一个空间都在试图朝外扩张，侵入他人狭小而逼仄的立锥之地，最后却不经意地发现他人之气已在己身空间弥散——自己的阅读视界已经完全被渗透甚至同化了。

在猫腻的文字和读者的视景之间，故事中的人物正在逐渐掌控整个故事的话语权：他们在文字的空间、视觉的边界之内，恣意演着自己的喜怒哀乐、悲欢离合，毫不在意字里行间那刻意紧绷的文字线条，也不搭理来自屏幕之外阅读视线的共情呼唤；他们甚至就像观主一样可以在针眼里作画，成为画中画、里中里、"人"中人……

> "如果说他的'义'字符是针线，可以缝补长安城，那么便会留下针眼，普通的修行者，不可能看到这些针眼，更不要说利用。
> 但观主不是普通人。
> 观主是能在针眼里作画的画师。"

所有人既是画里人，又在画外；既在我们的视线之里，又在里面的里面；既是我们眼球中的人，但又是我们心中人——甚至我们自己，都成为他们已经、正在和即将创造的故事中的人。

是的，这个故事是他们创造的，不是猫腻"写"的，也不是像某种接受理论所说的那样——文本因为读者的阅读，而真正地获得了价值和意义。

从猫腻的文字，到读者的眼球，都只是触媒，触发到某种语言的魔法或者故事的禁术；于是，被束缚在字里行间和故事果壳里的他们，就活了过来——犹如某种东西让长安城从观主寂灭的冰封里活了过来……

然后，生旦净末丑、神仙老虎狗，你方唱罢我登台：他们才是主角；我们都是配角——不，连配角和路人甲都是他们的。作者和读者都是给他们跑龙套，而且不是戏中人，而是戏外人的龙套，甚至是炮灰！

这种故事禁止某些人进入，犹如"乂"字符：此路不行！你若强行通过，当心被以文为刀、以字为剑，文字交叉，构成的一把大剪刀，把你像野草一样收割。

这就是他们的故事。

他们的地盘他们做主。

是他们在邀请或者拒绝你进入他们的故事。

他们创造了整个故事的时空法则，你必须遵守他们的游戏规则。

三、讲故事：从强者为屏到长安人墙

就像夫子登天之间，宁缺"泪流满面"地说你太不负责了：你走了，大唐怎么办，书院怎么办，我和师兄们怎么办？

夫子说那是你的故事，不是我的。

我前半生的故事，已经跟你讲完了；余生，就是要登天，去跟昊天讲故事，顺带用拳头跟他讲讲道理。

而人间剩余的故事，则是你自己去写的！写得怎么样，其实与我无关——也与作者无关，与读者无关，甚至与你自己无关。

夫子其实是个很不负责的老师，讲道理经常只讲半截，后面半截，要么我们自行脑补，要么就是用拳头去看能不能讲得通。

宁缺其实捡了后半截就跑。

他确实去创造了自己的故事——但刚开始时，他走的还是从夫子到轲浩然的那一条老路：英雄创造历史，强者宰制世界，昊天（或者像昊天一样神明的存在）制定规则……

夫子终其一生都是堪比昊天一样的存在，所以，可以完全不用理会昊天的规则，而自行缔造另一套并行不轨的规则——那套规则名叫"人间"：以仁义教化世人，以礼法固化道德，以律法减少纷乱……

于是，在昊天之下，夫子的确构建起了"人间"的屏障：夫子成为书院的屏障；书院成为长安城的屏障；长安城成为大唐的屏障；大唐成为人世间的屏障——尤其是成为修行世界和俗世蚁国、修行强者和普通蚁民、高等生物（帝王将相）和低等生物（街户巷民）之间的屏障：那些像蚁蝼一样的普通人生存和自由的权利，唯有这道屏障可以保障。

但这一半是理论，一半是实践。夫子有了千年的时光却实践了前半截的理论，但必须在登天之战的余生之中，去检验他最后一半甚至是最重要的猜想。

连他自己都没有确切的把握，这条道路是否真的走得通。走得通，就能"朝天大道"；如果走不通，那就不是"大道朝天"，而是人间常见的断头路了。

（猫腻在《将夜》之后的作品是《择天记》；《择天记》之后的作品是《大道朝天》——可以注意一下彼此间的脉络。）

因此，当宁缺去创造自己的故事时，他走的仍然是这种构建屏障的路：大师兄七日无矩截阻观主，二师兄青峡拒敌，三师姐守住书院后山，都是为宁缺构建时间的屏障；

莫山山帮助宁缺医长安城如医人，试图修复惊神阵，就是想构筑保护长安城的屏障；

宁缺以刀为笔，以雪山气海为砚台，以天地元气为墨，在整个长安城书写一道又一道的"又"字"乂"符，就是想在长安人之前，构筑起最后一道屏障……

但观主再天下无敌又如何？只要大师兄和三师姐还没有死，"这场雪街之战便没有结束，书院就依然存在"。

他们是扛在书院前面的最后一道屏障；书院是扛在长安城前面的最后一道屏障——但是他们仍然没能扛住。屡败屡战，但仍然是败。

长安城若是一个人，那么扛在他前面的最后一个人，必然是宁缺——但他失败了。

宁缺怎么可能不失败？从夫子那里就错了！

夫子说要讲故事是对的，但是，宁缺还像夫子那样去讲故事，方式就错了。

夫子的确是人间的夫子，但是，人间并不是夫子的人间。夫子成为人间的屏障，讲的只是前半部故事：强者为屏。

但是，宁缺要续写后半部故事，如果仍然是沿袭强者的思路和逻辑，就不再符合人间的利益和时代的发展——夫子其实只不过是人间的一部分，因为，夫子把自己融入了人间。他可以代表人间，却不能代表人间的全部。人间需要人间自己真正的代表。

故事的话语权在这个拐点发生转移，就是一件理所当然的事情了。不是宁缺在书写故事，而是长安人在创造故事——代表人间的为什么一直是强者？人间的代表为什么不可以是普通人？

因为，这其实是一个强者时代向普通人时代的转向。

一直都是书院的书生在保护我们，一直都是长安城（惊神阵）在保护着长安人，一直都是书院在保护着大唐，一直是书院的大唐、大唐的书院在保护着人世间……现在，轮到我们去保护书院的先生了，去保护书院了，去保护长安城了，去保护大唐了，去保护人间了——"我"们才是真正的人间屏障！

"那个青衣妖怪很可怕，书院的先生好像都打不过他。"就像那个长安少年说的，"我准备过去……"

去干什么？

去帮忙！

帮忙向来是有能力才能帮，没有能力，帮的就是倒忙；保护向来都是强者对弱者的保护，何来弱者对强者的保护？

但是，故事恰恰就是从这儿逆转的。

小人物创造历史，平民守护英雄，普通人构建人世间的屏障。

犹如书里说，当长安城已经挡不住观主侵入的脚步时，那长安人就用自己的热血，构筑一道新的长安城：

"长安城高耸入云的城墙没能拦住敌人。于是他们用自己的血肉之躯，筑起了一座新的城墙。"

他们以肉为屏，挡在了宁缺的前面，挡在了长安城的前面，挡在了书院的前面，挡在整个大唐和人世间的前面。

他们是真正的城墙。

长安城是"人"；但，"人"才是真正的长安城！这两句话，看似只是颠倒了语序。但是，主、宾易位，却代表着一种真正的改变。

正是，这种真正的改变，带来一系列颠覆和变革。

四、弱蚁当街：让你"多看一眼"的意义

从"强者为屏"，到"弱者为墙"，只是第一重转移。

真正转移的，却是其中隐藏的自我意识和精神觉醒：真正保护长安城、保护书院、保护大唐，甚至保护我们的，是谁？

不是他们，而是我们！

他们是强者，而我们——其实不是"弱者"！

这是一种很强烈的二元对立关系，把"他者"和"自我"区分并隔离起来，从而形成了一个可以观察到变化轨迹的杠杆关系。

于是，在这"一秒即一生"的故事里，浓缩了长安甚至整个大唐人的心态改变和精神嬗变史。

他们自己，把它界定成了如下几个里程碑式的阶段。

第一阶段，仍然是沿袭了千年的强者保护模式。

长安人第一反应，是"帮忙"：帮助书院先生，帮助书院，帮助长安城，帮助大唐……哪怕这种帮助微不足道。

因为，在强者对强者之战中，普通人就是凡人，就是蚁蝼，即使被那神明一样的存在看一眼，就会死去。没有一丁点改变战争结局可能性的效果。

陈七认为，帮助没有效果，就没有意义。

但朝老太爷说："观主就算真的是神仙，只需要看一眼，我们这些凡人就会死去，但只要能够让他在人群里多看一眼，谁又能说这完全没有意义？"

"就算如你所说，我们的出现没有意义，但只要我们出现在那里，

其实也就有了意义。"

这种意义是什么？其实就是去当炮灰。

只是为了让那个神仙多看一眼，就要人流如此浩浩荡荡地去当炮灰。陈七觉得真是愚蠢而白痴的行为。但"想虽然这般想着，他脚下的速度并没有变慢，不多时便赶到了人群的最前方，替下那名老仆，搀住朝老太爷的身躯"。

"没有办法，谁叫他也是唐人，唐人有时候就是这么愚蠢而白痴。"

因为，唐人所有愚蠢而白痴的送死行为，绝不是想让那个神明一样存在的观主多看一眼，从而给个"青睐"啥的；他们其实只是想让宁缺"多看一眼"——你绝不是一个人在作战！我们绝不是你最坚强的后盾，但我们绝对会冲在前面，慷慨赴死，用尸山血海，为你把敌人阻上一阻。

唐人最后确实是这样做的。就在被打残了的宁缺面前，慷慨赴死，用一具又一具的尸体，堆出一个又一个的路障，只是为了阻止观主的脚步缓上一缓，让宁缺有可能——哪怕只有一丝丝的可能——在最后一秒恢复自己的战斗力。

他们确实做了炮灰。但是，炮灰中那一点燃烧殆尽，却犹自未甘的火星，还是点燃了宁缺绝望中的希望之苗，从而让他真正觉得人世间还是有"意义"这种事物的。

正是这一点火星，改变了宁缺。

宁缺其实一直都是个自私自利的人，除了为了自己和桑桑能够活下来，且活得更好一点而奋斗之外，这一生其实他从来没有为别的人别的什么目标奋斗过。所以，当夫子说他既然生而为人，就要为人间做点事情，想把这个贼老天的盖子掀开，从而让昊天世界之下的人能够呼吸到外面一点新鲜空气时，他就觉得这种"为全人类的解放而奋斗"的理想，其实是一件在牛 A 和蠢 C 之间很 2B 的行为。而这种 2B 的理想与行为，他的老师居然想让他也传承下来！

宁缺当时的反应，没有拒绝也没有逃避，而是很认真地请教：请问夫子，我怎样才能和你一样强。

这很符合宁缺基于实际、精于算计、切身利益的人生逻辑。

但它放置于夫子带着他和桑桑看遍人间、期冀点化顽徒及其悍妻，为人间谋求另外一条出路的现实主义理想情怀的语境里，就显得特别荒谬和反差，并具有一种反讽的意味。

再宏大的抱负，都必须脚踏实地、量力而行。何况，量力而行的，对于宁缺来说，更多的是符合切身实际利益的事，人类远大的理想和前景，与他有什么关系？

所以，他的潜台词其实是说：夫子，甭指望我，我没那个力，也没那个心！

宁缺其实也是极其怕承担责任的人。就算和莫山山彼此喜欢，他都是不拒绝、不主动、不负责的三不男人，何况长安城、大唐和整个人世间的命运？他绝不是像小师叔一样"虽万千人吾往矣"的人——连一个人的战斗，他判断自己赢不了的话，都会转身就逃；何况这种为千万人的战斗，几乎无一丝胜算，他又怎么去扛？

不想扛，却不得不扛，不过是颜瑟大师、夫子甚至桑桑把整个重责大担或者是原罪一样的感觉强压到他身上而已——他从骨子里是不想欠别人账，也不想别人欠自己账的人。

不想别人欠自己账，就君子报仇，十年不晚。所以，他会花十多年的人生就谋划这样一件事，向夏侯将军、亲王李沛言复仇"讨债"。

他不想欠别人的债，就想着还债，从早到晚——想早早地把欠下的债还给夫子、还给颜瑟大师，特别是把桑桑欠的债赶紧还给长安城；然后，了了就了了，无债一身轻。

这一生，宁缺其实就只是一个讨债和还债的人，责任、理想、情怀什么的，跟他没有半毛钱的关系。

最重要的，宁缺其实跟长安城、跟大唐、跟这个昊天之下的人世间没有一丝的"羁绊"。他一直觉得自己是外来人口，是非典型的唐人，跟这个世间的人没有关系。

所以，宁缺一直冷眼看戏。他们是戏中人，他是戏外人。戏中人再喜怒哀乐，戏外人再悲欢离合，都像他第一个学会的神符"二"，两者可以并行，两者可互观，都绝不交叉。

但是，因为桑桑，因为夫子，因为书院师兄姐、渭城普通人、长安土著民……宁缺和这个人世间就犹如他学会的第二字"义",有了会集和交义,有了纠缠和错杂,而且他－桑桑和那辆大黑车,成为阡陌纵横、天上人间、神明蚁蝼命运之轮的焦点。犹如他在棋盘世界所经历的那些故事,或者被国师李青山所偷窥的天机。

但这还是没有意义。就算宁缺已经从局外人变成了局内人,成为命运之轮的那个推手,他仍然对此毫无感情。

但是,从那两个长安少年冲上来,再到整个长安城的唐人站于他面前慷慨赴死,宁缺发生了变化——不是微小的变化,而是根本的变化——他真正从局外人,变成了局内人;而且,身陷局内,真正跟局内的长安城、大唐人甚至这个昊天世界之下的人世间,羁绊在了一起。

让宁缺和长安城、大唐人、人世间终于"羁绊"在了一起,就是朝老太爷所说的以及宁缺悟到的"意义":他为长安城做的事情,以及长安人为他做的事情,都是有意义的。

哪怕是宁缺犹如螳臂当车,被知守观观主这个举世无敌的牛人碾压;哪怕是朝老太爷等一众凡人往长安城街道一站,仅仅是为了让那像神明一样存在的观主看一眼——然后,就此死去!

五、犹自不甘:从情感到命运的羁绊

事情的性质,就在这里,发生了第二重转化。

从宁缺为长安城做的事的"意义",到长安城为宁缺做的事的"意义",这不仅仅是一个主－宾易位的转移——这是一种横向上的重心转移。

但更重要的,它完成了从"意义"到"情感"的转化——这是一种纵向上的性质变化。

这不再是我和你,或者你和我之间有无意义的事情,而是"我们"共同归属的情感问题。

它让宁缺这个骨子里极其冷漠的人,对长安这座城、大唐这片土地、人世间这个世界,真正有了情感的羁绊。

一生之中,我们会做很多事情。但未必每件事情都有意义,也未必每一件有意义的事情，都值得我们投注情感。有意义、有情感其实是很重要的两个关键环节。

在守护长安城之战中，宁缺和朝老太爷为代表的长安人，都找到了意义。

这种意义其实不止一种定义。他们犹如太极图，经历了不同的弧线，最后在 S 曲线中找到了交会点：

宁缺是从个人的生存出发，逐渐找到他和桑桑活下来的意义的——就是复仇或讨债，然后逐渐背负了从他们自己到小卓子、从将军府到边境村、从渭城人到长安人、从大唐人到世间人的生存和自由的意义。这就是由小到大的弧线。

朝老太爷等为代表的大唐人，却是从举世伐唐中赴边境作战的义勇军捍卫之国土，到长安城内之家园，再到大唐、书院、书院书生之国族，直到书院十三先生宁缺这一个人。这是由大到小的弧线。

在这两条不同的弧线，中间那条，就是让他们彼此有意义的 S 曲线。但那是不够的，真正让他们的命运羁绊在一起的，还是情感。从"我和你"的意义，到"我们"的情感归属，才是真正的羁绊。

情感其实就是在这种"意义"上的曲线上诞生的。它本身就是一条接触轨迹。从情绪到情绪的引爆点，就是在这条轨迹上孕育而成的——它把那股喧嚣躁动的暗流，引爆成席卷长安城朱雀大道到大街小巷的潮流。

它首先引爆的是长安人的情绪。恐惧、惘然、烦扰或者挣扎、愤怒……都是情绪，而且是有程度的递进秩序。

从长安少年，到无赖泼皮，在长安城第一时间弥漫的大面积情绪，就是恐惧：因为那个青衣道人就像妖怪一样，妖乱长安；又是如神明一样的存在，降罚世人。

"他们甚至现在还处于恐惧之中，因为他们是凡人。"

他们只能在恐惧中等待书院和道门、书院先生和知守观观主战斗的结果。当他们发现书院败了时，他们仍然恐惧，但是，他们学会了克制恐惧，到书院先生希望他们到的地方。

恐惧渐生之后，就是惘然生寒——连书院先生这样的修行强者，都不堪一击；他们这些被神明看一眼就会死去的凡人蚁蝼，又能做什么？

这不知道"做什么"的状态，席卷了整个长安城：这不仅仅是有没有能力的问题，"因为他们都是普通人，他们没有资格加入到这场战斗里"；

最主要的，还是置身事外却又身陷局中不知自己如何是好的问题——这场战斗已经不属于人间，却又发生在人间。

换句话说，人间成为了整个战斗的筹码，而他们就是人间——却没有人过问他们的意见。他们也没有能力发表意见。此情此绪，只可以惘然形容：此情可待成追忆，只是当时已惘然。

惘然消散之后，神志清明，想到应该做什么，却不知这样做值不值得，或者，该不该这样做。

比如，他们想帮助书院先生，却不知道能不能帮得上，有没有效果。如果没有效果，就没有意义。如果说，这个问题，像朝老太爷一样的人很快解决了，但是，对于像瘦道人这样的人，其实就成了困扰。

因为，这涉及站队的问题。他们信仰昊天，信奉道门，信守作为信徒最基本的准则——但是，现在道门想灭了大唐，道门的祖师爷想要拆了长安城，普天之下的昊天信徒都想做的事情，却是想拆了他一直打理的道观；仅仅是因为这座道观是在长安城里，他是长安人，他是身在大唐的大唐人。

因此，昊天信徒和大唐民众这双重身份，成为最为困扰的事情；遵从昊天的信仰，还是捍卫家园故土的信念，成为他们内心的挣扎。

从烦扰到挣扎，他们和南天门昊天道门的修行士一样，只不过是一个极端的案例，浓缩了大唐人在这场举世伐唐之战中隐而不显的心灵挣扎和精神煎熬：他们生活在昊天之下，昊天就是他们的信仰；但他们又生活于夫子的庇护之下，书院成为他们的精神寄托或者象征。

现在道门代表昊天要灭唐，夫子却又代表人间跟昊天在作战；观主成了昊天的拆迁大队长，想把整个长安城都拆了，拆去的不但是他们精神的脊柱，更是他们赖以生存的道观或家园……你让他们如何能答应？

"就算是昊天要拆了我这座道观，我也要跟他拼到底！"

于是，愤怒油然而生。凭什么？凭什么你说拆就拆（无论是拆掉长安城还是小道观），你说灭就灭（灭唐灭大唐人），凭什么你说有罪就有罪（代表昊天来裁判书院、审判大唐、裁决长安人）……

于是，小道观的道人们愤怒了，春风亭横二街的那些百姓愤怒了，整个长安城的人都愤怒了。愤怒是一种出离胸腔的情绪。人的身体就像一个蓄水池，像水一样的情绪积蓄到了大坝都难以承受的程度，就会决堤而去，宣泄千里。所以，整个长安城的人都握紧拳头、挥舞手臂、砸着砖块，甚至"把夜壶、残茶、剩饭、童子尿砸向观主"，"不停地宣泄着自己的愤怒"。

情绪愤怒到了极点，就转化成了情感：血性，慷慨赴死，家园之恋、故土之守……代表着情感的不同程度和深度。从淡薄到浓烈，这是程度之分；从蜻蜓点水，到博大深沉，有程度的不同。猫腻从四个层面挖掘唐人的情感。

第一个层面：炽热的情感。唐人都是血性的男儿。心热、血烫，直到整个身体都很滚烫——唐人的情感就如开水，一开始就到了沸点，而不存在温、热的中间层。

第二个层面：慷慨赴死。明知其不可为而为之，前赴后继，迈进死神的深渊，纷纷赴死。

第三个层面：即使在观主绝对强大的力量前面，每一个唐人都如蚂蚁一样，被碾死、被震飞，也没有一个后退。

第四个层面：就是深深的不甘心——为什么啊？凭什么啊？正如我们上面一章浓墨重彩地分析过的席卷大唐和宁缺的"不甘心"：连慷慨赴死的勇气、众志成城的决心、人定胜天的信念，都不能改变人和天之间的差距，似乎只能理所当然地做臣服于昊天的仆人、做代昊天行事的道门"看门狗"，甚至只能做供奉神殿的卑微的蚁蝼……真的不甘心啊！

正是这强烈的不甘心，将宁缺的态度和唐人的"信念"联结了起来：态度是表层结构，信念是深层结构，情感作为中介，把两者衔接起来，并且互相支撑。

明知守不住，还要守。这就是他们的知守。宁缺和唐人就在这一

"点"上真正地羁绊成了命运的共同体。

宁缺因为桑桑而守，他把桑桑对长安城造成的破坏，揽到了自己的身上；妻债夫还，从而明知守不住长安城，也要去守——但他至少守住了自己的底线。

唐人以自己的身、以自己的血、以自己的信念，来铸造新的长安城，虽然明知自己的慷慨赴死，不见得能改变什么结局——但他们至少改变了自己。

千年之前，从夫子创建唐国和书院起，唐人就至少改变了自己；千年之后，当唐人在代昊天灭唐的观主和代妻还债的宁缺之前慷慨赴死，却无力改变战局时，那种强烈的集体不甘心和宁缺强烈的个体不甘心连接起来，最终改变了宁缺自己！

从冷血到热血，从冰封到沸腾，从渴望活着到不甘心……宁缺这种"非典型的唐人"，终于和长安城，和大唐帝国的土著唐人，真正地羁绊在一起了。

因为"不甘心"的情感，把人与天抗争的命运和活着且要活得更美好的权利，把宁缺这一个非典型唐人和全体唐人要像人且像主人一样活着的渴望羁绊在了一起。

六、光阴的故事：寻找"人自己的力量"

正是由于这种羁绊，宁缺开始领悟真正的人间之力。

整个过程就像一个 X、Y、Z 三维坐标，既向前追溯，又想立足当下，展望未来——历史成就未来；对未来最好的预测，就是去创造它。

猫腻在这个坐标谱系上，拙笔加了一条时间线：过去和现在——以追溯时间之力；又加上了地理坐标，从同一家包子铺到长安城的大街小巷，甚至整个人世间——以展望未来空间的力量；同时，又添上了修行世界和尘世人间近距离接触的"人"的轨迹——以"回忆"未来已经、正在和即将发生的长安人讲述的故事。

特别是宁缺、观主、长安城每一个人都参与的"长安城战"故事。

一切就是从"山雨欲来风满楼，黑云压城城欲摧"开始的——观主逼临长安城的末日，宁缺在未来已来的时空中，看到了过去和现在的事情。

过去那一天的清晨，宁缺和道石僧，开始了他入世后最凶险的一次战斗。他斩落道石僧的头，"就像因为烫而没有被孩子捧住落下的热包子"。

现在这一天的清晨，"晨市还是那个晨市，包子铺还是那个包子铺，老板与白案师傅还是那两个人"，孩子捧在手里的，仍然是那种滚烫的热包子。

只是，买包子的孩子不再是当年的孩子。人们也已经记不得当日清晨发生的事情。修行世界和尘世人间，在这个时间节点相通相交之后，又再度成为两个隔绝的世界。直到宁缺站在这家包子铺前，又站成了一个交通点：他背对着修行世界，却面对尘世人间。

正是站在这一交通点上，宁缺开始思考：让这些发生改变的，到底是什么力量？

问题是时代的口号。它让宁缺寻找、探索和发现这个世界、这个时代、这个人世间最核心的三种基本力量：时间之力，空间之力和人间之力。

在此基础上，他逐渐意识到：时间之力和空间之力，扭结在一起，恰恰就是人间之力。

没有人，还会有时间和空间吗？

时间和空间是昊天世界里最高级的规则。而这种规则，都具有永恒的意义。桑桑在佛祖棋盘上落下那颗黑子后所发生的事情，也证明佛祖再像昊天一样神明，除了利用时间和空间规则，来重构世界，也别无他法——比如这个重构世界所遵循的因果，仍然是在昊天的时间规则之中。

因此，要打破昊天的世界，必须要具有跟时间和空间一样层次的最高规则才行——比如生和死。从生到死之间的人的命运，以及必须活下来且活得更美好的抉择，诸如逆天改命、择天改运之类。

这就是宁缺在包子铺前悟道悟出的人间的规则。猫腻用了一连串具有人间烟火味的词、句和段落，拙笔勾勒了一部人生极简史。

首先，从小处着眼，描绘了一家三口的生活场景：孩子捧着热乎乎的肉包子，妇人接过热气蒸腾的包子，嘴里骂骂咧咧赖床的男人；然后，一起在青石板上走过。

其次，于长处着眼，勾勒出普通中国家庭生老病死的人生历程：妇人老了，男人走了；孩子大了，结婚生子；孩子的孩子开始和妈妈一道排队买包子，偷嘴藏食，瞒天过海，其实只为瞒过那已成为婆婆的老妇人……青石板依旧在。

再次，于大处着眼，全景展现了一个人世间的分工合作图：从刀耕火种——野草烧荒，农夫点火，老黄牛翻土；到五谷磨坊——种稻种麦，收割打谷，磨粉碾面；再到城里铺面——包子蒸腾，孩子捧包子，妇人、男人……诸如此类的画面再次重复出现，人生又开始轮回。

在这个过程之中，最重要的是什么？时间的流逝。从一个人的一年、一家人的一生，到一群人的命运、一代人的光阴……都成了时光的碎屑，最后都消失在岁月的长河里，了无痕迹。

然后是，空间的转移。从包子铺，到市民家里；从农夫的地里，到家里的磨坊；从广阔的农田荒原到长安城里的街巷角落……都成了空间的割片，最后都失踪于昊天世界的天和地之间，没有印迹。

因此，再多的人，再强的人，再精彩的人生，都无力抗拒昊天世界的时间和空间规则，甚至，连一点烙印都留不下来。

但——还是留下了烙印。

从青石板被无数双脚磨得光滑的人生脚印，到阡陌大道纵横交错的命运之轮，再到整个人世间的发展历程……在宰制一切的昊天时间和空间规则里，人还是润物细无声地留下了自己的烙印。

"人在世间行走，必然会留下痕迹，但随着人的继续行走，这些痕迹便会悄无声息，在所有人都没有注意到的时候，便消失不见。这不是时间的力量，而是人自己的力量。"

宁缺终于开始触碰到了那个堪比并能抗拒昊天时间和空间规则的至高法则——那就是支配人的命运之轮的"人自己的力量"。

这种力量在夫子身上。当代表整个人间的夫子登天之后，这种力量就在长安城上——因为长安城就是"人"。当那个叫长安的人被人折腾得病了之后，那股力量就分散并隐藏于长安城里的每一个人身上——或者说，这种力量本来就在每一个人自己身上。因为隐藏于每一个人身上的人自己的力量，才聚合成（众志成城）长安城，也才能构建起人世间。

"只要人间在，这股力量就在。"但其实，真正的表述应是：只要这股力量在，人间就在。只要每一个人"自己的力量"在，长安城就在，人间就在——人世间，就真正具有一种人间之力，可以将时间和空间力量都扭结在一起，可以抗拒举世伐唐的碾压之战、知守观观主陈某的降维打击甚至昊天世界的神人末日之战。

七、寻寻觅觅：会聚人间之力那个"字"

但根本的问题接踵而至。

如果人间之力才是改变这个世界最核心的力量，那么这种人间之力，到底是什么？

或者说，人间之力有哪些重要的组成部分？

宁缺要如何才能调动、聚集和运用这种人间之力，与敌斗，与观主斗，与昊天斗？

从长安街巷人声沸腾，到包子铺的人间烟味，再到青石板上的热雾……那些虚无缥缈的"人间气息"，怎么才能变成真实的力量？

"国将破，家将亡，街巷之中依然有读书声"，这之中那种让人感动、敬畏的平静力量，如何才能具象化？

宁缺一路走来，边寻找，边思考，边追索：把人间的气息，转换成真实的力量，需要类似于信仰的指向和会聚；人的思想意念，如果要变成具体的力量，也需要途径、手段或者媒介——比如语言、文字。

就像颜瑟大师所说，"每个人的想法其实都是一道符，只是太过弱小微渺，所以无法感受得到，而当所有人同时写一道符时，这道符便有可能显现出来，甚至变成伟大"。

于是，宁缺就逐渐明白了，他只有找到这道"符"，才能把储蓄于每个人身上的那种人间之力召集起来，与观主抗衡，与天地抗衡，与昊天抗衡。

换句话说，他必须寻字找符——找到那个能够作为神符的字，那个能够调动人间之力的字。

第一，宁缺要在很多字中，找到"那个字"。

从几千字到几百字，最后只剩下一个字。

那个字是语言，是文字，但也是"符"——能够将每个人的意念调动起来并达成共识、会聚到一起的符。

这个符是成千上万甚至数以亿计的人内心意念的最大公约数。这个字能把储蓄于每一个人身上的"人自己的力量"会聚起一股最强大的力量。

于是宁缺不停地写字写符、寻字寻符。但是，他能够写出来的那个字，由两条直线构成，"正是他会的唯一神符：二字符"。

这不是他要找的那个字，也不是他想写的那个符。"颜瑟大师用了一生的时间，都没有找到那道符，更何况是他。"

第二，宁缺必须写出"那个字"，把人间之力会聚起来。

在雪湖畔写字寻符的宁缺"看到青衣道人飘然若仙，须臾将至皇城"，于是抽出自己的朴刀，随意斩了两下，就像是在空中写了两道笔画——"不是墨字，是雪字"。

这是宁缺写出的第一个字。两道刀痕，一撇一捺，构成一个简单而凌厉的字："乂"——此路不通。于是，整个长安城的天地气息，形成两把锋利的刀痕，挡住了观主的去路。

这是宁缺苦想七日，学会写的第二个字——从"二"到"乂"，它们就像同一个字的变形，却意味着不同的力量："他以前会的唯一神符是二字符，那代表着切割与绝对的执拗，但那也代表着平行的对立，与周遭的天地很难发生联系。"

"昨夜他悟出了'乂'字符，那两道平行对立的线条相交，开始相通，于是可以借用惊神阵里的天地之力，拥有了五境之一的威力，但两条线的四角入天落地，却是渐行渐远，无法循环回复，只能逐渐散逸。"

宁缺以刀为笔，不断地书写"乂"这个字符，从而将天地元气调动起来，转化成禁止观主通过的真实力量，并且，就像割草一样，在整个长安城收割观主——甚至想把他的头收割下来。

理想很丰满，现实很骨感。就像宁缺曾经讥笑隆庆太子，你长得很美，那么就不要想得很美。这个"乂"长得很残酷，所以，结果其实更残酷。宁缺一路落刀，以刀为笔，写字写符，却仅能将观主挡在皇宫之外。这对于书院的战略考量，明显不够。而且，观主很快就反过来追击宁缺，宁缺只有依靠长安城的人海，来掩盖自己的气息。

"我本以为自己找到了那个字，可惜现在才知道，还是没找到。但我已经看到了那个字，可惜我看不懂，所以写不出来。"

观主和宁缺终于相见。只一见，宁缺就败了。依着他的性子，只要确认败了，宁缺就会转身逃走。但是今天他没有。因为他的背后是长安——他仍然相信长安城这个"人"会赢。因为信心。

第三，宁缺写出的这个字，必须唤醒所有人的内心意念，产生集体共鸣。

长安城是个"人"。

一如前面所说，长安城就是那个叫"长安"的人。他雪山气海不通，和当年的宁缺一样。因此，医长安，犹如医宁缺——他们俩同病相"连"。

但真正将长安城和宁缺两个"人"连接起来的，仍然是宁缺手中的阵眼杵。现在，宁缺就是要通过阵眼杵，以一记又一记的刀痕"乂"字，修补惊神阵，以整个长安城的力量，来坑杀知守观观主陈某一人。

但在观主眼里，"夫子留在人间的这座长安城，自绝于天，纵使再如何强大，也不过是一潭死水"；宁缺"现在写的'乂'字符，狰狞勃发，却无归途，所以谈不上圆融，也就没有选择……即使宁缺通过写'乂'字寻'乂'符，和整座长安城的力量都连接起来，又怎么拦得住观主，更别说能够坑杀他了"。

甚至，当宁缺使用最后一招"饕餮大法"，试图吞噬观主的念力与精神，却被观主借势，把他"身心变成了一片寒冷死寂的世界"，继而把整个"长安城"都变成了一个冰封的世界。

因为"他还没有找到那个字，他还不能完美地调动惊神阵"。观主对此做了一个定性的评价："你不会拙笔，而那个字的一撇一捺太沉重，必须用拙笔。"

一切看似已成定局。

如何破局？

就从长安这个人，和宁缺那个人，在意义、情感和信念真正的羁绊开始破冰！

八、人字符：满城狗血笔如刀

羁绊。

人字符，笔如刀，长安满城万把刀。

且看宁缺如何以青天为纸，以人间之力为墨，如何在天上人间写出那个"人"字?！NO！

与其说是宁缺看到并写出"人字符"，从而凝聚人间之力，从而千刀万剐了观主的局；不如说，满城长安人，以宁缺的手为手，以他的刀为笔，在青天之上，写出了那个"大写的人"，毁了昊天的规则。

而且，极具史诗性和无厘头的混搭风格。

为何？

因为长安城人对决知守观观主，蚁蝼对决神明一样的存在，本身就极具荒诞和荒谬的风格。

这不是修行强者和强者之间的对决，还要遵守抛白手帕、你放一枪、我再射一箭规则的所谓公平之战。

这完全就是一种不对称的决战——像神明一样存在的观主和像蚁蝼一样的大唐凡人，或者更形象地说，就像大象和蚂蚁在昊天之下、长安城之内的角斗场上对决，只能营造出两种戏剧性的效果：一种就是慷慨赴死的无比悲壮；一种就是极其夸张荒诞的滑稽喜剧。

猫腻把这两种戏剧性的效果都"拍"了出来。或者，不如说，大唐人把这悲剧和喜剧都同时"演"了出来，还很协调地融合在了一起。而且，这融合的文字本身，就充满了荒诞甚至荒谬的反差和张力。

就这一点而言，《将夜》以一种"赖皮大泼墨"的喜剧写作方式——颇有《唐伯虎三笑点秋香》里的笑点和神韵：在地上铺开一大片白绸（白纸），将一盆墨泼出去，然后以人体为笔作画——将唐人的这种特质，渲染得淋漓尽致。

它犹如浮雕一样，把唐人那种满不在乎的赖皮劲儿，描摹得活灵活现——这形成一种奇妙的反讽，大唐是君子国——有君陌这样的君子剑；但是，也有小人手段——朝老太爷跟观主打架，最后打出来的都是"赖皮劲儿"。

神仙？先砸一个西红柿炒臭鸡蛋试试，看能不能砸出个五颜六色染酱铺、色香味俱全的烟火气。

也就是说，即使明知观主是像昊天一样的神明的存在，是普通人难以想象的修行强者，是真正的天下无敌举世无双……但那又怎样？

唐人没有恭敬之态、敬畏之心、仰慕之意；相反，尽是戏谑、嘲弄、调侃的心理；甚至用尽泼妇骂街、打不过满地滚的赖皮、屎尿残渣等人间污言秽物及所谓"下三烂"的手段……蚁民跟神仙打架，他们不在乎脸面。

而大唐人这种满不在乎的赖皮劲儿，混杂着人间污言秽语，对决那青衣飘飘、天上神仙似的知守观观主，就形成了一种比开心麻花还要夸张滑稽的戏剧效果；而且，首尾呼应，形成极为奇妙的太极图喜剧。

比如，从最开始亦是最小微处，从三元里那个著名的泼皮姜睿拍出那块青砖，并伴随着最粗俗难堪的脏话开始，长安城就满城皆是污秽 PK 神仙战：大唐人用最污秽的东西和手段，对决知守观观主如昊天一样洁净圣明的存在。

这种战斗的画风，堪比民国文人笔下的雪中北平，犹如纤尘不染的白衣仙子；但是，却被真实的北平人一脚踩出的满街塞巷的屎粪尿便，玷污和亵渎了那种想象、传说或者是视觉中的清白。

但它又不是那种很一本正经的"诗情画意"被撕碎了，然后突显出"满城尽是黄金粪"，并借此达成批判现实主义的效果——猫腻确实无比正经地描绘这种"污秽圣洁"的场景，但是，浮现出来，却是一种荒诞滑稽的戏剧性效果。

而且，按照猫腻对整个战斗的描绘，这种画风一直贯穿到底：观主一路干净、一路圣洁、一路神明，但唐人一路污秽、一路粗俗、一路卑陋……但助宁缺破坏掉观主无数"有境界"的强大的，恰恰是唐人这种最低俗的"无品"。

就像这次长安之战到了末尾，观主居然进入了传说中最强大的"清静境"——像一朵洁净无尘的莲花，身心皆净。然而，这种传说中最强大的"清静境"，刚刚现世，就遇到这个天地间所能遇到的最强大的对手——人间本身。

"无论美好还是丑陋，甜美或是恶臭，令人欢愉或是憎厌，都是人间。宁缺的刀把人间的所有气息都砍了出来，包括污秽。"

比如：有铁锅与破锣，有茶壶里的隔夜茶，有夜壶里的童子尿，有被啃了一半的包子，还有带着葱味的肉馅，也有下水道里被掀起的屎与尿……

它们污了知守观观主那白莲花一样的洁净之身，也逐渐玷污了知守观观主那清净之心。

特别是姜睿在抛青砖想砸死知守观观主却把自己砸死之前，他先捅死并炖在锅里的里正家的老黄狗，被宁缺寻字写符的刀笔所带来的风连肉带锅都卷起来，从观主的头顶淋下来。观主身污，然后心污，清净境破！

修行界有史以来最强大的清静境，就这样被一个长安城泼皮炖的狗肉锅给破了。荒诞不荒诞？滑稽不滑稽？

但这事就这样发生了。这事，就这样在故事中发生了。

还前后呼应，首尾相连。猫腻把悲剧写出了喜剧的效果，但又在滑稽中写出了史诗般的乐章。

一如昊天道门最出色的神符师颜瑟和西陵神殿最出色的光明大神官两败俱伤，含笑谈机缘，相偕而逝时，所看见的未来一样：

> 颜瑟大师指向北方某处，对身旁的老人说道："我看到了一道前所未有的大符，那道大符只有简单的两笔，起于荒原北方，一笔落于西，一笔落于东。"然后他回头望向自己默默守护多年的长安城，感慨地说："于此间相会。"

这是预言，也必成事实。颜瑟大师看到了那道大符，也"知道那道前所未有的大符是真实的"。

它既是"人"出发的地方，也是向之回归的地方——人之所以为人，人类之所以为人类。那道大符"是人类真的能够写出来的"。

最重要的，既是宁缺寻找自己"小写的人"的初心，也是能书写"大写的人"的轨迹——只要能够领悟从"人之所以为人"到"人类之所以为人类"，聚集众人间之力，宁缺必能写出那道大符：正如颜瑟大师"在临死前那刻，他看破了光明与黑暗的轮回，看到了那道大符，知道自己的传人宁缺将来一定能在世间写下一道他这一生从未写出来的大符，知道那个家伙一定能够完成无数代符师想要完成的事情，所以他离去得非常安心甚至愉快"。

有史以来人类第一次写出那个前所未有的"人"字大符，这不是"史诗性"的传奇，又是什么？

只不过，颜瑟从来没有预见到，执笔的虽然是他最得意的弟子宁缺，但是，真正以刀为笔，写出那个"大写的人"的，却是满城长安人、所有大唐人甚至是整个人世间的人。

这是人间对抗昊天的集体行为艺术。

而且，用的，绝不是写神符最好的墨，而是狗血！

史诗是用狗血写出来的。

这样说确实很狗血。

犹如猫腻这样的写法，似诗，还有思。本可以很美的诗与思，却因为他这种滑稽的调性，就像不是在泼墨而书，而是洒狗血而画。

但是，在这种狗血书写的文字之中，的确隐藏着人神之战的史诗级观念之争。

我们是容忍一个可以藏污纳垢的人世间？

还是把一切污秽之物全扫荡得干干净净？

神说"应该洁净"，这人间世"就应该洁净"吗？

为什么人间就应该洁净无比？为什么不允许藏污纳垢？

观主要代昊天行罚，把一切净化。

但是，人间，不正是因为有这些，才有活力的吗？

昊天净化一切。观主，借着神的名义，进行去污运动——问题是，那些被污名化的东西，难道不是人世间的底色吗？

这才是人神之战之中真正的理念之争。

充满狗血的人生，才是真正的人生。

狗血——

才是人间之力的根源！

九、小史诗：《将夜》只写了一个"人"

这真的是一部史诗。

一部关于"人"的小史诗。

虽然是以刀为笔，以狗血为墨写的。

如果只用一个字概括《将夜》，《将夜》通篇都只说了一个字：人！

人是骄傲而想自由的。

本性上不愿受制于任何的束缚，哪怕是昊天制定的规则也不行。然而，人处处都被规则束缚，甚至，自己给自己戴上枷锁。

从奴隶的铁链到精神的枷锁，到底因为什么？

《将夜》通过宁缺，来思考和探索这个问题——那或许从来就没有真正写出这个"人"——人字是两笔，一撇一捺，从生到死，缺一不可。

宁缺从"渭城有雨，少年有侍"，直到最后天外飞天、人间就剩一碗面，从头到尾，所有的准备，似乎都是为了写出"人"这个一撇一捺。

何谓人？

跪着的不算人。人这一撇一捺，就犹如站立起来的双腿，支撑着整个身体，也支撑着自己的大脑。这不但是从身体站起来，而且是从精神上站起来。

二师兄君陌率领坑底的农奴起义，从身体到精神的站立，其实就是做这样一件事。

人立起来了，就要学会如何和人在一起，这就是"从"。

何谓从？屈从、顺从、服从、盲从……千百年来，从昊天到人间世，从道门到悬空寺，莫不是如此构建着人和人、人和蚁蝼、人和神明一样的存在之间不平等的关系，并将他们束缚于一种精神的奴役之中。从人间世到神圣领域，总是有人要比别人高贵，总是要有某些物种比另一些物种，更加强有力。

但人和人之间为什么不是一种"并行""平等""一起"的关系呢？从两人行到三人行再到众人行，大家彼此跟从，朝着同一个方向努力。

破而后立的叶苏创造全新的教义，让追随的民众从意识的萌芽，到关系的重塑，其实就是做这样的一样事。

人"从"众。一个"人"是孤单的，必须"从"而相互慰藉和支撑，又必须组织起来，才能成"众"，会聚成一股磅礴的力量。

但是，从"人"到"众"，到底要遵循什么样的规则？不同的规则带来不同的"众"。比如狂热而盲动的乌合之众，集体划一、像是一个模子生产出来的复制品之众，或是众声嘈杂，天鹅、大虾和梭鱼拉车，南辕北辙的分裂之众；或是，自由选择、选择自由，但能为了共同的理想和信念，能够自发组织起来的"众"志成城。

到底是什么样的规则，才能从组织到信念，将人真正变成众？

宁缺在整个人世间寻找并书写"人"字符，说到底，其实就是要寻找并建立这种规则。

甚至，从"人"到"从"再到"众"，宁缺从学神符之始，真正能够书写那个一撇一捺的神来之笔——大写的人——其实都是在寻找、领悟并重建这个"人"的规则。

从"小写的人"到"大写的人"，从神圣的领域到人世间的规则，宁缺一撇一捺的神来一笔，完成了《将夜》蚂蚁哲学的真正构建：

是人，而不是神，创造整个世界；

历史是由普通人创造的，强者不过是普通人选出来的代表而已；

人可成众，成千上万甚至数以亿计的蚁民，历经自由的选择和选择的自由，人为自己代言，而会聚到一起的那股磅礴的力量——亦即夫子所说宁缺所践的"人间之力"——才能改天换地、让旧世界换颜，甚至开创新的时代。

生而如蚁美如神。即使人类如蚂蚁一样渺小，也能如神明一样地活着，且活得更美好。

十、极简史：从"0"到"1"的连接宇宙

《将夜》也是一部连接宇宙的极简史。

从古到今，中国人都历来讲究"三层"思想：一生二，二生三，三生万物，这就是"道"；天、地、人，沟天通地，人神不绝，中国人的天坛地坛祭神之坛，都是三重，这就是"路"。是谓道路。

而从叶苏之信徒、君陌之义军、宁缺之长安民众，也采用三层结构，层层垫路，构成向上的阶梯：社会结构的变革，必发轫于思想革新、大脑革命和语言创新——所以有叶苏教义之革新；人从身体上站起来，到精神上站起来，不跪天不跪地不跪神明一样的存在，跪的还是世间的公理和正义——所以有君陌剑尺之衡量；人活着，就要有活下来且活得更美好的权利，要有选择的自由、自由的选择，由逆天改命"我命由我不由天"，更不由那些像神明一样存在的强者主宰，因此择天换地来适应自己——所以有宁缺觉悟之抉择。

第一层叶苏新教"星星之火"，第二层君陌奴隶义军"可以燎原"，都可以称之为铺垫，到现在宁缺长安城民"扭转乾坤"，才可以说是真正舒展开第三层波澜壮阔的新历史画卷。

这三层，是根本性的三个阶梯：唯有一方能生二，唯有二方能生三。但唯有迈上这第三层阶梯，方可能有那"三生成万物"：从人世间迈入到无限的世界，遨游于时空之外、宇宙之内，从已知的领域探索未知的星辰大海，以及人内心那广阔无垠的小宇宙。

从一到三是量变，从三到万物才是真正的质变——那相当于是从0到1的转场升维之变。如果从世界观设计来说，这才意味着人类迈入真正的"新世界"，以不同的视角"观世界"，从而形成完全不同的"世界观"——整部《将夜》甚至要完成，就是从"0"到"1"之前所有的铺垫："0"在《将夜》的世界之内；但"1"在《将夜》的作品之外。

从叶苏、君陌和宁缺这从"1"到"3"三层"通天塔"的铺垫，最终不是要"通天"（进入昊天之外的世界），而是"通人"——连接我们所处的世界以及这个世界之中、之外已经、正在和即将连接的"连接宇宙"。

《将夜》在作品完成之后，就已经成为一个闭合的圆圈——亦即成为那个"0"。但是，从那个"3"完成的一刹那，甚至可以说从猫腻动笔创作《将夜》的开篇之初，它就已经"自动封闭了作品所有句号的封闭性"，让作品敞开或者说作品自动敞开——就像德国哲学家海德格尔艺术思想所阐述的那样：语言让作品自动向周围世界敞开自己的诗与思、"道"与"路"。这提供了通向我们这个时代、这个世界、这个社会的"接口"——那就是那个开放的"1"。

从"0"到"1"，猫腻和《将夜》这部作品，最后都成为"接口"。我们通过这个接口，进入了那个从已知到未知的连接世界。那个世界既在《将夜》的作品之内，也在"里中里"——《将夜》的作品世界之中还有一个"将夜"的世界；那个世界既在猫腻的头脑之中，又在他的头脑之外，他脑中的世界既超越了他生活的世界，却又被容纳于他生活于其中的现实世界之中。

那个世界既在我们的"眼"中"脑"里——比如我们看到猫腻和《将夜》之中，有自己的阅读边界；但是，又在我们的"身"外"现实的世界"之外，甚至直抵那星辰大海未知的宇宙之中。

最重要的是，它把我们与整个世界都连接起来了；它把我们连接成了一个完整的"连接世界"或者"连接宇宙"。那个"连接世界"或者"连接宇宙"，才是真正改变或者重塑的新世界、新秩序。

而这，显然不在猫腻的预料之内，不在《将夜》的构建之中，却在我们这个世界的现状和未来发展趋势之下：没有这样的作者，没有这样的作品，没有这样的"接口"，人类哪里来的三层通天塔，可以跟那星辰大海的未知宇宙和广阔深邃的内心世界连接起来？

选文

第一卷
清晨的帝国

开 头

在很久很久以前，有很多不可知之地，在那些不可知之地里，有很多不可知之人。

……

黄昏的荒原远方悬着一颗火球，它散发出的红色光线像一团体积巨大的火焰，缓慢而坚定地逐渐蔓延开来。原野上积雪融化后初生的苔藓，像烧伤后的疤痕一样涂抹得到处都是，四周一片安静，只偶尔能听到上方传来的鹰鸣和远处黄羊跳跃时的声音。

空旷的原野上出现了三个人，他们聚集到一棵荒原不多见的小树下，没有开口打招呼，很有默契地同时低头，似乎树下有一些很有趣的东西值得认真研究和思考。

两窝蚂蚁正围绕着露出寒土的浅褐色树根进行着争夺，或许是因为这片荒原上像树根这样完美的家园难以找到第二个，所以这场战争进行得格外激烈，片刻后便残留了数千只蚂蚁的尸体，似乎应该很血腥惨烈，但实际上也不过是一片小黑点而已。

天气还很寒冷，树下那三个人穿的衣服却不多，似乎并不怎么怕冷，就这样专注地看着，不知道看了多久，其中一人忽然开口低声说道："俗世蚁国，大道何如？"

说话的那人眉眼青稚，身材瘦小，还是一个少年，穿着件月白色无领的单薄轻衫，身后背着把无鞘的单薄木剑，乌黑的头发细致地梳成一个髻，有根木叉横穿其中——那根木叉看似随时可能堕下，但又像是长在山上的青松般不可动摇。

"首座讲经时，我曾见过无数飞蚁浴光而起。"

说这句话的是个年轻僧人，他穿着一身破烂的木棉袈裟，头上新生出的发楂儿青黑锋利，就像他容颜和话语中透出的味道那般肯定坚毅。

木剑少年摇头说道："会飞的蚂蚁最终还是会掉下来，它们永远触不到天空。"

"如果你始终坚持这般想法，那你将永远无法明悟何为道心。"年轻僧人微微阖目，望着脚下正在抛撒残肢的蚁群，说道，"听说你家观主最近新收了个姓陈的小孩子，你就应该明白，知守观这种地方永远不会只有你一个天才。"

木剑少年挑眉微讽回应道："我一直不明白，像你这样无法做到不羁身的家伙，有什么资格代悬空寺行走天下。"

年轻僧人没有回应他的挑衅，望着脚下焦虑乱窜的蚂蚁说道："蚂蚁会飞也会掉，但它们更擅长攀爬，擅长为同伴作基础，不惧牺牲，一个一个蚂蚁垒积起来，只要数量足够多，那么肯定能堆成一个足以触到天穹的蚂蚁堆。"

天空暮色里传来一声尖锐的鹰叫，显得很惊慌恐惧，不知道是惧怕树下这三个奇怪的人，还是惧怕那个并不存在的直冲天空的巨大蚂蚁堆，或是别的什么。

"我很害怕。"

背着木剑的少年忽然开口说道，瘦削的肩膀往里缩了缩。

年轻僧人点头表示赞同，虽然他脸上的神情依旧平静坚毅。

小树下第三个少年身体精壮，裹着些像是兽皮的衣裳，赤裸的双腿像石头一般坚硬，粗糙的皮肤下能够清晰地看到蕴积着无穷爆发力的肌肉。他始终沉默，一言不发，然而皮肤上立起的小点终究还是暴露了他此时内心真正的感受。

树下三个年轻人来自这个世界上最神秘的三个地方，奉师门之命在天下行走，就仿佛三颗横贯于人间的星辰般夺目，但纵使他们，今天在这片荒原也感到了难以抵抗的恐惧。

老鹰不会惧怕蚂蚁，在它眼中蚂蚁只是黑点。蚂蚁不会惧怕老鹰，因为它们连成为鹰嘴食物的资格也没有，它们的世界里甚至根本没有老鹰这种强大的生物，看不到也触摸不到。

　　然而千万年间，相信蚂蚁群中总有那么特立独行的几只出于某种玄妙的原因决定暂时把目光脱离腐叶烂壳向湛蓝青天看上那么一眼，然后它们的世界便不一样了。

　　因为看见，所以恐惧。

　　……

　　树下三位年轻人抬起头，望向数十米外地面上的一道浅沟。浅沟自然不深，里面除了黑色什么也没有，在斑驳的荒原地表上显得格外清晰。

　　这条沟在两个小时前突然出现，陡然一现便直抵天际，仿佛是只无形的天鬼拿如山巨斧劈出来的，仿佛是位神匠拿如橼巨笔画出来的，令人不寒而栗，不解而惧。

　　背木剑的少年盯着那道黑线说道："我一直以为不动冥王是个传说。"

　　"传说中冥王有七万个子女，也许这一个只是偶然流落人间。"

　　"传说就是传说。"背木剑的少年面无表情地说道，"传说里还说每一千年便有圣人出，但这几千年来，谁真见过圣人？"

　　"如果你真不相信，为什么你不敢跨过那条黑线？"

　　没有人敢跨过那条黑线，那道浅沟，即便是骄傲而强大的他们。

　　蚂蚁能爬过，长肢虫能跳过，黄羊能跃过，鹰能飞过，只有人不能过。

　　正因为是人，所以不敢跨过。

　　背木剑的少年抬头向天边望去，问道："如果那个孩子真的存在，那么……他在哪里？"

　　此时落日已经有一大半沉入地底，夜色正从四面八方涌过来，荒原上的温度急剧降低，一股令人心悸的气氛开始笼罩整个天地。

　　"黑夜降临，到处都是，你们又能到哪里寻找？"

　　那名穿兽皮的少年打破了一直以来的沉默，他的声音拥有与年龄不符的低沉粗糙，嗡鸣振动就像是河水在不停翻滚，又像是锈了的刀剑在和坚硬的石头不停摩擦。

　　说完这句话，他就离开了，用一种特别的方式离开。

数蓬火苗忽然从他两条坚硬粗壮的裸腿上迸将出来，把少年下半身罩进一片赤红色中，狂啸的风让地面的碎石急速滚动，然后仿佛有种无形的力量抓住他的脖子，把他的身体提向十几丈上的天空，紧接着呼啸破空落下，狠狠砸在地上。然后他再次蹦起，就像一块石头毫无规律地蹦向了远方，看上去异常笨拙却又极其迅猛快速。

"只知道他姓唐，不知道他的全名是什么。"

背着木剑的少年若有所思说道："如果换一个时间换一个地点遇到，我和他肯定只有一个人能活下来，徒弟就这么厉害，他那个师傅又会强到什么程度？……听说他师傅这些年一直在修二十三年蝉，不知道将来破关之后身上会不会背一个重重的壳。"

身旁一片安静，没有人回答，他有些疑惑地回头望去。

只见那名年轻僧人双眼紧闭，眼皮疾速颤动，似乎正在思考某个令人困扰的问题。事实上自从那名兽皮少年说出关于黑夜的那番话后，年轻僧人便一直陷在这种诡异的状态之中。

感应到目光的注视，年轻僧人缓缓睁开双眼，咧嘴一笑，笑容里原初的坚毅平静已经变成不知从何而来的慈悲意，张开的唇内血肉模糊，是嚼碎后的舌。

木剑少年皱了皱眉。

年轻僧人缓慢摘下腕间的念珠，郑重挂在自己颈上，然后抬步离去，他的步履沉重而稳定，看似极慢，但不过刹那便已经身影模糊将要消失在远处。

树下再没有别的人，木剑少年脸上所有的情绪全部淡去，只剩下绝对的平静，或者说绝对的冷漠，他望向北方尘埃里那颗像石头般不停跳起砸下的影子，低喝道："邪魔。"

他望向西方那个低着头沉默前行的年轻僧人背影，说道："外道。"

"不足道也。"

邪魔外道不足道也。

说完这句话，少年身后背负的单薄木剑无由而振，发出嗡嗡异鸣，哧的一声凌空而起，化作一道流光，将荒原上那棵小树斩作了五万三千三百三十三片，不分树枝树干尽为粉末，纷纷扬扬覆在那些忘生忘死的蚂蚁之上。

"哑巴开口说话，饼上放些盐巴。"

少年唱着歌走向东方，单薄的小木剑悬浮在身后数米处的空中安静无声跟随。

……

大唐天启元年，荒原天降异象，各宗天下行走会聚于此，不得道理。

自其日悬空寺传人七念修闭口禅，不再开口说话。魔宗唐姓传人隐入大漠，不知所终。知守观传人叶苏勘破死关，周游诸国。三人各有所得。

但他们三个人并不知道，就在那一天黑夜将至时，就在那道他们不敢跨越一步的黑壑那头，靠近都城的方向某片小池塘边，一直坐着个书生，一个穿着草鞋破袄的书生。

这书生仿佛根本感觉不到那道黑壑所代表的强大与森严，左手里拿着一卷书，右手里拿着一只木瓢，无事时便读书，倦时便稍歇，渴了便盛一瓢水饮，满身灰尘，一脸安乐。

直到远处三人离去，直到荒原上那条浅浅的黑壑渐渐被风沙积平，书生才站了起来，掸掸身上的灰尘，将木瓢系到腰间，将书卷仔细藏入袄内，最后看了一眼都城方向，方才离开。

……

都城长安有一条长巷，东面是通议大夫的府邸，西面是宣威将军的府邸，虽不是顶尖的权势爵位，但官威深重，平日长巷一片幽静，只不过今日却早已幽静不再。

通议大夫府邸有喜，产婆忙进忙出，然而从老爷到丫环，府内所有人脸上的喜悦神色总觉得像是掺杂了某些别的情绪，没有一个人敢笑出声来，那些抱着水盆匆匆走过墙角的仆妇，偶尔听着墙外传来的声音，更是面露恐惧之色。

那位以骁勇著称的宣威将军林光远，因为得罪了帝国第一骁勇大将夏侯，于是再也不复骁勇，被人告发与敌国相通，经过亲王殿下亲自审讯数月，如今终于有了结果。

结果很明确，处罚很简单，就四个字——满门抄斩。

通议大夫府大门紧闭，管家贴着门缝紧张地望着同样大门紧闭的将军府，听着对面不时传来重物砍入肉块的声音，听着那些骨碌碌如西瓜一样滚动的声音，身体忍不住颤抖起来。

两家在一条巷子里生活了很多年，将军府从管家到门子都和他相熟。听着那些恐怖的声音，他仿佛看到无数把锋利的朴刀切开那些相熟人的脖子，看到那些有着熟悉面容的头颅在青石板上不停滚动，然后撞到门口，逐渐叠加挤压成了一座小山……

鲜血从将军府门下淌了出来，有些乌黑有些黏稠，像是混了朱砂的糯米浆液，里面还有些像紫薯絮般的肉筋，面色苍白的管家盯着那处，再也无法控制住自己的情绪，扶着门佝偻着身子开始呕吐。

门外忽然传来急促的马蹄声、叱喝声，然后是被粗鲁敲打的声音，隐约间听到喝骂仿佛是说将军府有人逃脱，一名亲王府的家将骑在马上厉声喝道："一个都不能少！"

通议大夫府后宅花园某处墙上，有几道划痕和血迹。

"少爷你听话，你不能出去，让小楚去，让他去吧……"

离此地不远处的柴房内，一名浑身是血的将军府管事，望着身前两个四五岁大小的男孩儿，枯唇微微翕动，声音沙哑得极为难听，满是皱纹黑泥的脸上写满了绝望和挣扎，一直挣扎到老泪挤出眼角，浑浊得厉害。

闯进通议大夫府的羽林军没有花多长时间，便找到了这间柴房。看见柴房内倒毙的老少两具尸体，进行查验之后，那名校尉犹有余悸地大声报告道："一个不少，都死了。"

……

世外高人这四个字最简单的解读方式就是高人一般在世外，在世外的容易是高人，废话中其实隐着某些道理，他们所恐惧的是凡人无法接触的，他们所喜悦的是凡人无法理解的。

于是俗世不曾知晓俗世外发生了什么，世外的人也不会理会俗世里正上演着一幕幕生离死别或新生喜悦，更不会关心屠夫的秤少了斤两，酒徒家里的窖被老鼠噬出了泥洞，朝廷死了个宣威将军，某文官生了个女儿。

两个世界的悲欢离合从来都不相通。

若能相通，便是圣贤。

都城长安郊外有座高山，山峰半数隐于云中，后山面西的悬崖峭壁之间，有一个人影正在其间缓慢上行，这个男子的背影极为高大，单衣之外穿着一件黑色的罩衣，手里提着食盒。

迎风摇晃行到一处山洞外，高大男子坐了下来，打开食盒，取出筷子，夹一块姜片送入口中仔细咀嚼，又拈两片羊肉吃了，满足地叹息赞美一声。

夕阳下的都城长安，将逐渐被黑夜笼罩，远处隐隐有积雨阴云飘来。

高大男子望着都城某处，感慨说道："我仿佛看到当年的你。"

然后他抬头望天，右手持箸指天，说道："至于你，飞得再高又有什么用呢？"

很明显，这两句话的对象是两个不同的人。

略一沉默，高大男子端起手边的米酒一饮而尽，举着空酒碗望着天地四周都城左右敬颂道："风起雨落夜将至。"

说风起时，有风自山外来，吹得衣襟呼呼作响，岩间老树急剧摇晃，山石簌簌直落。雨落二字出他口时，远处飘至都城上空的雨云骤然一暗，无数雨丝化为一柱，自最后暮色间倾盆而下。当他说完这句话时，黑夜刚好占据半边天穹，漆黑有如冥君的瞳。

高大男子重重放下酒碗，恼火咕哝道："真他妈的黑。"

第二卷
凛冬之湖

第七十一章
伟大与渺小的石洞

青翠山谷里，干涸明湖畔，乱离石堆上，唐小棠解开领间的兽尾，露出那张白里透红嫩嫩的小脸，听着远处传来的剑破顽石声，问道："哥，天书真的在里面吗？"

唐摇了摇头，说道："不知道。"

唐小棠不解问道："那为什么神殿那些老家伙派人过来？"

唐说道："根据中原那边传来的消息，天谕大神官自南方归来后批了一道示谕，说圣地因应天时而开，天书便会出现。"

唐小棠挠了挠头，问道："可你不是说圣地被毁之后已经变成一片废墟，里面什么都没有了？那个叫天谕的老家伙凭什么肯定天书在这里？"

唐说道："神殿三大神座，各有妙感精诣，天谕大神官上感昊天意志，传闻中甚至可能拥有大预言的能力，他说的话又有谁会不信？"

唐小棠忽然想起崖峰山道上唱歌的那名道士，不知为何心头生出一丝恐惧，讷讷问道："哥，你说那个人会不会过来抢天书？"

唐沉默了很长时间，摇头说道："不会，因为在他心中有个人比天书更重要。"

……

岁月渐移，这个世界的极北处黑夜渐长，气候趋于严寒，便在这座被昊天遗弃的山脉里，那片消失数十年的青翠山谷因应天时重新现世，大明湖宣泄一空，传说中的块垒大阵重新启动，引发天地气息附雪峰而上直指天穹，声势何等惊人。

魔宗山门重启所带来的天地元气波动，虽然在很短暂的时光内便敛灭，但这股波动依然传出了莽莽雪山，波及到了更遥远的地方。

天弃山脉外围的荒原上，黑土与白雪交杂，雪地上偶尔能看到僵毙的野兽，寒冬时节的冷风如刀吹得帐篷猎猎作响，自身已然是最锋利的猎刀。

叶苏沉默地行走在天地间，身上那件普通的道袍平直如光滑的崖壁，完全没有受到寒风的丝毫影响，看似寻常的抬膝着步，却是须臾间直去十余丈，脚步落在浮雪之上没有遗下丝毫痕迹，飘飘然有若神仙。

当遥远山脉里魔宗山门重启时的天地元气波动，从身后传到他的世界里时，他缓缓停下脚步，面无表情地回头看了一眼，却没有过去看一眼的想法。

作为知守观的天下行走，叶苏比任何人都更早知道天谕大神官的那道批谕，他甚至比天谕大神官自己都更早知道，七卷天书里的明字卷会在荒原上重新出现。

只是到了他这种层次的修行者，连死关都能看破，自然也能看破任何外物，不至于让那些外物牵绊己心，哪怕那些外物是天书。

而且他和唐以宁缺与隆庆的破境之约作赌，既然输了，自然便要认输，这不存在能不能看破的问题，他只是不能允许自己在心境上留下丝毫阴影。

他出现在荒原和天书无关，和荒人南下无关，和魔宗山门重启也无关。

他自幼生活在观里，从识字开始的启蒙读物便是那六卷天书。他自幼便冷眼看世间，荒人南下对俗世或许是件大事，却根本无法吸引他的目光。魔宗山门重启相对有些意思，不过魔宗早已凋零，不复为患。

这个世界上有资格让他离开知守观的人或事实在太少。

但十四年前就站在线那头的那个人绝对有资格。

叶苏很想与那个人相遇。他想了很多很多年，只不过这些年那个人总是在那座大山里，在那座大山旁，即便骄傲强大如他，也没办法靠近对方。

今年，线那头的那个人终于离开了那座大山，来到了荒原上。

他不知道那个人在哪里。

但他知道自己会遇到那个人。

因为那座大山的独特气质和那个人的性情决定了这一点。

那个人要护着那个叫宁缺的小家伙。

那么宁缺真正遇到危险的时候，那个人一定在旁边。

所以他只需要等到宁缺遇到真正危险的时候。

只是此时宁缺正在魔宗山门外。

他为什么却要离开魔宗山门向南方去？

……

天弃山麓南向有一处碧蓝的大湖，正是草原蛮人奉为圣地的呼兰海，此时湖面上漂着薄冰，世代居住在湖畔的草原部族的汉子们，正趁着冰面没有完全封实之前打捞湖中的某种水草。

有草原蛮人的地方往往就会出现中原的商队，不过毕竟此时正是严寒隆冬，而且草原与中原联军之间的战事刚刚结束，一支中原人商队便出现在呼兰海畔还是显得有些怪异。不过这些商人出手豪奢，而且把明年夏末的皮货定银都先付了，所以部落头人默许了他们的存在，甚至还拨了片营地给他们。

中原商队的人们正在湖畔生火做饭，数十人围坐在火堆旁，趁着天气难得晴朗，没有进入帐篷避寒，看众人动作，隐隐以其中一名商人为首。

那名颇为富态的商人拿着油乎乎的羊腿啃着，时不时发几句牢骚，很明显对草原人的招待不是太满意，旁边一个戴着毡帽的魁梧中年人大概是管事或护卫，轻声劝解了几句，却反而惹来了一通教训。

忽然间，晴朗的碧蓝天空上出现了无数碎丝絮般的白云，仿佛被一只无形的巨手直接撕烂了蓝色的画布，渗出了后面的白色颜料。

草原蛮子和中原商人们同时注意到了天上的异象，惊讶地向上方望去。

那名领头的商人骂骂咧咧地吼了几句。

那名神态恭顺的魁梧中年人护卫，眯着眼睛看着天上的云丝，神情渐趋凝重。

不知道为什么，看着中年人凝重的神情，那名富态商人竟是神情一凛，再也不敢训斥出声，低着头掩饰眼中的敬畏情绪，低声问了几句。

那名身材魁梧的中年男人静静看着天上的白色云丝，感受着遥远北方那道山麓深处传来的天地气息波动，被毡帽阴影遮住的容颜上缓缓现出极复杂的神情——那神情是怀念是温暖是久远之后的平静，却又夹着某些极淡的怅悔还有感伤。

然后这名中年男人说出很简洁的三个字："门开了。"

……

宁缺背着莫山山虚弱的身体，艰难踩着满地乱石前行，抵达湖心，然后他看到了一扇很大的石门，这扇石门十分巨大，站在下方望上去，竟似像座小山一般。

天下第一雄城长安都没有这般宏伟巨大的石门。

因为其巨大，所以这便是魔宗的山门。

宁缺没有想过会如此简单便找到魔宗的山门，一时间竟有些不相信自己的眼睛，而且他无法理解，如此宏伟巨大的石门究竟是怎样隐藏在大明湖里的，为什么先前在块垒大阵里行走时，根本没有看到过，下意识里他回头看了一眼来时路。

在嶙峋乱石堆和凌厉阵意里行走时，根本看不到这座石门，然而当他走出来后，这座石门便出现在他眼前，仿佛这座石门只愿意被它挑选中的人看见一般。

魔宗山门的开启甚至比找到山门更加简单，不需要念什么咒语，没有什么巧夺天工的恐怖机关。当宁缺的右手轻轻触到石门粗糙而充满庄严感的表面时，噗的一声轻响，无数积年灰尘自石门缝中喷溅而出，然后石门缓缓开启。

宁缺抬头看了一眼比前些时日更加高耸雄伟的雪峰，目光与莫山山震惊而虚弱的目光相触，便抬步走了进去。

……

雄伟、庄严、肃穆、宏大、神圣……这种特质的感受，往往都建立在巨大的空间尺度上，就如同苍鹰不敢轻越的长安城，就像是桃山上俯瞰苍生的神殿建筑群，当这些建筑与人类渺小身躯产生极强烈对比时，便会产生这种感受。

走进巨大的石门，向上攀爬了不知几万级的漫长石阶，来到魔宗山门本殿的时候，这些感受也瞬间占据宁缺和莫山山的脑海。

因为他们看到的魔宗山门比以往看到的任何建筑都更加宏伟巨大。

魔宗山门就在山中，更准确地说是在大明湖畔的雄伟雪峰之中，魔宗便在一座高耸入云的雪峰腹部完全掏空后形成的巨大空间里。

这个空间大到完全无法想象，幽深不知深几许，高远不知高几许，甚至大到让人产生错觉，这是梦境中才能出现的地方，这是昊天才能有力量开辟的世界。

不知从哪里透来的清光照耀，无数根粗壮的巨大石梁，横亘在空间里，这些石梁上刀砍斧斫的痕迹规律而清晰，极为粗壮，平面可以让四辆马车并行。

二人看着身前那条宽敞笔直悬空的石梁，竟觉得自己根本看不到石梁的尽头，然而远处粗大的石梁横亘在巨大空间内只是如同极细的蛛丝一般！

粗大的石梁像蛛网一样向中间集中，最后会成遥远岩峰中空部的一处石坪，坪上远远可见一座殿宇，那座殿宇应该极大，但站在崖壁处望去却像是巧手匠人在米粒上雕出的镂空微雕。至于与那座殿宇遥遥相望的宁缺和莫山山，对这个巨大空间而言更像是不存在一般，如同岩壁间的一粒沙！

二人对视一眼，都看出彼此眼中的震撼。

面对这样不可思议的宏伟存在，谁都会难以自抑生出敬畏感，想要跪倒在地膜拜，甚至因为感受到自身的渺小无谓而泪流满面。

因为在这样宏伟的世界面前，人类只能是蚂蚁。

然而真正令宁缺感到震撼的是，这个巨大的仿佛只有昊天才有能力开辟的空间，却是千年之前由那些像蚂蚁一样的人类开凿出来的！

第七十二章
当年某人曾来过

过了很长时间，宁缺才逐渐从震撼中醒过来，情绪却依然复杂。

同样是传说中的不可知之地，书院后山只会给人亲近温厚之感，却不像此间这般容易让人产生精神上的冲击力，他心想这大概便是莫山山那日说的那种分别，书院后山能让圣俗二世相通，魔宗山门则是漠然处于俗世之上。

被天弃山里的风雪掩埋了数十年，魔宗山门早已废弃，举目望去只觉一片荒凉，越空旷雄伟越发觉得荒凉，宁缺想着早年前，魔宗依然强盛之时，无数信徒跪倒在巨大石梁上膜拜的画面，不由得生出无数唏嘘感受。

能在雪峰中腹开凿出这样巨大的空间，千年之前的荒人拥有的组织运作能力，实在令人难以想象，宁缺想着正是大唐把这些荒人赶出荒原，赶到极北寒域，唏嘘之余，又不禁生出强烈的骄傲感觉。

紧接着，通过身前这宏伟得近乎逆天的建筑空间，他又想到了更多的一些事情。魔宗不容于世，正是因为魔宗修行者强纳天地于体内，亵渎昊天，当年开创魔宗的那位光明大神官，让荒人在天弃山脉里生生开凿出这样一个近乎神迹的空间，或许便是想通过此地证明人类也能拥有与昊天一样的能力？

在昊天光辉普照的世界里，想要用这种沉默的方式，表达对昊天的不敬，真可谓是骄傲嚣张到了极点，难怪明宗被称之为魔。

站在岩壁边缘沉默观看很长时间后，宁缺扶着莫山山走上了石梁。

粗大的石梁把雪峰内腹空间连贯起来，最终交会在远处的空中，石梁极为宽厚，能容四辆马车并排前进。看那些撞击痕迹和碎石，能确认千年间自洞顶坠落的石头，都无法将这些石梁砸垮，两个人走在上面，更是不可能让石梁有丝毫震动。

但石梁毕竟是悬在极高的空中，旁边没有任何遮掩，山风呼啸穿掠，回声缓慢折荡，给人一种极为恐怖的感觉。宁缺看着石梁外空荡荡的世界，听着耳畔的风声，觉得自己的双腿都有些僵硬起来，心想如果被山风刮落到石梁外，或许要在空中飞很长时间才会堕到极幽深的地底。

通往巨大空间中央的石梁很长，二人走了很长时间，还只走完了大概不到三分之一的路程，远处悬空石坪上的殿宇依旧像微缩景观般小，不过在宏伟空间里的渺小卑微感和恐惧感，随着行走渐渐淡去。

宁缺和莫山山脚下的速度比最开始时快了很多，他甚至能够分出精神去看一看石梁四周的风景，虽然石梁四周全部昏暗幽沉空空如也，根本没有任何风景。

然后他注意到自己的脚下，忽然出现了很深的线条，那些线条深深刻进坚硬的石梁中，看似无规律地四处延展，有极小的石砾在线条里随着山风滚动。

宁缺借着上方垂落的天光认真望去，发现这些石梁上的线条组合在一起，竟是一幅线条很简洁的画，这些画笔力拙憨有力，应该是由刀斧之类的金属兵器镌刻而成，看上去就像是极古老的某种岩画。

石梁上的岩画随着二人脚步的移动，逐渐依次展现在他们的面前。

这些岩画很大，而且有很多幅。

第一幅岩画，画的是滔天的洪水。

一个面目模糊的汉子，腰间围着草裙似的衣物，手里拿着一把镐，站在洪水边的土崖上，向着落雨的天空愤怒地吼叫。

第二幅岩画，画的是漫山的野火。

几个面目模糊的妇人，身上穿着粗布织的短裙，手里端着一盆水，站在野火边的竹林里，对着燃烧的麦田痛苦地哭泣。

第三幅岩画，画的是遮天的大雪。

数十个面目模糊的农夫，身上裹着厚厚的兽皮，手里拿着各式各样的工具，根本无视头顶飘落的雪花，沉默而专注地修理着屋舍。

第四幅岩画，画的是震动的大地。

千万个没有面目的黑点，站在伤痕满地的田野间，似乎在埋葬死者，似乎在拯救生者，他们没有怒吼，没有哭泣，继续着自己的生活。

每一幅岩画画的都是昊天降落到人间的怒意，画的是人类的痛苦与拼争，岩画里的人们面目再如何模糊，也很清晰地表露着人类的身份。

石梁上的岩画还在向前蔓延，随着人类对工具的掌握，意志的坚定，对自然的了解，他们面对各式各样灾害时便变得越来越镇定，或许他们的内心依旧悲伤愤怒，但无论怎样，他们生存了下来，并且一直活到了现在。

宁缺和莫山山一边行走，一边看着脚下的岩画，脸上的神情渐趋凝重。虽然他们无法完全理解或者说确定，当年魔宗中人在石梁上刻下这些岩画的真实用意，但身为人类的一分子，总会有些似有若无的感触。

在石梁的最前端，最后一幅岩画非常简单，线条比前面所有岩画都要少，最下方是三排混着无数小石洞的直线，大概代表已经繁衍生息占领全世界的人类，那些小石洞仿佛就是人类欢呼庆祝时高举的双手。

在三排直线的上方，深刻的石线组成了一个圆，以及一个半圆。

莫山山眉尖微蹙，看着脚下简洁到难以理解的图案，思考着其中蕴藏着怎样的信息，然而无论她怎样思考，却也没有任何头绪。

宁缺盯着最后这幅岩画，扶着莫山山的手微微颤抖起来，觉得自己的身体有些寒冷，隐隐约约间猜到一些什么，却觉得自己的猜测太过荒诞。

只可惜此时身在废弃如荒野的魔宗山门，根本没有时间让他去仔细思考，思考这些那些野兽派象征主义达利之类的问题，就算他想去思考，离开石梁踏上高悬于雪峰空间中央的那片石坪后看到的画面，也不允许他再去思考。

……

无数根石梁会聚在此地，天然形成一片石坪，石坪悬在无数丈高的空中，山风自坪外呼啸而来，吹得那片殿宇上的浮灰飞起落下。

殿外堆着无数具白骨，那些浮灰便从这些白骨的缝隙里落下去，然后不再飞起。数十年来，这样的过程不知重复了多少次，于是森然白骨的下方便积了约手掌厚的一层灰，让人觉得这些白骨似乎是躺在河泥之中一般。

走下石梁，宁缺第一眼看到的便是魔宗的殿檐，第二眼便看到了魔宗殿外这些在经年灰尘中的白骨，然后再也无法移开自己的目光。

当年魔宗被毁时，不知经历了怎样惨烈的战斗，仅在外围便有如此多的死者，随着时光流逝，这些尸首已然变成了白骨，只有上面那些锋利的切痕，以及散落四周的零散骨骼，还能证明一些曾经的残酷。

宁缺扶着莫山山穿过白骨堆，来到靠近正殿处的石阶上，发现了数具完整的尸身，沉重的盔甲护着甲内的白骨，让他们没有散落，有几人如树枝般的手骨间还紧握着自己的兵器，至死后数十年也不曾放开。

他这辈子见的死人太多，见过更残酷的画面，所以还能保持着平静，甚至蹲下身子开始认真地研究这几具完整的尸身。然而莫山山却从未见过如此恐怖残忍的画面，美丽的脸颊显得有些苍白，紧紧握着两手，根本说不出话来。

那些死者手骨间紧握着的兵器显非凡品，过了数十年时间依然寒意透骨，宁缺注意到这些人身上穿着的盔甲上竟有强大符文的气息，更是大感震惊，心想这些人想必是当年魔宗极厉害的强者。

他伸出手指轻轻拂去盔甲上的灰尘，想要看清楚那些符文，却没有料到，当指尖刚刚触到盔甲表面，喀喇一声脆响，看似坚不可摧的盔甲竟瞬间崩裂开来！

脆响之声连绵响起，石阶前这几名前代魔宗强者身上的盔甲尽数崩裂，上面残留着的强大符文气息，也随之消散在空中，再也感受不到丝毫。

盔甲的断口处光滑锃亮，明显是被剑之类的锋利武器直接砍断。什么人能够用剑如此轻易地砍断这般强大的盔甲？而且那道剑意竟是透体而不发，凝在盔甲之内数十年时间，直到今日被宁缺手指所触，才骤然迸发？

宁缺心中自有答案，沉默不语。

莫山山先前被吓了一跳，看着他此时的沉默，便看出了几分从容不迫，不由得有些惭愧，又生出些别的感受。

二人走上石阶，推开殿门。

开门见山，见着一座如山般巨大的石碑。

这座石碑竟似是用整块岩石打磨而成，表面极为光滑。

"无字碑？"

莫山山最先注意到那座石碑，想到听说过的那些传说，吃惊说道。

宁缺正警惕注意着四周的动静，下意识问道："什么是无字碑？"

莫山山怔怔说道："当年背叛昊天创立魔宗的那位光明大神官，曾经说过一句话，知我者罪我者，唯时光耳。所以他死之时，要求碑上不留一字，任由世人评说。"

"原来这座碑下葬的便是那位光明大神官？"

宁缺震惊抬头望去，旋即脸上神情变得更为震惊。

因为无字碑上有字。

一行不可一世的字。

"书院轲浩然灭魔宗于此！"

第七十三章
白骨山中一枯僧

碑上的字深刻入石，带着剑尖留下的锋锐意味，纵横森然其上。

宁缺看着碑上这一行字，眉梢缓缓挑了起来，他没有发表什么感慨，就这样沉默地看了很长时间，然后他一言不发离开，避着脚下的零散白骨去旁边看了看。

他围着无字碑绕了几圈，最后又绕回石碑之前，重新抬头沉默地望向碑上，挑起的眉梢仿佛要飞起来般，指着碑上的文字微笑说道："我小师叔写的。"

莫山山曾经听老师讲过魔宗山门毁于某位前辈高人之手，然而不知因为什么原因，那位前辈高人的姓名并没有流传开来，她曾经猜测会不会是那位在世间惊鸿一瞥便消失不见的书院前辈，也没有什么证据。

今次深入荒原来到魔宗山门，一路所见宁缺神情有异，尤其是在块垒阵里的那番跪拜，让她越发坚定自己的猜测，此时终于从宁缺口里得到证实，却依然还是觉得有些震惊难言——单剑毁魔宗，那位前辈当年究竟强大到怎样的程度？

她的眉头微微蹙起，薄红的双唇抿成一道线，沉默片刻后，她看着宁缺渐飞的眉梢和疏旷神情，轻声问道："你看上去似乎很得意骄傲。"

宁缺诚实地点了点头。为了化解碑文带来的精神冲击，先前他去四周看了看，发现那些死去的魔宗强者骸骨上残留的气息依然强烈，尤其是那些白骨的硬度竟似超过了一般的钢铁，不由得更是震惊。如此众多的魔宗强者在小师叔的浩然剑前，竟像遇阳春雪般不堪一击，由此可以想见，小师叔当年的境界实力多么恐怖。

在书院后山通过二师兄等人的间接反应，宁缺早就知道小师叔肯定是世间第一流生猛之人，然而他还是没有想到小师叔竟然生猛到了这种程度，难道说他当年闯魔宗山门的时候已经破了五境，超凡脱俗成就了圣人王道？

身为书院二层楼弟子，拥有这样一位小师叔，实在是没有道理不感觉得意骄傲。

不过得意骄傲不能当饭吃，宁缺和莫山山历经千辛万苦来到魔宗山门，为的是天书明字卷还有小师叔留下的气息。站在石碑前沉默观看追思片刻后，他们继续向殿内行去，他感受到小师叔的气息便在石碑后的殿里。

魔宗正殿依旧恢宏雄伟，看似简单的石梁架构，绘上那些繁复的油彩画面，便自然显露出几分神圣感觉，宽敞通道两旁竖立着几百尊石质雕像，雕刻着很少能在中原诸国看到的奇异神魔，各自狰狞沉默。

通道渐趋幽深，却依然干燥毫无一丝湿意，好在当年荒人建造此间时，通风采光的设计格外精巧，宁缺二人向里面走了数百步，依然还能以目视物。

随着深入魔宗正殿，那道令宁缺亲近动容感佩的气息愈来愈浓，渐要变成某种实际存在。他沉默望着前方，不知道稍后会看到什么，天书明字卷还是魔宗的秘密，无论是哪一种都好，他只希望不要看到自己不想看到的。

通道里的尸体也越来越多，在转弯处，白骨甚至多得叠加在一起，变成了一座小山，宁缺扶着莫山山行走其间，看着墙壁上越来越深的纵横剑痕，想象着当年在此间发生的血腥战斗，不禁心生悸然。

魔宗正殿通道尽头是一个很普通的房间，这房间原本应该极为宽敞，但如今一座白骨及干尸堆成的小山占据房间正中央，所以显得极为拥挤狭小。

"当年究竟死了多少人？"

莫山山怔然看着面前的骨尸山，下意识里轻声感慨了一句，她的小手有些发凉，她的声音也有些颤抖。作为神殿客卿书圣的亲传弟子，她对魔宗向来没有丝毫好感与同情，然而今日一路所见，便是连她都有些不忍去想魔宗当年的绝望。

宁缺看着那座白骨干尸堆成的小山，沉默片刻后说道："我也不知道小师叔当年为什么要灭魔宗，但我想他总有自己的理由和原因。"

就在这个时候，那座白骨山的深处，忽然响起了一道声音。

"人世间很多时候，有很多事情，其实并不需要原因，也不需要理由，因为那些原因和理由，如果换一个角度去想，往往都是痴妄。他当年为什么要这样做，现在可以给出无数种解释，但真实情况是，那年他就这样来了，然后这样做了。"

……

这房间本来只有沉默的白骨干尸山，无言的石墙剑痕，幽静得仿佛不在人世，于是这道忽然响起的声音虽然微弱，却非常清晰。

这道声音很轻微，很虚弱，透着股中正平和之意，在宁缺和莫山山的耳中却不只清晰，更像是一道雷霆，而这自然和幽静环境无关。

青翠山谷消失在莽莽天弃山脉深处已有数十年，那个大明湖不现于世已有数十年，水落石出才能出现的魔宗山门也已与世隔绝数十年。在世人的认知猜测中，这里早已经变成了一片废墟，不可能有任何生命，二人所见也是如此，只有白骨剑痕寂寥，哪里能想到这里居然还有人活着！

宁缺震惊无言，以最快的速度把莫山山拉到自己身后，然后挽弓搭箭，用自己最强大的武器，对准了那座白骨干尸堆成的小山。

仔细望去，他才发现白骨干尸堆成的小山里有一个人。

那个人很老，老到头发早已落光，牙齿也已经落光，只有两缕极长的白色眉毛在脸上飘拂，快要垂到他干瘪的胸前，此人身上穿着一件极旧的僧衣，僧衣早已破烂如缕，丝丝絮絮就像眉毛般挂在身前。

那个人很瘦，瘦到胸腹下塌四肢细如柴枝，身上已经没有任何肌肉与脂肪，嶙峋的骨头外面包着一层薄薄的皮，尤其是深陷的眼窝看上去就像两个黑洞，极为恐怖，但偏生眼窝里透出的眼神却是那般慈悲温暖。

除了那些薄紧已经丧失弹性光泽的皮肤，这位老僧与身周的白骨干尸根本没有什么分别，所以他坐在白骨山堆里很难被人发现。

有两根很细的铁链穿过老僧如破鼓般的腹部，另一头钉死在身后的坚硬墙壁上，数十年前的鲜血早已变成了黑色，涂在那些丝丝缕缕的僧衣上。

这幅画面很诡异，画面中的老僧很恐怖。

宁缺手指微颤，险些松开弓弦一箭射将过去，莫山山紧紧捂着嘴唇，险些惊叫出声——如果不是因为这名形容枯瘦恐怖的老僧的目光是那般慈悲温暖的话。

"你是谁？"

宁缺紧扣着弓弦，瞄准着白骨山间的老僧，紧张问道。

这里是与世隔绝数十年的魔宗山门，忽然出现这样一位老僧，实在是难以理解，这名老僧老瘦成这般模样居然还活着，也已经超出正常人的思考范围。而任何超出常理难以理解的事情，一般都蕴藏着极大的凶险。

"我是谁？"

老僧缓缓抬起头来，穿过腹间的铁链叮叮作响，大概是带动体内痛楚，枯瘦如鬼的骨脸上现出一丝痛楚，深陷眼眸内的目光依旧温暖，却带出了几分惘然追忆之意。

过了很长时间，老僧眼眸里忽然现出一丝明悟之意，牵动唇角松如叠纸的皮肤，露出一丝难看的微笑，说道："我是一个自缚之人。"

"我当年做过一桩极大的错事，引为终生之憾，所以我用铁链将自己锁缚于此地，发誓用尽余生超度这些亡魂，企盼能以此赎罪一二。"

铁链穿体而过，老僧无论说话还是极细微的动作，都会让他显露出几丝痛苦，但他虚弱的声音以及眼神，依然那般平静慈悲，令人感觉如春风一般。

宁缺看着这名枯瘦如鬼、气如春风的老僧，怔怔问道："赎什么罪？"

铁链再次叮叮响起。枯瘦老僧微笑看着身周的白骨干尸，艰难地伸出手指自身前一根白色腿骨边缘缓缓抚过，说道："赎杀人之罪。"

"杀人之罪？"

老僧看着他平静说道："我二十岁始入佛门，后成佛子，自以为慈悲为怀，将以佛光普度众生，哪里料到却有满地白骨因我而生，这便是我的杀人之罪。"

宁缺听明白了这段话，却又有些听不懂，魔宗山门满地白骨尸骸，传说中都应该是小师叔剑下亡魂，一路看剑痕纵横以及无字碑上那行大字，当年真相应该与传说相去不远，为什么这名枯瘦老僧却说这是他的杀人之罪？

"你……认得我家小师叔？"他问道。

老僧像长辈看晚辈一般看着二人，温和问道："轲疯子是你小师叔，那你就是夫子的弟子了，那么这位小姑娘又是谁？"

宁缺和莫山山感应到对方的善意与信任，甚至还有那么一抹被宠溺的温暖感觉，下意识里报出了自己的身份。

老僧轻声感慨说道："我本以为此生便在漫漫赎罪日里度过，不会再见到任何人，没有想到能再见到故人之后，如此说来，难道说魔宗山门开了？"

然后他看着宁缺不解地说道："你便是这一代的书院行走？看你应是十几天前刚破境入得洞玄，境界怎会如此之低？难道书院也是一代不如一代？"

紧接着，老僧又望向莫山山感慨微笑说道："枯坐骨山，山中不闻晨鼓暮钟，不知岁月渐逝，我觉得自己只是睡了一觉，居然小王也有传人了。"

宁缺知道自己是书院历史上最差劲的天下行走，被对方点明难免还是有些羞恼，但想着这名老僧枯坐魔宗山门数十年，称小师叔为轲疯子，唤书圣大人为小王，想必是辈分奇高的世外高人，自不好意思跳将起来对骂。

只是，这枯瘦老僧究竟是什么人？

第七十四章

莲生三十二（上）

年纪大辈分高，总是值得尊敬的，这位老僧枯坐骨山自言赎罪数十年，想来也不是曲妮玛娣那等为老不尊的货色。宁缺收弓于身后，却没有踏前，隔着十余丈的距离看着枯瘦的老僧，神情恭谨说道："晚辈确实是书院学生，魔宗山门因应天时而开，却不知前辈为何要说这满地骸骨都是您的罪孽？"

那老僧干涩虚弱笑了两声，说道："这自然是一个比较繁复的故事。"

每有山谷奇遇时遇着奇人，总会听到一段久远的奇妙的故事，或许是因为心中已有预盼，宁缺的反应很平静，轻声说道："还请前辈赐教。"

老僧沉默片刻，悠然回忆说道："当年轲疯子开始代书院行走天下，腰佩一柄普通青钢剑，世间便无人敢撄其锋。其时魔宗势力犹盛，行事嚣张，嗜血无道，不知多少无辜之辈被魔宗之人残忍杀害，二者相遇自然便是一番风雨。"

"那场风雨极为血腥浩大，横行中原的魔宗强者纷纷丧于轲疯子剑下，西陵神殿和正道同仁，也借此机会想将魔宗势力连根铲除。"

"轲疯子此人站在风雨高峰间指天呵地，眼中全无敬畏，西陵神殿那些老古板自然也不会喜欢他。魔宗被那场风雨逼得苦楚不堪，便琢磨出来了一个法子，想要借着书院与神殿之间的隔阂，布一局挑动双方之间的战争。"

"某年烂柯寺孟兰节大会，中原诸国修行者齐会于其间，又有韶舞翩翩，魔宗便于此时血洗烂柯寺前坪，却将这桩祸事转嫁于神殿裁决司，这便是故事的开头。"

老僧枯瘦如鬼，当年那段血雨腥风事缓缓道来时，语气神情却是和煦若春风，只言片语间便略去了那些往事里的残酷画面。

宁缺扶着莫山山靠着墙壁坐下，看着白骨山的老僧，想着对方所讲述的这个久远故事，沉默片刻后说道："嫁祸这种手段向来归入粗劣笨拙一类。"

老僧牵动耷拉着的唇角，艰难地笑了起来，目光温润盈盈看着他，感慨说道："外间的魔宗想来已灭，即便有残存，都只怕会像过街的老鼠那般，所以像你这样的孩子大概不知道当年的魔宗究竟是什么模样，拥有怎样恐怖的力量。"

宁缺离开渭城，开始接触修行的世界已经有近两年时间，除了前些日子遇着的荒人外，只在北山道口遇见过一个修行魔宗功法的剑师，现在他眼中的那名剑师算不得强大，自然也并不觉得魔宗有多么可怕。

老僧像枯叶般的眼帘缓缓垂下，似乎回忆当年魔宗的嚣张气焰，对自己苍老平静的心境都是一种损害，然后他继续和蔼说道："魔宗功法乃偷天之术，修行魔功之人体健寿绵，而且没有念力波动，足以避开修行者的窥探。当年魔宗中人借此优势大肆潜入中原诸国，或立于朝堂成三朝元老或闻达于乡野成大族之长，势力密织如网，即便是唐国天枢处和西陵神殿的高层都有魔宗之人。"

老僧缓缓抬起头来，平静看着他说道："若不是忌惮书院和别的不可知之地，当年的魔宗一旦全力发动足可改朝换代。他们不敢逆天行事，但若要编织一个阴谋，又怎会留下什么破绽？事实上当年血洗烂柯寺一役，魔宗忍着断臂之痛，暴露了隐藏在神殿裁决司里数十年的大司座，那便更没有人会不信了。"

宁缺皱眉问道："血洗烂柯寺，和书院和小师叔又有什么关系？"

老僧叹息了一声，叹息声里充满了悲悯："魔宗在盂兰节血洗烂柯寺，表面上是针对正道诸派的修行者，实际上是针对唐国的使臣，但魔宗想要挑动轲疯子的疯意，所以他们真实的目标是那些来自唐国只知跳舞的可怜女子。"

听到这句话，宁缺心情骤然一紧，他从二师兄处知晓简大家与小师叔有旧，此时自然联想到这些舞女难道来自当年的红袖招。然而简大家现在还活得好好的，偶尔遇着自己便会提着自己耳朵中气十足地教训一番，当年究竟谁死了？

当年魔宗既然不惜如此大的代价，编织如此阴谋，自然很清楚杀死谁才会让小师叔癫狂到不顾一切直闯桃山，这就像如果他回临四十巷忽然见着桑桑躺在血泊中，所有证据都指向皇宫，那他当然也会毫不犹豫拿刀扛箭直闯宫门，闯进御书房撕了那幅花开彼岸天再把皇帝陛下砍成三百六十五截……

"但小师叔没有闯桃山，而是单剑灭了魔宗山门。"

宁缺看着骨山里的枯瘦老僧，疑惑问道："魔宗的布置哪里出了问题？"

老僧沉默了很长时间，然后笑了起来，苍老难看的笑容里隐藏着很复杂的意味，有些感慨，有些震撼，也有些苦涩，还有些骄傲。

"魔宗的布置没有任何问题，当时整个世界都以为是神殿裁决司血洗了烂柯寺，虽然无法理解，但当隐居在瓦山后岭的烂柯寺长老，都被迫出关，并且指认那些凶徒全部来自西陵时，便再也没有人怀疑。"

老僧静静看着他说道："但轲浩然不信。"

宁缺不解问道："小师叔为什么不信？"

老僧说道："轲疯子这种人，又哪里是这么好骗的。"

宁缺怔了怔，摇头说道："这个理由等于没有。"

老僧感慨说道："当年我曾经向他问过同样的问题。"

宁缺认真听着。

老僧微笑说道："当时就在这个房间里，他说：我轲某人又哪里这么好骗的？"

片刻沉默。

"然后呢？"

宁缺问道，想着每个故事都应该有然后以及最后。

老僧微异问道："后面的故事……难道如今的世间还不知道？"

宁缺说道："讲故事的人不同，故事内容也会有变化。"

"这个故事有一个非常简单的结尾。"

老僧声音变得更加虚弱，说道："魔宗的手段没能骗过轲疯子，他自然便向魔宗山门而去。当时的魔宗宗主自视甚高，魔宗强者辈出，也没有太过恐惧，心想你若来了便把你杀了，轲疯子自然不愿意被他们杀，于是便把他们都杀了。"

不愿意被他们杀，于是便把他们都杀了。

很简单的叙说，很简单的故事，却是一段湮灭在历史尘埃里的惊天过往，说得越简单却越令人心惊。时隔数十年，只有这位枯瘦如鬼的老僧，以及充斥魔宗正殿的无尽骸骨，还能证明当年这里发生过怎样的事情。

宁缺看着老僧深陷的双眼："那为什么您要赎罪，这件事情和您有什么关系？"

老僧举起细枝般的双臂，臂上僧衣褴褛，手指微张结了个手印，十根手指肌肤之下骨节恐怖可见，宛如自冥界探出的一双骨手，然而骨手所结的手印淡淡释放着令人心境恬静的温暖气息，慈悲有若昊天降下的两朵白莲花。

骨手白莲手印间的气息异常强大纯凝却没有丝毫的杀伤力，随着气息渐释，老僧身周的白骨尸骸表面忽然生出一层极温莹的光泽，竟仿佛要活过来一般。

宁缺盯着老僧腹前的那两双骨手，感受着那道气息，震撼无语——老僧所展露出来的实力境界太过高妙莫测，竟是他这一生所见最强大。

莫山山倚墙而坐，看着老僧那双枯瘦骨手结成的如白莲花般的手印，忽然间想起小时候听老师提到过的一句话，不由得面露惊疑之色。

"西方有莲翩然坠落世间，自生三十二瓣，瓣瓣不同，各为世界。"

……

"赎罪，自然是因为这罪是我的。"

"因为从来就没有什么魔宗的阴谋，这个阴谋也是我的。"

"裁决司司座是魔宗的人，很多年前我就知道了。我也知道他们想做什么，我什么都没有做，我坐在黑色而寒冷的座椅上，撑着下颌，静静看着他们做完这件事情，然后准备寻找一个合适的时机，去告诉轲浩然。"

"不过我终究还是低估了轲浩然，不需要我拿出精心保存的证据，他就知道这件事情是魔宗做出来的，这样很好，于是我依然安静坐在那张黑色而冰冷的座椅上，撑着下颌，静静等待最后那一刻的到来。"

枯瘦如鬼的老僧，端坐骨山尸堆间，骨手结着白莲印，眼神温柔慈悲。

宁缺瞪大了眼睛，颤声问道："你究竟是谁？当年你究竟想做什么？"

这是老僧第二次听到这个问题，他缓缓抬头望天，穿过腹部的铁链被带动，发出清脆的响声，让痛楚重新回到他干瘦如鬼的脸上。

老僧望着天空的深陷的眼眸内目光依旧温暖，骨手结成的白莲花瓣瓣绽放。

"当年我想灭了魔宗，我想让轲浩然死，只是没有想到，我耗尽半生心血才把整个魔宗化为一场滔天风雨向他拍了过去，结果他居然还是没有死。"

"至于我是谁？"

老僧收回目光，看着二人温和说道："我是裁决。"

……

"莲生神座？"

房间后方忽然响起一道不可置信的声音。

衣衫褴褛的道痴叶红鱼，不知何时来到了此间，她看着骨山间那位枯瘦如鬼的僧人双手结成的手印，脸上满是不可思议和狂热喜悦的神情。

莫山山和宁缺几乎同时惊喊出声："莲生大师？"

第七十五章
莲生三十二（下）

陡然出现在魔宗正殿里的叶红鱼，左肩上尽是凝结的血珠，红裙褴褛无法遮体，看上去极为狼狈，但那双眸子却依然明亮得惊人。

宁缺不知道她在山门外靠着胸中那股气，硬生生劈开了拦在身前的所有石头，才艰难来到此地，但看她模样也能猜到她经历过怎样的艰辛，不免觉得有些佩服。

和隐隐佩服相比，他看到道痴出现在这里，更多的是紧张，右手快速伸到身后握住刀柄，准备趁着道痴虚弱之时，解决掉这个很令人畏惧的敌人。

然而他发现叶红鱼根本没有理会自己，靠在墙壁上的莫山山没有理会她，道痴和书痴看着骨山里那名枯瘦如鬼的僧人，沉醉无言早已如痴。

……

西陵神国之东，临海处有一大片圆形石柱，用以抵御海上险恶的浪涛，石柱之后便是宋国。或许是因为惯见海雨天风的缘故，这个不起眼的小国为世间奉献了无数了不起的人物，神殿里有多位神官来自宋国，那位被囚多年的光明大神官也来自宋国。而在很多年前的一个深夜里，宋国都城某世家府邸后园里的睡莲一夜盛开，与莲花一道绽放的还有那夜降生世间的一名男婴，于是那名男婴被命名为莲生。

世家公子莲生的青春岁月并没有太多惊人处，他像周遭的公子一般求学考学，然后得中授官封荫娶妻，只是还未生子，感情深厚的妻子便因病亡故。妻子逝去后，莲生于郊外坟茔处结草庐，愁苦悲伤形渐枯槁，三月未露欢颜。

某夜草庐外风雨交加，莲生走入风雨之中，静思半夜，披湿衣而回，提笔写就一篇祭妻恸文，然后将墨笔扔入坟前新草中，大笑三声飘然而去。

其后年余，莲生访山探幽，拜谒诸多修行宗派，其时那篇祭妻文传入世间，惹了无数捧热泪，他名声已显，各宗派以礼相待，却不肯对他言及修行之事。

第二年秋天，莲生游至瓦山，遇雨避于烂柯寺。

当夜于后殿静卧之时，他偶然听着一老僧言及佛宗故事，沉思昼夜后，步回烂柯寺正门敲响鸣钟，推门登堂入室，对知客僧说道要与烂柯寺主持对坐辩难。

这场辩难持续了整整三十二日，莲生口吐妙言如莲花绽放于瓦山流云之间，对谈之时，崖畔青树间隐有神鸟轻鸣，引来世间无数名流文士相看。

烂柯寺辩难自此成为继盂兰节后又一盛事，莲生公子的名字也开始在世间流传。

最后那天，前代西陵神殿昊天掌教自桃山而来，当着千万人面，亲自邀请莲生入神殿为客卿。不料莲生却是微笑婉拒，然后在瓦山烂柯寺隐居长老面前，以手轻抚头顶，片片黑发如黑莲渐落，佛心渐趋坚定。

秋天落叶时，莲生离开瓦山烂柯寺，逾大河至墨池，穿野林入月轮，然后消失在月轮国西北方的莽莽荒原上，谁也不知道他去了哪里。

数年后，一名僧人从荒原归来，行走王庭民舍青山绿水之间，与王公贵族街市庶民讲因果说机缘，佛法精湛，德行无碍，备受世间尊崇。

世间再没有莲生公子，却多了位莲生大师。

其时魔宗势盛，对中原诸国的渗透像黑夜一般难以阻止，其中尤以两名魔宗长老最为神秘，暗中挑拨各国各宗派之间的关系，不知弄出多少场惨烈血腥的祸事，然而却没有人知道这两名魔宗长老究竟隐藏在何处。

那年春天，莲生大师受西陵昊天掌教之邀至神殿讲课授学。席间天谕院副院长言语间多有轻蔑怠慢不满，莲生大师当着掌教大人及神殿诸多强者之面，踱到这位副院长席前，然后暴起杀之——这名天谕院副院长便是那两名魔宗长老之一。

昊天道门掌教再邀莲生大师入神殿，这一次不再是客卿，而是请他就任空悬数年之久的裁决大神官一职，莲生大师说了句时辰未到，再次婉拒。

莲生大师飘然下了桃山，去了瓦山——当年他在瓦山悟道，如今自世外归来，便在烂柯寺留驻清修，两年间终日不见外客，渐被世人遗忘。

某日烂柯寺一辈分极高的扫地僧忽然暴毙，举寺震惊，莲生大师自厢房踱步而出，承认是自己杀了这名扫地僧——这扫地僧原来便是另一名隐藏在中原的魔宗长老，莲生大师在瓦山隐居两年，便是为了查证此事。

至此魔宗隐藏在中原里最神秘的风云二位长老，全部死亡，继而魔宗很多阴诡血腥的秘密筹划也被揭穿，莲生大师之名响彻天下。

月轮国白塔寺与瓦山烂柯寺感念其德，尊奉其为佛宗山门护法。

西陵神殿赏其功业，奉谕邀其观六卷天书，继而封其为裁决大神官。

莲生大师便成为了历史上第一个担任西陵神殿大神官的佛宗弟子。

数年后烂柯寺血案发，神殿裁决司大司座牵涉其间，莲生大师伤故旧之亡，愿承其责，不顾桃山上下挽留坚辞大神官之位，飘然而去，就此归隐不知所终。

从此以后的修行世界里，再也没有莲生大师这个人，然而莲生大师的名字，却依然在这个世界里流传，一直流传到了现在。

在如今世界的回忆中，莲生大师的身上总蒙着一层慈悲却又神秘的色彩，慈悲是因为他的所行所为，神秘则是因为他这光彩夺目的一生太过传奇。

莲生大师擅文章，精于书墨，苦行览世间，静思读旧书，修行无碍，在烂柯寺中悟道，数年便入知命，佛法精湛，道门功法却同样通透。他是一代大文章家，大书法家，又是佛宗山门护法，还是神殿裁决大神官。

这样一个愿意亲近世间所有美、有能力明悟世间所有法、勇于承担世间所有事、并且做得如此完美的人，以前未曾出现过，也不知道以后可还会出现。

在很多人看来，如此完美的人物不可能后天修行而得，只能是天生其才，所以后人才会对飘然逝去无踪的他留下这样的一句评价："西方有莲翩然坠落世间，自生三十二瓣，瓣瓣不同，各为世界。"

他的法号是莲生三十二。

他就像一朵飘落红尘的白莲，每绽放一片如玉的莲瓣，便展现一种大能力，带给这个丑陋污秽肮脏的世间一丝慰藉。

……

宁缺在魔宗山门外的块垒大阵里，对着石上的青苔剑痕直接双膝跪地叩首，那是因为他拜的是长辈，是自己血液里的亲近，是精神里的景仰和向往。

对道痴和莫山山而言，莲生大师同样是一座自修道开始便停驻在意识里的大山，她们的血液里天然流淌着那份亲近和景仰。

所以她们根本不会理会宁缺此时心里作何想法，也没有什么战斗的意愿，直接双膝跪倒以额触地，极为恭敬地向那名枯瘦如鬼的老僧叩首行礼。

和书痴相比，道痴的神情明显更为兴奋，她是神殿裁决司大司座，而莲生大师当年曾经担任过神殿裁决大神官，也就等于莲生大师是她师祖一类的存在。更关键的是，裁决司虽是西陵神殿权柄最重之地，但却因为刑囚之事名声不怎么好，在世人眼中往往阴森压过神圣，数百年来唯有莲生神座在位之时，神殿裁决司既能镇魔宗妖邪又能得世人尊崇。如今的裁决司老人们提起当年那段美好时光犹自念念不忘，所以在裁决司众人眼中，莲生神座的地位分外不同。

她难以压抑住心中的震惊与激动，看着老僧腹间的莲花手印，声音微颤说道："弟子神殿裁决司司座叶红鱼，拜见莲生神座，桃山上下都以为神座大人您已经修道大成羽化侍奉昊天去了，真没想到弟子此生居然有此福泽能够面见莲生神座。"

莲生大师没有想到能在这里看到裁决司的新人，微微一怔后温和感慨说道："先前说过山中不知岁月，现在看来果然如此，你这么干净可人的小姑娘，居然也被拖进那潭子泥水之中，真是可惜可叹啊。"

如果换成任何人用"一潭泥水"来形容裁决司，叶红鱼绝对会让对方生不如死，但此时她却没有任何反应，因为说出这话的是裁决司的老祖宗，她哪里敢有丝毫违逆。更重要的是莲生神座的声音是那般温柔慈祥，仿佛就像一个爷爷在爱护小孙女一般，令她心中生出极为罕见的温暖微羞情绪。

天下三痴声动世间，如今道痴和书痴都像乖巧的小孩子那般跪倒在骨山之前，唯有宁缺依然直挺挺站着，莫山山悄悄拉了他几把，他却假装没有看见。

宁缺不像书痴和道痴那般，自幼便在宗派中学习，知道那么多修行世界里的传说。他两年前才无比艰难地进入修行者的世界，书院后山的师兄师姐们也没有讲故事的兴趣，所以他相关知识太过贫乏，甚至从来没有听说过莲生三十二这个名字。

那么他自然不可能像莫山山和叶红鱼那般敬畏拜倒。

听到"莲生神座"四字，他看着白骨堆里坐着的那名老僧笑了起来，说道："原来您曾经是神殿的裁决大神官，难怪您想灭掉魔宗。"

笑意渐敛，他盯着老僧的脸说道："但我还是想不明白，你为什么要耗尽半生心血钩织这样一个阴谋去害我家小师叔，如果是我，就算吃多了也不会这样做。"

世间居然有人敢用这般毫不恭顺的语气质疑莲生神座！

跪在骨山前的叶红鱼回头冷冷看了宁缺一眼，双眉微挑，锋利如剑。

第七十六章

入魔（一）

老僧神情温和地望向宁缺，微笑说道："似乎你没有听说过我。"

宁缺微微一怔，说道："应该所有人都听说过你？"

老僧枯瘦如鬼的面容上艰难挤出一丝自嘲的笑容，说道："听起来或许会显得有些可笑，但我想才过去数十年，年轻一代的人们总还应该记得我的名字才是。"

宁缺不知该说些什么，看着叶红鱼投射来的寒冷目光，又看到莫山山墨眸里的无措，心想，难道这位莲生神座这句话说的是真话？

"你若知晓我的故事，就应该知道我于烂柯寺悟道，曾侍悬空寺首座讲经，二过神殿而不入，最终却还是做了一任裁决大神官，不过我想你们这两个小女孩儿大概也不会知道，我曾经差一点做了魔宗的大祭者。"

老僧目光柔和地看着难掩震惊之色的三个年轻人，缓声说道："魔宗既然能向中原诸国渗透，中原佛道诸派自然也有过相似的手段，不用太过惊讶。

"回望我这一生，曾经亲自经历过太多事情，便是自己有时候深夜静思也觉得精彩纷呈，但细细想来，我这一生最值得骄傲的事情，是拥有一个像轲浩然这样的朋友。你问我为什么想轲浩然死？"

老僧看着宁缺，神情慈悲却又微带涩意："因为他是我最好的朋友，我比谁都知道他那一身惊天动地的本事。青年时我曾与他在山野间相伴而游数年，后来与他复见，愕然发现他的本事越来越大，而他离那片漆黑的深夜也越来越近。

"朋友有很多种，我要做的是诤友厉友，轲浩然的本事越大，我越发不能接受他对世界看法的转变，所以我不惜一切代价，哪怕大碍平生所愿，也要将他拖入这场血雨腥风之中，我宁肯他与魔宗同归于尽，也不愿意他堕入魔道。"

听着这些久远却依然惊心动魄的往事，房间里陷入一片死寂，叶红鱼和莫山山下意识里低下了自己的头。少女符师从老师处隐约听闻过与此事相关的只言片语，而道痴久居西陵神殿，更是比世间绝大多数人都清楚轲先生的那段故事。

宁缺没有听说过，通过后山师兄师姐间接的转述，小师叔的形象永远是那般高大骄傲，手持一柄青钢剑呵天骂地举世无敌，哪里能和魔宗这等形象联系起来。

他的眉梢挑了起来，看着莲生大师问道："我家小师叔怎么会入魔？"

老僧叹息说道："魔者由心而潜，任何人都可能入魔。"

宁缺不是典型唐人，但骨子里却依然保留了很多唐人的气度，根本不相信这种说法，摇了摇头，语气平静而肯定说道："我家小师叔举世无敌，无论实力还是精神都是世间最强大，不需外力帮助，又怎么会修行什么魔宗功法。"

老僧神情温和说道："他从未修行过魔宗功法。正如你所说，他根本不需要魔宗功法的帮助，但你们并不清楚，轲浩然这等人物就如同千年之前的光明大神官，他不会为外物外因所惑，却会因为己思己想而步入歧途，当他对这个世界的看法发生本质上的变化时，那么他便开始背离昊天的光辉，向着夜的那面走去。"

宁缺怔了怔，说道："听不懂。"

听到这句老实的回答，老僧笑了起来，极为缓慢地轻轻摇了摇头，然后渐渐敛了笑意，看着他平静说道："总之，当他拿起那把剑时，他已然成魔。"

宁缺问道："浩然剑？"

老僧默认。

宁缺想起在旧书楼里看的那本《浩然剑初探》，想着在书院后山二师兄教给自己的驭剑之术，沉默片刻后摇头说道："浩然剑与魔宗功法无涉。"

老僧看着他微笑说道:"世人只知浩然剑,却不知浩然气,若日后你有机缘明白浩然气是什么,大概便会知道我为什么会这样说。"

宁缺隐约明白了一些什么,大抵是小师叔当年的境界实在是强悍到不行,为求突破或是在哲学上走进了牛角尖,便像千年前那位光明大神官一样自创了浩然气,而这浩然气却是昊天不允许存在的事物,就如同魔宗功法一般。

"我还是听不懂。"

宁缺看着白骨山里的老僧微笑说道:"反正我不相信小师叔会入魔。"

这便是不讲理了,反正无论唐人还是书院,最擅长的便是不讲理,他心想终究是数十年前的尘封往事,你就算是莲生神座又能拿我如何?

"轲先生后来确实入了魔道。"

叶红鱼忽然开口,回头看着宁缺说道:"最终受天诛而死。"

宁缺愣住,然后像只被踩着尾巴的野猫般蹦了起来,破口大骂道:"诛你妈!"

听着如此不堪入耳的脏话,叶红鱼却很奇怪地没有暴怒反击,而是神情复杂地看了他一眼,沉默片刻后说道:"我敬轲先生,暂留你命。"

看着她的反应,宁缺忽然间明白过来,对方说的是真话。

在书院后山里二师兄说过小师叔死了,却没有说小师叔是怎样死的,而无论是师傅颜瑟大师还是遇着的别的修行者,从来没有人提到过书院还有一位小师叔。

原来小师叔竟是用这样一种方式,离开了这个世界。

小师叔是二师兄的偶像,二师兄是宁缺的偶像,所以小师叔是他最大的偶像,可惜只听过些风中的只言片语,于是没有清晰的模样,只隐隐约约在远处骄傲。

如今来到荒原,在莽莽天弃山脉间感受到那股像雪崖青松般骄傲自信的气息,小师叔便在他的精神世界里鲜活起来,他依循着那道气息穿越山脉,进入青翠山谷,在湖畔破境悟道,坚定而自信地踏过块垒重重,来到了魔宗山门。

在这里,他终于听到了小师叔的故事,也猜到了这个故事的结尾,震撼悲伤惘然之余，忽然间明悟这是自然而然的故事进程。

像小师叔那样骄傲自信的人，当苍穹覆盖的人世间已经没有任何存在值得他多看一眼时，他理所当然会拔出腰畔的剑，指向头顶那片苍穹。

只是，人终究还是不能胜天吗？

宁缺沉默站在骨山之间，茫然不知该如何言语。

老僧静坐在骨山之中，从听到轲浩然入魔遭天诛那刻开始，他如同过往数十年间那般陷入绝对的沉寂之中，枯瘦如骷髅的脸上渐渐泛出一丝慈悲的佛光。

"终究还是这样死了。"

老僧低首叹息一声，听不出来是赞叹还是悲伤，随着这声轻叹，已然瘦如骨架的身躯骤然间松垮下来，丝丝尘埃不知是从骨缝里还是从破烂僧袍里喷溅而出。

……

尘封的故事讲完，便轮到了现世的恩怨情仇，世间所有事态总是在这样枯燥乏味的循环中周而复始，叶红鱼赤裸的双腿微微绷紧，右手握住了腰间那柄道剑。

宁缺骤然惊醒，看着她的背影眉头微皱，快速说道："莲生大师如此境况，难道你现在就急着要动手，依我看还是先把大师救出来为是。"

老僧缓缓抬起头，平静慈悲看着这个年轻人，微笑说道："我是个自缚之人，如果我自己不想出来，谁又能让我脱困？"

叶红鱼知道宁缺是想拖延时间，沉默不语握紧剑柄，正想转身之时，忽然看见白骨山里的莲生神座看着自己缓缓摇了摇头，不由得心头微凛停止了动作。

老僧微笑说道："我避于此间超度白骨数十年赎罪，不理外界尘世打打杀杀，你们这些孩子又何必非要让我再看到这些？眼前净是白骨，何必再造杀业？"

叶红鱼不解，传说中莲生神座还是佛宗大德时，便曾当着神殿掌教及诸位强者之面暴起杀人，偶一动念便作佛子雷霆之怒，哪里是如今这样一个慈祥枯僧？

然而看着莲生神座深陷眼眸里慈悲温润平和的目光，便是精神强悍如她，也不自禁觉得身心一阵放松，再也生不起丝毫争强之心，右手缓缓松开剑柄。

老僧温和说道："我未曾想到魔宗山门还有开启的这一日，而山门开启你们这等年纪便能进来，想必也是如今世上很出色的年轻人。要让你们这样的年轻人听这些乏味的老故事，想来确实是种折磨，不过想着你们便是修行世界正道的将来，这个故事我真的很想请你们耐着性子继续听下去。"

听着此言，叶红鱼未作思忖，行礼后重新坐回地面。

莫山山一直盘膝安静地坐在地面。

宁缺只要可以不和道痴拼命，别说让他听故事，就让他讲三天三夜故事，他也不会有任何反对意见，所以他很诚恳地说道："请大师赐教。"

叶红鱼微微皱眉，很是厌憎此人的无耻。

……

"烂柯寺血案，世人皆以为是神殿裁决司所为，只有我和神殿寥寥数人，知晓那是魔宗所为。便当我们准备寻合适机会告诉轲浩然时，他已然提前看出事情真相，当然只是第一层的真相，说实话直到今天我还不知道他是怎么看出来的。

"当日看着他骑着毛驴来到大明湖畔，看着他挥手驱散湖水，看着他抽剑斩了块垒，我的心情非常安慰，因为我以为自己的谋划快成功了。"

老僧说到此处，停顿了很长时间，然后继续轻声说道："因为我当时以为，无论他灭了魔宗，还是被魔宗所杀，他此生再无机会入魔，我也算尽到了朋友之义。"

宁缺心想小师叔有你这样一个朋友，真是倒了八辈子血霉。

老僧带着不尽悔意痛声说道："然而我这一生从未见过如此杀人的。"

第七十七章
入魔（二）

老僧喟叹道："那年秋天我在瓦山辩难，掌教前来看我，又一年秋天，我离开中原往荒原问道，世人以为中间这段时光我在烂柯寺隐居，其实不然。那段日子，我受神殿所请，悄然在魔宗修行，便是先前说过的中原正道的反渗透。"

听着这话，宁缺心情微凛，暗想难道这名老僧当年真的差点做了魔宗的宗主？西陵神殿请他这位莲生三十二潜入魔宗，倒真是好算计，此人能让魔宗信任甚至攀上高位，想来无论境界手段心智都是世间第一流人物。

老僧自不知他此时心中在想些什么，神情温和看着房间布满灰尘的石壁，仿佛看着数十年前洁净无尘的魔宗正殿，缓声继续说道："在世间印象中，魔宗都是些邪恶该死的败类，事实也相差不远。那些魔宗中人滥杀无辜，劫掠儿童强行逼迫他们修行魔功，每年便不知道要死多少人，然而魔宗难道就是一块铁板？"

"当年魔宗势盛之时分七门二十八流派，每派修行理念乃至入世理念各有不同，有些流派宛若佛门苦修僧，根本不与人世间打交道，像这样的流派又怎能作恶？"

老僧收回目光，看着三人平静说道："魔宗就像任何一个宗派那样，有好人也有坏人，我承认魔宗里绝大部分都是坏人，但总还有好人。然而当那柄剑劈开块垒杀进山门挥出血雨腥风之时，又哪里知道死在剑下的人是好还是坏？"

"轲浩然杀进魔宗山门时，我便在此山中。"

老僧缓缓低下头，颈椎处发出干涩的响声，仿佛随时可能掉落下来，说道："我在魔宗生活数年，自然有很多旧识，我知道有人贪杯，有人宠妾，有人爱给自己孩子当马骑，就在那天，所有我认识的这些人都死了。"

"我潜伏进魔宗，目的就是为了消灭魔宗，那些人一一死在我的面前，我本应该高兴才是，但不知道为什么，我就是喜悦不起来。看着那些熟悉的脸颊被切割成两半，那些曾经在我膝上蹦蹦跳跳的孩子被切割成两半，看着鲜血从殿里漫延出去，把无字碑下半段全部染红，然后流下石阶，最终顺着你们应该看到的那些石梁缓缓滴入漆黑的深渊之中，我忽然发现自己很难过。"

宁缺眉头微皱，说道："够了。"

老僧慈悲看着他，缓缓摇头说道："这不是你小师叔造的杀业，我回忆那些画面，也不是指责他，我只是想弄明白，究竟什么是魔？"

"滥杀无辜的魔宗是魔，还是杀人如狂的轲浩然是魔？我因为忧心轲浩然入魔，从而让他大造杀孽，会不会反而让他入魔？还是说我这个暗中在幕后布置一切的阴谋家才是真正的魔？看着满地鲜血，我开始问自己这些问题。"

老僧的声音渐渐变得疑惑起来，这种疑惑是站在桃山之上看天的疑惑，是站在废墟之中感慨历史沧桑的疑惑，是对自己和这个世界的疑惑。

"正道魔道究竟该如何区分？究竟什么才是魔？"

"如果靠理念道德来分，魔宗滥杀无辜便是魔，那么漫漫修行道上谁不杀人？佛宗言众生平等，若我们杀人便是入魔，那么屠夫杀猪呢？你我儿时在路上拾石块砸死野狗呢？我们啃猪蹄啃得满手是油，津津有味地扯着那些韧劲十足的筋条，可曾想过这是猪的肉身？是不是我们在做这些事情的时候已经入了魔？"

"如果靠出身来分，魔宗肇始于千年前光明大神官手中，史载那位光明大神官道德崇高性情悲妙境通明，哪里有先天邪恶处？魔宗源自昊天道门七卷天书中的明字卷，本身就是道门一脉，又为何成了魔？"

老僧静静看着身前的三名年轻人，轻声说道："魔宗山门破，血河可流杵，那日之后我自困于此赎罪已有数十年，这个问题便想了数十年。"

宁缺和莫山山沉默思忖这位前代高僧的话语，各有所思。

叶红鱼却是霍然抬起头来，毫不犹豫说道："莲生神座此言差矣，魔宗之所以为魔与理念道德无关，也与出身流脉无关，而是功法本身便是邪恶之一属。"

"昊天降神辉于世间，赋予温暖，赋予光线，如此世间万物方能生长，天地之间才有流转之气息。然而魔宗妖孽所修功法强夺自然元气，妄纳天地于体内，等若窃盗上天慈爱播洒之光辉，若任由这些妖孽强盛，天地气息渐涸，世界毁灭，再何以言之？这等功法亵渎昊天，颠倒天地，是为大不敬，故而为魔。"

少女的声音在此时显得格外坚定而清醒，事涉道魔之分，即便面对她尊敬景仰的莲生神座，她也表现得如此平静强硬，沉声说道："道魔之别不在理念不在脉流，只在存世毁世之差，有若黑与白光与暗，怎能相容？神座所思差矣。"

叶红鱼清脆若铁筝的声音帮助莫山山驱散了心头上那抹疑惑，她轻轻点头，心想此言甚是，所谓道魔，分别便在于对这世界究竟存着善意还是恶念。

宁缺以前一直不明白，为什么无论西陵神殿、佛宗还是大唐帝国的修行者们，提及魔宗便视之如仇誓不两立，决然得令人心悸，今日叶红鱼的这番话终于让他想明白了其中的道理。

魔宗功法吸纳天地元气为己所用，境界越高深者所吸纳的天地元气越多，如果任由魔宗在世间发展直至人人修魔，到那日只怕整个世界的天地元气都会被吸干净，到那时这个世界只怕也会步入毁灭。就像是放养在草原上的羊群，若把这片草原上的草叶草根全部啃食干净，那么草原会变成沙漠，那些羊儿自然也会死去。

他终于发现，魔宗被世界敌视，原来是个环境问题。

……

道痴书痴花痴这天下三痴，换到宁缺很熟悉的另一种环境中，大概就是那些聪慧过人、文理兼修，还无耻到每天夜里温书温到三点钟的美少女，这种姑娘往往都有某种执着痴狂劲儿，最喜欢掰扯"吾爱吾师吾更爱真理"之类的话。

道痴叶红鱼像世间所有修行者比如宁缺一样，在漫漫修远的修道路上都曾经对世界对道魔之别产生过怀疑，曾经思考甚至反省。但与别的修行者不同，她不是被世间固有看法限制从而渐渐不再思考这些问题，让对魔的厌恶变成本能里的一部分，而是不断增长自己对世界的认识，从中学习分析最终得出自己的看法。

这种经过思考的所得，比一些庸碌的修行者心中理念要坚定千万倍，所以即便她对莲生神座无比敬畏，却依然坚持自己的观点，不肯低头，因为她认为这就是真理。

她的观点毫不虚伪，亦不矫饰，不与人讲机缘道因果说杀戮只讲利益，讲道魔两宗对这世界究竟会带来利益还是伤害，因为简单所以肯定，所以极难被驳倒。

然而莲生大师毕竟是莲生大师，他只用了很简单的一段话，便让叶红鱼看似坚不可破的观点顿时松懈摇晃起来，因为大师的见识更广，艰辛泣血学习思考自省的时间更长，而且叶红鱼观点中的尾巴束得不够紧。

"先前说过，我曾经在魔宗里生活过一段时间，未能找到天书明字卷，却接触了很多魔宗的功法，我想对魔宗的了解，这世间应该不会有谁比我更深。"

老僧神情温和地看着叶红鱼，说道："我当年的想法与你一样，然而当我见过魔宗中人修行，见过他们出生死亡，见过他们与天地之间的关系后，这种想法渐渐转变，因为当年的我和现在的你一样，都忘了一个很重要的问题。

"魔宗中人体强寿绵，但他们终究还是会死的。当他们死亡的时候，用数十年甚至上百年时间修行吸纳的天地元气，会随着肉身的死亡僵硬，重新散归天地间。"

老僧沉默片刻后微笑说道："了解这一点，便明白魔宗并不是想再建一个天地，而是在天地间开辟一个属于自己的空间。那空间可能是湖，可能是山，可能是一片美丽的草原，但无论是哪一种，这些空间最终还是会成为天地的一部分。

"同是生在人世间，沐浴着昊天的神辉成长，修行呼吸吐纳，最终肉身成灰，气息散尽，同样回到昊天的怀抱。或许行走的道路不同，但起始和终点却在同样的地方，那么你能告诉我，魔宗和道门佛宗究竟有什么本质上的区别？"

叶红鱼微怔，回答不出来，她总觉得莲生神座这番话里应该有些问题，但在如此短暂的时间里，却寻找不到问题的所在。

老僧看着她平静说道："我知道你在想什么，魔宗中人会死亡，那么他们对这个恒定而伟大的世界便不会造成任何值得时间看上一眼的伤害，如果入魔之后能长生不死，道门或者说你的警惕敌意才能成立，然而世间何时有过长生者？"

叶红鱼缓缓坐在腿上，黑发无力地自肩上倾泻而下，身影显得有些落寞。这番话对她的道心造成了太大的震撼，平日里要听到谁敢暗指道魔殊途同归，她绝对会冷笑抽剑斩之，然而今天说出这番话的人是她敬畏的莲生神座，更关键的是莲生神座这番话听上去竟是根本找不出任何可以指摘之处。

老僧仿佛能够体察到她此时的不安和隐隐恐惧，用怜悯慈悲的目光看着她，轻轻叹息一声，然而艰难举起自己的右手伸向空中，指间大放光明。

叶红鱼震惊望去。

宁缺和莫山山不解望去。

三人同时感受到老僧枯瘦如枝的指上所释放出来的神圣气息。

"当年隔世自困赎罪，我在这房间里布下樊笼，这樊笼便是我体外的世界。此地天地气息稀薄不可控，却可借时间累积缓慢吸纳入体，此时天地元气便在我枯瘦体内流淌，那便是我体内的世界。当这两个世界接触的时候，有妙境生出。因为樊笼乃是道法，肉身循气乃是魔功，而当道法和魔功相遇时……"

老僧静静看着缭绕在自己手指间的圣洁光辉，平静说道："便是神术。"

第七十八章

入魔（三）

枯瘦手指间缭绕的光辉渐渐淡去，泛着毫无热度的火焰飘摇，像是夜风里的小油灯，暴风雨里的渔火，似乎随时可能熄灭却永远不会熄灭。

叶红鱼看着莲生大师指间的圣洁光辉，眼露迷惑惘然神情，莫山山的神情也比她好不到哪里去，充满了震惊，她们清晰感受着光线里蕴藏着的神圣气息，无措思考着莲生大师的话，根本无法平静。

宁缺的修行境界以及知识不及二位少女，自也不像她们这般震惊，他只是诧异于境界如此玄妙的神术为何偏生没有丝毫威迫之感，仿佛不是真实的存在那般。

老僧枯瘦手指间的光辉通透而温莹，不会令眼眸生出灼痛之感，也没有散播炙人的高温，却像天地间的阳光那般照耀一切，透着难以形容的至高境界。

莫山山喃喃说道："道魔相通，便入神道？"

老僧微笑看了她一眼，目光里满是欣赏的意味，说道："数十年来我苦思道魔之别，以道法于身外束一世界，以魔功于身内树一世界，终于发现了某种可能性，也便是你所说的这八个字。"

听着这番话，叶红鱼终于从震惊中醒来，想到一件事情，无论道魔相通是否能够入神，但要做这样的尝试，首先就必须入魔。她怔怔望向骨山里的老僧，觉得自己的判断实在有些大逆不道，莲生神座怎么可能……

"你猜测得不错，我确实已经入魔。"

骨尸山间坐着枯瘦如鬼的老僧，数十年来空气一直那般干冽，只有骨山指向的房顶石缝间隐有湿意，那些湿意不知蕴积了多少时日终于凝成了水珠滴落。

老僧缓慢抬头微微启唇，那滴水便滴入他干裂的枯唇之中，然后化成老僧枯瘦鬼脸上的一丝笑容，那笑容慈悲从容，令人心折。

老僧看着她微笑说道："当年我担心轲浩然入魔，没有想到最终我也入了魔。"

……

莫山山和叶红鱼此时意识受了大震撼，有些浑浑噩噩，各自沉浸在思考之中，只有宁缺依然注意着老僧的一举一动。

步入魔殿，遇着这位自缚赎罪数十年的传奇人物，宁缺心中一直便有很多疑问，数十年不饮不食，这位莲生大师怎么活下来的？后来见莫山山和叶红鱼都没有这种疑问，他心想大概是这位大师境界早已超出凡人想象，可以辟谷。

此时看着房顶石缝湿意凝成的那滴水落入老僧枯唇，他不由得微微一怔，心想这老僧人对石缝滴水的规律掌握得非常清楚，数十年间不知重复了多少次或者说曾经错失过多少滴水，让他心痛难当，才能熟练成这样？

石缝湿意，奉养着一位传说中的人物枯坐赎罪数十年，这个画面大概会让所有人心生悲悯崇敬之心，但宁缺心若铁石不肯稍颤，眉梢反而微微挑了起来——若是赎罪，何必求生？若要以生之痛苦，回应己身罪孽之深重，又怎会因为曾经错失滴水而痛苦，从而让抬头承水滴成为一种本能里的反应？

当宁缺想着这些事情的时候，莲生大师已经开始和叶红鱼、莫山山继续辩析修行道最高远处的那些风景。他忍不住皱了皱眉头，心想莲生大师当年在烂柯寺辩难能精彩到神殿掌教登门，肯定不是隆庆皇子那种货色能够相提并论，这枯居魔殿数十年想必无聊到天天自己和自己辩难，你们哪里辩得过他？

果然，随着时间缓逝，房间里最终只剩下了那道苍老慈悲的声音。

"若世间有真理，当辩而明之。

"修行者追寻的究竟是什么？如果我们寻找的是认识世界的方法和改变世界的力量，那么力量本身又怎么可能有善恶？只有使用力量的人才有善恶的分别。"

"一把刀你可以用来切菜可以用来雕萝卜也可以用来杀人，一块石头你可以用来赏玩可以用来做房基也可以用来杀人，一面湖可以用来养鱼也可以用来泛舟也可以用来杀人，一座山可以用来攀爬可以用来建庐也可以用来杀人。"

"世间万物都可以用来怡人也可以用来杀人，而万物无罪，唯人类乃万物之灵，赋予万物灵魂和用途，所以罪之一字只可适用于人。道魔之别在于方法在于路径，便有如世间万物，岂可妄加罪之？能罪的依然只是人。"

老僧的话语一点都不艰深晦涩，也没有用玄虚的词汇蒙上一层神秘的外衣，缓缓讲述着这些简单朴素的道理，把他所认知的修行世界揉碎了给这三个年轻人听。

老僧的声音虚弱，略显沙哑的声线起伏中充满了对这个世界的热爱与对万物众生的悲悯意，语气平和却又令人信服，真可谓随意道来，便是妙谛。

宁缺本没有细听，却不知不觉间被老僧的话语吸引住，坐到地面上开始专注聆听，随着慈音入耳，自来荒原后一直紧绷的精神渐渐放松，身体也变得放松起来。

魔殿房间仿佛积蓄了数十年的孤单寂寞，与世隔绝幽静无比，只有老僧的声音如莲花般缓缓绽放轻柔回荡，这些声音与辞句最终变成莲瓣化作的春水，在墙壁与心灵间回荡，一波一波地漫了过来，暖洋洋的令人好不舒服。

尸山间有具剩下半边干肉的白骨。白骨向天仰着头，枯干的骨爪伸在脑后仿佛垫着，无肉的右脚搁在左膝之上，仿佛在安静喜乐地倾听，显得格外舒服，不知是有风拂过还是有水滴落的缘故，白骨的头颅偶尔会点动两下，似乎很是赞同。

不知过了多少时间，回荡在房间与心灵间的教导解说缓缓停止，老僧神情温和地看着若有所思的三个年轻人，看着他们脸上若有所思的神情，微笑说道："山门开启，世间纷扰必然再至，抚骨细算，我离去的时间大概也将至了。"

叶红鱼震惊抬首，不知该如何言语。

老僧看着自己不知何时重新结成莲花印的枯瘦双手，沉默片刻后淡然说道："我这一生，用世俗眼光看来，已算精彩。出身佛门显达于道门却最终随了魔门，如今寿数将尽，想起千年前开创魔宗那位大神官说过知我罪我，唯时光耳，不免觉得无谓，自莲中生投水中亡，何必在意谁人知我或是罪我？

"只是谁能真的做到生死完全不系于怀呢？即便已经了生脱死，谁又能对世界没有一丝眷念？想在这个世界上留下一些痕迹？便是我也如此。"

老僧缓缓抬头，看着身前三人微笑说道："我兼修三宗，自困赎罪数十年，不敢言大成却稍有所获，我想把这残躯里的些微力量还有我对这个世界的认知传承下去，不知你们当中有谁愿意仁慈地接受我的衣钵。"

传闻中修行到极致的大修行者，因为对世界本原有足够深刻的认识，甚至能够隐隐感觉到自己离去的时间。莲生大师自困魔宗山门赎罪饥苦煎熬数十年，终遇着山门重启遇着晚辈子弟，这等机缘也许便是生死之契点，所以听他说自己快要离开这个世界，三人虽然震惊但也不是完全没有心理准备。

然而听到莲生大师决定留下衣钵，便是一直强自冷静的宁缺，也禁不住心神剧烈摇晃，叶红鱼更是识海震荡不安，紧紧握着双拳，根本说不出话来。

生命中最重要的两件事情就是认识世界的方法，改变世界的能力。莲生大师认识世界的方法，先前三人已经静静聆听良久，改变世界的能力自然便是力量和境界。

正道修行没有传承力量的说法，只有魔宗至强高手才会在寿元断绝前，以灌顶方式，把力量传给选定的继承人，莲生大师要留下衣钵，应该也是用这种方法！

莲生大师是什么样的人？宁缺以前没有听说过，但他现在很清楚。

学贯道佛魔三道，曾赴两大不可知之地，做过佛宗山门护法，当过神殿裁决大神官，差点把魔宗宗主的位置骗到手，有资格与小师叔相伴同游为友，枯禁山中数十年竟把道魔兼修而成神术！这样的人物，当然是世间最强大的存在！

能继承对方的衣钵，自己在漫远而艰难的修行道上可以少奋斗多少年？自己可以获得多么强大的力量？自己能接触到怎样的神妙世界？

更关键的是，宁缺很清楚，如果自己能继承对方的衣钵，也许用不了多长时间，夏侯将军和亲王李沛言，甚至是隐藏在他们身后的那些阴影，都可以轻松被自己撕成碎片。自己不需要借助书院的力量，不需要让后山的师兄师姐们陷入两难的境地，便能把苦守了十余年的仇恨一报而快。

倒在血泊里的这一世无比疼爱自己的父母，被活生生踩死的年幼的玩伴，染着乌黑血渍的柴刀，倒在柴房里的那两个人，雨天灰墙边的小黑子，还有小黑子家乡无辜惨死的村民，在这瞬间都出现在他的脑海之中，静静地看着他。

对当年灭门惨案的仇恨在他心中其实早已渐淡，但他恐惧于这种淡漠，所以越发要把仇恨深深地刻进自己的骨中。这个已经隐隐变了味道的仇恨，已经成为宁缺生命里最重要的精神支撑，而这道支撑和先天对力量的贪婪追求混在一处，便变成了难以抑止的最强烈的诱惑。

这种诱惑仿佛是一只无形的手，把他的身体缓缓从地面上撑了起来，催促着他艰难地迈动脚步，向骨山里走去。

忽然，他停下了脚步。

第七十九章
入魔（四）

宁缺只需要向前再踏数步，登上骨山接受莲生大师抚顶，便会继承一身霸世功业，成为世间一流强者，明悟道魔入神之妙境，然而这意味着他必须接受魔宗真气。

道魔相通，便能入神，这等说法听上去美妙，然而在华美的袍子下，赤裸真实的世界其实还是原初的模样——灌顶乃魔宗秘法，所传续非感悟体会，非念力境界，只能是真实的存在、那些攫取自大自然的天地元气，那这不是魔是什么？

想要入神需先入魔？在幽静殿内，莲生大师可以温和地说魔论道，但在山外的真实世界里，魔道依然是不容于世的邪恶存在，是中原诸国诸派念念诛毁的邪孽。

宁缺是夫子的亲传弟子，叶红鱼是西陵神殿年轻一代最受宠爱的道痴，可即便是他们这样身份的人物，一旦被发现入了魔道，只怕也会被整个世界所遗弃，就像这座沉默枕在莽莽荒原北方的雄奇山脉一样。

再踏数步便将入魔，怎么能踏？然而继承莲生大师衣钵，成为不世强者，拥有无数力量修为的诱惑又是那般鲜活而强大，难道就此错过这等机缘？

宁缺觉得自己的双腿像挂了几千两雪花银那般沉重，难以移动分毫。

叶红鱼的耳中仿佛还在回荡着莲生神座温和慈悲的佛音妙谛，她的眼神有些空洞惘然，偶尔现出几丝坚毅明亮，却又瞬间转为挣扎的痛苦。

如同宁缺一样，她的精神世界也处于一种极不稳定却又极为放松的状态之中，思绪随着莲生大师的教诲而不停摆动，在自幼道门所学和纯粹逻辑判断之间摇摆。

　　继承莲生神座的衣钵，对任何一名修行者而言，都是难以想象的极大诱惑，然而如果单单只是这种诱惑，并不能让道心坚定的她对魔宗功法产生丝毫兴趣，只是她在内心深处根本无法反驳神座的观点，越思考越入神越觉得有道理。

　　叶红鱼美丽的脸颊上眉头紧蹙，显得非常痛楚，伸出左手用力地抓住自己饱满弹软的胸部，指头深深陷下，仿佛要将那颗摇动不安的心掏出来一般。因为用力过猛的原因，受过数道箭伤的左肩伤口再次绷裂，缓缓淌出血来。

　　她喃喃低声说道："真的没有第三种道路吗？"

　　跪坐在地面上的莫山山，此时脸颊也变得极为苍白，双唇抿成一条笔直的细线，如墨般的美丽眼瞳根本无法聚焦，显得散乱至极。

　　莲生大师没有催促，没有不耐烦，平静温和地看着他们，枯瘦如鬼的脸上泛着淡淡慈悲的笑容，也许是希望他们自己能够逾过那道门槛，做出自己的选择。

　　道魔之别所产生的强烈精神冲击，让宁缺三人陷入痛苦的精神挣扎之中。这种痛苦更多造成心神上的恍然和不稳定，然而与之相伴的，却是一种极为空明放松的精神状态，渐渐痛苦与挣扎开始像流水一般流走，萦绕在三人识海里的气息变成了温暖的春水，空明放松的稳定心境重新占据他们的身躯。

　　类似恐惧挣扎之类的负面情绪渐渐淡去，三人本能里觉得很安全，莲生大师性情洁如莲花，没有任何必要欺骗他们入魔，也不可能对他们有任何图谋，这等绝代强者想伤害他们，根本不需要耗费如此多的功夫。

　　真正令他们心境空明放松的原因还是诱惑，继承前代强者衣钵的诱惑，明悟世界本原真理的诱惑，融道魔合一而晋神道的诱惑。

　　这诱惑是草原，是星空，是儿时香甜的奶糕味道，是站在山峰之上俯瞰苍生的睥睨气息，是在斑驳城墙上写下自己的名字流传后世的可能。

那扇诱惑的大门正在他们身前缓缓开启。

门后是一片陌生的、鲜美肥沃的草原，只要他们愿意，他们就可以躺在这片如毛毡般的青青草原上，看着从未见过的美丽星空静静享受所有的一切。

三人中叶红鱼的境界最高，对修道的理解最深，她曾见过那些真正强大的力量，并且倔犟而专注地不停追寻，所以她此时感受到的诱惑也最大。

忽然间她听见了破烂木床摇晃发出吱吱作响的声音，她看见了自己童年时像芦柴棒一般瘦弱分开的双腿，她回忆起了那些屈辱而愤怒的过去。

然后她看到了那个梳着道髻、背着木剑的兄长，那时候的兄长还是个骄傲的少年，却已经是那样孤独，随着时光流逝，兄长他变得越来越孤独，是因为无论我怎样努力都无法追上你脚步的原因吗？如果我有能力与你并肩而立，站在陡峭的悬崖边吹着寒冷的山风，你是不是便会觉得不再那么孤单？

她惘然抬头，发现莲生神座正用悲悯的眼光看着自己，仿佛看透了自己的一切伪装，她忽然感到寒冷并且十分恐惧，因为她觉得那扇门似乎就要在自己面前关闭。

"不是入魔……不是入魔……"

她喃喃地自言自语，眼眸却越来越明亮，抬起脚步，向骨山上走去。

"是的。"

"不是。"

她走到莲生神座身前，双膝跪地，膝头蹾烂几根白骨，谦卑低头，虔诚地卸下本心对外界的所有枷锁，把精神世界坦诚地敞开。

······

宁缺也正在意识的青青草原上仰望星空，心境一片宁静空明，然而这幅美好画面里蕴藏的纯美诱惑，总欠缺最后一丝力量让他踏出那一步，因为在门前停留的时间太长。他的思绪惘然起来，隐约间总觉得哪里有什么不对。

一抹亮光出现在他的脑海中，不似闪电更像是一场春雨，瞬间让他真正地冷静下来，从当下的精神状态中摆脱出来，想到了先前就有些弄不明白的几个点。

若是自缚赎罪，何需铁链穿身？难道如莲生大师这等大境界者，也会堕入以肉身苦楚救赎的无聊滥觞？这等传奇人物心智何等样坚定，阅尽世间繁华别离生死，又岂会因为小师叔闯山门剑斩群魔血流漂杵便忽然莫名其妙地逆了道念佛心？

即便是自己，看到如此多的残酷画面也可以做到不动本心，更何况是这等强者？

这些疑惑像雨点般不停击打着他的脑海，最终汇成某种可能，这位老僧根本不是自缚赎罪，而是被人关在此间承受折磨赎罪！

一念及此、宁缺震惊醒来，发现缭绕在身边如春水般的温暖，那些慈悲平和的气息全部消失不见，环境依然干冽微寒，明白先前竟是被老僧的精神力量所控制！

他震惊地向骨山处望去，只见道痴跪在老僧身前的白骨堆中，老僧枯瘦的手掌已经落到她的头顶，一股强烈的恐怖感瞬间占据身躯！

莫山山惘然走到骨山边缘，宁缺大叫一声伸手拉住她，然后用最快的速度解下身后的铁弓，挽弓搭箭，指向骨山深处那位曾经慈悲如佛，此时却阴森若鬼的老僧。

……

薄皮包着细骨的苍老手掌，缓缓落在少女头上，轻轻抚摸，感受着黑色发丝所传来的细腻触感，老僧温暖如春湖的眼眸里忽然现出一丝痛苦的挣扎之色。

挣扎只是片刻，老僧枯瘦如鬼的脸颊上的温和慈悲，瞬间变成极端狂热，最终变成极度平静的冷漠，幽深如夜星的眸子里没有任何情绪。

一道并不强大却醇正绵厚无比的气息，从老僧手掌下方咻咻喷出。

叶红鱼霍然睁开双眼，看着老僧近在咫尺的苍老面容，感觉识海里的念力如洪水一般向体外宣泄而出，身体骤然变得虚弱，明白正在发生什么。

她明亮的眼眸里寒意大作，曼妙的身躯像鱼一般弹动起来，伴着尖锐的怒吼，双手在空中连换四种剑诀，凝周遭天地元气为虚剑，直接向老僧胸口刺去。

果然是强大无比的道痴，面临这种谁都想不到的局面，面对着修行道上一直视若神明的莲生神座，她做出了一个修行强者所能做出的最快反应，也是最正确的反应，她的反应简洁直接而且凛冽，出手便是同生共死的狠绝道法！

然而这道蕴藏她十余年苦修、甚至可以说是她此生所施展出来最强大的道剑，却完全落在了空处，因为……她指间连换四种剑诀，竟不能凝结半点天地元气！

天地间处处皆有元气，有元气便能被念力所感知操控运用，道痴叶红鱼万法皆通，在这等生死时刻，也不会在道法上出任何问题，此时无法凝结天地元气，那么只有一种解释，在老僧的身周根本没有任何天地元气！

世间能够隔绝天地元气的方法有很多，但能让一个空间里的天地元气完全消失，以叶红鱼的博闻强识，也只知道一种方法——真正的樊笼！

叶红鱼对裁决司的樊笼自然非常熟悉，更是少有见过裁决大神官亲手布置的樊笼的人，然而那道曾让光明大神官被囚十余年的樊笼，竟还不如眼前这道樊笼强大！

感受着念力的宣泄，感受着身体的酥软，她低头无力地跪在白骨之上，看着这些嶙峋白骨，渐模糊的目光里终于生出些绝望的神情。

白骨为篱，干尸为栅，好强大好可怕的一道樊笼。

第八十章

入魔（五）

异变陡生道痴被制，宁缺本能里只想带着莫山山逃走，有多远跑多远，但他没有这样做，而是准备用元十三箭解决这一切，因为他知道逃肯定逃不掉。

他捏住符箭寒尾的时候，老僧枯瘦掌心间已经开始喷射强大气息。

当他把铁弓拉至圆满时，叶红鱼已经低头瘫软。

他看到了叶红鱼眼眸里的绝望意味，也看到莲生大师那两道毫无情绪的冰冷目光。

莫山山被他从幻境中惊醒，瞬间清醒，黑色如瀑的秀发在身后猛然飘起，右手在空中颤动劲画，知晓三人面临绝境，一出手便是最强大的半道神符。

面对如此强大的双重攻击，坐在骨山里的老僧脸上依然没有任何表情，只是淡淡看了一眼，目光落在二人的眼眸里。

便是一眼，宁缺只觉得脑中一阵难以承受的剧痛，仿佛二师兄头顶那根棒槌以肉眼不可见的速度重重击打自己的头，眼前一黑，便松了手指。

莫山山只觉胸腹骤然被道利刃破开，先前在山门外大阵里蕴积的块垒棱角亦尽数喷出，然而却不得痛快，只有无尽的痛楚之意，画符手指顿僵。

符箭如道黑影般离弦而去，此时宁缺识海一片混乱，根本无法控制，铁箭嗖的一声斜斜射出，射进魔殿一角，直接将那处的巨石崩开，堆成一角石山！

莫山山纤指之间正在酝酿的神符之意，也瞬间变得黯淡微弱起来，就像是空气无法流通房间里的小油灯，又被一阵狂风卷过，骤然熄灭无声。

鲜血几乎同时从他们口中喷了出来，颓然无力倒在地面上，再也无法站起。

莲生大师神情淡漠而无情，看着喷血倒下的二人，深陷眼眸里的瞳子黑且冰冷，细若米粒，显得极为妖异，干瘪的胸腹显得比先前更加空洞。

看似轻描淡写的一眼，实际上蕴藏着极为恐怖的大境界，老僧被囚数十年，耗了数十年时光才重新凝回的念力，就因为这一眼便全部消耗干净。

莲生大师面无表情望向跪在自己身前的叶红鱼，手掌在她满头青丝上缓慢抚摸，仿似温柔的情人，然后他忽然微微一笑，笑容依然是那般慈悲平和。

带着这样温柔慈悲的笑容，他贴着道痴微凉的脸颊俯身低头，如同亲吻如同细语，轻轻柔柔用双唇触到她的左肩上，开始温柔地吮吸。

苍老的双唇像水蛭般贪婪地吸附在少女赤裸的娇嫩肌肤上，枯瘦干瘪的双颊极有韵律感地鼓动，新鲜的血液缓慢进入他的双唇，润了他干渴多年的咽喉，开始滋养他多年未曾感受到生意的腑脏。

片刻后，老僧抬起头来看着掌心间的少女，眼神温和里透着怜悯，淡而精湛的佛门气息在他脸上浮现，便是干裂唇角的那滴朱血也透着慈悲的意味。

识海被完全控制，念力被尽数抽空，身体虚弱到无法移动手指的地步，强大的道痴此时连一个婴儿都不如，但她只是漠然看着老僧，根本没有任何反应。

她知道自己今天大概再难逃出生天，骄傲如她自然不会乞怜，便是先前肩处传来剧痛和令人难以忍受的恶心，她依然保持着绝对的冷静，因为她不想让莲生神座有丝毫从中获得快感的可能，这是骄傲的她死前唯一能做的反抗。

"你的血里充满了光明的力量，纯正至极浓郁至极的道门气息，便是数十年前，我也极少有机会品尝如此极品的力量。"

莲生大师温和看着她娇美的脸颊，怜悯说道："只可惜你已非处子，道心间那抹阴影让血中多了些燥意，不然完全可以和当年笑笑的纯媚相提并论。"

叶红鱼听着这句话，无力撑着地面骨渣的双手微微颤抖起来，然而她依然倔犟冷漠一言不发，忽然间她的眼瞳微缩，因为她看到了一幅非常诡异的画面。

莲生大师枯瘦如鬼的脸颊，竟隐隐约约间比先前要丰满了少许，枯干苍白的双唇竟显出了几丝血色，一股勃然的生机油然而生。

叶红鱼想到传说中的某种魔宗功法，不由得感到身体一阵恶寒。

莲生大师不再看她，抬头看着屋顶石缝间的湿意，大约是因为生机渐复的关系，或许是因为少女鲜美血液的缘故，他不自禁开始回忆曾经那些风光骄傲而美妙的过去，喃喃说道："想当年南晋国君新立，有美人舞于庭……"

苍老微嘶的声音夏然而止，他望向地面上生死不知的那二人。

……

宁缺没有死也没有昏迷，只觉得身体仿佛散架一般痛楚无比，意识无法控制身体的动作，明白应该是自己识海被老僧目光严重伤害的缘故。

他用肘部撑着地面想要爬起，想要重新挽弓搭箭，想要抽出身后的大黑伞，想要抽出自己的三把刀，然而什么动作他都无法完成，他只能绝望地看着对方。

老僧只是轻描淡写看了一眼，他和书痴便被彻底击倒，实在令人恐惧。便在痛楚和恍惚之间，宁缺想起自己曾经问过师傅知命境界打架究竟是怎么样的，颜瑟大师当时以书院二师兄举例，说只需要二师兄看你一眼，你便死了……

这个枯坐骨山被囚数十年、身体虚弱到了极点近乎半死人的老僧，此时随意一眼便能接近二师兄的巅峰水准。那当年此人精神圆满、身体健康时，究竟已经修行到了何等样恐怖的大境界？难道他已经超凡脱俗破了五境！

便在这时，老僧望向了他。

他看到了老僧脸颊上的诡异改变，震惊无语，想不明白这是怎么回事。

莫山山因为破解块垒大阵思虑过度的缘故，精神一直极为虚弱，先前半道神符为对方目光所破，更是受了重伤。

此时看着莲生大师的奇异变化，她的身体剧烈颤抖起来，墨眸里带着难以抑止的怯色，颤声说道："饕餮……难道……难道……是饕餮？"

西陵神殿教典中曾经记载远古有异兽，名为饕餮，有首无身，贪婪嗜食。

西陵神殿教典中关于饕餮的记载里还有一条，那是魔宗的一种极邪门的功法，修行这种魔功的魔宗强者，以吞食修行者血肉，以补强自身气息，贪婪好杀，最是阴祟邪恶，即便是魔宗中人绝大多数都耻于与这等人同道。

连魔宗自身都厌弃的这种饕餮魔功，毫无疑问是世间最邪恶的功法之一。

宁缺没有听说过这种魔功，但先前莲生温柔吮吸叶红鱼伤口血液的画面，已经给他心神造成了极大的震撼，稍后莲生大师以肉眼可见的速度复强，两相联系他自然猜到这意味着什么。

来到这个人世间后，他不知见过多少残忍事，便是更恐怖血腥诡异的画面也见过不少，知晓生死乃天命的道理，可以称得上是无所畏惧。然而想着稍后自己便会被这个枯瘦如鬼的老僧一口一口慢慢啃食，幼年时曾经留下的心灵阴影骤然扩大，让他的脸色瞬间变得苍白起来，眼眸里充满恐惧的神情。

或许是为了克服心头的恐惧，宁缺对身旁的莫山山说道："不用怕他，他被困了几十年早已油尽灯枯，先前那一眼已经耗尽他苦苦积累的念力，如果他还能战斗早就已经把你我杀了，更不至于连穿腹的铁链都摆脱不了。"

老僧看了他一眼，神情温和地说道："眼力果然不错。"

既然老僧暂时无法摆脱铁链，还需要用那种魔功把道痴的血肉化为自己的力量，那么现在宁缺和莫山山要做的事情便是和时间赛跑，和老僧比谁恢复的速度快。

宁缺盘膝而坐，闭目手搭意桥，莫山山将左腿收回，极困难地坐了个散莲，二人同时开始冥想，然而片刻后，二人同时震惊绝望地睁开双眼。

莲生大师一眼望来，二人精神受到强烈的冲击，这种冲击甚至波及到了五脏六腑，识海更是受创严重，此时根本无法进入平日熟稔无比的冥想当中。

二人对视一眼，极有默契地选择放弃，准备尝试用符道的方法，符文所需要的念力终究还是要少一些，然而下一刻，他们发现便是连这条路也无法走通！

这个幽暗房里的天地元气竟是稀薄到近乎没有一般，符道妙诣需要的念力极少，然而符道终究也是对天地元气的利用，如果没有天地元气符文又有何用！

房间里响起莲生大师温和怜悯的声音。

"白骨为篱，干尸为栅，只是表象。实际上这座樊笼以青石为篱，以剑痕为栅，乃是轲浩然亲自布置，便是我都施展不出，更破解不了，何况你们这些小孩子？"

小师叔亲自布置的樊笼阵？宁缺震惊向四周望去，才发现那些石墙上的斑驳痕迹间竟隐着成千上万道深刻的剑痕，那些剑痕看似毫无任何关联地斜乱搭在一处，却形成了一道夜幕般的屏障，让魔殿外的天地气息竟无法渗进来一分！

至此还有很多事情处于迷雾后方，但宁缺可以肯定某些事情了，他看着骨山里的老僧说道："你果然不是自缚赎罪，而是被小师叔关在这里赎罪！"

老僧沉默了很长时间，微枯的脸颊上浮现出一丝湛然的光泽，傲然说道："知我罪我，唯春秋耳，无论是你还是世人抑或轲浩然，都没有这种资格。"

宁缺声音微颤问道："你究竟是什么人？"

"佛子道士大魔头，神仙老虎癞皮狗，我这一生扮演的角色太多，到最后甚至我自己都险些忘了自己是谁，我究竟是神殿的大神官、佛宗的山门护法还是魔宗的大祭者？然而身份这等外在和内在真正的你我又有什么关系？"

慈悲温和的神情渐渐随风而去，老僧轻挥破烂褴褛的僧袖，风姿动人，气度好不洒脱，淡然说道："我乃莲生三十二，瓣瓣各不同，却不知为何世人总要以一瓣之美忖全莲之形？我要成佛便成佛，要成魔便成魔。"

话音渐落，老僧神情怜悯地牵起叶红鱼纤细的手臂，低头咬了上去，然后左右摆动头颅，艰难地撕下一片血肉入唇，开始认真而专注地咀嚼。

第八十一章
入魔（六）

新鲜的人肉咀嚼起来总是有些艰难，尤其是对一个牙齿落光的老僧来说，所以他嚼食得很认真，枯瘦的双颊不停用力地颤抖，慈悲怜悯和贪婪血腥两种截然不同的情绪，在那双依旧淡然如春湖的眸子里不停转换。

随着被咀嚼成糊的血肉咽入腹中，被吸收，老僧深陷的眼窝精神渐丰，枯瘦干瘪的双颊渐丰，枯槁如木的脸上渐渐露出更浓郁的生气。

少女的小臂就像一截被湖水洗去泥垢、洁白的莲藕，伴着那声令人心悸的嘶啦声响，便被活生生啃去了一块血肉。鲜血顺着伤口流下，她的脸色苍白却极强悍地抿着嘴唇，不肯发出一声痛呼。

老僧伸出发黑的舌尖舔掉唇角的鲜血，脸上却依然保持着慈悲怜悯的神情，然而越是如此，这种极鲜明的对照越发令人心寒。

宁缺看着这幅画面，身体一阵寒冷，事态的发展太过出乎意料，无论是他还是叶红鱼，都未曾想过以德行崇高著称的莲生大师，竟然会是如此可怕的魔头。最关键的是，先前这位老僧所流露出来的气息是那般纯洁慈悲，便是他心中曾经隐有疑惑，本能里却根本不愿意怀疑这位老僧。

枯皱的脸皮上依然残着将凝的血渍，已经把那口血肉咽进腹中的莲生大师，却仿佛在瞬间之中，重新变成那位德高望重、悲悯世人的佛宗大德。

他看着掌心下的叶红鱼，看着少女眼眸里的绝望与怨毒的诅咒意味，伸出手指缓缓滑过她的细嫩面容，怜悯说道："如此可爱，我怎能如此对你？"

叶红鱼识海被制，身体失去了控制，但意识和感知却依然敏锐，她能清晰感觉到自己变得越来越虚弱，更觉得脸上那根细瘦的手指像蛇信一般冰冷恐怖。

"我为什么要这么做？我为什么没有忍住血食的诱惑？"

老僧的眼眸变得有些空洞，有些惘然，他痴痴喃喃问着自己，忽然间自嘲一笑摇头感慨说道："一眼望去，两个洞玄境的小孩子居然还能活着，数十年时间才凝了这么点可怜的念力尽数消耗一空，莲生你现在太弱。"

他的神情恢复平静，温和地向自己以及房间里的三个年轻人解释说道："数十年在生死边缘挣扎煎熬，我随时可能死去，所以我必须吃些东西。"

解释的语气很寻常自然，落在宁缺三人耳中却是格外冷酷。

宁缺此时已经能够确认，数十年前小师叔单剑破魔宗山门，不知何故没有杀此人，而是用大禁制把他关在此间，让他忍受数十年孤单饥饿煎熬的痛楚。

数十年时光消逝，这位老僧境界再如何高深强大，也捱不住这般非人类能够承受的折磨，渐渐油尽灯枯将要死亡。便在这时因应天时循环变化，魔宗山门重新开启，而自己三个人误打误撞而来，便成为对方脱困的最大希望。

于是才有先前那么多的论道，老僧便是用慈悲如佛的这一面，让三人逐渐放松警惕，直至再用传衣钵为大诱惑，令道痴敞开精神世界，从而一并受制。

宁缺皱眉说道："无论是莲生大师还是莲生神座，在修行世界里都拥有无上的声望，我未曾听过你的大名，但这两个姑娘一见你的面便跪拜叩首，明显对你非常信任，你完全可以等着我们把你解救出去，何必非要如此行险？"

老僧微笑说道："因为你们解不开这座阵，只有回复实力的我自己才能破开这道樊笼，而我若要回复实力，便必须吃掉你们。"

"就算我们不能破开这道樊笼，可我们的师门长辈可以。"

老僧大笑说道："世间能破开轲疯子亲手所设樊笼的，除了我便只有那寥寥数人，你们的师门长辈当中确实也有人可以。然而很不幸的是，这寥寥数人都知晓当年的故事，知晓我的秘密，如果让他们知道我还活着，他们绝对不会选择救我，而是不惜让半个世界陪我毁灭殉葬，也要杀死我然后挫骨扬灰。"

宁缺怔了怔，然后说道："看来你真不是一个讨人喜欢的人。"

老僧叹息一声，继续说道："和尸骨相伴了这么多年，其实心中早已断了离开的希望，却没想到山门会有重启的这一日，更没想到，第一批进入山门的竟是三个可爱又可怜的小孩。我想这大概便是命运的安排吧。"

宁缺沉默无语，心想天下二痴加上自己这个书院二层楼弟子，在如今的修行世界里大抵有资格掀起几场风雨，然而在这个前代强者的眼中，却只是三个可爱可怜的小孩。时间这种东西对修行者而言，果然是最重要的因素啊。

"我这数十年积凝的念力确实不多，但从你们入殿开始，我便开始用佛宗问心大法。本以为你在三人中境界最弱，应该最先入幻境而难出，却没想到最后竟是你一人保持了心境清明，我很好奇你是怎么做到的。"

老僧看着他洒然一笑说道，虽然形容依旧枯瘦难看，但那等俯视苍生的潇洒骄傲气息却是一显无遗，就仿佛执酒壶坐而论道的一位狂生。

宁缺猜到他此时应该是在抓紧时间吸收腹中那口血食，也并不点破，不停以高频率放松绷紧身体每一处的细微肌肉群，回答道："大概是你给出的诱惑不够。"

老僧微微皱眉，看着他问道："难道我的衣钵对你都没有吸引力？"

宁缺微嘲说道："我当然向往力量，但总得是真的吧。"

老僧微笑说道："道魔相通便入神，是我多年所悟，并不曾骗你。"

宁缺微微一怔，说道："但那依然需要先入魔。"

老僧像碧空上的苍鹰看着篱内土鸡，冷漠看着他说道："先前便说过，书院果然是一代不如一代，居然入魔二字便能把你吓成这副模样。"

宁缺摇头说道："如果是生死之前的需要，入魔又算得什么，然而首先必须是我自己愿意，不能生出质疑之心，否则便是封神又算得什么？而且既然是诱惑总要有些分量才是，你先前佛门妙音展示的那些诱惑对我而言分量有些不够。"

这话里隐着轻蔑和不屑。

此时的莲生不是大德高僧，而是个潇洒甚至霸气的狂生，微微眯起眼睛，不悦嘲讽说道："难道世界还有什么事物能比我的衣钵更吸引人？"

宁缺忽然笑了起来："我是书院二层楼弟子，日后是要继承夫子衣钵的人。就算是入魔，我也可以学小师叔留下的东西，我想这种分量应该更重些。"

老僧听着这话，竟一时语塞，即便他骄傲到视世间道佛魔三宗为破鞋，也不敢自认比夫子更高，至于一生之敌轲浩然更是给他留下了无尽的羞辱与痛楚。

"而且我这一生从未遇见真正意义上无私的人，我总以为桌上不会凭空出现一碗香喷喷的煎蛋面，所以你先前越是悲悯动人我越觉得心里有些不舒服。"

宁缺继续说道："我很好奇你先前说的那些故事，究竟有哪些是真的？还是说那些全部是你为了卸下我们的心防才专门讲的鬼故事？"

那些故事里有小师叔的影子，所以他很关心。只是枯坐骨山的老僧，箕坐地面的年轻人，明明是在生死关头的大危局，却很有闲情逸致说着这些闲话，这个画面看上去不免有些诡异。

老僧满脸悲悯神情说道："先前讲的那些故事都是真的，只不过有些关键点没有说透，血洗烂柯寺是我一手筹划，那个美丽的舞女最后被我吸成了一具干尸，她死后的脸色很苍白。白得近乎透明，但很奇怪的是，她白到透明的脸上却依然带着甜美的笑容，仿佛在问我为什么要这样做。"

他看着宁缺，平静说道："我当时很害怕她脸上的笑容，用手去抹却怎样也抹不掉，所以我最后把她切成一块一块地吃进了肚子里面，那也是我第一次吃人。"

宁缺沉默了很长时间，忽然问道："那个舞女究竟是什么人？"

老僧微笑说道:"想要把轲浩然变成一个疯子,死的自然是他的女人。"

宁缺听到这个答案,沉默了更长时间,问道:"就是为了挑起书院和神殿之间的战争?还是因为别的什么原因?"

老僧沉默片刻,面无表情说道:"没有别的原因,只不过这件事情最终被轲浩然识破,而卫光明这个榆木疙瘩也不知从何开始怀疑我的身份,我只好悄然只身离开桃山,遁回魔宗山门,然后便是后面这些事情。"

听着对方渐趋浑浊的气息,宁缺确认这位曾经的不世强者,在被小师叔囚禁数十年后,生机已经快要灭绝。如果正面战斗不可能是自己三人的对手,此人竟是在如此短的时间内布了这样一个局,果然是心思缜密直至恐怖的人物。

不过想到数十年前,此人横贯佛道魔三宗,最终险些挑拨诸派分裂,让整个天下陷入血腥地狱之中,有这等大本事的人,对付自己三人便如牛刀对着小鸡,轻松便把己等置入如此绝望险境,也是理所当然的事情。

宁缺看着老僧,问出自己真正的疑问:"无论在道在魔在佛,你都是备受尊崇的大人物,无论你怎么选立场甚至不用选,都能成为留诸史册的传奇。可你偏偏选了一条最血腥最无趣的道路,为什么?你为什么非要与这个世界为敌?"

"这话听着有些耳熟。"老僧看着他缓声说道,"很多年前,卫光明这家伙就经常这样自省,他不惜与全世界为敌是因为他坚信自己是对的,而我不一样。我与世界为敌的理由很简单,因为我知道这个世界是错的。"

第八十二章

入魔（七）

忽然间，老僧两缕极长的白色眉毛无风而飘，不是飘然而仙，而是莫名暴躁起来，眼神暴戾，枯瘦手掌用力搓揉着少女的发丝，喝道："世间哪有道理可讲？"

"我是裁决大神官，曾坐墨玉神座；我是魔宗大祭者，可选宗主；我是佛宗山门护法，可命万僧。我这一生何其风光骄傲，翻手覆手间便有风雨大作，我欲成佛便成佛，我欲成魔便成魔，哪有道理可讲？"

"你看这污糟糟的世间，活着不知多少庸碌如猪的蠢货，难道你不觉得呼吸的空气都那般脏臭？顶着一个沉默不知多少年的贼天盖，难道你不觉得呼吸极不畅快？人活天地间理所当然就要吃肉，吃猪吃狗吃鸡吃天地，哪有道理可讲！"

宁缺忽然说道："但这里面并不包括吃人。"

老僧恢复沉默，不知道过了多长时间，慈悲的气息重新回到身上，若有所思缓声说道："不错，这个世界总还是有些道理的，只不过道理的高度不一样。在我看来你我存在于这个世界的方式，便是自身对世界认识方法的集合，当年坟茔一夜苦雨，我便一直在苦苦寻求认识真实世界的本原，最终改变自己存在于世间的方式，最终想要奢望改变这个世界，寻找到那个已经不可能回来的世界。

"烂柯寺悟道辩难，西陵神殿掌教叹我妙言如莲，请我替中原正道诸派入魔宗为探，然而他却不知道，我其实从生下来的那天开始便是魔道中人。"

老僧苍苍枯瘦的脸颊上露出孩童般的笑容，咧开的嘴唇里没有牙齿，于是看着更像一个刚刚呱呱坠地的婴儿，给人一种先天纯洁的感觉，便是嘲笑也那般天真。

"我只是追求力量，寻找改变世界的方法，并不在乎道魔之分，也不在乎谁胜谁败，我之所以愿意来魔宗，是因为我想看看那卷失落的天书。

"然而明字卷并不在魔宗山门里，这些躲在山里的魔宗中人，像老鼠般藏在中原诸国，又像妇人般煽风点火的长老们也令我厌恶，所以我再次离开。"

老僧的脸上泛起一丝极浓郁的嘲讽和厌恶神色，就像是市井间看着别家卖醋要兑两碗水的妇人，充斥着理所当然的骄傲和不屑。

"我去了南晋大河，去了月轮国，最终我往西而去，前往那个遥远的不可知之地，在那座悬空寺中，终于听到了首座讲经，看到了那些清曼的佛光，听到了光辉间那些振聋发聩的佛言。然而过了数年，我终于发现悬空寺里的大和尚们也只是一些浊物，所谓佛言一味故弄玄虚，和宋国街上的算命先生无甚分别。更令人厌憎的是佛宗苦修己身，面对命轮转移只会卑微等待，似这般如何能够抵达彼岸？"

老僧白眉飘起然后落下，眼眸里尽是不满之色，就像是路上拦着宰相轿子痛呼国朝不宁应当如何振作的青年书生，很明显，他当年对佛宗不可知之地悬空寺的观感，比对魔宗山门的观感要好上太多，却依然怒极了对方的不争。

"终于我自荒原归来，正式应掌教之邀暗中加入西陵神殿，又有魔宗里亲信相助，杀了两名蠢痴无比的长老，如此方才亮明身份，坐到了裁决的墨玉神座之上。"

宁缺和莫山山一直沉默聆听，至此时终于忍不住问道："你既然是魔宗中人，为何要帮助西陵神殿杀死自家的长老？"

"不如此如何取信昊天道门？不如此那座破观又怎么可能让我这个悬空寺传人去看他们当成压箱宝贝的几卷破书？只是那座破道观吝啬到了极点，便是我替昊天道门做了这么多事，也只让我看了日字卷和沙字卷。"

老僧神情冷漠说道："虽说只看了两卷天书，但那确实非凡俗之物，我本以为终于寻找到一个对的地方可以有机会认识真正的世界，然而没有想到，在桃山上待了些时日，才发现西陵神殿全部都是一群怯懦胆小的白痴。"

他忽然低头望去，只见叶红鱼的眼眸已经被愤怒的火焰所占据，心知是嘲讽西陵神殿让这少女感到愤怒，不由得微嘲一笑说道："可怜的孩子，难道这些话不对吗？世间亿万昊天教徒只知神殿不知知守观，桃山上那几座白殿里坐着的家伙但凡有些勇气有些骨气也应该知道自己应该做些什么，但他们是怎么做的？看似高高在上，结果却他妈的要被一个破道观指手画脚。"

想着那座破道观里那抹青色的衣袂，老僧的神情微微一凝，然后讥诮说道："都是一群狗，那座破观又如何？终究还不是昊天养的狗！哈哈……都是狗！"

嚣张的大笑声从残着血的枯唇间迸将出来，老僧两道白眉飞了起来，似在舞蹈一般，豪情纵横，便如一位持剑行走乡野四处寻找不平处的青年侠客。

略带嘶哑却豪意十足的大笑声，回荡在幽静昏暗的房间内，宁缺怔怔看着白骨山间前仰后合似乎随时可能摔倒的老僧，感受着笑声里清晰传达的狂放意味，不由得暗想此人当年有资格与小师叔以友相称，倒确实有几分道理。

"在世间行走了这么多年，寻找了这么多年，却依然满地走犬，万生如猪，思来想去还是当年开创魔宗的那任光明大神官有些意思，所以我重新回到了魔宗。"

老僧淡漠说道："然而没有想到这么多年过去，魔宗依然还是当年那般污糟模样，占着宗主之位的那个废物越发老朽昏庸，竟因为舍不得自己女儿便想废了魔宗圣女的传承，其余人更是沉醉于杀戮的无聊快感之中，就像野兽一样无趣无聊。"

"便在这时，我终于在山门里发现了一丝希望，那是一个小男孩儿，我在他身上看到了复兴魔宗改变整个世界的可能。然而很可惜，重归山门为了立威我杀了他的父亲，所以他根本不相信我说的任何话，我从佛道圣地里带回那么多的奇妙功法他偏生不肯学，却非要去学那没有任何成功希望的二十三年蝉！"

老僧追忆往事，愤怒地喊了起来："唯一的希望又破灭了，我该怎么做？终于我想到了一个方法，我要让这个世界毁灭，什么魔宗佛门道家全部都毁灭，让天地间重归宁静，然后从焦土中生出新的芽，如此方能成事！"

宁缺看着近乎癫狂的老僧，忽然问道："你究竟想这个世界变成什么模样？还是说你只是看不惯这个世界，就想它毁灭？"

老僧渐渐敛了怒容，重新回复平静，说道："你连这个世界是什么模样都还没有看到，又哪里有资格和我讨论对世界的改造？"

宁缺沉默片刻后说道："你既然行遍天下追寻改变世界的方法，为什么始终没有去书院？我想当年的书院应该不会比你曾经学习的这些地方差劲才是。"

老僧沉默很长时间后说道："书院已经有了一个叫轲浩然的家伙。"

宁缺盯着他的眼睛说道："所以根本不是改变世界。你只是嫉妒我家小师叔，你想让自己变得更加强大，想要战胜他，结果你始终做不到，直到最后你陷入绝望，于是干脆想让整个世界和你一起殉葬。"

老僧微微一怔，然后像听见世间最可笑的事情一般，哈哈大笑起来，空着的那只手不停揉着干瘪的腹部，说道："我会嫉妒一个疯子？"

宁缺没有笑，平静看着他说道："你本身就是一个疯子。"

老僧沉默，然后轻轻叹息了一声说道："你说得对，确实还是有些嫉妒。似我这等佛法无碍，道魔兼修，去悬空寺能成大德，在桃山能为神座，更是魔宗权柄最重的大祭者，实在是没有太多谦虚的资格。我总以为自己是千年一现的绝世人物，然而谁能想到，竟遇着一个比我更不可思议的家伙。"

老僧感慨说道："我曾学悬空寺莲花印，妙境自悟仿佛天生；我曾学桃山樊笼阵，挥手散指便困世间一切，魔宗七门二十八流派所有功法我无一不精，甚至连早已断了传承的饕餮大法也被我重新悟出；我更曾观两卷天书悟昊天神意，若非不想当狗随时能够天启，你说我这样的人可是修行天才？"

每听一句，宁缺的心便颤动一下，细想自己此生竟未见过如此强悍的修行者，便是颜瑟大师和二师兄似乎也远远不如，似这样的人物不是修行天才谁还能是？

他诚实说道："真正的万法皆通，你确实是个很了不起的人。"

老僧自嘲一笑，说道："那你可知道轲浩然会多少功法？"

宁缺沉默。

老僧缓缓摇头，说道："他只会一种。"

宁缺惊讶说道："一种？"

老僧平静说道："轲浩然只会使剑，从最开始像孩子打架般的木片剑，到最后一剑破云洞天的剑，都是他的浩然剑。"

宁缺望向房间四周墙壁上的斑驳剑痕，不解想到若小师叔只会浩然剑，那么又怎么能布置下如此强大的樊笼阵，把莲生这种人物困死数十年？

老僧仿佛察觉到他和莫山山心中的疑惑，微笑说道："你说我是真正的万法皆通，那我告诉你轲浩然他就是真正的一法通万法通，他此生只会使剑，却能将剑意化成世间所有道法，这房间里的樊笼便是如此。"

一剑幻化成世间万千道法！

宁缺震惊无语，心想这等境界自己要修多少年才能触碰到？

老僧微笑说道："遇着这样的人，其实真的很无奈。"

"轲浩然生得不如我好看，骑的那头蠢驴哪及我的坐骑神骏，他的脚好出汗所以脱了鞋便臭，却偏生喜欢坐着便去抠脚，他脾气也不好，就为了一碗红烧肉甚至和夫子对骂了整整三天三夜。就这样一个人，却偏偏世人只看他。与他并肩同游时，世人眼中只有他，无论我做出多少惊天之事，世人眼中还是只有他。"

老僧笑容微涩，抬起左手在胸前结了一个单莲花印，像宠溺孩子般轻轻抚摸叶红鱼的头顶，继续说道："我想做出惊天动地的事情，确实有嫉妒他的原因，然则根本还是因为我想寻找到一条通往彼岸的道路。而无论是任何事，他都一直拦在我的身前，所以我必须想到一个方法让他去死。"

"但你编织的那个阴谋还是被他识破了。"宁缺说道。

老僧感慨说道："当时险些被卫光明看破行藏，我只好避来魔宗，却不料轲浩然看破烂柯寺之事，也追了过来。当时我并不为意，总想着集全魔宗之力总能把他杀死，甚至还有些欣欣然于他的来到，准备迎接他的死亡。

"在那之前我没有和轲浩然交过手，我知道他很强，但我总以为你就算是天下第一强者那又如何，然而我终究还是没有想到他会这么强。"

老僧冷漠说道："因为他强，所以他胜。这种道理我们魔宗中人很能接受，我输给他也能接受，即便他一剑把我杀了，我也没有任何怨言，但他不该不杀我。"

"他不该不杀我！"

老僧枯瘦的脸颊忽然扭曲起来，幽深的眼眸像鬼火一般喷射怨毒的意味，嘶哑的声音仿佛来自冥界的声音，凄厉喊道："他毁了我毕生修为，把我扔在这个幽暗的房间里，用我最得意的樊笼封住所有天地元气，把我像个妖怪一样镇压在这终世不见青天的地方！让我承受永世的孤独和绝望！

"有谁能够忍受数十年与世隔绝的孤独？你可知道天天看着殿外透来的光线数着日子却永远数不到尽头的绝望？你可知道数十年只能看着这四面墙是多么可怕的刑罚？你可知道一个人待的时间长了，便是安静都会变成最恐怖的折磨？"

老僧怨毒地盯着宁缺的脸，仿佛看着当年那个人的脸，他的呼吸因为激动而变得异常急促，声音也越发凄厉阴恻，恰如他当时及此时的心情。

第八十三章
入魔（八）

　　"绝对的安静，没有一丝声音，没有蚂蚁爬过，没有树叶摇晃，什么都没有。最后你因为太想听到声音，耳膜会变得无比敏锐，你甚至能听到身边那些尸体腐烂的声音，而那些腐尸肚子胀气炸开的声音进入你耳中，就像是一道惊雷！"

　　老僧凄厉的声音在幽静的房间里来回震荡，如同无数道连绵不断的惊雷。

　　"房间里的尸体都腐烂了，或者变成了干尸，于是连这些声音都没有了，前一刻还令你作呕的声音在下一刻便成为回忆里最美好的东西，你可知道这种感觉？"

　　"到最后你甚至能听到自己的血液在血管里流淌的声音，听到肌肉渐渐失去水分变形的声音，听到自己胃袋干瘪的声音，肠子擀毡在一起撕扯的声音，很奇妙是吧？如果你听的时间长了，你绝对会很想吐，然而问题是你不能吐。"

　　老僧的眼眸里失去了所有的光泽，像石像般麻木回忆着这数十年残酷的人生，喃喃说道："再强大的修行者也不能完全不饮不食，你需要吃些东西，哪怕是很难吃的东西。如果你把食物吐出来，那你就会死亡。"

　　老僧忽然尖声凄厉喊道："我知道这种活法比死亡更残酷，被轲浩然幽禁在此地的时候，我就应该自杀。但这个看似粗豪的家伙拥有比魔鬼更阴险的心思，他知道我既然当时贪生一瞬，那么便永远舍不得死！他才是个真正的魔鬼！"

宁缺沉默片刻后问道："数十年时光，你是靠什么食物撑下来的？"

老僧身下的骨山有被干燥微风吹干的陈年尸身，有白色的骨骸。

宁缺目光落在上面，忍不住皱起眉头。

莫山山随着他的目光望去，发现骨尸山下有很多骨屑，那些骨屑似是野兽啃食留下的痕迹，忽然间她想明白了一些事情，身体骤然僵硬，脸色异常苍白。

看着两个人的反应，老僧大声笑了起来，笑声凄厉尖锐，就像一只悲伤的老鬼带着怨毒在哭泣，脸上耷拉的皮肤皱在一处，如同真的哭泣，只是大概因为体内缺水严重的缘故，苍老眼角挤出来的那滴泪水竟是浑浊有如石乳。

看着那滴苍老浊泪，听着如此摧心裂肺的癫狂哭笑，想着老僧被幽禁在魔宗山门数十年生不如死的日子，便是心肠最硬的人只怕也会生出酸楚同情之感。然而宁缺却完全没有这方面的感受，看着老僧说道："同情是哀求不来的东西。"

老僧癫狂笑声渐止，如鬼火般的双眸看着他的脸。

宁缺偏头看石墙，沉默片刻后说道："大概是小时候遇见太多危险的缘故，我是一个很缺乏安全感的人，有事无事时我总喜欢想如果我出了事怎么办，谁把桑桑养大？如果桑桑出了事怎么办？我该怎么才能说服自己继续活下去？

"如果有人像你曾经做过的那样对付桑桑，我会痛苦于怎样才能报仇。一刀把你杀了自然是太过便宜你，把你手脚斫了腌到屎坛子里你大概也不能撑太长时间，不能让你承受太过漫长的痛楚，我自然也会不爽。"

他收回目光望向老僧，微笑赞叹说道："现在想着你这几十年的日子，才发现原来小师叔果然是一法通万法通的天才人物，便是折磨人也如此有天赋。我不会同情你，我会学会这种方法，只希望以后不会用到。"

老僧不知道桑桑是谁，莫山山知道，她看了宁缺一眼。

老僧笑了笑，没有多说什么，先前的那连番质问，已经把他积累数十年的怨恨之意稍微纾解了些，他现在有更重要的事情做。

他缓缓低头，把枯干的双唇温柔移向掌心下的少女。

叶红鱼冷冷看着老僧，赤裸的肌肤上却抑止不住生出些畏惧的小突起，眼睁睁看着自己被撕扯成碎片缓慢吃掉，谁都无法完全驱除心中的恐惧。

幽寂无声的昏暗房间里忽然响起一道清冽的锵唧声。

宁缺抽出背后的朴刀，双膝骤然一弹，就像只潜伏在长草中一夜终于抓到猎物弱点的猛虎，猛然向骨山里的老僧扑去。

身在半空，一道寒冷刀光像暴雨般喷洒过去。

他和莫山山被老僧一眼所制，识海严重受创，意识无法控制住自己身体的任何部位，然而不知为何他竟克服了这种障碍，强行控制了自己的身体，而此时老僧正俯首准备啃噬叶红鱼的血肉，应该无法注意他的动静，正是偷袭的大好机会。

老僧余光里看到那抹刀光时，宁缺手中的朴刀距离他的脖颈只有半尺的距离，无论从哪个角度看，他都无法再阻止死亡的到来。

然而余光依然是目光。

老僧看到了那抹刀光，心意便动。

除了昊天的神圣光辉，世间没有比心意更迅速的事物。

一股并不强大却境界醇和到了极致的精神力量自老僧目光里散漫透出，骨尸山间无数根白骨因应气机，纷飞而起，一根粗壮的腿骨横挡在那抹雪亮刀光之前！

这根纯白的粗壮腿骨，不知道是当年哪位魔宗强者的遗存，灵魂早失却强悍犹在，与刀芒猛烈相撞，出现一个极大的豁口，竟没有从中断开！

整座房间都是小师叔当年布下的樊笼阵法，朴刀上两位师兄刻制的符文无法吸附到任何天地元气，他竟根本无法正面对抗老僧念力直接控制的那根骨头！

宁缺闷哼一声，刀锋处传来的巨大力量，直接让他的腕骨折断，身体猛地向后疾飞，人在半空中便是一道鲜血自口中喷了出来。

骨山间，被老僧念力激发的那些白根碎屑紧追而至，噼噼啪啪击打在他的身上，就仿佛是暴风骤雨一般，瞬息之间，他便遭受到数百数千次重击，鲜血不停喷涌，身上的骨头不知道断了多少根。

啪的一声，宁缺重重摔倒在地，又是一口鲜血喷在了衣襟之上，好在那些白骨构成的暴风骤雨，离了骨山的范围便簌簌落地，没有再次攻击。

源源不断的痛楚从身体各处传来，仿似所有骨头全部断了，宁缺皱着眉头，以朴刀刺地想要站起，但终究还是无法抵抗体内的伤势，单膝重重跪到了地面。

老僧脸色苍白，双颊下陷，眼瞳里幽光大作，身体微微摇晃，很明显为了应付宁缺的偷袭，他也付出了极大的代价。数十年积蓄的力量和先前那口血食，都被迫消耗一空，然而无论他怎样虚弱，掌心却依然死死控制着叶红鱼。

……

隔绝天地气息的裁决阵，对修行者而言是最恐怖的存在，因为没有天地元气，绝大多数道术都完全无法施展，尤其是莲生大师先前那一眼里蕴着的无上境界，直接创伤修行者的识海，让他们根本无法用意识控制自己的身体。处于这种境况里的修行者，就像是失去了毛笔的书家，失去了七弦琴的音律大家，徒有其识却丧失了所有能力，想必会陷入完全的绝望之中。

但宁缺和世间绝大多数修行者都不一样，他刚刚学会修行，过往十余年来挣扎于生死边缘时，他依靠的从来不是什么道法飞剑而是自己的身体和身后的三把刀。

被莲生大师一眼重创识海，也无法让他陷入绝望，因为无数场战斗磨砺下来，他对肉体的控制力强大到一般人很难想象的程度，甚至能够控制自己身体的骨骼肌肉。先前那段漫长对话的时间当中，他一直在不停以高速频率绷紧放松肌肉，就是想让身体真正地松弛下来，脱离识海控制而做出自己的应对。

必须要说宁缺确实是很擅长战斗的人，尤其是处于这种以弱敌强看似绝望的境地中时，他越是冷静战斗意识越是强大，只可惜双方之间的实力差距已经大到单凭判断推算和战斗意识无法弥补的地步。

"你对身体的控制能力居然强到了这等程度？"

老僧略感诧异地看着半跪在地面上的宁缺，两道白眉缓缓飘起，低声感慨说道："荒人虽然体魄强健，但在意识与身体的主辅关联上较你竟还有所不如，想不到这一代的书院行走竟是个修魔的上好材料，可惜了，真是太可惜了。"

宁缺受伤严重，再也无法握紧手中的刀柄，身体摇晃两下，终于是再次摔倒在地，也没有听清楚老僧说了些什么，擦掉唇角的血水，痛苦地咳嗽了两声。

先前发生的事情太快，莫山山完全没有任何心理准备，此时看着宁缺倒在血泊之中，眼眸里满是担忧神色，却没有办法靠过去看他究竟怎么样了。

宁缺看着她的神情，艰难地以手撑地慢慢挪了过去，与她相背而坐，又痛苦地咳了两声，喘息着虚弱说道："暂时还不会死，但这下真动不了了。"

老僧看着他，越看越是欢喜，惋惜说道："如此美材良资，如果不是书院弟子，我真想将一身衣钵传给你，看看日后你究竟能到哪一步。"

宁缺曾经真的以为自己是修道天才，但这辈子历经千辛万苦才踏入修行道，一入修行道便见着太多真正的强者，还有二师兄陈皮皮这等怪胎，又遇书痴道痴这些天才少女，才渐渐断了那等痴念，认识到自己在修行方面的资质不过庸碌之辈。

所以此时听着老僧的感慨，他不禁感觉有些怪异，艰难地翘起唇角，喘息着自嘲说道："雪山气海只通了十窍，居然也能是美材良资？"

老僧看着他虚弱地说道："你若愿修魔，便是一窍不通又如何？"

宁缺虚弱地靠着莫山山的后背，看着骨山里的老僧艰难一笑，说道："大师，我现在愿意跟着你修魔，那你能不能把我们几个人放了？何必再打生打死。"

老僧用悲悯的目光看着他，虚弱地说道："此时何必说笑语？"

宁缺咳了两声，喘息着说道："不是笑话，我可以以夫子的人格发誓。"

老僧艰难地咧开嘴，笑着说道："我与轲浩然一生为敌，比世间任何人都知道书院真实的模样，别人或许会信，我却知道书院出来的人没一个可信。"

宁缺听着这话，忍不住哈哈大笑起来，却激得胸腹一阵难过，又剧咳起来。

老僧看着他不解说道："你应能大隐忍，先前为何选择那个时机出手？虽说那个时机不错，但终究还是早了一些，若你能等到我吞食血肉的那刻，岂不更妙？"

宁缺擦去咳出来的鲜血，说道："确实早了些，主要是我不喜欢看吃人肉。"

听着人肉二字，老僧的神情渐趋怨毒，寒声说道："我啃了几十年的骨头干肉，到最末这些肉都成了无水的柴渣，你以为好吃？"

老僧看着相背而坐的那对年轻男女，怨毒地说道："之前行走世间吃的那些人肉，或是为了谋划，更多是为了自己的强大，难道你以为我就是一个喜欢吃人肉的变态疯子？难道你以为人肉真的很好吃？"

老僧想着数十年前那袭飘过魔殿的青衣，神经质一般笑了起来："轲浩然把我封在这个与世隔绝的地狱之中，就是想逼我吃人肉，后来又有一个家伙来过这里，无论我怎样苦苦哀求他，他也不肯放了我或杀死我，反而又去拣了十几具尸首扔给我当饭吃，说这是昊天对我的恩赏。如果我食人是魔，那他们是什么？"

他看了一眼掌心下倔犟抿着嘴唇、不肯求饶也不肯呼痛、脸色苍白的叶红鱼，望向宁缺冷漠说道："这个道门女子是我这几十年来吃到的第一份鲜肉，相较而言味道已经好了很多，你要不要吃一口试试？"

宁缺看着老僧幽幽如鬼的双眼，沉默片刻后说道："不用，我知道不好吃。"

虚弱地靠在他后背上的莫山山没有听懂他的这句话，以为他只是在叙述一个事实，任何人都不需要亲口尝试，才能知道人肉不好吃这个道理。

然而老僧听懂了他的话，苍老的面容上浮现出诧异的神色，怨毒的眼神瞬间变回悲悯慈爱，赞叹感慨说道："书院果然还是书院，佩服。"

第八十四章

入魔（九）

宁缺知道老僧为何忽然赞叹书院，因为书院连自己这种人都敢收，需要难以想象的胸襟气度，和兼容并蓄的态度，如此书院值得所有人佩服。

他骄傲地说道："世间，胜在有书院。"

老僧微嘲说道："然而书院终究会变成一片废墟。"

宁缺说道："世间万物皆如此，但至少书院不会因为你的诅咒就变成废墟。"

老僧静静看着这个重伤虚弱却依然骄傲自信的年轻人，仿佛看到多年前那个朋友，沉默片刻后忽然问道："轲浩然死了多少年？"

宁缺怔了怔，摇头说道："不知道。"

"我对他说过浩然剑已入魔道，他却毫不在乎，我告诫过他，再这般骄傲下去，总有一天会被昊天诛之，他还是不在乎。现在想必他早已化成飞灰撒遍世间每条溪流每座大山，也不知此时的他是否还是这般骄傲，哈哈哈哈……"

老僧低头像个疯子般大笑起来，眼角又挤出一滴浑浊至极的老泪。

宁缺说道："小师叔就算死了也足以骄傲。"

老僧抬起头来，看着他寒寒说道："但他终究死在了我的前面，所以我赢了。"

宁缺嘲讽说道："有的人死了，但他还活着，有的人活着，但他已经死了。"

老僧感慨说道："好个牙尖嘴利的小家伙。"

"下次我会成功吗？"

宁缺忽然诚恳请教，棉衣之下的身体依然在以极高的频率微微颤抖，这种做法虽然极为消耗体力，却是在对方恐怖境界的精神控制下保持行动力的唯一方法。

老僧看看着他诚恳说道："不会有下一次了。"

宁缺说道："你确实是我所能想象的最强大的存在，然而被囚数十年的你只不过是个被贬落尘埃的君王，年轻体壮的我却是头刚下山的猛虎。樊笼隔绝天地元气对我没有影响，我习惯凭力气做事，没有道理你恢复得比我快。"

老僧微笑说道："果然牙尖嘴利，可惜啊我已经老到没有牙了。"

说完这句话，他低头在叶红鱼赤裸的肩头狠狠啃了一口。

叶红鱼眉头骤然挑起，却不肯低头，倔犟狠厉地看着老僧啃食着自己的血肉，仿佛要把这幕画面深深地记在脑中，直到冥界也不想忘却。

老僧确实没有牙，所以他是用牙床啃的，显得异常困难，就像是垂老将死的无牙雄狮，试图将皮韧肉紧的母鹿撕扯开，鲜血从苍老的唇角不停淌下。

片刻后，老僧抬起头来看着宁缺微笑说道："你想熬时间，我也想熬时间，消化第一口血食后，第二口血食会吸收得更快一些，不用再试图挣扎了，平静地迎接死亡那样会更喜乐一些。待我最后将你们三人超度入腹恢复功力后，一举毁了这座樊笼飘然出山，这世界便将是我的，也等若是你们三人的。"

因为嘴里有血肉，所以老僧的声音有些含混，却依然像春水般温暖，他苍老的唇角皱皮和下巴下血水淋漓，但笑容却像镀了层佛光般慈悲，身上的骨山尸海仿佛像圣洁的莲花座，漫着清光，如此佛魔之相，实在恐怖到了极点。

宁缺知道他说的话是真的。他思遍身旁所有保命手段，竟是找不到一个打破当前危局的方法，无论颜瑟大师留给自己的锦囊、元十三箭还是朴刀上的符文，都需要与自然相通才能发挥出真正的威力，不由得沉默地想到了死亡。

他盯着老僧坚定地说道："就算你能出去，这世界也不会是你的。"

老僧忆起那抹青袂，微笑说道："我已道魔相通，何惧世间法？"

宁缺摇头说道："世间还有夫子。"

老僧沉默片刻，说道："夫子总是会死的，书院里的人太过骄傲，而越骄傲的人越容易死，这是夫子的命运，也是书院的命运，无法逆转。"

宁缺微微皱眉，说道："疯言疯语。"

老僧忽然问道："如今长安城里大唐国的皇后是哪位？这些年多出了几位武道巅峰的大将军？天魔舞可曾再现？轲浩然被天诛，夫子有没有杀上桃山？噫，有些不对，这小姑娘自报身份是裁决司大司座，难道神殿还没有被灭？"

轲浩然被天诛，夫子上桃山，在他看来桃山上的神殿自然覆灭，此时确信西陵神殿还存在，他不禁有些疑惑，因为他相信自己的谋划不会有任何漏洞。

连续数个问题，宁缺都不知道该如何回答，看似癫狂的质问，内里却似乎隐藏着很多历史的尘埃，那些尘埃里藏着很多不可告人的秘密。

"山门覆灭之前我安排了很多事情。我安排圣女南下，我相信她会做到我交代的事情，我安排很多弟子南下，我相信他们中总有人能做到我交代的事情。"

老僧看着他微微一笑，笑容里充满了自信甚至霸道的神采。

"当年的明宗已然腐朽，便是毁于轲浩然之手我也并不觉得可怜，焦土之上生新芽，我宁肯在废墟之上开创一个全新的魔宗，新的魔宗根植于唐国强盛肥沃的土地，一旦新生必然是开天辟地的存在。"

"我相信我的这些安排隔了这么长的时间，应该已经在逐步发挥作用，那么我逃出生天只需要安静等待夫子死去，那么你说这个世界会是谁的？"

宁缺听得浑身寒冷，暗想难道今日的长安城里隐藏着无数魔宗强者？而且这些人全部都是当年听他安排南下？如果让此人逃出魔宗山门，世间会生出多少风雨？

"可当时你应该以为小师叔会杀死你，一旦你死后，就算你在中原隐下这么多后手与安排，又有什么意义？"

老僧微嘲看着他，就像峰顶的白雪看着夏天的虫儿，说道："即便我死了，当年的这些安排依然存在，你们这些俗人似乎永远不明白，一个人的生存与死亡意义并不重要，重要的是我们能否改造这个旧世界，迎来一个全新的世界，然后集合新世界的能力去改变某种规则，如果能做到这些，我即便死了又能如何？"

宁缺问道："什么规则？"

老僧应道："大道的规则。"

宁缺问道："如果……你谋划了一生依然无法改变，那怎么办？"

老僧微笑应道："至少我努力过了。"

宁缺蹙眉说道："就为了你的尝试，不惜让整个世界陪葬？"

老僧平静地说道："世界毁灭与我何干？"

这大概便是所谓阴谋家的快感来源吧，宁缺在心里默默想着。对老僧这一世的思虑筹划实在是佩服到了极点，却也恐惧到了极点，因为疯子总是难以战胜的。

此时此刻，名满天下的莲生大师在宁缺眼中就是一个彻头彻尾的疯子，他完全听不懂此人在说些什么，就算能听懂一些，也不知道对方究竟哪句话是真的，哪句话是假的，甚至直至此时他依然无法判断出对方究竟是一个什么样的人。

这名老僧有时天真纯洁如同新生的婴儿，有时刻薄暴躁如同市井间泼辣的妇人，有时热血激昂如同都城里清淡救世的青年书生，有时豪情纵横如同持剑打抱不平的青年侠客，有时慈悲怜悯像一名佛门大德高僧，有时残酷冷漠真身似魔。

无论哪一种形象都无比真实，根本看不出一丝虚假处，各种面目截然不同，却均发自本心，纯粹得令人心悸，便如那句"要成佛便成佛，要成魔便成魔"，都是真佛真魔或悲悯或冷漠地看着这个人世间。

他简单却善变，孤独而脆弱，复杂又讨厌，有时嫉妒有时阴险，喜好争夺偶尔埋怨，自私无聊却又变态冒险，爱诡辩爱幻想，善良博爱却又怀恨报复，专横责难。他辉煌时得意，默淡时伤感，他矛盾而虚伪，欢乐却痛苦，伟大却渺小。

莲生三十二，瓣瓣各不相同。

一个人的性格和思想如此复杂，实在是难以想象。

宁缺微寒想道，难道此人居然有三十二种人格？

……

老僧的话说完了，便像夜里一朵敛回去的睡莲，平静闭上双眼，开始运用魔宗秘法饕餮把道痴的血肉消化吸收成为身体里的元气力量。

安静的房间内回荡着宁缺的声音，只不过现在再也没有人回答他的话，这些声音显得那般单调枯燥不安，甚至隐隐透着绝望的味道。

"世间本没有魔，你这样的人多了，便有了魔。"

"无论你扮演怎样的角色，你就是魔。"

"莲生三十二，瓣瓣皆污。"

"道魔相通便成神，但也有可能成神经病。"

无论宁缺说什么，白骨山里的老僧都不再有任何反应，他耗尽心思想出来的这些看似颇有哲思的话语，全都浪费在了干冽的空气之中，无法激怒对方，更不可能让对方因为这些话语而在心神上生出某些漏洞。

宁缺无力地把头枕在莫山山的肩上，望向屋顶那些青石，心里知道老僧将第二口充满昊天道门气息的血肉完全消化吸收后，境界便会复苏到自己无法触碰的层次，到那时候再也没有任何方法能够改变死亡的结局，目光便有些黯淡。

魔殿房间里的光线越来越暗，大概山外的世界已经入了夜，温度渐低。

他抬头看着屋顶石墙上那些斑驳的剑痕，那些小师叔留下的剑痕，那些构成一道樊笼把莲生三十二幽困数十年的剑痕，在心中轻轻叹息一声。

只是随意望去，他并没有刻意控制自己的心神，大抵是在旧书楼里用永字八法解字解成习惯的缘故，那些密密麻麻的剑痕在他视野中自然分开，逐渐清晰。

宁缺的目光在那些剑痕上久久停留，心意随着痕迹而行走，渐渐生出某种感觉，这种感受很隐晦，难以捉摸难以分明，身体却因此而温暖起来。

第八十五章
入魔（十）

身体里隐晦的感受并没有引起宁缺太多注意，他甚至以为那道温暖是来自于身后的莫山山，他只是静静看着房顶青石间的斑驳剑痕，想着当年小师叔泼洒剑意时的潇洒气度，想着自己这时候等死的无奈，觉得有些惭愧丢脸。

绝望等死是一件很难过的事情，处于这种境地里的人们惯常都会沉默，此时莲生大师不再说话，宁缺自然也没有说话的兴致，魔殿房间里变得死寂一片。

绝对安静的环境，正如莲生大师先前怨毒回忆的那样，持续的时间长了确实很恐怖，没有风的声音没有花草的声音，宁缺甚至隐隐听到了自己肺部扩张收缩的声音，听到了自己头发摩擦的声音，觉得很是神奇，却又觉得好生可怕。

如果不是能够清晰感受到莫山山温软的身躯，或许他真会认为自己已经到了冥界。

莫山山虚弱地靠在他的肩头上，憔悴不堪地问道："我们要死了吗？"

宁缺沉默片刻后说道："好像是这样。"

莫山山微微蹙起墨眉，说道："为什么不能安慰一下我？"

宁缺痛苦地咳了两声，自嘲笑着说道："如果能死得痛快，其实就算是安慰。"

莫山山明白他这句话是什么意思，稍后如果被莲生大师直接杀死倒还痛快，若像叶红鱼那样眼睁睁看着自己被吃掉，那才是人世间最大的恐惧。

一念及此，少女美丽的脸颊骤然变得极为苍白，长而疏的睫毛微微颤动，薄薄的嘴唇紧紧抿成了一道红线。沉默很长时间后，她望向宁缺因为咳嗽而深深皱成川字的眉头，声音微颤说道："在王庭我说过我喜欢你的字。"

宁缺不知道书痴为什么这时候会提起这件事情，微微一怔后，安慰笑着说道："我知道我自己的字好，如果想看我出去写上几千字给你看。"

莫山山微微一笑，说道："我还说过喜欢你的大黑马。"

宁缺愣了愣，苦笑说道："那个顽劣的家伙还真舍不得送人。"

"我不要大黑马。"莫山山轻轻咬了咬下唇，仿佛下定决心一般轻声说道，"我确实喜欢你的字，也喜欢那匹大黑马，但我更想告诉你的是另一件事。"

"我喜欢你。"

这句告白直接让宁缺变成了一根木头，他看着近在咫尺的憔悴却依然美丽的脸，嗅着近在鼻端的淡淡少女体息，沉默了很长时间，思考应该怎样回答。

这是他两辈子里第一次被异性告白，这是他两辈子里听到的最动听的话之一，虽然有些可惜是在昏暗的魔宗山门里，是在死亡快要到来的那一刻，但依然动听得仿佛湖畔杨柳枝轻轻摩擦的声音，那湖可是莫干山下的墨池？

肩畔的少女无论性情容貌还是修行境界都是世间第一流人物，名闻天下，不知多少年轻男子暗中爱慕却自惭形秽不敢言。在宁缺看来，莫山山除了因为眼神不好从而容易被误会为清高冷傲之外，竟是挑不出丝毫毛病。

论宗门家世或政治背景，唐国与大河国世代交好，夫子和皇帝陛下想必都会乐见其事，这是理所当然的良配。论兴趣爱好，二人可以说得上是志同道合的同道，若真的在一处，日后漫漫长夜除闺房事外还可并肩泼墨互赏，岂不妙哉？

最关键的是喜欢吗？当然是喜欢的，男人的喜欢有时候很复杂，但大多数时候都很简单，像莫山山这般值得喜欢的女子，理所当然应该被喜欢，宁缺也如此。

只是眼看着便要死在魔宗山门里，还有心思想了这么长时间这么多事情，待他醒过神来后也不由得险些哑然失笑，心里却总觉得有哪里不对劲。

这种感受很奇怪，临死之前任何背景世俗之事都不重要，而且他扪心自问确实很喜爱这个如书墨般纯净的少女，却越发警惕于心中那抹不对劲，便像是入魔之前要踏出那关键一步似的，大美妙的身后伴着极大的恐惧。

那份恐惧是什么？宁缺自己不知道，他看着肩畔的少女，无措说道："山山师妹，我很喜爱你的性情容貌，包括处事方式，按道理都这个时候了，我不应该……"

莫山山的脸上没有少女表白后惯有的娇羞，只是一片温和宁静，她知道宁缺为何犹豫，甚至比这个家伙自己更清楚他为何犹豫，不由得在心中轻轻叹息了声。

她温柔靠在他的怀中，低声喃喃说道："在有些方面你真的很糊涂。我只是不想即便死了你也不知道我的情意，却不是急着想从你这里听到什么安慰，这种时刻你说的任何话都不作数也不公平，我只是告诉你这件事情。"

宁缺本想反驳自己哪里糊涂了，转念一想自己这时候确实有些糊涂。

为什么不能按照真实心意把这位姑娘家搂在怀里，告诉她我也喜欢你，然后好生温存一番在死之前弥补下两世来的遗憾，自己到底在怕什么？

但他感觉到莫山山的情意，心头一片温润感动，轻声说道："那我知道了。"

莫山山满足微笑，缓缓闭上眼睛，靠在他的怀里，说道："那这样就够了。"

幽暗寂静的魔殿房间里，那座骨尸堆成的小山中央，如鬼般的老僧手掌轻轻按在一名浑身是血的美丽少女头顶，寒冷如冬。然而在房间的另一角中，有两个即将迎来死亡的年轻男女轻轻相拥着，像小动物般窃窃私语，温暖如春。

这幅血腥残酷却又美好的画面，令人心悸而又心动。

……

美好的感觉并不能让这个世界真正美好起来，看似温暖如春，实际上随着黑夜笼罩魔宗外的山峰，房间里的光线越来越暗，温度越来越低，虚弱的莫山山靠在宁缺怀里昏迷不醒，受伤极重的宁缺也感觉到身体的热量正在渐渐消失。

隐约记得先前某刻的温暖，他本能里抬起头来，重新向屋顶那些青石望去，骤然发现此时石上的那些斑驳剑痕没有随着黑夜消失，而是开始泛出幽幽的光焰。

小师叔当年剑斩魔宗诸位强者，剑上染血再上石墙最终变成今天的鬼火？但宁缺清楚记得鬼火这种事物应是腐尸留下的遗存，而且维持不了太长时间才是。

他眯着眼睛看着屋顶那些越来越清晰的剑痕，渐渐看得入神，再一次习惯性地用永字八法去解，竟浑然忘了身上的伤势，也忘了咳嗽。

泛着幽幽光焰的斑驳剑痕开始分解成繁密的光丝，然后在视野中周转起来，就仿佛是躺在草原上看着头顶的满穹繁星，美丽而又安宁。

忽然间，宁缺感觉到身体里多了一丝暖意，这次他没有任由这种感觉流逝，却也没有投注太多的注意力，只是细细地体会并享受着。

屋顶石上的剑痕在视野里依循某种规律流转，那道暖意仿佛与之相应，也开始在他的身体里流转，从腕间来到颈间，所过之处一片温润舒服。

宁缺此时神思有些恍惚，下意识里追逐着那些温暖，想要驱散身上的寒意，与之相应他的目光也在那些剑痕之上缓慢移动，那些痕迹渐渐烙印在他的识海之中。

那些剑痕进入他的眼眸，进入他的身体，变成温暖的气流，穿过他的手腕和诸多关节，进入他的五脏六腑，变成某种实质般的存在，冷漠地催促他站起来。那些痕迹里蕴藏的剑意是那般骄傲，怎么能允许在死亡的面前就此绝望就此投降？

于是，宁缺站了起来。

他仰着头静静地看着屋顶的剑痕，仿佛自己都不知道自己已经站了起来。

莫山山从昏迷中惊醒，震惊无语地看着站在身前的他，不知道发生了什么。

宁缺仰着头静静看着剑痕，不知道看了多长时间，眼瞳渐渐变得越来越黑，却又是那般透明晶莹，往里望去竟仿佛看到了无尽的深渊。

锃的一声，他缓缓抽出身后的朴刀。

他看着屋顶一道斜飞向前的剑痕，右脚向前踏出一步。

他看着角落里一道笨拙向憨直的短促剑痕，左膝向下重重一挫。

他看着对面墙壁上一道柔韧圆润的剑痕，骤然转身，然后一刀砍出。

刀锋嗡嗡作响，刀锋间的空气迎锋而开，幽静的房间里劲风大作。

……

不知何时，老僧醒了过来，漠然看着那边，用饕餮大法连续吸食两口道痴精纯血肉，他双颊渐丰，枯瘦身躯里的生机已然变得极为旺盛。

宁缺此时在房间角落里舞刀，他专注看着墙壁和屋顶的斑驳剑痕，不停挥动着手中的朴刀，根本察觉不到身周的其余事物，竟似是莫名进入了深层冥想。

老僧感觉着四周墙壁上剑痕里的气息正在逐渐丝丝流逝，然后灌注进年轻的身体，漠然的眼眸骤然间变得狂热怨毒起来，凄厉尖啸道："你已死了。你留下的破剑难道还想再活过来？"

老僧刚刚丰实一些的双颊骤然下陷，如鬼爪枯枝般的右手隔空遥遥指向犹自出神忘物的宁缺，看模样竟是不惜耗损精血也要立毙对方。

莫山山最先反应过来，强行支撑着虚弱的身躯，伸手在身后握紧了几块硬物。

一直在老僧枯掌下低头沉默仿佛早已死去的叶红鱼忽然抬起头来，撑在碎骨上的双手微微颤抖，冷冽的眼眸里涌出决绝自弃的倔狠意味。

第八十六章
入魔（十一）

在抬头之前，叶红鱼看了宁缺一眼，目光里没有任何情绪。

那时的宁缺正握着长长的朴刀，循着屋顶墙壁青石间的剑痕挥舞，神情怔怔意态痴痴，以刀做剑法更觉生涩笨拙，整个人就像个浑浑噩噩的白痴。

叶红鱼看着他被莲生神座重伤，本应瘫软在地，此时却挥刀而行，不清楚他身上究竟发生了什么，但隐约猜到他遇着某种契机，应该正在开悟的重要过程里。

已然绝望的死局，随着宁缺遇着的这个契机，终于显现出了一道小小的缺口，她知道莲生神座不会给宁缺任何机会，而她却一定要抓住这个最后的机会。

于是她开始呜咽抽泣。

伴着哭声，她身上那件破烂不堪却依旧艳红如血的裙忽然间失去了所有颜色，变得惨淡苍白，仿佛被吸噬掉了所有的生命气息和血液！

她苍白的脸却变得异常鲜红，眼角鼻翼间血色如花，娇媚无比，眼角淌下两串如血般的红色泪珠，披散在身后的黑发暴涨而起，在空中狂乱飘舞！

她被樊笼大阵和莲生神座强大精神力双重压制的境界，不知因何重新回到身体之间，幽暗的房间里荡漾着知命境大修行者特有的气息。

知命境只展现了极短暂的一瞬，便急剧黯淡低落。就像是一根被石山压住的野草只来得及顶开石块，抬头向湛湛青天望了一眼，便瑟缩可怜地重新被压了回去。

境界陡然而回，陡然而失，却没有就此结束，她身上知命境界的坍缩低落，竟不是境界气息的强度被压制，而是境界本身正在向下行走，一路下行，竟是直接突破了境界的下端，一身修为境界回到了洞玄境！

明明已经晋入知命境界，她如何能够迫使自己重新回到洞玄境？世间修行向来是步步攀登而上，谁会转身下山？即便有那等疯子心甘情愿自降境界，但如何能够做到？你已高过天谕院女舍旁的那株矮柳，你已能踩着小湖里相距甚远的两块石头一蹦而过，那你如何能让自己再低过那株柳，再踩不到前面的石头？

此时发生的事情，实在是令人无法理解，叶红鱼究竟为什么要这样做？她历经千辛万苦才觅到最合适的机缘进入知命境界，为什么要用这种明显非常危险的方式回到洞玄境内？她究竟想做什么？

不可思议的事情便在下一刻发生。

叶红鱼抬头盯着莲生神座，冷冽的眼眸里涌出决绝自弃的倔狠意味，身上红裙骤然苍白，境界直接降落到洞玄境，一股磅礴的强大的气息却从她的身上喷涌而出，直接冲破了头顶掌心间透过来的精神控制，向着老僧的身体轰了过去！

……

境界永远不会自然跌落，世间罕有听闻有哪位修行者能够自行降境，然而莲生大师学贯道魔，通世间万法，在叶红鱼身上气息陡变之时，便知道了她的用意。

西陵神殿有一强大道法，这种道法可以让修行者自行降境，一旦施展这种道法，修行者原先居于上层的境界所悟所蕴气息，将会在一瞬间内尽数喷发出来，历数十年苦修冥思静悟才积累得到的强大念蕴一朝暴起，将会形成极恐怖的冲击力。

只是这种道法要付出的代价太大，修行者千辛万苦才参悟晋入的境界，甚至比他们的生命家人还要更重要，谁舍得一朝放弃，一切从头修起？而且要知道施展过这种道法之后，修行者想要重新晋入原有境界，要比第一次破境时艰难无数倍！

对于有资格接触并掌握这种道法的神殿强者而言，在漫漫修道路上没有谁愿意施展这种道法，这比要他们去死更加痛苦更加难过，动用这种道法的神殿强者，必然是陷入比死亡更可怕的境遇，需要极大的勇气和决心。

今日的道痴叶红鱼已经是知命境界的大修行者，放眼整个世间，她毫无疑问是年轻一代中最了不起的人物，然而此时此刻，她竟是毫不犹豫让自己的境界强行从知命跌落至洞玄，根本无视要为之付出的代价和虚名。

因为她现在所处的境遇比死亡更恐怖，比冥界更寒冷，她看到了一丝希望，所以她不惜用死亡来博取这丝机会，身处这个冰冷的没有一丝天地元气的房间，除了燃烧自己的境界，她还有别的什么方法？

知命境与洞玄境之间的距离，便是她此时身上像风暴一般涌出的气息，便是老僧掌心与她头顶终于被震开的半尺距离！

风暴般的气息骤然临体，老僧身体微微晃动，指向宁缺的手指颤了两丝。他神情漠然，居高临下看着倔狠望着自己的少女，幽深的眼眸里没有任何人类的情绪。

他没有想到叶红鱼如此年轻竟也知晓这等无上道法，如果他知道这名道门少女和他一样号称万法皆通，更有道痴的名号，或许他就不会这般震惊。

枯干的双唇间咒语疾念，右手自空中而回结了一株单莲花印，圣洁的光辉自指间如灯烛般亮起，道魔相通的神息瞬间占据整座白骨山！

随着神术强行镇压，老僧枯瘦的手掌缓缓向叶红鱼的头顶重新压回，一寸一寸看似缓慢却又似乎无可阻挡地下降。

叶红鱼没有低头，她冷漠强悍地盯着老僧的眼睛，紧紧咬着自己的嘴唇，将降境那瞬间所得到的力量毫不吝惜地尽数轰了出去，想要阻止那只枯瘦手掌的降落。

她双手撑着地面，几片碎骨已经深深刺激入掌心，那股痛楚却让她更加清醒，更为倔狠。细细的手腕剧烈颤抖，看似像新竹般随时可能崩断，却一直倔强地支撑着身体，身体也在剧烈地颤抖，似乎随时可能瘫倒，却一直倔强地不肯瘫倒。

体内体外两道恐怖的力量相交碾压，鲜血从她娇嫩的脸上细不可见的毛孔里缓慢渗出，然后凝成极细微的血珠，最终淌落到已经失去原有颜色惨白的裙衫上。

然而那只枯瘦的手掌还是在无情冷酷地缓慢降落。

一寸一寸，纵使她已经付出了如此大的代价，甚至把整个生命的力量都燃烧起来，但境界距离莲生神座实在是太过遥远，依然无法阻止。

最后的时刻，叶红鱼用余光毫无情绪地看了宁缺一眼。

这时的宁缺还在拿着那把朴刀比拟着石墙上的浩然剑痕，时而手舞足蹈时而抱刀沉思，神游身外，根本不知道场间发生了什么。

"我已经尽力了，如果你还醒不过来，我也没有别的任何方法。"

叶红鱼看着宁缺，因为布满血丝而越发妖异媚美的眼眸里涌现出强烈的绝望情绪，想着："你这个白痴！你到底什么时候才能醒！"

然后她闭上了眼睛。

枯瘦的手掌终于还是落到了她的头顶。

老僧神情凝重而复杂地看着掌心下的少女，先前渐丰的脸颊已然深陷，枯瘦重新为鬼，轻哼一声，把积累了数十年几乎所有的精神力量全数灌送了过去！

枯瘦的手掌边缘喷射出强大的气息。

狂暴而舞的黑发温柔安静地重新回到叶红鱼的肩上，她缓缓倒向地面，两行红烛泪般的泪水从眼角淌落，却依然目光冷厉倔强地看着老僧的脸。

老僧脸色微白，身体微微摇晃，为了彻底制服燃烧生命境界暴起的叶红鱼，很明显他也付出了极大的代价。

事情并没有就此结束，真正令老僧感到隐隐不安和警惕的，不是掌心下的少女，而是正在执刀舞剑的宁缺，因为他舞的剑是浩然剑。

他重新抬起枯瘦的手掌，遥遥指向神入剑意茫然不知身外事的宁缺。

先前便是叶红鱼施展出如此恐怖的道法，莲生依然没有把自己所有的力量全部耗尽，因为他必须留下足够的力量，保证自己能在宁缺悟剑结束之前杀死对方。

要绝对地杀死，不能留下丝毫隐患和可能，所以这一次他没有用自己的目光淡然随意瞥之，而是神情凝重专注认真地隔空遥遥刺了一指。

指间所向，强大的精神力凝结成仿如实质的存在，生生刺破幽寂的空间和干冷的空气，直刺宁缺的后背。

此时宁缺正握着朴刀盯着身前石墙上的剑痕发呆，心境空明而呆拙，就如一个看着蚂蚁搬家而不知身后有石飞来的懵懂无知的孩童。

道痴叶红鱼已经倒在血泊之中，再无力量，他自己此时完全处于无防备的状态，面对着莲生大师蕴着怨毒和凝重的一指，似乎没有什么能挽救他的生命。

便在这时，一根白生生的骨头飞了起来，横亘在莲生大师精神力之前。

即便是魔宗强者刀剑难摧的坚硬遗骨，按道理也没有办法抵抗住莲生大师磅礴强大的精神力，因为有形之物何以拦阻无形的精神力？

然而幽静房间空中黯淡的光线在那一瞬弯转起来，屋顶墙壁石砖间剑痕里的磷火仿佛受到某种无形力量的干扰，也同时飘浮起来。

精神力虽然无形，却依然有感，此时便是连光线都受到干扰，被迫弯转，更何况是精神力？只听着咻的一声，莲生大师一指刺空，宁缺依然茫然执刀而立。

两道白眉缓缓飘起，老僧诧异看着房间里那个角落。

那是被遗忘的角落。

角落里有一个被遗忘的少女。

从开始到现在，这名少女一直没有表现出令人惊叹的境界本事，虚弱不堪，所以莲生大师并未投予足够的重视，甚至将其遗忘在角落里。

但她是莫山山。

莫干山的莫山山。

她是与道痴齐名的书痴。

所以她再如何虚弱，只要她还能动，那便能做出一般人做不到的事情。

……

老僧漠然地看了莫山山一眼，没有理会她，直接再一指隔空刺向宁缺。

莫山山低头盘膝坐在地面，虚弱得随时可能倒下，右手自身后摸了一块石块，看似随意向远处抛去，却又挡住那一指之力。

老僧眉心微蹙，枯瘦尾指一翘，指间念力直刺她的心窝。

莫山山手指微舒，一把散乱的白色骨片飞于身前。

然后她低头痛苦地咳了起来，血沫打湿棉袄的前襟。

在湖畔计算数日山门掩阵，再带宁缺破魔宗山门大阵残余，少女符师的念力已然濒临枯竭，先前被莲生大师一眼破之，识海受创严重，此时她却是坚强地支撑着自己，用身旁能摸到的一切布阵，试图阻止莲生大师。

那些白色的骨片不是符，是阵。

这世间绝大部分的阵法都是变形的符，都需要与天地感应，调动自然间的气息。而此时的幽暗房间因为樊笼大阵的镇压，根本感应不到任何天地元气。

所以她现在布的这道阵与普通的阵法不同。

千年之前那位了不起的人物改造并且实现这道阵法时，原意便不是与天地相亲相近，而是要与天地相争相执。所以这道阵法并不是用来调动天地元气的，而是用来切割天地元气，甚至是切割堵塞天地本身。

此时的房间里没有天地元气，所以这道阵不能切割天地元气，但却可以切割堵塞别的任何无形之力，比如莲生大师用两口血食和数十年幽困才养出来的精神力。

这道阵叫做块垒。

此时横亘在老僧与宁缺之间的十数块白骨，便是莫山山在魔宗山门外静观计算研磨块垒大阵的所悟，虽然比不上真正的块垒，但已然足够强大。

莲生大师的神情越发凝重，他感到了浓郁的不安和命数轮转之间隐藏着的那抹阴影。那个年轻男子居然莫名悟了轲浩然留下的浩然剑意，道门少女居然能够施展如此强大狠厉的降境道术，而这个看上去虚弱无害的少女竟能悟了块垒！

老僧枯瘦手掌莲花吐蕊，玉瓣猛绽，每一瓣便是极强大的念力攻击。

少女拾着白骨碎屑和墙上掉落的石块，不停修补着刚刚悟到的阵法。

宁缺便在那些白骨石砾组成的简单阵法之中，执刀静悟。

幽殿之中哧哧破空之声细密大作，老僧面无情绪，眼神深若幽冥。

鲜血像小溪般自莫山山薄唇里淌落，浸湿身上那件厚厚的白色棉袄，长而疏的眼睫毛在苍白的脸上轻轻颤抖，似乎随时可能闭上眼睛。

血泊乱骨间，叶红鱼盯着老僧苍老的脸，眸中燃烧着狂热的兴奋神色，渗着血珠的妖媚容颜虚弱却又癫狂，咯咯怪笑道："老怪物，你再吸啊！在我的血被你吸干净之前，我一定要看到到底是你快还是他快，我要看究竟是谁能活下来！"

第八十七章
入魔（十二）

莲生大师漠然地看了她一眼，忽然微笑起来，温柔低头仿佛吮去莲上露水般吮去她娇嫩脸颊上的滴滴血珠，然后再次啃噬掉她身上一块血肉。

叶红鱼眸中隐现痛楚之色，却癫狂地笑了起来："你怕了。"

莲生大师没有理会她，平静地咀嚼着第三口血食，试图在最短的时间内，至少在宁缺醒过来之前恢复精神与生机。

数十年前的那个世界，他是最恐怖强大的人物。今日面对着他，三个世间年青一代的佼佼者同时爆发，终于于绝望之中觅到了一丝希望，在死亡面前强悍地争取到了一线生机，这个凶险过程里所蕴含的坚强自信和执着，便是这一生见过无数惊天动地大事的莲生大师也觉得心悸，必须用认真来表示尊重。

当前局面的关键点在于，当书痴不惜让识海濒临崩溃，也强自构筑块垒阵意隔绝莲生大师念力攻击后，究竟是莲生大师用饕餮大法吸收血食恢复强大在先，还是宁缺率先领悟浩然剑意，从当前的懵懂境界中醒过来。

宁缺并不知道这时候的局面凶险如此，不知道书痴和道痴为了不让莲生打断他莫名进入的修行状态做了怎样的牺牲和努力，他不知道自己在做什么，不知道为什么自己看着那些剑痕磷火便亲切，身体乃至身体里的血液气息都下意识地要随这些剑痕走向而动，他甚至忘了先前发生的所有事情和自己以外的所有世界。

这种境界很危险，就像一个浑身赤裸的婴儿，手无寸铁茫然行走在危险的原野森林中，随时可能被野兽击伤然后吃掉，但也正因为这种境界充满了天真稚子心，干净透明未惹半点尘埃，这样才能真诚地接受外界在心灵上的投影。

这种状态便叫做空明。

宁缺在空明状态里的感觉很好，很强大。

他的眼前只有石墙，屋顶四壁的青色石墙，那些石墙上斑驳的剑痕仿佛活过来一般，通过眼眸进入他的心灵，演化成无数种东西。

像繁星般在夜空里流转，像溪水般在涧谷里雀跃，像流云般在碧空里飘荡，像大山般在尘世里傲然，像旅人一般在道路上欢快行走。

那些剑痕流转起来，牵起丝丝痕迹，如一本书般逐渐翻页，每页上绘着清晰的图谱，那些图谱似乎是某种奇妙的步法，又像是某种强大的剑术，更像是某种神奇的功法，又什么都不是，只是某种意味某种态度。

他跟随着眼眸里的剑痕，开始模仿行走，开始执刀为剑挥舞，开始沉默思考，开始微笑品味，脚下的步伐越走越通畅，握着的朴刀挥舞得越来越流畅。

隐隐约约间，他领悟到了更深层的东西。

小师叔留在青石墙上的这些剑痕，原来只是想表达某种情绪。

脚下走得越来越通畅，刀挥舞得越来越流畅，到最后便是畅快。

旅人要看世间更多风景，要忘却旅途间的疲劳痛楚，便应该手舞足蹈且走且歌之。

大山独立尘世间，要无视庶民的膜拜才能自在，便应该如此骄傲凛然。

流云在碧空里停留或飘荡，都是它在追随着风的方向。

溪水在涧谷里流淌而下，必然要把与石块的每一次撞击当成游戏，轻快随着大地的吸引奔腾而下，激出无数美丽的水花，这样才叫雀跃。

繁星在夜空里静止或者流转，只是按照它自己的想法微笑看着世间。

所有的事情都是理所当然。

这是一种叫做理所当然的畅快。

因为理所当然，所以哪怕千万人在前，我要去时便去。

我有一股浩然气，便当自由而行。

这就是天地之间的至理。

……

他受创严重的识海里，十余年冥想所得的念力开始像那些白云、夜星、溪水般缓缓流转，开始像大山般自巍然不动，开始像旅人般欢快。

石墙上斑驳剑痕里蕴藏着的剑意，随着幽幽的磷火飘浮，渐渐渗进他的身体，随着他心灵开悟，这些剑意加速涌入，然后开始随念力一道流转停驻雀跃。

不知这些剑意是怎样的存在，进入身体之后竟变成了温暖的热流，在很短的时间内修补好了他的识海，然后自眉心继续向下直刺雪山气海。

识海被修复滋润得感觉很好，宁缺握刀站在石墙前，茫然不知身外诸事，眉头却下意识地舒展开来，然后骤然一紧，感觉到胸腹处传来极强烈的痛楚。

斑驳剑痕里的剑意在他的身体里肆虐，仿佛变成数千数万柄真实的小剑横冲直撞，把那些肉眼看不到的经络腑脏割得鲜血淋漓，戳得千疮百孔。

这比大明湖畔道痴施出的万柄道剑更加恐怖。

紧接着那数千数万柄小剑飞到了腰腹部的雪山处，开始不停地撞击，锋利的剑锋轻而易举地削去雪峰间坚硬的冰块，暴起无数团雪花，剑意撞击雪山的速度越来越快，眨眼之间便完成了数百万数亿次切割，剑锋与冰块的切割渐渐积蕴出恐怖的高温，沉默凝固无数时光的雪山开始融化成水，向上汇入气海。

数千数万柄小剑在他身体或者意识里再次向上飞起，飞临平静无波的气海处，依然如同撞击雪山一般开始沉默专注地进行数百万次数亿次的切割，平静的气海开始翻滚，掀出惊天巨涛，如同沸腾，直至最后真的开始沸腾成遮天的水雾。

雪山气海融化蒸腾变成的水雾，在他的身体里依着某种通道缓慢运转前行，丝丝缕缕却又无缝不入，每遇着某处便会留下一些水雾然后凝结成露珠开始滋润。

随着那些水雾凝成的露珠不停滋润，那些身体部位开始分解重构，就像是一间旧房子被拆开然后重新建造，只是重新修建起来的房子是那样漂亮，那样结实，廊柱相撑，根本不惧雨打风吹。

宁缺感觉到随着那些暖意流淌过身体，仿佛有无数的力量正在重新灌注入自己的肌肉骨骼里，这种感觉很舒服很好很强大，令人迷醉不愿醒来。

斑驳石墙上的剑痕还在缓慢流转，深刻剑痕里的剑意还在不停进入他的身体，化作无数柄小剑不停轰击着雪山气海，滋润强大着他的身躯。

时间一分一秒地过去。

处于痛楚和迷醉感受中的宁缺，心灵上忽然掠过一丝阴影，纵使在空明的状态中也感觉到身体变得寒冷起来，因为他忽然想到某件事情，开始生出极大的恐惧。

如果任由这道磅礴剑意继续下去，自己的雪山气海岂不是会被戳烂？自己千辛万苦才打通的那些气窍如果消失，那自己还能修行吗？

因为恐惧，因为不安，他骤然惊醒。

他不安地看着墙上的斑驳剑痕，一身冷汗，手掌与刀柄间冰冷滑凉。

这些剑痕，这些剑意，便是小师叔的浩然剑。

他终于明白了莲生大师说的那句话。

修浩然剑，在于胸中那股浩然气。

而要修炼浩然气，需要背弃昊天，甚至与昊天为敌。

与昊天为敌，便是魔。

而小师叔在握住这把剑的那一刻，便已入魔。

所以小师叔最终受天诛而死。

自己已经悟了浩然剑意，如果再接受剑意入体为气，便继承了小师叔的衣钵。

也便入魔。

继续小师叔的衣钵是光荣而骄傲的事情。

然而却也是世间最危险的事情。

便是小师叔这样的绝世人物，一旦入魔也逃不过灰飞烟灭的结局。

如果自己学会浩然剑，还能在世上存活几日？

……

宁缺惘然四顾。

骨山里，老僧沉默运着魔功，叶红鱼在他身下昏迷不醒。

莫山山见他终于醒来，艰难一笑，再也支撑不住身体，昏倒在了地上。

夜色早已铺满山外的世界，房间里黑暗无比。

他执刀站在骨山前，冷汗湿透棉衣，沉默不知如何前行。

斑驳石墙上的剑痕停止流淌，沉默等待。

体内的剑意缓慢停止流淌，沉默等待。

他的意志也在沉默等待最后的决定。

一旦入魔，便是莲生这样的人物最终也只能藏匿于黑夜之中，若要像小师叔傲然行于世间，无论修行到何等境界，最终结果依然是遭受天诛而死。

宁缺抬头看天，却看不到，只看到了冰冷的石墙和黑夜的色彩。

对于修行者而言，这是最艰难的决定。

对昊天的敬畏，会让他们根本不敢触碰那个黑夜的世界。

即便是对昊天没有丝毫敬畏之心的修行者，基于生死间大恐怖的大考虑，也会十分挣扎，大概会苦思冥想半生白头，也得不出最后的结论。

似乎思考挣扎了整整一生那么长。

事实上只思考了三十粒葱花从小手心里落在煎蛋面上的时间那么短。

他要活下去。

他要和某人一起活下去。

这是最重要的事情。

与之相比，昊天只是一坨屎。

狗屎。

……

宁缺举起朴刀直至与双眉平齐。

此生最后一次拜天。

然后落刀。

刀锋落在石墙上。

落在小师叔当年留下的剑痕上。

腕转刀锋动，依着两道剑痕，向左一撇，再向右一捺。

刀锋之下磷火纷舞而起，仿佛星星离开夜穹。

随着这个简单的动作，那道正在沉默等待的剑意骤然而起。

无数柄小剑凝在一道，自气海而下，劈开雪山。

就在这一瞬间，宁缺知道自己进入了一个崭新的世界。

识海里念力犹在，却不再弹琴付诸天地听，而是在身体内创了一个美丽的新天地，那个天地里有树有湖有山有海，只待生命在这里繁衍丰美。

雪山气海之间多了一条通道，那条通道似乎一直存在，只是被堵塞遮掩，无法看到，此时却终于展现了真容，磅礴剑意化为某种实质般的气息从那条通道里呼啸而过，浩浩汤汤，横无际涯，直冲天穹，好不快哉。

是为浩然气。

细微的气流喷吐声响起，尘埃挟着杂屑从宁缺身体上喷溅而出。

他的眼眸里一片晶莹，然后缓缓敛为寻常。

第八十八章

入魔（十三）

呼兰海畔，寒雪覆黄草，湖面渐渐冰凝，草原男子正在抓紧最后的时间捞鱼。

戴着毡帽的中年男子看着湖上的画面，沉默不语，线条方硬的脸颊上，渐有铁青胡须生出，越发显得强悍。一名下属神情恭谨站在他身后。

这支中原商队在这里已经停留了好些时日，部落里的头人也不知道他们究竟在这里等着做什么，如果是等夏末的皮货未免也太早了些，不过看着这支商队给够的银子和货物分上，也没有人去理会他们。

下属看着湖面上的积冰碎雪，低声犹豫说道："天书真会在这里现世？"

中年男子沉默片刻后说道："天谕神座自南归来，便放出了天书在荒原现世的消息，想必是从观主那处得到了确认，听闻李青山也曾经在万雁塔上与黄杨共同算过，天书会出现在呼兰海畔，应该不会有错。"

那名下属蹙着眉头，思忖片刻后说道："大人，属下本不应该质疑，只是总觉得如果把希望尽数寄托在天谕神座所颁谕旨上，未免有些冒险。"

稍一停顿后他轻声说道："土阳城那边总不能一直瞒着消息，若让朝廷知晓大人您擅离将军府……而且前些日子传来确认，林零确实是死了。"

中年男子看看这名二十年来对自己忠心耿耿的谋士，想着那名同样忠诚却已然死亡的下属，轻抚鬓角花发缓声说道："那些事情以后再做处理，眼下局面错综复杂，唯有拿得天书奢图再进一步方能破局，与之相较别的事情都是闲事。"

他看着大湖对岸北方的莽莽山脉，面无表情地说道："我相信天谕神座的话，因为除了我之外这个世界已经没有几个人知道离开山门的通道便在呼兰海。"

那名谋士蹙眉问道："为什么不进山门去寻找天书？纵使有多方势力关注，但有能力进山门的人想来极少，伺机而动总比眼下被动等待的把握更大。"

中年男子沉默地看着遥远的北方某处，没有回答这个问题。

当年轲先生没有拿走天书，天书便应该还在圣地里。

他不愿意回到山门，而是沉默地在湖畔等着觅机出手抢夺，除了战略上的考虑，更多的原因是因为心头的恐惧——当年他年纪并不大，却已经能够清晰地记得那些血腥的画面，还有那位冷酷无情、化身万千的老师。

谋士看着中年男子若有所思的神情，沉默地想着，不知道大人抢到天书之后究竟怎么做，献给陛下还是献归神殿还是留给自己？

一卷天书真的能够改变所有的一切吗？近二十年来，谋士跟随自己的大人在诸方之间摇摆求存，看似织了一张极密的网，然而这张网最终却是缚住了自身，渐渐令自己艰于呼吸。想到这一点，他忍不住在心中黯然叹息了一声。

中年男子平静地看着湖对岸的远处，再次想起自己逝去的老师。

这些年来，出身明宗的他为了保住自己，更为了保住隐藏在长安皇宫里的妹妹，在帝国和西陵神殿之间挣扎求存，万般辛苦实不堪言。

而当年他的老师周游于天下诸方势力之间，却像是鱼儿游于湖水之中，惬意无比甚至散发着满足的幸福感，这究竟是怎样做到的？

粗糙的手指缓缓抚摸石台，兽皮在风中轻轻颤动，站在万丈深渊之前，看着眼前那些纵横相贯的巨大石梁，唐回忆着老师当年叙述中的圣地模样，与眼前这片因为宏伟越发显得荒凉的世界相对应，久久沉默不语。

他缓步走到崖畔，看着黑暗的无尽深渊，默然想着昊天道门能领袖中原千年，自然有其道理，不可轻视，尤其是那座知守观里的道人想必真的有抵天之能，对方如此重视此事，想必天书真的留在山门中，只是为何一直没有找到。

他看着脚下不远处那座堆满白骨的殿宇，忽然开口说道："按照老师的说法，轲先生当年单剑闯圣地，并没有把山门里所有人都杀死，事先便有两个流派的弟子提前撤离南下。老师飘然离开之前，确认有很多弟子也已经撤走，除了那些战死的前辈，这些白骨里有很多人是自杀殉教，然后山门被封。"

唐小棠睁着明亮的眼睛，看着石梁下那座殿宇，先前已经路过那里，却没有什么发现，好奇问道："那几个家伙究竟跑哪儿去了？"

一阵风自石梁上掠过，刮起极碎的石砾和衣衫，唐在风中感应着山门里的天地气息，沉默片刻后平静说道："感受不到，应该已经走了。"

说完这句话兄妹二人向山门深处走去，唐那双像铁树浓花般的眉毛缓缓蹙了起来，当年的那些事情他有很多没有看透彻，这一次寻找天书也有很多事情无法看透，比如此时明明确认那些人已经离开山门，为何他心中却还是有些隐隐不安？

数十年前，轲浩然亲手布下的樊笼，直接把这个房间变成与世隔绝的世界，只要不亲自踏入，便能发现这个世界的存在，可如果你真的走进这个世界，却再也无法走出去，因为这个世界是他亲自送给莲生的地狱。

"嘎嘎……呜呜……你居然学会了浩然剑！"

房间中央森然白骨山上，莲生大师看着宁缺，咧开无牙的嘴像孩子般笑了起来，紧接着唇角一瘪像孩子般哭了起来，笑声与哭声混在一处格外沙哑难闻。

宁缺握着朴刀，看着他回答道："是的。"

老僧目光寒若鬼火，盯着他的脸幽幽问道："这不可能发生！"

宁缺说道："就这样发生了。"

老僧的下一句话来得极快，雷霆一般喝道："那你岂不是入了魔！"

宁缺的脸上依然没有什么情绪，平静回答道："是的。"

老僧凛然问道："你不恐惧？"

宁缺应道："死亡面前，我不恐惧别的任何事情。"

老僧嘲讽说道："可你还是入了魔。"

宁缺皱眉说道："所以？"

老僧厉声尖啸道："入魔的人都必须死！"

宁缺说道："可你还活着。"

老僧缓缓摇头，微嘲说道："这是两种完全不同的选择。其实我大明宗不过是藏在黑夜里躲避昊天神辉的长青苔的石头，虽然号称不敬昊天，但实际上却是格外畏惧昊天的存在，所以昊天可以允许我们的存在，哪怕是作为光明的对照。而当你拿起那个人留下的这把剑，你便会因此而失去所有的敬畏，甚至对昊天的惧怕，这才是真正的魔道，昊天不会允许你们这样的人存在。"

宁缺沉默片刻，然后回答道："只要活着，总比死了好。"

老僧怔住了，然后癫狂地大笑起来，浊泪从苍老枯萎的眼角缓慢淌落，他用枯瘦的手指颤抖地指着宁缺的脸，艰难地压抑住笑的欲望，喘息怨毒地说道："轲疯子入魔而死，而你又要走上他的老路，我真不知道书院是不是被上苍诅咒的地方，你们会一个接着一个被昊天所毁灭，这大概就是你们的命运。"

他盯着宁缺的眼睛，喘息着说道："你必须足够强大才能坚定地走在这条道路上，而你强大的速度越快，死得便越快，你不要奢望能够逃脱这种宿命。"

老僧幽幽问道："苍天可曾饶过谁？"

宁缺沉默，双手缓缓握紧刀柄，似乎准备向冥冥中的宿命砍上一刀。

然后昏暗寂静的房间里响起他的回答。

"人要胜天，何须天来饶？"

这句平淡而骄傲的回答让莲生大师微微动容，他静静看着宁缺，忽然说道："修行者身前一尺之地，必然是自己的世界。"

宁缺听说过这个说法，却不知道老僧为何这时要说这个。

老僧看着他缓声说道："你悟了浩然剑，轲疯子隐藏在斑驳剑痕里的剑意进入你的身体，那这道遮天蔽地的樊笼自然也就不复存在。"

宁缺看着他说道："我知道，我甚至能感觉到已经有天地元气正在向房间里渗透，只不过我也需要时间来适应身体里这道全新的气息。"

老僧慨叹说道："原来到了此时，你我还是在耗时间。"

宁缺平静地说道："时间，对大家都很公平。"

老僧微笑说道："我的时间到了。"

宁缺说道："我的时间也恰好到了。"

话音落处，老僧缓缓举起枯瘦的双臂，丝丝缕缕的残破僧衣，在不知何处飘来的风中缓慢摆荡，随着这个简单的动作，无数天地气息从青石墙缝里渗入房间，然后像变成丝丝缕缕的风，围绕着他的身体荡漾。

轲浩然当年留在剑痕里的浩然剑意，此时有大部分被宁缺吸收用来改造身体，用来打通雪山气海，失去剑意的剑痕徒有其形再无其神，自然无法再支撑这座樊笼，此时虽然石墙间还有残余浩然剑意，却已经无法阻止老僧与天地取得联系。

此时魔宗山门外的块垒大阵感应到了天地元气的骤然波动，那些嶙峋石头上的青苔剑痕骤然泛起极耀眼的光芒，黑夜之下的雪峰映着星光，因为天地元气急速向山门里灌入，带动着石间的郁结气息甚至带动着星光流转起来！

新鲜的充满生机的天地气息，终于穿过残破的樊笼阵来到数十年未至的幽殿之中，然后像洪水一般源源不断灌进老僧枯瘦的身躯。

老僧深陷的眼眸骤然间精光大作，旋即化为晶莹一片，枯瘦的脸颊以肉眼可见的速度神奇地变得丰实起来，伸在风中的两只手臂更是变得光滑紧实起来！

正如先前所言，他的时间到了。

宁缺的时间也到了。

他完全明悟了小师叔传授给自己的浩然剑气，已经能够掌握经过改造的身躯，开始贪婪而强悍地不停吸收冲进房间里的天地气息，然后转化为自己的力量——纳天地元气于体内，这便是魔宗功法最明显也是最不为世所容的特征！

鲜活而永无止竭的天地气息进入身体后，经由念力打上烙印，然后穿越雪山气海间的通道，便化作了磅礴的力量，通过经络传向身体各个部位，他的手臂、肌肉、骨骼、指尖甚至头发都开始高频率地颤抖，仿佛因为强大而在欢欣雀跃！

脚掌落下，啪的一声脆响，踩碎身前的一根白骨。

第二次落下时，脚掌已经踩碎了一大堆白骨。

宁缺掠到骨山间，来到了老僧的身前。

他双手握刀，朝着老僧的胸口狠狠捅了下去。

刀锋因为柄处传来的强大力量而高速颤抖，割裂震荡着周遭的空气，荡着丝丝缕缕白色的湍流，寒冷的刀面上符意大作，却竟是比本身速度来得更加恐怖。

这是他此生最快的一次突袭，似电。

这是他此生最强的一次出刀，如雷。

带着浩然气的电雷一刀，根本容不得眨眼，甚至来不及思考，便猛烈到了老僧的胸前，锋利的刀尖捅进去一小截，老僧才来得及做出反应。

莲生大师此时正在不停吸收天地气息，他的双颊已丰，手臂已复，身上生机盎然仿若初生的莲花，然而他却没有预料到宁缺的第一刀便来得这般浩然无御！

此时的他已经回复到全盛时期一成左右的境界实力。他曾是化身万千俯视苍生的莲生三十二，纵使只恢复了一成实力，也不是这样一刀便能杀死的。

枯瘦的鬼手已经变得饱满，皮肤白皙嫩滑，便如两朵纯洁的白莲花。

白莲花绽放，瓣瓣盛开，刀锋便在花瓣间停驻，无法向老僧心窝再进一分。

而此时冲破樊笼的天地气息还在汹涌灌入老僧的身体，他还在不断强大。

宁缺闷哼一声，左手重重拍打在刀柄的末端上。

他此时的左手就像是一把沉重的铁锤。

朴刀向着老僧胸口再进一分，刀刃尖处开始渗血。

老僧冷漠地看了宁缺一眼。

一道强大到恐怖的精神力，直刺他的识海。

噗的一声，宁缺一口血喷了出来。

血水淌落到刀柄上。

左手也再次落到刀柄上。

他忍着剧烈的痛楚，左手再次化为铁锤重重击打在刀柄末端。

刀锋向着老僧胸口深处再进一寸！

第八十九章
入魔（十四）

老僧凄厉地尖叫一声，如白莲花般夹住刀锋的双手骤然高速颤抖起来。

一股实质力量顺着刀锋暴涌而上，与宁缺灌注刀锋里的浩然剑骤然相遇。

轰的一声巨响！

昏暗的魔殿内尘土大作，骨山颓然垮塌，那些断骨和骨屑就像是垃圾一样，被狂风卷起四处飘舞，击打着青石墙壁啪啪作响。

昏迷中的莫山山和叶红鱼，也被这股强大的冲击力量震到了墙角。

时隔数十年再见的天地气息不停修复着莲生大师的残破身躯，助他以恐怖的速度恢复境界实力，首先变得恐怖强大的便是精神力量。

这些天地气息同时也被宁缺所吸纳，然后转换成自己身体里的元气，最终变成他以前从未体验过的强大力量。

最终比较的依然还是时间，就看宁缺能不能抢在老僧恢复到足够强大之前，自己变得足够强大，把对方彻底杀死。

所以宁缺没有用锦囊里符，没有用元十三箭，因为这些手段需要天地气息达到某种强度，也需要自己的念力完全不受对方精神力的干扰。

在这种情况下，他最相信，也只能相信自己身后的三把刀，那三把从岷山杀到渭城、从渭城杀到春风亭、曾经杀死无数敌人的朴刀。

然而很可惜的是，吸纳天地元气乃是魔宗手段，莲生大师身为魔宗前代元老，无论是对这等手段的妙诣还是境界都远在宁缺之上。

对战双方本身境界差距太大，时间也会变得不再公平，宁缺没能一刀把对方捅死，随着时间缓慢而无法阻挡的流逝，局面便对他越来越不利。

他明显感觉到自己的身躯比先前更加强大，握着朴刀刀柄的手却虚弱地颤抖起来，已经快要无法握紧刀柄，因为刀锋处传来的力量已经快要胜过自己！

他抬头，看见了老僧冷漠的眼睛。

二人目光的相遇并没有像先前气息在刀锋上相遇时那般，产生摧毁般的效果，而是温柔宁静得仿佛一颗露珠自莲叶上滚落，落入湖面荡起一丝涟漪。

水波荡开，便是一个新的世界。

夜空里传来莲生大师悲悯的声音。

"这是我的世界。"

宁缺看着夜穹上镶嵌着的亿万颗星星，沉默不语，知道自己的识海终于被老僧恐怖的精神力量再次侵入，也终于明白了世间真正的修行强者身前一尺之地，绝对是他们的世界，无论力量还是意识都会处于他们的控制之中。

夜穹忽然震动起来，没有崩裂，却崩落了镶在其间的亿万颗星星，那些星星划破长空，拖着长长的尾巴砸向他身前的荒原，大地痛苦地呻吟颤抖，冬树与霜草被溅起的泥土掩盖，或被高温焚烧成灰。

他知道这幅画面代表着什么。

自夜穹坠落的亿万颗星星是莲生大师的精神力量。被轰击呻吟痛苦的荒原和草树是他的识海。当荒原和草树被坠落的星星变成炼狱化为焦土时，他的识海便会被轰破，就此死去或者成为一名无知无识的废人。

宁缺站在荒原上，看着遥远处星星砸向地面引发的野火，看着近处荒原上恐怖的大坑，没有掸掉身上的黑泥，也没有躲避，因为他不知道该如何躲避。

冒着被天诛的风险，刚刚继承小师叔的衣钵，眼看着可以死里求活，结果却落入如此绝望境地，马上便将死去，难道说这真是命运？真是昊天的诅咒？

他的心里一片寒冷，甚至感到了真正的绝望，然而在绝望的情绪深处，依然隐藏着强烈的不甘和想要把这些星星全部击碎的强烈渴望。

仿佛冥冥中某个存在感应到了他的强烈的不甘心和渴望，一抹极淡的影子缓慢蔓延过来，越过他的头顶，覆盖住了他的全身。

他看着身前那片阴影以及阴影中更深的自己的影子，霍然转身。

身后的荒原上什么都没有。

只有一座雕像。

一座黑色的雕像。

雕像仿佛是人类，又似乎是某位神明，因为背对着光明的缘故，面容和身躯都沉浸在深沉的阴影之中，根本无法看清楚。

夜穹里的星星还在坠落。

亿万颗星星不停撞击着荒原，并且变得越来越密集，渐渐要把宁缺的身躯湮灭。

而就在这座黑色雕像出现之后，那些坠落的繁星，仿佛看到火焰的飞蛾受到了某种无形力量的强烈吸引，纷纷朝着黑色雕像斜掠过来。

先前声势惊人的星星，撞击到巨大的黑色雕像上，微弱得像是不起眼的萤火。

亿万颗星星，便是一群孱弱的萤火，不停撞击，闪出一蓬蓬微弱的火光。

那些微弱的火光也尽数被黑色雕像吸收。

黑色雕像渐渐升温，然后通体变红，仿佛镀上了一层血色。

应该会很烫吧？

宁缺神情惘然地看着巨大的雕像，这般想着。

忽然间，他觉得自己的腰间一阵剧痛，低头望去，只见腰带冒着缕缕青烟，竟仿佛是要燃烧起来一般，里面不知道什么物事竟是滚烫无比！

宁缺回到真实的世界。

他这才发现原来老僧已经将刀锋从胸口里推出来了数寸，坚硬的刀柄已经抵到了自己的腰间，顶着腰带里的某物，那个物事烫得仿佛正在燃烧！令人发狂！

宁缺盯着老僧晶莹温润却冷酷无情的眼眸，双手紧握着刀柄，猛地向前推去！

鲜血从他的唇角淌落，像瀑布一般。

他痛苦地大吼一声，双脚像钉子般深深踩进青石板地里，身体前倾用腰间那块硬物抵住刀柄，把整个人的重量都压了上去，刀锋再进一寸！

老僧看着缓慢向自己胸口深入的刀锋，眼眸里涌出不可思议的神色。

他的精神力量触碰到宁缺的身体，便瞬间消失无踪，就仿佛是泥牛入海一般，而且这种流失的速度竟是无比惊人，不过霎时，他的识海竟已空了大半！

以魔功吸纳天地元气，靠的便是精纯的念力操控，此时识海里念力渐枯，那些荡漾飘拂在魔殿里的天地元气自然不再进入他的身体，而是向着宁缺的身体飘去！

老僧清晰地感受到双手间的刀锋上传来的力量骤然增大。

他瞪着眼睛看了宁缺一眼，然后低头看了他腰间一眼。

一声极轻微的摩擦声。

就像是湖风轻柔拂过莲叶。

锋利的刀锋割断几根手指，断指缓缓落下。

纯洁的白莲花，瓣瓣脱落。

宁缺闷哼一声，手中的朴刀暴烈向前刺出，伴着沛然莫御的浩然剑意，雪亮的刀锋扑哧一声捅进了老僧的胸口，直接贯穿了他的心脏。

第九十章

入魔（十五）

再强大的修者，心脏被直接捅破，总应该死了吧？

宁缺依然极强烈地警惕着，因为老僧的境界实力已经超出他所有的战斗经验，他不知道已经隐隐然越过五境的对方，究竟拥有怎样的生存能力。

所以他没有就此抽刀而出，而是盯着老僧近在咫尺的双眼，看着苍老眼眸最深处的生机，手腕用力一转，让冰冷的刀锋直接把老僧的心脏震成了碎片。

老僧的身体猛然抽搐起来，痛苦地捂着胸口，却没有马上死去。

宁缺皱眉，准备抽出朴刀直接砍掉此人的脑袋。

老僧盯着宁缺的腰间，忽然癫狂地笑了起来，笑意癫狂笑声却很虚弱，最末化作哭泣的声音，喘息着说道："原来是这样，难道这就是命数吗？"

这名垂垂老矣的绝世强者在死亡到来前的这一刻，终于从宁缺的身上看明白了一些什么事情，喃喃说道："生而为魔……死亦为魔……我此生自以为可……以跳出三界外，却想不到要到最终归去时，才知道自己这一生……"

"……始终都在此山中。"

宁缺没有在意老僧在说什么，他不是一个文艺青年，没有听取强大敌人临死前遗言的爱好，他只想彻彻底底地杀死对方，终止这一场像噩梦般的遭遇。

然而当他想要抽出朴刀时，却发现老僧的身体此时仿佛变成了一潭泥沼，竟把锋利光滑的刀锋紧紧地黏在了胸腔之内。

好在刀锋之上并没有传来强大的力量，他的识海也没有再次遭受精神攻击。

既然抽不出刀，那便再深一些。

宁缺闷哼一声，双手再次用力，手中那把朴刀直接穿透了老僧的身体，他胸腹间的浩然剑气毫不吝啬地尽数顺着刀身喷涌过去。

受到剑意震荡，老僧哇的一声吐了口血。

数十年被苦囚于此，只有青石缝间滴水可饮，只有白骨干尸可食，老僧虽是能够辟谷的大境界者，却依然被折磨得不成人形，大概是因为缺水的缘故，他此时吐出来的这口血竟是黑色的，无比黏稠，就像是惯见烟火的灶锅底油一般。

老僧缓缓坐直身体，无视正在摧毁腑脏内所有生机的浩然剑意，看着眼前宁缺的脸，双手在膝头缓缓展开，重新结了一个他名震世间的莲花印。

先前被刀锋所割，现在他的双手只剩下了四根指头，断指茬间白骨森然渗着血水，看上去极为恐怖，然而残缺的莲花印一现，一道澄净气息顿时笼罩住他的身体，温和慈悲之意渐渐在满地碎骨之间散开。

西方有莲翩然坠落世间，自生三十二瓣，瓣瓣不同，各为世界。

如今只余四瓣，归为同一世界，却因此而平静。

既然跳不出三界外，既然只在此山中，那么何必非要幻作无数世界想要超越三界，何必非要花瓣随风而去，便在山中幽幽绽放反而更美。

莲生大师静静看着宁缺的眼睛。

然后宁缺听到他的声音。

他并没有被莲生大师的精神力量控制，被迫进入对方身前一尺的世界。而是两个人的心灵在精神范畴里相遇，从而能够感受到对方的意识，或者说心意。

相遇刹那时光，宁缺便清晰地判断出对方此时的心意很平静，不是喜乐，而是一种洞彻之后的明悟，这抹心意甚至显得有些亲近。

莲生大师眼如春湖温暖，静静看着宁缺。

"我追寻的究竟是什么呢？我们这代人追寻的究竟是什么呢？天道

之下，能不能有一个和以前不太一样的新世界？我不知道，也不知道
轲浩然最后知道了没有。"

他望向青石墙上的斑驳剑痕，惨白的苍老面容上流露出一丝笑意。

"最终还是你胜了，你的传人胜了，只是他能够获得最终的胜利
吗？魔宗因你我而毁灭，会在他的手里复兴吗？我对你的复仇，大概
便会这样开始，却不知将如何结束，或者这应该是对昊天复仇的开始？"

然后莲生大师收回目光，继续看着宁缺的眼睛。

宁缺脑中嗡的一声，感觉有很多事物便从老僧晶莹平静的目光中
传了过来，那些事物不是具体的修行知识，也不是画面，只是一些若
有若无的感受。

"你已入魔，若要修魔，须先修佛。然后请勇敢地向黑夜里走去，
虽然你没有什么成功的机会，可能刚刚上路便会横死，但我依然祝福
你，并且诅咒你。"

莲生大师静静看着他，说出在世间的最后一句话，缓缓闭上眼睛，
搁在膝上的双手散开，如白莲凋谢。

宁缺双手紧握着刀柄，惘然看着身前。

似乎有风吹过带起细微的响声，挂在刀锋之上的老僧身体仿佛风
化的沙雕般骤然干裂散开，落到地面的那些凌乱骨片间，簌簌作响。

尘归尘，土归土，白骨归白骨。

宋国世家公子莲生，伴着睡莲来到这个人世间，还是个天真无邪
的婴儿时便已入魔，这不是他能选择的事情，因为他的家族从先祖开
始便一直是魔宗中人。

婚后，他疼爱的妻子发现了这个秘密，从而被他父亲杀死。

他在坟旁立庐相守，不能同生想要同死，于是深夜入墓准备相殉。
其夜风雨交加，他在坟前沉思半夜，披湿衣而回，开始周游世间。

他离开家族，一路修行，于烂柯寺展现妙境，名闻天下。

他想要毁灭魔宗，然而当西陵神殿掌教请他入魔宗为间，第一次
来到荒原深处的魔宗山门后，却发现自己像回到真正家庭一般亲近，
才明白原来自己果然天生就是这里的人，不是寺不是观不是神殿不是
瓦山，是被昊天遗弃的山。

他依旧想要毁掉那个已经腐烂、变得像莲池底部污泥般腥臭的魔宗，然而他发现毁灭之后应该重生，所以他想开创一个崭新的魔宗，然后创造一个崭新的世界。

他拥有不世天资，道佛魔三宗兼修，意图以魔遮天，以道顺天，最终以佛法抵达彼岸，跳出三界之外，不在众生之中，如此才能在崭新的世界里抹去旧世界那层太上无情的天道，寻回一些他想穿越时光寻回的东西。

为此他不惜行恶，渐不知何者为恶，做了很多惊天动地的大事，成就了震世骇俗的威名，害死了成千上万的人，然后他遇到一个叫轲浩然的人。

这时他本已布置好了一切，只需要隐藏在桃山神殿那张墨玉神座上耐心地等待，等待轲浩然死去，等待夫子死去，便将开始改变这个世界。

然而某日他在轲浩然的身边看到了一名女子，那个女子脸上带着纯而媚的笑，很像他从前的妻子。他像朋友般温和地笑了笑，然后开始提前发动。

他没有成功。

他被枯禁在幽冥中数十年。

他在绝望中等待希望。

然后在见到希望的那一刻，死去。

直到看到死亡，他才明白原来自己什么都不在乎。

他才明白原来自己一直只是在等待死亡。

当年那个雨夜，他没有勇气掘开那座墓。

自此以后，世界对他来说便是一座凄清的孤坟。

他是走火入魔的掘墓人。

他是墓中早已死去的人。

宁缺神情惘然地站在原地，手中握着的朴刀缓缓垂落。

莲生大师就这样死了，然而先前传递到他脑海里的那些意识碎片还存在。

那些感受很复杂甚至混乱，就如同莲生大师这个人。

青石墙上的斑驳剑痕里的最后那些剑意，还在向他的身躯里涌入，和天地气息一道缓慢地改造着他的身体，破烂的棉袄绽着灰白色的棉花，微微颤动。

宁缺擦去唇角的鲜血，以刀撑地，艰难走向墙角，确认莫山山和叶红鱼只是陷入昏迷，并没有死亡，才终于放下心来。

如果按照他原先的处事方法，这时候绝对会趁着道痴昏迷的机会，直接一刀把她给杀死，然而此时看着她身上那些恐怖的啮咬伤痕，不知为何他没有动手。

宁缺靠着墙壁坐下，低着头看着自己的胸口，开始剧烈地咳嗽。

感受着自己身体里的变化，体味着老僧渡给自己的那些意识，恐惧和不安渐渐占据他的心灵——如果这些事情被人知晓，夫子和书院会是怎样的态度，一旦失去了这座最大的靠山，自己怎样才能在遍布昊天神辉的世界里生存下去？

接连遭受重创，他的身体已经濒临崩溃，此时终于放松下来，理智所带来的恐惧混着伤势强烈袭来，让他痛苦焦虑无法自安，甚至来不及去思考怎样离开魔宗山门，痛苦地皱着眉头，惘然不知该如何面对以后的人生。

带着满腹的疑惑和恐惧，宁缺靠着墙壁昏迷了过去。

斑驳石墙上的浩然剑意飘落，漠然缭绕在他无知无觉的身体上，天地气息灌入的速度变得非常缓慢，却还在继续，而且看上去只要他活着便将永远这样继续下去。

他在被昊天遗弃的山脉深处入魔。

此时在遥远的荒原极北处，热海渐渐冰封，进入漫长的黑夜。

这一次黑夜来临，似乎将不再离开。

第九十一章
同一个夜

当他在穿山越岭的那一边，她在长安城里安静地等待。

同是寒冬，寒意的浓淡却不相同，好在黑夜还是那样公平，遮住天弃山脉时也遮住了长安城，深冬的临四十七巷里，老笔斋再次迎来了一个寻常的夜。

小小庭院里，桑桑坐在小板凳上，看着自己指尖那团洁白的光芒，微黑的小脸被照耀得光明一片，柳叶眼越发明亮，仿佛在想念某些东西。

老人微笑地看着她，双手笼在袖中，身上那件棉袄比从前干净了很多，花白的头发也被梳得很平滑，模样依旧普通，无法让人相信他就是西陵神殿的光明大神官。

前些天长安城里落了几场小雪，今夜雪止云散天地清朗，黑漆漆的夜穹上缀着千万颗星辰，平静地看着大地上的建筑以及建筑里的人们。

神辉渐渐在细细的指尖熄灭，桑桑抬头望向天上的星星，认真问道："老师，神术感知操控昊天神辉，昊天神辉就是阳光，那为什么星光也可以？"

老人把手从棉袄袖筒里取出来，准备讲解数句昊天真义。

桑桑没有注意到他的动作，眯着柳叶眼看着夜星，蹙着眉尖继续说道："难道说天上的这些星星就是无数颗太阳？只不过它们离我们太远，所以看着小一些暗一些，修行神术时感受到的气息才会比白天要淡很多？"

老人感慨想着自己是在修行神术三年之后才想到这点，自己新收的女徒儿却如此早便发现了，不由得生出喜悦骄傲失落微酸诸多复杂情绪："从道理上讲应该是这样，但十几年前我曾经看过一眼星星的模样，觉得和自己想象的并不一样。"

桑桑收回目光不再仰望星空，看着老人慈祥的面容，认真问道："老师，修行是通过操控天地元气操控兵器打人，我们修神术该怎样打人呢？"

老人笑着摇了摇头，心想徒儿竟是一心念念不忘用神术打人，真不知道她心里有什么事情让她如此执着，轻声说道："昊天神辉最为澄静，为天地间所有元气之始之本，但它却又最为狂暴，因为它可以将天地间所有事物尽数净化为虚无。"

一片枯叶飘到桑桑的膝盖上，她看了一眼叶上残留的雪痕，轻轻用手拨开，看着老人继续认真问道："昊天神辉靠什么净化世间一切物？像烧柴火那样？"

没想到小姑娘会用柴火煮饭来比喻神辉净化，老人哑然失笑。

然后他认真解释说道："你可以把神辉想象成无数极细微的小颗粒，肉眼根本无法看到这些小微粒的具体模样，这些微粒可以发光，可以拥有近乎无限的速度，然而一旦以近乎无限的速度进行传播时，它们便会失去所有威力。

"神辉力量的传播更像是湖水的荡漾，波浪里蕴含的力量便是它的威力所在，但你的比喻没有错，只有当神辉里的微粒开始剧烈震荡摩擦出非世间所能出现的剧烈高温时，才会展现出它独有的净化世间一切物的威力。"

老人看着桑桑若有所神的小脸，停顿片刻后，神情凝重地说道："神术是一种很强大的能力，然而能力越大责任便越大。任何想要拥有这种能力的人，必须要有与之相配的品德，必须内心纯净透明无一丝阴秽，持光明观，如此才会不被反噬。"

在他的眼中，桑桑从发丝到脚趾都无比干净透明，也正是因为这一点，他才会像发现宝藏般逡巡临四十七巷多日，认为她就是昊天赐给自己的机缘。

此时老人如此凝重地诉说着光明观，便是担心日后若自己离开这个世界，这个女徒会被世间黑暗遮蔽双眼，被尘埃蒙昧心灵，变得不再透明。

庭院里有一口井，井旁水桶里是刚刚提起来的水，星光渗进去却无法停留。

桑桑摇头说道："透明没有颜色，而无论是阴秽还是光明，它们都是颜色。"

老人沉默无言，缓缓品味着女徒的这句话，竟觉得很有道理，隐隐约约间，他发现这种说法才是对的，感慨想道大概只有真正透明的人才会领悟到这点吧。

桑桑继续认真说道："少爷以前教过我，力量就是力量，本身没有任何善恶之类的属性，不要相信任何有关先天善恶的说辞。"

老人看着她的眼睛，发现她的眼睛里没有任何疑惑，只有肯定和理所当然的相信，神情微异，心想那个少爷倒似乎是个有趣的人物。

这些天他在老笔斋里，通过桑桑听到了无数那位少爷留下的废话或者是警句，他有些好奇那位少爷究竟如何才能养成那等现实而肯定的理念，又有些感慨于那位少爷的幸运，竟能让桑桑如此无道理地信任并且依赖。

"既然你对神术威能比较感兴趣，那让我们来尝试一下。"

老人微笑伸出食指，指尖出现一团光焰，神圣洁白的光焰没有任何温度，然而下一刻庭院便被干灼的气息笼罩，光焰里的高温开始散播。

"我们首先需要做的事情，便是如过往这些天一样，感知然后凝炼天地间的昊天神辉，然后以敬畏心意请求神辉在光芒之外散播它的热与威能。"

那团洁白的光焰从老人指间飘落，落在先前被桑桑自膝头拂落的冬叶上，咻的一声轻响，冬叶上的残雪痕迹和叶片本身瞬间消失无踪，连一丝青烟都没有。

桑桑看着这幅画面，低头静静思考了片刻，然后抬起头来，学着老人先前的模样伸出自己的食指，圆融可爱的光焰生于指尖，光焰中蕴着恐怖的高温。

老人看着她指尖上的那团光焰，虽说这些天已经从这个小女徒处感受到了太多震撼，但苍老的眼眸里依然难以抑止地涌现出惊叹和喜悦满足的神情。

看一眼便能凝结昊天神辉，再看一眼便能运用昊天神辉？

老人被赞为继千年前那位传奇人物之后最出色的光明大神官，是世间距离昊天最近的那个人，然而他很清楚自己做不到这样，千年之前那人也做不到。

桑桑看着自己指头上的那团光焰，小脸上流露出犹豫的神色，似乎不知道应该如何处理，她望向灶房，看着灶下的木柴和灶上的水锅，想想先前准备烧水来着，柳叶眼骤然一亮，轻轻一弹便把指尖的光焰弹进了灶眼里。

那团圆融的光焰飘进灶眼，轻轻落在干柴之上，只听着咻的一声轻响，干柴瞬间被点燃，开始熊熊燃烧，不过片刻工夫，水锅里便冒出了丝丝缕缕的蒸汽。

飘进灶眼里的光焰没有把干柴烧成青烟，说明桑桑凝结的神辉无论在精纯度和威力上离真正的神道强者还有难以逾越的差距，然而她的小脸上没有丝毫挫败情绪，反而露出了开心的笑容，想着没有浪费干柴也没有浪费指尖的烈火，真好。

然后她说道："老师，水已经热了，可以洗碗了。"

老人站起身来，有些笨拙地卷起厚厚的棉袖，向厨房方向走去，心想幸亏今天吃的是清汤鱼丸面而不是鸡汤面，碗上应该没有沾太多油，应该会比较好洗。

第九十二章

世间哪里有闲人

老笔斋不养闲人，除了宁缺。

桑桑收容老人在此生活，甚至被他用尽手段说服开始修行神术，真诚称他为老师，但她想着相遇之前老人那副窝囊模样，便安排了很多家务事给他，以免他变成提着茶壶逛大街晒太阳剔牙、有事装可怜无事骂儿媳的那种愈懒老者。

老人最开始的时候很不适应。自从数十年前离开宋国那个小道观后，他便再也没有做过洗碗抹桌子之类的杂事，无论是坐在神座之上还是被囚禁在桃山后麓的幽阁之中，都有无数人侍奉他的生活，身为云端之上的神座，双手哪里沾过阳春水？

然而现在他必须学会这些事情，因为这是桑桑的要求——他是桑桑的老师，他也认为传人应该学会尊师重道，但他更很清楚，如果自己不听这个小姑娘的话，那么自己随时都有可能不再是她的老师，而这是他绝对不能接受的事情。

于是，这位数百年来最优秀的光明大神官，在傲然叛离神殿、一手破除裁决大神官亲自布置的樊笼阵后，却在桑桑面前落入了生活的樊笼。

如果让世间的昊天道虔诚信徒们知晓老人如今的遭遇，知晓他在长安城一条陋巷之中洗衣做饭扫尘、佝偻腰做着杂役，只怕会悲愤地昏死过去。

再如何不可思议的事情，一旦做的次数多了，便会习惯直至麻木甚至开始乐在其中，光明大神官似乎也逃不出这等天理循环。老人卷着棉袖，站在灶台边，手中拿着丝瓜瓤认真专注洗着碗，因为动作越发熟练而且看样子今天不会摔坏碗下意识地高兴起来，苍老雍容的脸颊上流露出孩子般的得意神情。

做完桑桑安排的家务活，老人走回前铺，用两张方桌拼成一张临时的床，从陈物架后面的角落里抱出被褥铺好，吹熄油灯躺了上去准备睡觉。

冬夜的星光洒在临四十七巷间，通过铺门上的花格透进来了些，老人看着地上如霜般的星光，压紧漏风的被角，发出一声舒服的叹息。

他很满意自己离开桃山的决定，很满意自己来长安城的决定，很满意现在的生活，于是他忘记了自己当初为什么要离开桃山，为什么要来长安城，甚至很少想起那抹黑色的影子，或许是他下意识地想把这段日子延伸得更长一些。

能够找到传人是一件幸福的事，能找到像桑桑这样一个神道传人，更是一种难以言语的幸福。老人相信千年以降，昊天道门绝对没有出现过这种人物，此后千年大概也不会再出现，桑桑一定能够继承自己的衣钵，并且将会比自己走得更远，并且终将看到他曾经痴醉瞥过一眼的那方神妙世界。

老人感觉到自己离死亡已经不远，然而在死前已经能看到死后的将来，并且是明媚的令他喜悦赞叹的将来，怎能不喜乐。

铺后宅子里的桑桑也准备睡了，装了一桶剩下的热水开始烫脚，白莲花般光滑细嫩的小脚丫子轻轻踢着水，就像小鸭子在池塘边戏水一般。

一个独自居住的十四岁小姑娘，收留一个来路不明的老人，而且那老人事先还贼兮兮地在老笔斋外窥视多日，这事看上去怎么都有些不妥，但桑桑就这样做了。

这并不代表桑桑善良易骗，她或许善良，但跟随宁缺在这尘世间打滚多年，哪里会不知道人心险恶，当初之所以会收留老人，是因为她看到了老人指腹间渗出的那抹圣洁光辉，然后确认学会神术后可以帮宁缺打架。

这个理由很重要——过去十几年来，都是宁缺为了她打架杀人，她只能瑟瑟躲在大黑伞下，偶尔喊那么几声，而她觉得现在自己已经变成大姑娘了，应该可以多做一些事情，比如在必要的时候帮宁缺打架，帮宁缺杀人。

相处久了，桑桑甚至和老人之间生出一种家人般的亲近感觉，因为她能感觉出谁对自己是真正的好，她发现老人对自己只比宁缺对自己的好差那么一点点。

"也不知道少爷现在在做什么，荒原那边很冷吧？"

桑桑睁着眼睛看着屋顶，小手撑在微凉的炕上，想象着宁缺在荒原上的生活，这是她和宁缺分离时间最长的一次，怎样也习惯不了。

因为宁缺不在家，她觉得屋北头新砌的炕没必要全部弄暖，于是习惯性地开始节俭，这些天炕下的银炭数量少得有些可怜，炕面凉得有些沁人。

从柜子里取出宁缺留下来的那些符，她小心地粘在贴身内衣外面。按道理讲，除了宁缺别人无法激发出这些失败火符里的热意，她明显忘了这事。但不知道为什么，或许是因为开始修行神术的原因，她的小身子渐渐暖和起来。

天启十四年的冬天要比以往来得更早也更寒冷一些，桑桑把小手举到嘴边，轻轻哈了两口热气。看着弥散在眼睫毛里的水雾，她想到一些事情，怔了怔后从大箱柜里抱出宁缺用的被褥，开门走进前铺，轻轻盖在了老人的身上。

温暖的被窝是起床最阴险的敌人，所以第二天老人醒来时已经晚了，他看着铺外大亮的天光，想着忘了排队买酸辣面片汤，不由得大惊。

待匆忙起身准备洗漱时，他在井旁的小板凳上看到了一张用石头压住的纸条。

纸条上是桑桑青涩却很好看的笔迹。

"夜里才想起来有个姐姐喊我去她府上吃饭，大概一天都会在那边，老师你不用等我吃饭，如果起来晚了买不到面片汤，就去隔壁铺子吃吧，我对吴婶说过。"

昊天道南门观黑瓦上的积雪，在晨光下静静望着不远处的朱红宫墙。

大唐国师李青山轻轻咳了两声，看着案上的宗卷，微微皱了皱眉头。

前来禀报的天枢处官员揖手行了一礼，神情凝重说道："十三先生离开王庭，想必现在已经进了天弃山，也不知道他究竟能不能找到魔宗山门，至于那卷天书……国师大人，如果朝廷不派高手过去，只怕很难在神殿眼前抢到手。"

李青山摇了摇头，沉默片刻后说道："陛下让宁缺去荒原时，朝廷并不知道天书之事，后来决意让他去试试，也与朝廷无关，和南门及天枢处更没有关系，这是书院二先生的意思，那么这件事情便是书院的事情，你无须多想。"

无须多想，那是因为多想没有任何意义，那卷流落在荒原上的天书，足以引起太多势力的注意，尤其是西陵神殿很明显为此做了很充足的准备，虽然情报中说掌教大人和三位神座还在桃山，但谁知道观里会不会去人。

面对这种局面，大唐帝国除非全面出击，才有可能战胜神殿抢到那卷天书，然而朝廷很明显不可能这样做，由书院出面才是正途，只是李青山也极为不解书院为何会把希望尽数寄托在宁缺身上，要知道那个家伙境界实在是够糟糕。

李青山没有在这件事情上耗费太多时间和精力，开始阅读天枢处送来的别的卷宗。他现在的心神全部放在搜寻光明大神官的踪迹上，夫子远游，却有这样一位强大可怕的神座潜伏在长安城里，无论陛下还是他，都会感到强烈的不安。

在故将军府的那次伏袭最后以失败告终，虽然帝国没有遭受到任何损失，但昊天道南门及军方密谋良久联合出动，却毫无任何所得，完全可以称得上是一场惨败。

那一役中，李青山未曾与光明大神官正面交手，但他知道自己败了，而且失败的方式让他觉得很羞辱，如果他知道对方这时在当洗碗工，心情或许能好些？

你究竟藏在哪里？

踩着乌桐木地板，国师缓步走出殿门，站在栏畔看着凋花残雪沉默了很长时间，然后拂袖离了南门观。他的大弟子何明池匆忙跟了上去，看了一眼晴朗的天，想着今天大概不会落雪，却依然还是把那把黄纸伞夹在了腋下。

万雁塔寺顶层。

黄杨僧人正在抄写佛经，听着身后响声，回头望去，看着李青山微显憔悴的面容，在心底轻轻叹息了声，起身相迎。他看着对方疲惫神情，说道："依照天谕神座的说法，明字卷应该在荒原复生，脱不开魔宗山门的位置，但前些时日你起算了一册，朱砂笔在地图上指的位置却是在呼兰海畔，两地相差还有些距离。"

塔顶清静，黄杨也没有使唤小和尚的习惯，二人之间的对话不虞被旁人听去。

李青山摇了摇头，说道："那卷天书终归是道门圣物，朝廷实在是没有出手的道理，我南门更是立场尴尬，如今既然书院接了过去，我便不再理会这事。"

黄杨静静看着他，忽然说道："那件事情你难道要一直理会下去？"

李青山平静说道："光明神座在长安城里，陛下不会允许神殿派人前来，那便是我的责任，我是大唐国师，便有守护帝国和这座都城的责任。"

然后他看着黄杨认真说道："你这些日子也要小心一些。"

黄杨僧人双手合十，缓声说道："光明神座是何等样人物，我只是一个与世无争躲在破塔里抄经书的小人物，他怎会想着前来与我印证修为。"

说完这句话，他走到塔畔，看着冬日晴空下的雄壮长安城，平静地微笑说道："如果他真的敢来，我虽无能，他若不展露真实大境界暴起，想来也没道理就悄无声息把我从这个世间抹除，到了那时，长安城这座大阵瞬间便能镇压他。"

现如今无论是西陵神殿还是大唐帝国，都不清楚那位光明神座逃离桃山之后为何要来长安城，若说是为了那个预言和十余年前的旧事，总觉得有些说不通。如果他想要对大唐帝国不利，那么李青山和黄杨僧人无疑最可能成为他的目标。

在这种情况下，黄杨僧人先前那番话便有着以身饲虎的悲悯和大无畏，李青山看着他身上那件旧僧衣，沉默片刻后摇头说道："太被动，我们必须先找到他。"

黄杨僧人回过身来，发现李青山身前多了张棋盘，他的手正向着棋匣伸去。

他微微一惊，说道："你又准备起卦？"

李青山右手探进棋匣，触着微凉的棋子，点了点头。

黄杨僧人皱眉说道："你的窥天之能要以寿数为代价，何至于此？"

李青山平静说道："这些日子，师兄一直在长安城里寻找光明神座的踪迹，直至今日依然一无所获，他冒偌大的风险，我也总要做些什么。"

颜瑟大师是天下最强大的神符师，即便在西陵神殿上与掌教大人、神座也能平起平坐，卫光明是数百年来最了不起的光明神座，世间无人知晓这样两位大人物究竟谁更强大，只是这种搜寻遭遇战对神符师先天就极为不利。

清脆的响声，像春雨提前来到人间。

数十枚棋子在棋枰上跳跃、旋转，然后平静，不再移动。

这些棋子是李青山从匣中随意抓出，然而很奇妙只有一枚白子，其余的全部是黑子，那些亚光石质黑色棋子，沉默地堆积在棋盘左半，把那枚白子围在中间。

李青山看着棋枰沉默了很长时间，然后说道："他还在长安城，离我们不远。"

今年冬天的长安城仿佛受到了某种刺激，变得像夏天时一样喜怒无常，昨夜今晨一直晴朗，然而不过片刻，天空便被灰暗的雪云覆盖，零星雪花飘了起来。

何明池抬头看了一眼天，听着身后塔里响起的脚步声，赶紧从腋下抽出黄纸伞撑开，看着国师比先前更加憔悴的脸颊，心头不由得一紧。

从万雁塔回到南门归，何明池直接去了后厨，亲自盯着杂役煎药。身为大唐国师的大弟子，他在修行方面没有太好的资质，他知道自己也没有办法劝解老师不要再耗损心神甚至寿数去起卦，所以他只能做些自己力所能及的事情。

他捧着滚烫的药碗，缓步走进幽静的道殿。

李青山坐在窗畔看着窗外的飞雪，听着脚步声没有回头，挥手让他放下药碗。

何明池没有放下药碗，而是跪到了他的身旁，低着头用双手高高举起药碗，沉默而倔强地请老师先服药。

李青山无奈地叹了口气，接过药碗缓缓饮入腹中，然后感慨说道："你这般沉默倔强的性子，便是执掌天枢处也不合适，日后我若死了，你可怎么办啊？"

第九十三章
明日黄花

"你在修行上资质有限，十年来道法增益极少，你这性情更不适合与朝堂上那些文臣武将打交道，大唐国师自然是做不成的，而你又是我的弟子，没了国师这件光彩夺目的道袍，为师生前得罪的那些人只怕会对你不利。"

李青山看着自己的大弟子，眼睛里满是忧虑和无奈。

何明池低着头回答道："我确实没有什么能耐，这些年也习惯了服侍师父师伯，做些案卷之类的庶务，日后您若死了，我把剩下该做的事情处理完，就去您坟前静修道法，不求知命求多活几年也好。"

"凄风苦雨守孤坟，这听上去太惨淡了些。"

李青山大声笑起来，旋即敛去笑容，看着何明池说道："陛下命你监督大皇子读书，我知道你与他关系不错，须妨着这件事情日后会给你带来天大的麻烦，为了应对那些可能的麻烦，我想有些事情你应该提前做些准备。"

说到此节，他的声音骤然低沉下来。

何明池微微一怔，移动膝头向前挪了两步，听着飘进耳里的那些话，脸上的表情越来越紧张，眸子里流露出不可思议的神情，抬头惊讶无语。

李青山看着自己的徒弟，认真叮嘱道："当年我与陛下相逢于微时，相逢于香坊外的算命摊，所以只要我不肆意妄为，陛下总会允我胡闹。我希望你也能成为大皇子的伙伴，甚至朋友，如此你我师徒一场，也算是有个交代。"

何明池感动地跪拜于地，完全说不出话来。

李青山怜爱地看着他，说道："去吧。"

何明池离开。

李青山回身望回窗外，看着那些缓缓飘洒的雪花，沉默想着心事。

世人皆知他虽然身居高位，却出身市井，是个嬉笑怒骂的有趣人物，然而在帝国国师的位置上坐了这么长时间，再如何草根也不得不去思考那些庙堂上的大事。

他很清楚，谁来继承皇位，只要书院谨守不干朝政的誓言，那么整个帝国无论军方还是宰相大臣，谁都没有资格说话，那是陛下一言而定的事情。

如果陛下决定由二皇子继位，那便天下无事。

若陛下决定由大皇子继位，皇后真的能甘心吗？

已经过去了这么多年，李青山始终无法理解帝后之间为何会有那般深厚的感情，但他相信自己的眼睛，相信帝后间的感情是真挚的，陛下在时，皇后会心甘情愿在深宫之中洗手做羹汤，可陛下离去之后呢？

他看着窗外缓缓飘落的雪，轻轻叹息一声，身为昊天南门观掌门，难道真的敢寄希望于当年的那位魔宗圣女，就此放过大唐帝国无上的权柄？

"上个月叔叔在府上设宴，想替我引见一些朝中官员，结果有三四名大臣打听到我也会赴宴，竟是半途折回不来见我！而前天那个女人在宫里设宴，朝堂上但凡有些脸面的大臣都把自己的老婆派进宫里去奉迎，我看他们甚至恨不得把自己的老娘也送过去！他们究竟在想什么！难道不知道我才是嫡长子！"

幽静庭院内，一名穿着明黄服饰的少年坐在椅上，对着庭前飘落的雪花大声怒骂，苍白稚嫩的脸上再也看不到病态的尊贵，只有无尽的恨意与怨毒。

李渔坐在旁边椅中正看着飘雪，听着这话不由得蹙起了眉头，最近朝中发生的这些事情本就令她有些不安，此时更是不悦，沉声教训道："那是我们的母后，什么叫那个女人？对大臣们如此无礼点评更是不堪！"

身着明黄服饰的少年自然便是大皇子李珲圆，他听着姐姐训斥，心头微凛，却依然昂着头倔强地说道："姐姐，我们只有一个母亲，我可不认为她有资格当我们的母后，那些大臣摇摆不定本身就极不堪，我说几句又如何？"

李渔看着他的眼睛，神情凝重地说道："身为大唐帝国的继承者，不知有多少双眼睛在暗中窥视着你，于是你更要无时无刻不注意自己的言行。"

李珲圆冷笑一声，说道："问题是父皇并没有把我立为太子。"

"够了。"

李渔微微蹙眉，转而问道："最近在国子监学得如何？"

李珲圆耸耸肩，苍白的脸上流露出无所谓的神情："父皇让何明池天天盯着我，我便是想逃学也没可能，你就放心吧，大学士们如今都说我勤奋好学。"

李渔看着他的神情不似作伪，心情略好了些，提醒道："何明池兼管着天枢处的事务，还得盯着你读书，很是辛苦，你可千万莫要迁怒在他的身上。"

李珲圆不解她为何会忽然提到此事，疑惑说道："我与明池关系还算亲厚，自然不会胡乱迁怒于他，只是姐姐你对此事为何如此慎重？"

李渔望向庭院前纷纷飘落的雪片，缓声说道："前些日子书院、朝廷和南门观终于达成共识，宁缺日后入世不为南门客卿而是直接接任国师，但何明池毕竟是国师弟子，又深受国师喜爱，对我们得到昊天道南门的支持很关键。"

"虽说未曾问过，但以我与明池的关系，我相信他一定会支持我们。"

李珲圆想着何明池日后就算在昊天道南门里能够继承国师李青山的影响力，却没有办法坐到国师的位置上，不免觉得有些遗憾，摸着脑袋感叹说道："那个叫宁缺的人日后只怕是个关键，不知道该用什么法子才能把他降服。"

听着这话，李渔细眉一挑训斥道："说要你小心谨慎，结果你是什么样的话都敢说！身为夫子亲传弟子，如今天下谁有资格说降服他！"

李珲圆难掩傲意，轻蔑说道："就算现在不行，等将来皇弟我坐上龙椅，麾下天枢处高手无数，军方铁甲万千强者辈出，难道还怕他不成？"

李渔闻言愤怒而且失望，盯着他沉声说道："书院不干涉朝政，奉唐律为先，那是夫子定下的规矩，但这规矩不是朝廷有能力让他们遵守的，如果你想安稳坐上皇位，就必须记住一点，无论人前人后都必须保持对书院的尊敬，听见没有！"

李珲圆被她眼眸里的怒意镇住，觉得心头一寒，下意识地连连点头，然后为了让她高兴起来，牵着她的手轻轻摇晃，笑着说道："知道了姐姐，这天底下谁都没资格对书院说降服，不过我相信姐姐你一定能收服宁缺。"

听着这话，李渔想起那趟旅途里的火堆，火堆旁的故事，还有那个背着三把刀的少年，不由得自嘲一笑，淡淡说道："我可没有那个本事。"

这时有嬷嬷走上前来，轻声说道："小郡王醒了。桑桑小姐给他讲了两段故事，这时候正带着他过来。"

李渔看了一眼弟弟，说道："你先回宫，仔细父皇晚上又要考较功课。"

李珲圆不解说道："再待会怕什么？父皇可从来不反对我们姐弟亲近。"

李渔皱了皱眉，无奈说道："你脾气太臭，避避为好，桑桑那丫头看着性子淡，实际上心里跟明镜似的，你心里那些无趣的念头可瞒不过她去。"

李珲圆气极反笑，说道："不过就是个小侍女，居然还要我避她？"

李渔也懒怠同他解释什么，直接把他从椅子上拎了起来，唤来宫里侍候的太监，叮嘱众人赶紧把他护送回宫。

看着消失在庭园石门处的明黄色背影，她忍不住摇了摇头，心想弟弟虽说这一年多时间成器了不少，但毕竟年幼，还有很多事情看不明白。

桑桑确实只是一个很普通甚至很低贱的小侍女，身份地位与大唐皇子当然相去甚远，然而李渔很清楚，这个小侍女才是收服宁缺、进而亲近书院的关键。

秀笔搁在砚上，李渔看了看自己写的这幅小楷，转头问道："我这幅字写得怎么样？可还入得了你的眼？"

桑桑摇了摇头，说道："我不大会看字的好坏，只要整洁便觉得都挺好看的。"

李渔哪里肯信，笑着说道："你家少爷是世间出名的大书法家之一，你跟着他这么多年，怎么可能不识字的好坏？夜半磨墨添香时，那你怎么赞他？"

桑桑睁着明亮的柳叶眼，认真说道："少爷写的字自然是好的，不需要想词。"

李渔品着她话里意思，越发觉得这对主仆很有意思，打趣说道："你眼里宁缺那家伙做什么都是最好的，真不知道你们二人怎么养成的这等相处模样，如今他离开长安也有些日子，你可还习惯？夜里有没有想他？"

自从从渭城回到长安城后，桑桑时常与李渔见面，大唐公主殿下和小侍女倒真有了几分情意，谈话也不怎么讲究身份尊卑，只是听着这句话，桑桑大概是有些羞恼，竟是难得地耍起小脾气，冷着脸转过身不再理她。

李渔笑了笑，她很清楚这种打趣在谈话里偶尔来几次，才能拉近二人之间的心理距离，小侍女看似羞恼，实际上却应该欢喜这种逗趣里隐着的意思才是。

只不过桑桑还小，大抵分不清楚这种情绪究竟是什么，甚至不知道自己为什么羞恼不安，而不在长安城的宁缺，很明显也处于这种懵懂状态之中。

桑桑站在庭畔，看着外面的飘雪，纤瘦的背影在乱雪背景中，构成一幅有些孤单带着某种企盼意味的动人画面。

李渔静静看着这幅画面，把脑海里宁缺的背影放在小侍女的身旁，发现那幅画面便瞬间丰实而和谐起来，没有丝毫不融洽的地方。

她默默叹息一声，驱散心中无由生起的那丝羡慕和遗憾，想着某桩消息，轻声问道："听说你最近收留了一个孤寡老人在老笔斋？"

桑桑微怔，转过身来点了点头。

李渔看着她微黑清瘦的小脸，心中涌起一股怜爱意，认真提醒道："长安城虽说太平，铺子那边也有人看着，但这种事情还是应该小心一些。"

桑桑感受到殿下言语间的关切和情意，认真安慰说道："没事，他很老实的。"

翻手为云，覆手为雨，十余年前在世间主导两桩血案，圣洁手中染着数百上千无辜者鲜血的光明大神官，究竟能不能用老实去形容，这是值得思考的问题。

但老笔斋确实没有事。拜宁缺离开长安之前的无数次郑重请托，如今的临四十七巷看似一如往常般热闹嘈杂，事实上皇宫里的侍卫经常会过来暗中视察，长安府的衙役每天要来回巡查五遍以上，鱼龙帮的人更是从未离开，从清晨到黄昏不间断保护。如今的长安城里除了皇宫，大概就数这条不起眼的巷子最为安全。

很奇妙的是，无论大内侍卫还是长安府抑或统治长安城地下世界的鱼龙帮，最近这些日子都在执行另一道命令，他们在寻找一位老人，然而没有任何人会想到，他们寻找的这位老人，便在他们自己重点看护的那间书铺里。

傍晚时分，桑桑惦记着老人吃饭的问题，提前从公主府里回来。

她取出钥匙打开铺门走到天井一看，老人果然蹲在灶旁准备热剩饭，忍不住蹙了蹙眉，把从公主府里带回来的食盒打开，说道："吃这个吧。"

前些日子她曾经尝试让老人做饭，然后那天晚上在灶旁看着烧成黑炭般的饭以及空了一半的柴堆，她决定为了节约米和干柴，以后再也不要进行这种尝试。

在老少二人准备吃晚饭的时候，前面传来敲门声。桑桑起身准备去开门，忽然想到一件事情，低头捧起碗继续吃饭。老人明白过来，掸去棉袄前襟上的一粒米，老老实实起身去开门。老笔斋铺门打开，阶下站着一名僧人。僧人很年轻，穿着一身破烂僧袍，眉眼清俊，颇有出尘世外之意。僧人发现开门的是老人，很是诧异，说道："我要找的不是你。"老人愣了愣，回头说道："找你的。"

桑桑端着饭碗走了过来，看着那名年轻僧人蹙着眉头想了会儿，想起来宁缺登山入二层楼时，自己曾经在书院门外的草甸边见过此人。

僧人看到桑桑的小黑脸，眼睛骤然一亮，颤着声音兴奋吟诵道："美丽的姑娘，情僧悟道终于找到了你，这些日子，我又为你新作了几首诗。

"你就是那石崖上的花呀，等我来采摘。你是那湖里的游鱼啊，缠着水草织成的网，你是往彼岸去的路途上最大的障碍，我愿意依偎着你不再离开……"

桑桑听着花啊鱼啊之类的字，看了一眼碗里的黄花鱼。

第九十四章
燃烧的黑眸

桑桑没觉出这首诗哪里好，觉得比自己当初写给宁缺杀人用的那首诗还要糟糕，而且她想起来这个和尚曾经在书院外威胁过自己和宁缺，所以她转身关门。

铺门被悟道的手挡住，他毫不遮掩脸上痴迷以及狂热的占有欲望，看着桑桑兴奋说道："为了让你能够自由地跟随我去天涯海角流浪看潮起潮落、花开花谢，我向你保证，我一定会在最短的时间内杀了你的那个少爷。"

听到这句话，桑桑转过身来，认真地看着他的脸。

悟道看着小侍女认真的神情，越发陶醉，痴痴伸出手去，想要抚摸她的脸。

随着指尖与微黑小脸的接近，他仿佛能清晰感受到桑桑身上那股透明干净令人沉迷的味道正在渗入自己的身体，呼吸略显急促，非常严肃地说道："我这一生从未遇过如此令自己兴奋的女子，你必然是我的。"

他说出这句话的时候，表情严肃端庄，并没有什么贪婪而痴迷的神情，身上破烂僧袍被风拂着依然出尘，然而清俊的脸上每根毛孔仿佛都在流淌着狂热的体液，每个字仿佛都在向风里散播着淫亵的味道。

桑桑退后一步，避开那根像毒蛇信一般湿漉黏滑的手指，看了眼僧人微微隆起的裆下，脸上没有恶心的情绪，甚至没有情绪，转身伸手接过一只盆。

木盆里是昨天的洗菜水，专门储着准备用来冲马桶。

老人不知何时溜回后院把这盆水端了出来，平静地在旁边等待。

桑桑接过水盆，双臂一抬，用力向身前泼了过去。

哗的一声。

这盆混着泥砾的脏水泼在了悟道身上，把他从头到脚淋到湿透，两片黄蔫发臭的烂菜叶子耷拉在他锃亮的光头上，他脸上端庄严肃的神情骤然一僵。

啪的一声，老笔斋的木门被紧紧关上。

浑身湿透的悟道怔怔站在石阶下，过了很长时间才醒过神来，他伸手抹去脸上泛着泥腥味的水，缓缓摘去头顶两片烂菜叶子，肃然面容上渐渐浮现出一丝笑意。

两次与桑桑相遇，他毫不掩饰自己的贪婪兴奋狂热，但此时被一盆水当头淋下，淋至透心凉，他脸上的笑意里终于第一次出现冷酷冷漠的味道。

因为悟道很痛心很愤怒，他不理解这个小侍女为什么要如此对待自己，自己纡尊降贵想要讨她欢心，想把她纳入房中在锦被之上好好疼惜，难道有什么错？难道你不应该觉得荣幸然后幸福地昏厥过去？你居然敢拿水来泼我？

然而越是如此，他对桑桑的兴趣更大，冷酷的笑容之下，那颗想要占有对方攫取对方干净体息的心脏跳得越发急促而兴奋。

一直监视着临四十七巷的鱼龙帮帮众，注意到老笔斋前的动静，几名青衣汉子走了过来，把悟道围在中间，压低声音冷厉地说道："这铺子里住的人是齐四爷的朋友，如果你这和尚不想见不到明天的日头，马上离开然后永远不要再回来。"

情僧悟道来自不可知之地，哪里在乎这些世俗里的江湖人物。只是长安城里藏龙卧虎，大唐帝国强者辈出，便是他也不敢太过放肆，而且此时还未入夜，巷子里有好些民众在指指点点，有诸多不方便。

他沉默片刻后，隔着木门望着铺子里轻声微笑说道："我会回来的。"

说完这句话，他理都未理那些穿着青衣青裤青鞋的鱼龙帮帮众，轻拂僧袍，转身漠然向临四十七巷外走去，僧衣轻摆，草鞋踩碎落下很久的枯叶。

光秃冬树的枝丫落下的影了，覆在他平静的脸。

书院二层楼登山那夜，他被颜瑟大师稍施薄惩焚了僧袖，便暂时离了长安去南方山野游历，这数月他一直不在唐国境内，甚至极少见人踪，所以他并不知道春天之后发生的事情。他不知道那个让自己念念不忘莫名兴奋的小侍女究竟是谁，他甚至不知道宁缺是谁，只是一直恨恨记着一个叫钟大俊的家伙。

春去冬至寒意渐深，时间总会冲淡很多东西，比如忌惮，悟道壮着胆回到唐国境内，通过某些途径知晓颜瑟大师最近似乎正为某些事情烦心，他想着那位恐怖的神符师应该不会还记得自己，惧意渐退，便勇敢来到了都城长安。

因为他很想念那个小侍女，他很想拥有那个小侍女，仿佛是命运又或者是机缘，他进入长安城的第二天便看到了对方，一路跟踪她从公主府来到了临四十七巷，难以压抑心头兴奋敲开了老笔斋的木门，最后换来了一盆脏水和两片烂菜。

无妨，内心的炽热和那种莫名的吸引不可能被一盆水便浇熄。

他是情僧悟道，自离开悬空寺后，周游世间，无论月轮还是南晋，无数大家闺秀小家碧玉纷纷降于身下，又怎会在一个小侍女面前受挫？

悟道微笑行走在冬树之下的小巷中，想到即将偿愿，心情一片喜乐平静。

老人的目光穿过木门上的栅框，看着向巷口走去的年轻僧人背影，沉默想道："一个淫僧竟能感受到桑桑身上的特异之处，悬空寺果然不凡。"

走回后院，他发现那个盛洗菜水的木盆被扔到了角落里，而桑桑没有继续坐回桌旁吃饭，而是蹲在灶旁，看着手指尖那团渺弱却纯净的神辉发呆。

"不吃饭了？"老人问道。

桑桑摇了摇头，手指轻弹，灶眼里的干柴迅速燃烧起来，然而她却蹙紧了眉。

老人微笑说道："佛门有人狂热双修，那僧人痴狂之态大抵由此而来。"

桑桑没有理他，撑着下巴看着灶眼里燃烧的柴火出神，认真地琢磨着怎么才能快速提高自己的神术层次，眼下她的境界太低，能凝结的昊天神辉黯淡微弱，威力和普通的火差不多，点燃干柴可以，但却对付不了那些强大的修行者。

老人看着她小脸上的坚毅神情，叹了口气，说道："心障对修行极为不利。"

桑桑头也不回，轻声说道："他说要在最短的时间里杀了少爷。"

她再也没有说什么，也没有提出什么要求，老人却很明白她为什么如此急于提升自己的境界：她想在最短的时间里杀了那名年轻僧人。

老人看着桑桑的背影笑了笑，没有说什么。

夜色刚刚来临，暮色还在西方最后倔强。正是吃晚饭的时候，长安城城东一条小巷幽静无人，巷畔的冬树把昏暗的天空画成无数道不规则的小格子，悟道收回望天的目光，微笑准备前行，然而下一刻他的眼瞳骤然缩了起来。

巷口有一个人，光线昏暗看不清楚面容，但从佝偻着的身体看，应该是个老人，令他生出警惕情绪的是，他不知道这个老人是何时出现在巷口的。

悟道沉默片刻，向巷口方向走去，距离近了些看清面容，他发现自己见过这个老人，就在临四十七巷那间铺子里，那盆洗菜剩下的水便在这老人的手中。

这名站在巷口的老人，看着他微微一笑，和蔼地说道："你能看出桑桑的潜质，眼力不错，年轻一代修行者中，就算翘楚。"

悟道轻轻抬手，缓慢抚摸自己的光头，动作很潇洒，但指间总觉得还能触着那些滑腻的水痕，还能触到那两片蔫黏的烂菜叶，然而他却不想做什么。

因为这名佝偻着身体像普通老头的人物，绝对不是普通人物，因为对方能在自己没有注意到的情况下拦在巷口，因为对方知道修行是什么东西。

悟道终究是骄傲的年轻人，自认与隆庆皇子不相上下的他绝对不会接受一个不知名的老头来教训自己，傲然说道："原来她叫桑桑，我知道了，你可以离开。"

老人微笑说道："我知道你来自悬空寺。"

悟道面色微变，没想到被对方一眼便看破了行藏。

老人平静地说道："悬空寺极少逐徒，而你的境界比当年的七念差太多，自然也没有资格代表寺里行走天下，所以我有些不解为何你会出现在俗世里。"

悟道神情再凛，他没有想到对方居然对悬空寺如此了解，甚至知道当年的七念师兄，下意识地警惕起来，身上那件破烂的僧衣随风摆舞。

他看着老人沉声说道："既然知道我来自不可知之地，为何还敢拦我去路？"

老人笑了起来，说道："所谓不可知，只是世人不知的避世之地而已，一旦被人知晓那便可知，所以寺观的名字反而是没有力量没有意思的东西。"

听着这话，悟道越发警惕，看着老人沉默不语。

"便说你身处的这座长安城，就有很多人知道悬空寺，知道知守观，更何况那间书院就在城南的大山脚下，所以你的来历对于这座城里的人来说不算什么。只不过最近长安城因为某件事情而分了神，颜瑟没空理你，别人也顾不得你，才会由得你如此放肆，不然你真以为单凭悬空寺的名字就能让唐人恐惧？"

老人看着他继续说道："那件事情和我有些关系，你能在长安城里如此行事，似乎大半倒是我的责任，只是没想到，你居然会骚扰到我女徒的身上。"

悟道隐约猜到了老人的身份，眼中这具佝偻着的瘦弱身躯顿时变得无比高大，他压抑住心头的震惊，有些慌乱地低身行礼，瞬间改变态度，极为谦恭礼貌地说道："前辈，这件事情是我做得不是，我马上离开。"

老人看着他，没有说话。

小巷幽静无声，死寂的气氛持续片刻，年轻僧人隐约明白了一些什么，声音变得沙哑起来，看着对方沉声说道："就算您是西陵神殿的大人物，但我毕竟是悬空寺的人，另外家师乃是寺中讲经大士，听闻当年曾与您机缘巧合见过一面。"

老人依旧没有说话，只是平静地看着他的眼睛。

悟道觉得身体僵硬得厉害，强自压抑住心头的恐惧，狠狠咬了咬舌头，让心神变得更加清明冷静一些，说道："我承认，悬空寺讲经大士不是我师父……他是我父亲，我是他的私生子，所以才会离开，还请前辈垂怜。"

老人沉默着听到这时才有了反应，他缓缓摇头说道："叛离神殿离开桃山，那么对于这种境况里的我而言，我心已脱羁绊，自由无碍。莫说你父亲，便是魔宗复生，悬空寺知守观书院三不可知之地里的人们齐至，我依然可以无视。"

悟道身上那件破烂僧衣在夜风里微微颤抖，他看着老人颤声问道："您究竟怎样才能宽恕我不经意犯下的些许过失？"

"先前说你眼力不错，能看出桑桑潜质，但那只是表面，因为直到现在你依然没有看明白，桑桑对我有多重要，她蹙起眉头不喜时，我眼中的世界便不再光明。"

听着老人的语气越来越严肃，尤其是听到最后这句话，两行冷汗从悟道光滑的头顶缓缓淌落，他颤声乞饶道："晚辈先前眼睛瞎了，还请见谅。"

老人举起瘦长的食指，伸向寒冷的冬夜微风，说道："不，你的眼睛此时才瞎的。"

悟道听懂了这句话，感觉到了极大的恐惧，尖叫一声，双手自僧衣里探出，结了一个佛宗精湛手印，画出一道障碍，僧衣一飘便向巷后掠去。

那个佛宗手印散着精妙而宏大的气息，然而触到老人手指那点若烛火般的光焰时，便像积雪遇着春阳，泥点进入洗菜的水盆，瞬间消失不见。

悟道向后疾掠的身影，也仿佛被光焰耀出的光线捆缚住，踩着草鞋的双脚根本无法离开地面，身体像影子一样拉长却无法远离。

他看着老人指间微烛似的光焰，眼眸里满满是恐惧。

光焰乳白的颜色占据他黑色的眼瞳，然后迅速扩张，湮没恐惧。

然后他黑色的眼瞳燃烧起来。

幽静的小巷里响起凄厉的惨叫。

光明质洁无垢，所以最纯净最易污。

光明质纯无温，所以最狂热最冷酷。

第九十五章

松烟洗新瓷

老人回到临四十七巷老笔斋的时候，桑桑还蹲在灶前，蹙着眉头看着燃烧的柴火，专注认真思索平日里学到的那些神术。

"吃饭吧。"老人说道。

桑桑先前一直在出神，竟是没有察觉到老人离开了一段时间，闻言一怔站起身来，看着老人被雪水打湿的边缘，隐约明白了什么，唇角缓缓翘起，笑了笑。

老人也笑了笑，坐到了桌子旁边。

桑桑没有问他离开老笔斋去做了什么，给他盛了一碗饭，然后把黄花鱼热了热，夹了一条最肥美的搁到他碗中的饭堆上，又淋了一勺鲜美冒着热气的汤汁。

"中午吴婶弄了什么菜？"

"蒜蓉油麦菜。"

桑桑问道："好吃吗？"

老人回答道："还成……不过我不明白她为什么没有在菜里放咸鱼。"

桑桑抬起头来，疑惑问道："为什么要放咸鱼？"

老人不解，看着她的小脸说道："可你上次做油麦菜的时候就放了的。"

桑桑低下头去，说道："小时候少爷做油麦菜的时候，连蒜蓉都没有。"

老人怔了怔，感慨叹息道："嗯，我记起来，小时候在道观里吃的青菜，连油都很难见着，也不知道这是怎么了，临到老了，反而有些贪图这些身外的享受。"

"少爷说这叫由俭入奢易，由奢入俭难。每个人都一样，老师你不用自责。"

桑桑安慰他。

第二日天刚蒙蒙亮，老人便爬起床，把桌上的被褥仔细叠好，放回陈物架后的角落，然后推开老笔斋铺门，看着远处的晨光，眯起了眼睛。

昨夜桑桑转述宁缺的那句"由俭入奢易，由奢入俭难"，莫名让他有所触动，他发现自己有些太过贪图老笔斋里的生活和日子，竟是忘了寻找黑夜的影子。

晨间吃的还是酸辣面片汤，吃完后老人准备去刷碗时，桑桑示意她来，让老人去休息。老人笑了笑，说今日他准备出门逛逛，中午可能不回来吃饭了。

"出去逛逛也好，整天闷在家里也不是个事。"

桑桑想了想，从腰带里掏出粒碎银子递给他，叮嘱说道："逛累了想在茶铺坐坐就坐坐，别舍不得钱，只是别走太远，若是记不得路了别不好意思问人，长安城里的人很热情，实在不行，你随便找个赌坊报齐四爷的名字，自有人送你回来。"

老人惧女徒唠叨，接过碎银子仔细放进怀里，连连应是后出了门。

离开临四十七巷，他一路向北而去，由东城过皇宫经玄武门出了长安城，来到城北一处被冬雪覆盖的小山上。登高望远，自然能见极远处，老人沉默无语望向北方，只见那处晨星黯淡，似乎渐要被昊天光辉融进自己的光明身躯。

南门观后园的梅枝上积着极浅的细雪。

国师李青山懒懒靠在窗台，看着梅枝上的雪和似乎永远不会绽开的小苞，忽然剧烈地咳嗽起来，咳声回荡在幽静的道观殿宇间，听上去异常痛苦。

松开掩住嘴唇的手帕，雪白手帕上殷殷鲜红血迹似梅花盛放，他恼火地看了一眼窗外的梅，训斥道："该在冬天里开却总不开，偏让你家道爷先开几朵。"

南门道姑道童们沉默地守在殿外，脸上满是忧虑神色，却没有一个人敢进去。

何明池端着药碗走了过来，示意一位师姐把自己腋下的黄纸伞拿走，走上深色光滑的桐木地板，走到李青山身后痛声说道："师父，您不能再起卦了。"

李青山接过药碗缓缓饮尽，把染了血的手帕反叠，拭去胡须上流下的药汁，看着自己最疼爱的弟子，面无表情说道："卫光明昨夜现了身，果然还在长安城里，方位限在三坊之间，只是隐约间有离去之意，这件事情要抓紧。"

何明池接过药碗，说道："军部和天枢处都已经开始做准备，只是担心惊动那人，所以暂时还没有进香坊以北街巷搜寻，如今只有师伯一人在那方。"

想着师兄此时正孤身一人在东城里寻找那个强大恐怖的家伙，李青山沉默了很长时间后点了点头，没有多说什么，挥手示意殿外众人散开，弟子退下。

一辆黑色的马车在长安东城的街道上缓慢行驶，如果不凑近去看甚至亲自用手去摸，那么很难发现马车车厢竟是由钢铁铸成，上面还刻着一些繁复难言的纹路，特制的车轮碾轧在坚硬的石板路上辘辘作响，显得沉重无比。

马车里的颜瑟大师斜靠在锦绣软座间，三角眼里射出的目光透过窗帘贪婪地搜索着光明大神官的踪迹，苍老猥琐的面容上哪里看得到什么沉重。

若真能相遇那便打上一场，若真打不过对方死便死，蹬着腿儿咽了气儿也算不得什么太重要的事情，只要是人总有那一天，更何况老道爷我有了传人。

一年前新建的春风亭飞檐在窗外掠过，颜瑟大师忽然想起朝小树，然后想起自己那个一去便无音信的徒儿，那徒儿是书院二层楼学生，大师自然懒得担心他的安危，只是想着可能没有机会再见面，不免觉得还是有些遗憾。

便在这时，他想起宁缺离开长安城之前，曾经很郑重地请托自己帮着看护那个叫桑桑的小侍女，只是这些日子都忙着那事，竟是忘了去看——老道摇了摇头，心想今日既然刚好要在东城寻那老家伙，办完正事后去看一眼也好。

今天最先来到老笔斋的人不是颜瑟大师，也不是在长安城外眺北归来的老人，而是一个年轻的胖子。当那胖子从马车上跳下来时，临四十七巷的街道石板虽然没有像地震般颤动，但他圆脸畔的肉却着实荡漾了很久。

年轻的胖子推开紧闭的老笔斋铺门，一屁股坐进宁缺惯用的圈椅，觉得大腿边的肉被夹得有些生痛，恼火地嘟哝几句，然后大声喊道："上茶。"

他倒真是浑没把自己当外人。

桑桑正在后院里准备松枝熏腊肉，这是她刚跟吴姊学的手艺，准备弄上几十斤给宁缺一个惊喜，忽听着前面传来喊声，心想铺门最近一直关着的，不由得有些诧异，取了块毛巾，一边擦手一边走进前铺，在第一时间把铺门关上

那年轻胖子看着走过来的瘦黑小侍女竟是不理自己，先去关铺门，不由得微微一怔，旋即蹙起眉头说道："大白天的铺门关着，怎么做生意？"

桑桑解释道："若开着铺门，待会儿门槛会被来抢书帖的人踩破。"

年轻胖子愣了愣，心想确实是这道理，竟是忘了宁缺现在在长安城里的偌大名头，看着小侍女问道："我叫陈皮皮，你可曾听宁缺说过？"

桑桑听着这名字倒没有什么吃惊的意思，微福行礼说道："桑桑见过陈公子。"

陈皮皮揉着肉而可爱的圆下巴，上下打量着身前这个瘦矮的小丫头，忽然摇头说道："宁缺要我照看果然有道理，虽说本天才生就气度不凡，一看便知非俗世凡浊人物，但你这样终究还是太过轻信，恐怕会出问题。"

桑桑说道："我知道你就是陈皮皮。"

她去过几次书院，然而二人却从未朝面过，陈皮皮相信自己傲视

群侠的记忆力绝对不会出问题，不解问道："你凭什么肯定本天才就是本天才？"

桑桑看着他认真解释道："少爷经常提起你，他说像你这么胖但偏生不难看，绝不猥琐恶心，甚至还可以说好看的人不多，所以我知道你是你。"

陈皮皮揉着下巴的右手微微一僵，心想不知道平日里宁缺在这小侍女面前怎样毁谤自己，又觉得这句评价虽然提到了胖但似乎又有些受用，竟不知该如何回答。

"不说这些了。"

陈皮皮咳了两声，扮出严肃成熟的模样，看着桑桑说道："今日我来此地，自然是应宁缺的要求前来看你，毕竟我身为师兄有这个责任和义务。"

他很希望桑桑能流露出感动的神色，但桑桑很明显没有这种反应，只是面无表情看着他轻声道了声谢，然后去给他泡了碗廉价的花茶。

陈皮皮看着她的背影说道："小师弟说过要请我来这里吃顿饭，他说你的手艺不错。"

桑桑看着他胖乎乎的脸，蹙眉心想难怪会生成这副模样，却没有留客的意思，把茶碗搁到他身旁，轻声说道："少爷回来后，桑桑给陈公子做饭吃。"

这话想表达的意思很明显很清楚，宁缺请你吃饭那得等他亲自开口，你这样贸然闯上门来讨吃食，那是门儿也没有。难道多双筷子不用多加菜？以您这体形得至少加俩菜吧？如果还非得是肉菜，那得多花多少钱？

听着这话，陈皮皮的自尊好受打击，看着碗里的茉莉碎瓣，脸上的肥肉更是微微抽搐起来，只好决定实话实说："宁缺说这间铺子里藏着一个比我更聪明的人，我想来想去总觉得这不可能，所以我想来证实一下。"

桑桑看了一眼铺子四周，没有发现藏着什么人。

陈皮皮捂着额头，无奈说道："他说那个世间最聪明的人就是你。"

桑桑怔了怔，心想宁缺成天只会说自己笨，怎么会赞自己聪明？

虽然被少爷称赞世间最聪明让她很高兴，但她还是很困惑于这个说法，蹙着眉尖想了半天忽然想到一些往事，微羞说道："我不聪明，只是记性比较好。"

陈皮皮看着她轻蔑一笑，说道："便是记忆力，我也不信世间有人比我更强。"

桑桑低头望向探出棉裙下摆的小巧鞋尖，完全没有与他争辩的意思。

"宁缺修行不行，见识也是差到了极点，本天才的天才曾经得到昊天道门承认，便是书院后山也都公认，也不知道他究竟怎么想的，居然敢说你比我更强。"

陈皮皮见她如此反而越发不忿，恼火道："看小鞋做啥？难道我会给你小鞋穿？"

虽然知晓宁缺和这位陈公子亲厚，但听着他嘲讽自家少爷，性情宁静甚至有些木讷的桑桑竟是有些生气，不再看自己脚上穿着的绣花小鞋，抬起头来看着陈皮皮的眼睛，非常认真地说道："我的记性也是得到渭城公认的。"

这是一句实在话，在渭城生活的那些年里，她永远是最受欢迎的公证人，因为她的记性最好而且又不会撒谎，只不过渭城和知守观……这两个地方的层次相差未免过于遥远了些，但桑桑的神情却还是那般认真，没有一丝窘迫，仿佛是要告诉陈皮皮，既然渭城公认我记性好，那么便是真的好。

世间但凡公认这种事情，只要出现两个人，那么他们彼此之间一般都不会互认，这大概便是武无第二的道理，尤其是面对桑桑这种性情，陈皮皮想要证明自己比她更聪明记性更好，但靠嘴皮子那是没有任何用处，总得拿出些真本事。

"我们来比比。"陈皮皮说道。

桑桑没有与人比试什么智商或者说记忆力的兴趣爱好，想着后院里的腊肉下的松枝正在煨烟，哪里会答应他的要求，自行走回后院，拿木棍挑了挑松枝让烟更大些，然后从厨房里拿出一个新瓮蹲到井边认真地涮洗起来。

前些天她炖了一锅鸡汤，老人喝得很开心，胡须上沾了很多汤汁。她想着少爷也爱喝自己炖的鸡汤，待他回来后再用旧瓮炖鸡汤分量可能不够，所以她去安平坊一间小店里买了个新瓮，想着以后炖鸡汤时一炖便是两瓮，大概应该够喝。

陈皮皮看着小侍女忙碌的瘦小背影，死乞白赖地纠缠不停："我不管，今天你必须拿点什么东西打败我，不然我可不依，铺子里有书没？我们两个比背书，谁要是输了谁就请客吃饭，如果觉得没意思……我们赌银子！"

听着银子二字，桑桑洗瓮的手忽然停住，回头看了陈皮皮一眼。

然后她站起身来，把被冰冷井水刺激得有些发红的小手在围裙上胡乱擦了擦，转身走进了卧室，片刻后又走了出来，小脸微红，有些羞涩又遗憾地说道："少爷那些符书我看不懂，别的书我又不能看。"

第九十六章

该谁走？

微黑脸蛋儿上的遗憾情绪非常清楚，很明显桑桑以为只要能找着书，自己一定能够获胜，那么自己便能从少爷这位胖师兄手里赢来不少银子，至于羞涩的微红，则是因为宁缺从书院石洞里带回来的那几本书都有些不雅……

陈皮皮当然是聪明人，所以从小侍女的神情他很清楚地明白对方心里在想些什么事情，不由得大感被轻蔑无视的羞辱，暴跳说道："再找别的法子！"

桑桑睁大眼睛看着他，心想这人长得真是有意思，明明鞋底跳离地面没有超过两寸，但落下来时的动静真大，弄得自己竟有些担心新买的瓮会不会被震裂。

陈皮皮确实是聪明人，难受也在于他太聪明，竟从桑桑的眼神里清晰地明白了她的意思，不由得越发羞辱难当，赶紧以手扶腰稳住微颤的胖肉，委屈难过地说道："按宁缺的话，太伤自尊了！今天如果不赢你，我把我的名字倒过来写！"

桑桑心想你名字倒过来写还是皮皮，除非加上姓还差不多，不过她毕竟不是一个争强好胜的小丫头，之所以此时心思渐动，都是银子惹的祸，所以她没有挑明这一点，而是看着他认真问道："陈少爷，赌多少？"

陈皮皮伸出一根手指，严肃说道："一百两。"

桑桑那双柳叶眼骤然间明亮了起来，问道："陈公子你想赌啥？"

陈皮皮问道："你们这铺子里面最多的是啥？"

桑桑蹙着眉尖想了片刻，轻轻咬了咬下唇，想着陈公子是少爷最亲近的同门，应该不会动歹念，解下身上围裙便进了里屋。

陈皮皮看着被她紧紧关上的房门，想起某些事情，不由得吓了一跳，着急大叫道："可不能拿宁缺的书帖来比！你天天看那些，可不公平！"

桑桑抱着很大的匣子走了出来，对他说道："银票赌不赌？"

陈皮皮看着匣子里厚厚的银票，不由得大感震惊，心想宁缺这家伙平日里连蟹黄粥都舍不得请自己吃几碗，居然在家里藏着这么丰厚的身家，实在是各啬抠门到了极点，暗地里痛骂几句后，他疑惑问道："银票怎么赌？"

"每张银票上面都有独一无二的编码，"桑桑低着头说道，她的语速比平日里稍快，似乎很担心对方会不同意这个提议，"总没有人会无聊到看这个。"

陈皮皮想了想，觉得这个提议着实不错。为了防止被假冒，各大钱庄都有自己独特的银票编码制度，银票上的编码不是单纯的数字，而且也没有什么固定的规律，极难记忆，用来做比试的对象最是合适不过。

陈皮皮说道："不错，就用这个。"

桑桑有些憨傻地笑了笑，说道："同时看，同时记，然后公子先背。"

陈皮皮挥了挥手，豪迈大气说道："我怎么能占你这种小姑娘便宜，你先背。"

"彤宝辰二八八九四胜己根耳利丰四五五。"

"意莫辛宝银塞九七五二四五六棋眼汤一。"

随着桑桑清稚的声音在后院里不停回荡，陈皮皮的脸色变得越来越难看，他再顾不得比试的规矩，伸手从桌上抓起银票，发现果然一个字都没有错。

陈皮皮心里很明白，这些银票上的编码如此古怪难记，换作自己顶多能准确记住十五六张银票，然而这时候，桑桑已经背到了第二十七张银票，而且看她的神情和语速，只怕再背上几十张也没有任何问题！

陈皮皮揉了揉自己震惊而麻木的脸，有些不敢相信自己的耳朵，他实在无法想象世间怎么可能有记忆力如此恐怖的人，他相信就算二师兄来背，不……哪怕是大师兄亲自出马，也不可能比眼前这个不起眼的小侍女更强。

"那天兴云逢四五五五七九……"

陈皮皮沮丧地伸手阻止桑桑继续向下背，垂头丧气看着桌上的银票，沉默很长时间后叹息着说道："不用背了，我承认你的记性比我更好。"

桑桑小脸上极罕见地露出甜美的笑容，把小手掌摊到他面前，说道："多谢。"

陈皮皮从怀里取出银票放到她的手掌上，连连摇头说道："真是匪夷所思，真是匪夷所思，想不到宁缺说的是真的，原来市井之间每多奇人。"

桑桑自不会理会他的感慨，把新挣的银票和原先那些银票重新叠好，放进匣子里，然后小心翼翼抱着匣子向里屋里走去。

陈皮皮忽然想到一件事情，喊道："且慢！"

桑桑身形骤然一僵，然后加快脚步冲进里屋。

陈皮皮猛然醒悟，不可置信说道："你居然真背过这些银票上的字！"

房门紧闭，门后一片安静。

陈皮皮震惊无悟，良久后望着紧闭的房门痛心疾首地说道："我就没听说过有谁会无聊到天天在家里看银票！还背银票上的字！宁缺这家伙平日里就像八辈子没见过银子，今儿才知道比你这贪财的丫头差得远了！你们主仆俩到底是什么人啊！"

桑桑紧紧抱着银票匣子，紧张地靠着木门，心想万一他强行冲进来怎么办。听着门外传来的破口大骂声和痛心疾首的教育，她又是害怕又是想笑。

是的，先前她说过没有人会无聊到看银票，但她没有想到陈皮皮居然就真的信了。要知道在她看来，在宁缺的书帖能换银票之前，银票实在是这个世间上最好看的纸片，而半夜没事干拥着被窝数银票，乃是这个世间最有意思的事情。

陈皮皮在门外喊道："出来。"

桑桑用背抵着门，低着头轻声说道："银票是我的。"

陈皮皮捂着额头，说道："我承认是你的。"

桑桑抬起头来，好奇地说道："那我还出来干吗？"

陈皮皮怒道："银票给你，但前面这场你作了弊，总得再来一场吧！"

桑桑掀起床板，把银票匣子藏好，对着门外喊道："陈公子，天色不早了，您赶紧回书院吧。"

陈皮皮愣了愣，看了一眼天，大怒吼道："中饭时间都没到！晚什么晚！"

桑桑走到门后，谦卑地说道："陈公子，我承认不及你聪明，也不如你记性好。"

陈皮皮越发生气，摇头叹道："啧啧，赢了一百两银子，什么都肯认？"

桑桑说道："少爷说过，名利都是浮云，不用去争。"

陈皮皮怒极无语，心想名利二字里你至少得把利字剔掉才对，上前重重捶了两下木门，喊道："既然不怕输给我，那你陪我再比试一场又如何？"

桑桑心想确实是这个道理，赢了对方一百两银子，总得让他把气给顺了，推开房门，看着陈皮皮认真说道："但不许再赌银子，赌博不好。"

为了不把银子输回来，竟能厚颜无耻到这种地步？陈皮皮越发无语，看着小侍女微黑的脸颊，心想宁缺平日里究竟教了你些什么东西。

他沉声说道："下棋。"

桑桑简洁应道："不会。"

陈皮皮根本不信，眼前这小姑娘平日里看过银票，但能把三十几张银票的编码记在脑中，可不是寻常人能有的本事，说道："必须的。"

桑桑这次的回答更加简洁，点了点头："噢。"

棋盘是从隔壁吴老板手里借的，看着古色古香，但既然吴老板开的是假古董店，自然也是假的，不过黑白棋子落在上面，看着倒确实有些感觉。

陈皮皮没有什么棋逢对手的感觉，也没有生出高处不胜寒的骄傲感，他痴痴愕愕指着棋盘上才落下的那枚黑子，看着对面的桑桑不解问道："怎么能下这里？"

桑桑睁着眼睛看着他，不解问道："为什么不能下这里？"

陈皮皮很仔细地给她讲解了如此下法的问题，然后非常不解地问道："你是一个很聪明的人，而且记忆力又如此恐怖，那么在了解规则之后，只需要稍微动一动脑筋，便能知道问题所在，那你为什么不肯多想一下呢？"

桑桑认真回答道："想事情很辛苦的，我一般都不怎么想。"

陈皮皮傻眼，粗圆手指间拈着那枚棋子硬是放不下去。

便在这时，老笔斋门口传来一道声音："在下棋啊。"

桑桑看着门口惊讶说道："这么早就回来了？"

老人迈过门槛走了进来，点了点头，从腰间摸出碎银子递了过去："没喝茶。"

桑桑起身让开座位，示意老人替自己，说道："我去看看腊肉，吴婶说刚开始熏的时候，新鲜肉肥容易滴油，得当心松枝燃起来，你来替我下，过会儿给你茶喝。"

老人嗯了一声，走到椅上坐下，抬头看着陈皮皮，说道："该谁走？"

陈皮皮看着眼前的这张苍老容颜，看着对方纯净的眼眸，看着眼眸里氤氲着的圣洁光辉，想着世间这些天让长安城警惧不安的那件事情，这次真的傻眼了，拈着黑色棋子的手指微微颤抖，不知道应该是落到棋盘上，还是放回棋瓮里。

老人低头看着棋盘上的局势，继续问道："该谁走？"

陈皮皮老实说道："该我走。"

说完这句话，他站起身来便准备走出老笔斋。

老人抬起头来，看着他疑惑说道："我是说该谁走棋。"

陈皮皮看着他看了很长时间，然后缓缓重新坐回椅中。

他手指间拈着的那枚黑子轻轻落下。

老人把手伸进棋瓮，摸出一枚白子，半晌没有落下，似乎在思索该如何应对。

第四卷

垂暮之年

第六十一章
大意思

皇帝闻言微笑，然后转身向城楼下走去，羽林军统领和侍卫首领快步跟上，又有近侍递上盔甲与佩剑，看情形竟似要出征一般。

黄杨大师怔了怔，随着陛下绕过贺兰城头的石道，向着城下走去，问道："陛下你这是要去哪里？"

皇帝在近侍的帮助下，穿戴着沉重的盔甲，头也不回说道："东荒之上马上便要有动乱，我要带兵过去镇压。"

黄杨大师研习佛法多年，于俗世事务与谋略却不甚精通，闻言仍是不明，心想那片荒原上，刚刚结束一场神战，难道紧接着又有战事？

一名羽林军牵来一匹黄骠马，把缰绳递到黄杨大师手中。

皇帝坐在马背上，看着他说道："如果你不放心朕的安全，那便随朕一道去。"

黄杨大师接过缰绳，依然想不明白陛下此行何意。

皇帝右手伸到面部，确认盔甲无碍，说道："从这一刻起，大唐要面对西陵神殿联军的威胁，所以朕决意抢先进攻。"

黄杨大师闻言神情骤凛，震惊说道："陛下，难道你想对昊天宣战？"

大唐立国千年，与世间无数国度发生过战争，但即便是大陆战火连绵的那段岁月里，也始终没有与西陵神殿发生正面的冲突。

双方都很清楚地知道那条界限在哪里。

西陵神殿不愿意直面世间最强大的国家，而大唐也不愿意与整个世界为敌，要知道绝大多数大唐子民也是昊天的信徒。

皇帝平静地说道："夫子已经对昊天宣战了。"

此时，汗青将军从城楼里奔出，伸手紧紧抓住皇帝的坐骑缰绳，颤声说道："陛下，让末将去……金帐王庭处有异动，还请陛下坐镇贺兰城。"

皇帝说道："金帐单于虽有雄心，却无胆魄面对朕。所谓异动，都是些日后之事，十数日内，他的精骑不可能抵达贺兰城，而那时，朕的军队必已归营。"

……

荒原之上一片死寂，那辆黑色马车消失之后的很长时间里，依然没有人敢说话，只能听到数十万人沉重的呼吸声和战马的低嘶。

光明与黑夜，金龙与神将，最终被一柄人间之剑结束，化为满天星火，落于荒原，然后云集风起雨落烟尘敛，青天重临。

这些画面完全超越了人类最放肆的想象，这个故事完全超越了人类所有的经验，震撼与敬畏惊恐的情绪，在数十万人的心中久久缭绕不去。

越强大的人越容易醒来，西陵神殿联军营中那座巨辇上，万重纱帘里的高大身影缓缓站起，不再望向北方的荒人部落，而是望向西方的唐军。

西陵神殿掌教大人握着手中的神杖，看着那些像联军一样震撼、脸上却多出很多骄傲神情的大唐骑兵，沉默不语。

剑分天穹，再斩神将，后屠金龙，今日夫子展露了人间巅峰，近乎神迹的能力，他是书院院长，是大唐帝国的精神支柱，所以唐人当然会骄傲，但在西陵神殿和世间亿万昊天信徒看来，夫子此举则是对昊天意志的极大不敬，是无法饶恕的亵渎。

光明就要战胜黑暗，夫子却拦在了光明之前，救走了冥王的女儿，人间诸国为之而付出的牺牲，就这样变成了泡影。

大唐因为夫子而骄傲，那么也要承受这种骄傲的代价。

神殿掌教大人低沉而肃严的声音，回荡在荒原之上。

西陵神殿联军渐渐清醒过来，望向西方唐军的目光渐渐变得复杂起来，有警惕有厌恶有愤怒，最终变成了仇恨。

烟尘渐起，厉啸声声，蹄声骤乱，西陵神殿联军，缓缓改变阵势，明显针对西方的大唐军队，开始布置攻势。

在这片荒原之上半数东北边骑，还有三分之一的征北军，兵员数量已经是近些年来大唐帝国动员的最大数量，再加上唐骑举世公认的强悍战斗力，单凭这些唐军，便足以横扫像宋齐这样的小国。

但这场荒原战争是西陵神殿发动的圣战，中原诸国派出了最强大的部队，最强大的修行者与武者，人数近乎四倍于唐军，还真有获胜的可能。

烟尘渐敛，碧空白云下的荒原，被黑压压的骑兵所覆盖，西陵神殿联军，就此分裂成两个不同的阵营，气氛变得异常紧张。

神殿联军原本的对手荒人部落，此时已经变成无足轻重的存在。

刺耳的哨声响起，战争毫无预兆地开始。

人数占据绝对优势的西陵神殿联军，在付出了三万余人的生命之后，终于击溃了大唐东北边军防守的右锋，把唐骑围困在了荒原上。

但无论西陵神殿掌教，还是燕晋宋齐诸国的皇族将领，都非常清楚，想要把这支唐军吃掉，只怕神殿联军要付出死伤过半的惨重代价。

可他们仍然必须这样做。

因为大唐已经背弃了昊天，因为夫子令他们所有人都感到恐惧，为了抹除这股恐惧，他们必须坚定地站在昊天的一方，抓住眼前这个机会。

便在这时，蹄声如雷响起。

无数骑兵自东方而来，身着黑甲，气势肃杀，如一道黑色的洪流，冲入荒原之上，转瞬之间，便把神殿联军的阵形冲溃！

闻名于世的大唐玄甲骑兵到了！

大唐军旗飘扬，旗下是天子本人。

……

黑色马车在荒原上疾驰。

已至深春的荒原并不荒凉，地面上长满了茂密的青草，放眼望去，绿色曼延至天边，就像是一张绿色的毡子，上面点缀着白色的小花。

白色的小花是羊群，在青草里亦有真正的小白花若隐若现。

春风扑面而来，大黑马不停摆着头颅，兴奋地奔跑着，马蹄踩乱青草，踢起黑泥与花屑，有花瓣飘至它的大鼻孔前，美得它直欲放声嘶鸣。

想着身后车厢里的那位高人，它哪里敢真的放声嘶鸣，压抑着死里逃生的兴奋与激动，粗重地喘息着，看上去就像是在傻笑。

宁缺端起一杯茶，递到夫子身前，说道："老师，喝茶。"

此时他的心情极为舒畅愉悦，如果把心间的笑意完全展露出来，只怕脸上会多很多个酒窝，笑成一朵花，他觉得那样会显得对老师有些不敬，所以强自压抑着，压抑到唇角都有些颤抖，于是反而显得笑得很傻。

桑桑坐在车窗旁，有些紧张地攥着袖角，看着从上车后便毫不客气占据了软榻的夫子，笑得有些憨痴，也显得很傻。

夫子接过那杯热茶喝了口，看着二人说道："傻笑做什么？"

宁缺傻笑两声，老实说道："除了傻笑，这时候真不知道该做些什么。"

桑桑点了点头，傻傻地笑了起来。

夫子把黄金巨龙的头颅凝成光团灌进她的身体里，她身体里的阴寒气息骤然消失，只残留了极少的几丝，已经构不成威胁。

更奇妙的是，她清晰地感觉到，自己的身体里多了一道很鲜活的生命气息，那道气息并不像昊天神辉和冥王烙印那般纯净，显得有些繁杂。

那道生命气息包罗万象，有花草鱼鸟，有风霜雨露，有柳湖雪莲，有包子铺里的热气，有酸辣面片汤摊子下的陈年油腻。

这道生命气息里有人间的一切，自然也有很多杂质，甚至是污秽的东西，然而似乎正是因为这些杂质，所以才会显得那般鲜活。

因为那是真实。

桑桑不明白夫子对自己做了什么，但隐约明白关键不在于那道灌注到自己身体里的神辉光团，正是这道鲜活的生命气息，能够治好自己。

没有人能够治好的病，夫子一出手便好了，万里逃亡不知岁月，历经艰难困苦，最终绝望地看到了昊天的神罚，夫子一出手便好了。

这两年，这一天，宁缺和桑桑的情绪大起大落，受到了太多的震撼，在这种时候，正如他所说，除了傻笑真不知道应该怎么做。

过了段时间，他渐渐平静下来，也清醒了些，想着先前发生的事情，眉头微蹙，有些担心地说道："老师，西陵神殿不会就这么善罢甘休。"

夫子把茶杯递给他，说道："不甘与我何干？再来杯茶。"

宁缺苦笑一声，把热茶倒入杯中递了过去，心想对老师您来说，西陵神殿的愤怒自然不及一杯热茶重要，但大唐肯定会受到波及。

"老师，您难道不担心昊天迁怒于长安？"

"昊天会这么无聊吗？"

"那西陵神殿呢？"

"陛下如果不是陛下，现在或者还在书院后山里学习，按时间算，应该是你的六师兄，既然他现在在荒原，你觉得我需要担心什么？"

"但终究还是很危险，老师……您为什么不出手？"

"我会这么无聊吗？"

听到这个极随意不负责任的回答，宁缺张大了嘴，不知该回些什么，如果是以前，有人敢把自己与昊天相提并论，他肯定以为对方不是疯了便是疯了……然而在亲眼目睹了今天这场神战之后，他知道老师没有发疯。

他想了想后说道："天道无情，但老师您是有情之人。"

夫子问道："荒原上都是人吧？"

宁缺点了点头。

夫子指着自己说道："我也是人吧？"

宁缺想着那个在高空光明里执剑屠龙的高大身影，犹豫很长时间后说道："您应该……也许……还算是人吧？"

夫子闻言大怒，胡须乱飘，斥道："哪有什么也许，我就是人！不是人，难道我是什么东西？"

宁缺苦笑说道："您说得对，但这和咱们讨论的有什么关系？"

夫子说道："既然我是人，难不成我能把世间所有人都杀了？这种事情，着实没有什么意思，我可不愿把时间浪费在这上面。"

宁缺认真问道："那您觉得什么才有意思？"

夫子悠悠说道："与天斗，其乐无穷，其间才有大意思。"

第六十二章

桑桑的笑

宁缺说道："其实与人斗……也是件很有意思的事情。"

夫子看了他一眼，说道："真没出息。"

宁缺笑了起来，心想我不是老师您有资格与天斗，这些年为了活着，不停地与人斗，早就习惯了其间的乐与怒。

春风入车，平静喜悦，终于脱离了死亡与分离，车厢里的人们，放松下来，然后便有了埋怨，学生对老师的埋怨。

"为什么这些年您一直不肯出手？真是因为这些事情太无聊？如果您出手，大师兄不会累成那样，死的人想必也会少很多。"

夫子端着茶杯，嗅了嗅茶香，看了一眼桑桑，说道："会死多少人我并不在意，只是不清楚，怎样选择才正确，才对人间有好处。"

宁缺说道："既然您不在意死多少人，为什么又要关心人间怎样才能有好处？"

夫子说道："如果有一两银子落在你身前地上，你会捡吗？"

宁缺和桑桑对视一眼，看出彼此的坚决，说道："当然要捡。"

夫子正在饮茶，听着这话险些喷了出来，本是设计好的课程，哪里想到在宁缺这里无法顺利开展，不由有些恼火，说道："我是不会捡的！"

宁缺看出老师心情有些糟糕，不敢多话，说道："您想捡便捡。"

夫子又道："但如果是一万两银票落在地上，我肯定会捡。"

宁缺明白了老师的意思，心想这种清晰计算生命和利益的态度，着实有些冷漠，感慨说道："我知道自己极冷血，没想到老师原来也是同类人。"

夫子说道:"不是冷,只是淡,什么事情看的次数多了,自然也就淡了。我活了这么多年,亲友渐散,白发人送黑发人不知多少回,早已把死亡之事看淡,不过是自然的终结,早死晚死没什么区别。"

宁缺问道:"那您为什么在犹豫了这么长时间,甚至是这么多年之后,还是选择出手与昊天作对?"

夫子靠在榻上,透过天窗看着青天白云,说道:"因为……最终我还是发现,自己很不喜欢,甚至有些厌恶昊天。"

宁缺心想,人世间大概也只有您才有资格对昊天做这种情感层面的评价。

夫子收回目光望向宁缺,说道:"当然,你是我的学生,在这件事情里陷得太深,这也是让我出手的原因。"

宁缺闻言感动,只是习惯性地不想流露出来,强自隐忍。

夫子如何看不出来他此时心里的感受,不满说道:"我难得如此勇敢一次,你就不能感动到泪流满面?非得端着?"

宁缺看着他诚心诚意说道:"老师威武。"

想着夫子言语里说难得勇敢,他微怔问道:"您不是说与天斗其乐无穷?难得勇敢?难道今天是您第一次出手?"

"如果说出手是指打架……不错,今天是我对昊天第一次出手。"

夫子放下茶杯,说道:"战斗有很多种方式,不是说只有打架才是战斗,我和昊天斗了一千多年,用尽了各种方式,只有你小师叔这种痴人,才会总想着和昊天打架,他也不想想,万一打输了可怎么办。"

这句话的尾音拖得有些长,有些萧索和遗憾。

宁缺把空了的茶杯斟满热茶,取了手巾想要把夫子胡须上沾着的茶汤擦干,笑着说道:"您今天可不就是打赢了?"

夫子把他虚情假意的手打掉,怒其愚蠢,斥道:"我今日赢的不过是昊天意志的一些显象,又不是昊天本身,如果这就算战胜昊天,你小师叔当年怎么会死?如果让他听到你的话,不得气到再活过来!"

宁缺厚颜说道:"弟子层次太低,还需要老师您来解惑。"

"黄金巨龙,还有黄金战车上那名光明神将,都是昊天神辉拟出来的幻象，看着吓人，实际上根本谈不上强大。"

说完这句话，夫子把手指伸进茶杯，蘸了些热茶，轻弹至空中。

茶滴飘散悬浮，反射着天窗外透进来的阳光，凝成了一条细小的金龙。

宁缺看着这幅画面，感知着眼前这条金龙里散发出的光明威压，震撼得无法言语，心想老师您究竟想给我多少震惊？

然后他确认，夫子说的是对的，今日荒原天空上出现的黄金巨龙和光明神将，足以秒杀人间绝大多数修行者，但如果是跑得最快的大师兄，或者是那名金刚不坏的讲经首座，说不定还真的可以战胜对方，至少不会败得太快。

马车奔驶在荒原上，青草碎折野花散，春风温暖入窗来，桑桑轻咳一声，宁缺微显忧虑地问道："老师，接下来怎么办？桑桑的病没问题了吗？"

夫子再弹指，车厢里那条活灵活现、仿佛有真实生命的光明金龙瞬间离散消失，变成茶滴落在地板上，犹如朝露。

"光明是有，黑暗是无，以有化无，如闻道于盲。所以不能指望昊天神辉能压制她体内的冥王烙印，佛法讲究的是自悟，依旧是个盲便无视、聋便无语的自欺欺人法子，依然无法完全消除。"

夫子看着桑桑，说道："我思来想去，最终决定用人间之力，尝试把你体内的冥王烙印留在人间，和光同尘而令冥王无所察。"

"人间最热最乱最真实，能让纯净的不再纯净，能让寒冷变成温暖，能让炽热作为炊烟，本身便是一个无中生有的过程。"

宁缺想了很长时间，发现以自己的智慧与境界层次，不可能想通这些话，诚恳请教道："老师，什么是人间之力？我们又该如何做？"

"该如何做？我已经做了。"

夫子有些意外，说道："先前我斩龙首，凝昊天神辉为光团入桑桑体内镇压冥王烙印，顺手便把人间之力灌了进去，你还想要我怎么做？"

宁缺瞪大眼睛，问道："什么是人间之力？"

"我就是人间，我的力量就是人间之力。"

夫子看着桑桑，开心得意地笑了起来。

宁缺也笑了起来，笑得有些傻。

看着开怀大笑的老少二人，桑桑也笑了起来，但她的笑容显得有些怪异。

她脸上的笑容很憨傻可爱。

她眼睛里的笑意却很漠然。

她明明是一个人，却有两种笑容。

她明明坐在窗畔，却像是坐在天空之上，俯瞰着大地。

第六十三章
夫子的恼

桑桑眼睛里的笑意很漠然——在字典里,漠然有很多种解释,比如清虚淡泊寂静的表象,比如冷淡,比如茫然无知无觉——这些解释,对于时常流露出天然呆特质的她来说,都很适合,尤其是茫然无知无觉这一条。

此时她坐在窗畔看着夫子和宁缺,就像是先前荒原天空里,黄金巨龙从燃烧的云后探出身形,光明神将站在战车里俯视大地,只不过她的位置仿佛还要更高一些,于是她眼眸里的那抹漠然,便落在了另一个领域中。

漠然还有一种解释:抑制快乐和拒绝生命,远离美好之类带着人间气息的词汇,代表超越俗世的神圣与庄严。

那抹带着漠然意味的笑意,在桑桑的眼眸底部生起,瞬间消失,不及弹指,刹那化为青烟,她自己都没有任何感觉,宁缺自然没有看到,但夫子看到了。

夫子看着桑桑,沉默了很长时间,直到宁缺觉得有些古怪,桑桑的眼眸里流露出不解和无措的神情,他才笑了笑移开眼光。

……

夫子的眼光,落在桑桑的手上。

桑桑的左手紧握成拳。从烂柯寺开始,再到逃离月轮国朝阳城,一直到被荒人部落收留,她的左手经常握着。

夫子目光落处,桑桑的左手摊开,露出掌心里的东西。

那是一颗白色的棋子。

夫子神情宁静得仿佛是经历了无数秋冬的老松。

他的眼眸却不宁静，有亿万颗星辰在黑色的眼瞳里浮现，然后开始无规则地移动，画出无数繁密的线条，最终凝结为一个明亮的光点。

这是瞬间发生的事情，没有人能够看到夫子的眼睛里发生了什么，宁缺看不到，桑桑看不到，就算世界上所有人站在夫子身前，都无法看到。

夫子眼眸深处的那个明亮的光点，忽然爆炸开来。

夫子闭上眼睛，然后重新睁开，眼眸回复正常，黑色的罩衣纹丝不动，神情依旧宁静，皱纹依然像是蕴藏着无数智慧。

似乎什么事情都没有发生。

又似乎所有的事情都已经发生。

……

黑色马车厢壁上，刻着极为繁密的符阵，源自昊天南门观经典，由颜瑟大师耗半生之力打造而成，极为精妙难破。

便在夫子重新睁开眼的那瞬间，马车厢壁上的符阵，忽然像是被灌注了无数多余的气息，澄静的符意骤然大乱，符线闪烁着金光，然后黯淡。

车厢由精钢打铸，本身的重量极为可怕，此时符阵忽然失效，车轮顿时深深地陷进松软的春日荒原地面，皮索深深地勒进大黑马的肌肉里！

大黑马完全没有准备，哪里会想到身后的车厢会忽然间变得这般沉重，前蹄腾空而起，然后猛地跪下，重重地摔到地面之上！

泥土四溅，烟尘飞扬，大黑马痛嘶连连，身下的青草被碾压成团，青草里的野花散开，在烟尘里飘浮而上，渐要入云。

荒原上晴空万里，只有几抹白云悠悠飘浮。

黑色马车正上方的碧空里，有朵雨做的云，当野花碎屑飘起，便有雨落下，就像是道细细的水柱，恰好落在马车上，淅淅沥沥，就像是在哭泣。

从荒原地面望去，此时太阳刚好移到这朵雨云后方，清澈的阳光，穿透云里的三道缝隙，微显明亮，那三道细缝，两道在上，一道在下，就如同人的双眼和嘴唇，细细眯眯，像是一张纯真的脸露出可爱的笑容。

夫子很烦，挥手便云散雨消，说道："又哭又笑，有病啊？"

宁缺根本不知道发生了什么事情，说道："老师，有病的是桑桑。"

夫子望向他，喝道："你有药？"

宁缺哭笑不得，说道："您不是有药吗？"

夫子越发不悦，说道："药都让她吃了，你提这事儿干吗？"

宁缺无语，心想书院后山同门都知道老师不是那种不食人间烟火的高人，很有些脾气，但今天这脾气来得也太突然太无谓了些。

"老师，到底出什么事了？"他担心问道。

夫子沉默片刻，忽然说道："有些饿了，你们想吃点什么？"

宁缺望向车窗外微湿的原野，心想在这等荒凉地方，除了干粮还能吃些什么？

夫子看了一眼桑桑，说道："既然还活着，就得好好活着，对生活品质应该有所要求，怎么能随便吃，我带你们去吃些好吃的。"

······

大黑马摆脱了撞击带来的晕眩感，确认车厢再次变轻之后，依照夫子的指挥，向荒原北方疾驶而去，一路只闻风声呼啸，只见青草成光。

没有用多长时间，黑色马车便来到一处草甸间，草甸四周散放着数十只羊，侧后方支着几间帐篷，看上去应该是一处牧民部落，只是实在太小了些。

宁缺走下马车，看着日头的倾斜角度，竟看到远处还残着雪丘。

他又看了看青草的长度，确认此地已经在荒原极北，有些无法理解，只用了这么短时间，马车怎么跑了这么远的路。

帐篷里走出几名牧民，肤色黝黑，警惕的神情里夹杂着慌乱，看情形这些牧民很少能够遇到外来的旅客。

宁缺不知道夫子带自己和桑桑来这里吃什么，正所谓弟子服其劳，他向那几名牧民走过去，准备看看帐篷里有什么食物，花钱买下来。

他会荒原上的蛮语，甚至连一些很偏僻的部落方言都很擅长，然而今天他忽然发现，自己居然也会无法和荒原上的牧民交流。

"少到处卖弄你那些雕虫小技。"

夫子从马车上走下来，毫不客气地训斥道。

那几名牧民看见夫子后的反应很奇怪，有些感动，有些兴奋，更多的是敬畏，有两人直接跪倒在夫子身前，亲吻他的脚背，另几名牧民则是跑到各自的帐篷，把老婆孩子还有老人都带了出来，然后对夫子行礼。

宁缺这才知道，原来这些牧民见过夫子，不由得很是好奇，这些牧民究竟属于哪个王庭，居然听不懂自己的话，更好奇夫子会怎样和这些牧民交流。

他从来没有想过，夫子不能和这些牧民交流。

因为现在他越发确定，夫子是无所不能的。

夫子开始和这些牧民交流。

他指向远方草甸上的羊群，然后摊开双手，比画了一下大小，又用十指朝天乱动，模拟火焰的样子，嘴里还在不停念念有词。

"羊可不能大了，就这么大。"

"要烤的……就你们最拿手的那种烤法。"

……

宁缺再次无言，他哪里能想到，夫子的交流方式就是这样。

夫子知道他在想些什么，说道："我一直在说，世上没有无所不能的人，就算是我，也不能通晓世间一切语言，但那又算什么？语言本来就是雕虫小技，你只要会比画，到哪里都饿不死，到哪里都能找着好吃的。"

宁缺知道要和老师讲道理，那是一种极其自虐的念头，于是他很坚定地放弃，问出自己的疑惑："这个小部落属于哪个王庭管？"

夫子说道："不属于任何王庭，这些牧民千年以来，始终在这片苦寒之地游牧，不与外界交流，日子虽然过得苦些，倒也清静。"

宁缺说道："只有这么些人，按道理很难繁衍下去。"

夫子说道："当年屠夫在这里躲过一段时间，应该是传了这些牧民某种秘法。"

宁缺听夫子说过屠夫酒徒这两个人，闻言微惊。

夫子又道："屠夫烤的羊腿是最好吃的，如今他不知道躲在哪里，很多年都不肯见我，所以现在人间最好吃的羊腿，就在这里。"

宁缺笑了起来，说道："您说的秘法，究竟是传宗接代还是烤羊腿？"

夫子笑得直拍大腿，说道："都是都是。"

桑桑分了两碗奶酒，端给夫子和宁缺。

夫子饮了一口，赞了声好，然后对她说道："你也喝喝，味道不错。"

便在这时，羊腿终于烤好了，牧民恭恭敬敬地捧了过来，便退了下去。

宁缺不知该用什么词汇来形容这根传说中人间最好吃的烤羊腿，闻着羊腿散发的香味，看着羊腿上令人失神的油泽，食指大动。

但在这种时候，他永远不会犯错，依照陈皮皮和大师兄曾经指导过的那样，用锋利的小刀在羊腿最好的部位切下两片，然后送到夫子唇边。

夫子咀嚼着羊肉，闭着眼睛，端着奶酒碗，神情十分陶醉，只待下一刻，用奶酒把嘴里的羊肉膻香味化为迷人的醉意。

"不对劲。"夫子忽然睁开眼睛。

然后他像端碗在道旁刚吃完面条的老农一般，吧嗒吧嗒嘴，仔细品了一番嘴里的感觉，脸色骤变，说道："这羊肉不对。"

宁缺怔住，在烤羊腿上再切了一片，送进嘴里嚼了，只觉肉质鲜美愉悦到了极点，险些把自己的舌头也嚼掉，心想哪里不对？

他问道："老师，哪里不对？"

夫子愤怒道："这羊肉吃着都不像羊肉了，还能叫羊肉吗！"

宁缺完全不明白，这哪里不像羊肉。

夫子忽然沉默，看着那根烤羊腿长叹一声。

然后他望向桑桑，叹息着摇了摇头。

桑桑不明白发生了什么事情，小声问道："您要不要来碗羊汤？"

夫子恼火说道："肉都没法吃了，还喝什么汤？"

第六十四章

万里之行只为吃

羊肉吃着不像羊肉，但终究还是肉，有肉吃，终究还是幸福的事情，所以夫子烦恼愤怒之后，还是只有继续吃肉，只不过吃的时候，不停唉声叹气，看着手里的羊肉叹气，看着桑桑叹气，看着天空叹气。

桑桑不理解这是怎么了，宁缺也不理解，拍了拍她的肩膀，示意没有什么事，挪到夫子身旁，低声问道："老师，是不是这件事情很麻烦？"

他说的事情，自然是指夫子救下桑桑，与昊天战斗这件事情。

夫子神情黯然说道："当然很麻烦。"

宁缺闻言微惧，颤声说道："桑桑不会有事吧？"

夫子闻言大怒，痛斥道："你只会关心自己老婆，就一点不关心我这个老师？孝顺是什么意思懂不懂？她都吃了药了还能有什么事？怕她会死？我死了她都不见得会死！我现在关心的是肉，我现在吃肉没滋味了！"

宁缺抬起袖子，擦掉脸上的唾沫星子和油花星子，悻悻然想着，老师的脾气越来越大，莫不是先前和光明神将打那一架累着了？

一念及此，他哪里还有什么不满，赶紧和桑桑一起小心服侍夫子吃肉喝酒。

盛汤的时候，桑桑轻声安慰他道："都说老小老小，人年纪老了，脾气就会变得和小孩子差不多，咱们多哄哄便是。"

宁缺回头望向坐在草甸上一边喝酒一边骂天呵地的夫子，担心说道："老师再大脾气我也能忍，只是总觉得有些问题。"

烤羊腿没有吃完，虽然在宁缺和桑桑看来，这绝对是他们这辈子吃过的最好吃的羊腿，但他们的饭量着实有限，而夫子又不怎么爱吃。

夫子是书院里饭量最大的那个人，宁缺和在书院里做过很长一段时间厨娘的桑桑，都很清楚这一点。宁缺甚至觉得，书院的实力排名其实和入门时间无关，完全看谁的饭量大，比如大师兄看上去温和平静，但如果真放开胃口吃饭，二师兄就算把裤带解了也比不上。

桑桑问夫子："院长，剩的这些羊腿怎么办？送回他们帐篷去？"

"他们天天吃这些烤羊腿，早就吃腻了，哪里肯吃剩下的，给他们也不过是浪费。"

夫子示意她把剩的烤羊腿放下，然后对着北方的雪丘吹了声口哨，口哨的声音并不如何响亮，却传得极远，正在草甸间低头吃草的羊群纷纷抬起头来。

没有过多长时间，荒原地面微微颤动，草甸里那些羊群仿佛感知到极大的惊恐，向南四散逃走，有几只羊更是直接被吓得晕厥假死。

大黑马正在草甸下方啃食一根羊腿，忽然间，它霍然抬起头来，警惕地盯着北方，颈上的鬃毛随风而舞，似要竖立起来。

一只巨大的雪原巨狼和一只相对极为瘦小的普通公狼，从草甸北方的雪丘里缓缓走来，看都没有看一眼草甸里昏死的羊，继续前行。

大黑马露出白牙，对着远处那两只狼发出暴烈的嘶吼，它很清楚雪原巨狼多么恐怖，也知道那只看似瘦弱的普通公狼则更加可怕。

但既然夫子在旁，它便认为自己天下无敌。

……

那只雌性雪原巨狼坐下，草甸上便像是多了座小雪山。

桑桑好奇地看着它，伸手去摸了摸，发现触手处的雪狼皮十分柔软。

雪原巨狼没有任何反应，平静地任由桑桑摸着，神情显得极为温顺，当它嗅到桑桑身上极淡的一丝味道后，眼里竟似流露出想念和安慰的情绪。

那只瘦弱的公狼，坐在夫子身前，两只前爪提在胸处，就像是弟子一般行礼，宁缺站在夫子身后，看着这幅画面，觉得好生有趣。

夫子示意宁缺把剩下的烤羊腿递给它。

那只瘦弱公狼接过羊腿后，没有马上进食，而是对着夫子恭恭敬敬行了一礼，然后用充满威严的目光，看了自己的妻子一眼。

那只通体雪白的雪原巨狼，有些不舍地离开桑桑身边，来到夫子身前行礼。

夫子看着这只公狼身上乱糟糟的毛皮，便知道这几年，狼群南下之后在荒原上的日子并不好过，伸手轻轻抚摸它的头顶。

那只瘦弱公狼一动不动任由夫子抚摸，身体微微颤抖，显得非常激动，非常幸福。夫子看着说道："也不知道以后还能不能见到你，所以让你过来。"

桑桑这时候走了过来，听着夫子的话，不知为何，觉得有些心酸。

夫子看着她说道："这便是棠棠那只小白狼的父母。"

桑桑这才知道，为何先前那只雪原母狼会流露出那样的神色，想必是思念远在书院后山的孩子，心中的酸楚意味变得更浓。

……

雪狼夫妻离开之后，黑色马车也离开了那个离世而居的牧人部落。带着羊肉香脂的马蹄，在青草原野上时落时起，留下的蹄印里，引来了很多蚂蚁。

车厢里，桑桑在给夫子捶背，她现在身体似乎已经全好，做这些服侍人的事情很擅长，夫子也很喜欢被她服侍，眼睛渐渐眯起，似要睡着。

宁缺看着桑桑笑了笑，用嘴形无声道了声辛苦，桑桑笑着摇了摇头，表示自己一点都不辛苦，自己很愿意服侍夫子。

荒原地幅辽阔，虽然有很多蛮人生活在这里，但相对中原来说，依然是人烟稀少之地，奔驶其间时常好些天都遇不到一个人。

旅途很安静，宁缺都快要睡着了，忽然间窗外一片嘈杂，有叫卖声，有呼喝开道声，有小二迎客声，有马蹄声，有寒暄声。

荒原上怎么会忽然变得如此热闹？难道大黑马找着了一个大部落？宁缺困惑不解，掀开窗帘向外望去，然后身体骤然僵硬。

桑桑来到窗边，从他脸边探出头去，被看到的画面震惊得险些惊唤出声。

黑色马车此时正停在一条热闹的长街上。

街畔是拥挤的建筑，行人如织，商铺如林，小贩的叫卖声此起彼伏，有轿夫抬着轿子连声喝道，有骄横的青年打马而过。

宁缺不知道这里是哪里，但他很肯定地知道，这里不可能是荒原。

夫子醒了过来，看着车窗畔发呆的小两口，问道："到了？"

桑桑下意识地点了点头，然后忽然觉得不对，回头望向夫子，说道："我们到了一个地方，但不知道是哪里。"

夫子往车窗外看了一眼，说道："没错，这就是宋国的都城。"

宁缺很震撼，桑桑很震撼，他们完全无法理解，前一刻，自己这些人还在荒原极北深处吃烤羊腿，怎么下一刻就来到了宋国的都城？

要知道宋国在东海之畔，距离荒原北方足有万里之遥！

真正最震撼的还是大黑马，要知道这一路都是它在拉车，宁缺和桑桑没有看到这个过程，它却是看得清清楚楚。

明明眼前是一片青草，而当前蹄落下时，便落在了青石板路上，这种瞬间万里的转换，直接让它吓到四蹄发软。

......

有很多在正常人看来，永远不可能做到的事情，只要夫子出手，那便没有什么不可能，比如桑桑病重难愈，宁缺浑身是伤，现在都好了。

有很多无法理解的事情，只要与夫子有关，那便可以理解，现在的宁缺和桑桑便持有这种想法，因为夫子非常人也，甚至宁缺现在以为，夫子非人也。

黑色马车在宋国都城繁华的大街上缓缓行驶，道观周遭围满了黑压压的人群，在为荒原上的圣战祷告，他们还不知道那场圣战的结局，更不知道那场战争最关键的人，现在已经来到了宋国，来到了他们的身旁。

当黑夜消退，光明渐隐，碧空白云重现之后，宋国的人们从地上站起身来，生活以难以想象的速度回到正常的模样，不是所有人都还在关心北方荒原上发生的事情，已经有人开始关心自己小摊子的生意，自己的事业。

黑色马车停在一座不起眼的酒楼前。

酒楼里已然人声鼎沸，酒令拳声不绝于耳。夫子带着宁缺和桑桑拾级入楼，穿过那些食客与醉汉，来到相对清静的三层楼上。

"先前还跪在地上瑟瑟发抖，这时候便开始饮酒吃肉，酒楼饭庄的生意如此之好，除了压惊之外，更是因为每个人都需要吃饭。"

夫子看着楼下的食客，说道："对普通人来说，吃饭永远是最重要的事情，因为吃饭是为了活着，而活着比荒原上那场战争重要，比律法重要，比道德重要，比信仰重要，比任何事情都重要。"

"活着是最重要的事情，是活着唯一的目的，任何情感知识之类的东西，都是活着的附属品，必须把这个顺序弄明白。"

宁缺想了想后说道："但活着总得有些意义，不然也没什么意思。"

夫子说道："当然得要有点儿追求，但你首先得活着，才有资格去寻找意义。"

"绝对的利己？反对所有牺牲？"

"我说的活着，不是一个人的活着，而是很多人的活着。"

"好像很复杂……老师您究竟想教我些什么？"

"我想告诉你，既然活着是最重要的事情，那么吃饭就是世间头等大事。"

宁缺摸了摸肚子，心想才吃烤羊腿，又要吃什么？

还没等他把这件事情想明白，夫子已经拿起菜单，点了十八个菜。

第六十五章

盘中窥天

夫子爱吃擅长吃，只要他在场，点菜这种事情，当然轮不到别人，所谓冷热荤素，君臣佐使，搭配得极为清爽，光看菜单便足以令人流口水。

那些菜看着简单，但食材其实都很考究，需要现做，离上菜还有段时间，夫子早已做好安排，一盆冰镇的芋泥搁到了桌上。

"甜点追求的便是甜，我最瞧不起的，便是那些要求甜点也要清淡的食家，若要清淡，你喝清水便好，吃什么甜食？"

夫子给桑桑盛了一碗冰镇甜芋泥，示意她多吃点，然后给自己盛了一碗，望着宁缺说道："与天斗其乐无穷，可为什么要与天斗？"

宁缺正在给自己盛甜芋泥，闻言不由得怔住，心想前一刻还在说点菜的学问和饮食的道理，下一刻便转到与天斗这般壮阔的话题，实在是太突然了。

夫子说道："在烂柯寺里，岐山小和尚没有与你说过这些事？"

宁缺想起秋雨佛殿前，岐山大师与自己的一番对话。

那番对话里，岐山大师提到五境以上的传说，提到人间最顶峰的几种境界，比如魔宗之不朽、佛门之涅槃、道门之羽化、书院之超凡。

当时岐山大师说道，数万年里总有人能够走到漫漫修道路的尽头，或者抵达彼岸，或者永世不朽，到那时，他们便会回归到昊天的怀抱。

宁缺最关心回到昊天怀抱究竟意味着死亡还是永生，岐山大师无法回答这个问题，过往无数年间，曾经走到那一步的佛祖还有那些羽化成仙的道门前辈也无法回答，而这正是修道最大的诱惑及最大的恐惧。

在那场谈话的最后，宁缺问有没有修行者即便走到那一步，依然可以不升天，岐山大师的回答是，没有谁能够逃得过天理循环。

那天秋雨里的佛殿很凄清，秋雨里的天穹很苍凉，宁缺觉得身体很寒冷，因为他再次发现，天道果然是很无情的存在。

······

岐山大师已然圆寂，即便如今的他有所想法，也不可能再告诉宁缺，宁缺回忆着那场对话，隐约猜到夫子想要说什么，身体有些僵硬。

酒楼下人声嘈杂，楼上却在讨论人间之上的事情，这种强烈的落差对比，让他感觉很奇怪、很荒唐，直到有些茫然无措。

夫子说道："为什么要与天斗？首先我们要知道天是什么。"

宁缺想起自己在书院后山，看天书明字卷后，与老师在星夜下的那场谈话，在那场谈话的最后，夫子指着夜穹说了四段话。

"昊天有没有生命，我们不知道；有没有具体的形态，我们不知道；昊天在哪里，我们依然不知道；但它有没有意识，师弟他以死亡为代价再一次做出了确认。

"如果真有天道，它俯瞰世间，大地上那些艰难求存的百姓，甚至是那些看似可以呼风唤雨的修行者，也只能是些蚂蚁一般的存在。

"如果真有天道，它根本不会对蚂蚁投以丝毫怜悯与关注，而当那些蚂蚁里有几只忽然抬起头来望向它，甚至开始生出薄如蝉翼的双翅飞向天空，试图挑战它时，它的意识和意志又怎会允许这种事情发生？

"如果真有天道，那么天道无形，更加无情。"

······

这四段话是宁缺对昊天或者说所谓天道最初的认知。

如今他带着桑桑逃亡多时，见过云集鸦至，半天光明半天幽冥，又见过黄金巨龙探首，光明神将临世，再与夫子曾经说过的这四段话相互印证，对天道的认识自然变得更深了些，心中的恐惧却也更深了些。

宁缺望向酒楼窗外湛蓝无云的天空，沉默不语。

夫子拿着调羹，慢条斯理舀着芋泥往唇里送，靠着栏杆，神态颇为闲适，然后他用调羹指向窗外的天空，说道："昊天不是天空。"

宁缺说道："那昊天是什么？"

……

天是一个很特殊的字，在人间的语言里出现的次数极多，而且往往代表着极为强烈的情绪，那些情绪或者是恐惧，或者是敬畏，或者是愤怒。

比如苍天有眼、苍天有泪，又比如天若有情天亦老，还有贼老天、天杀的、老天爷之类的称呼，就连最常用的感叹词也与此有关：天啊！

天代表着至高无上，代表着无所不在，代表着不可抵抗，代表着仁慈博爱，又代表着冷漠无情，代表着所有的所有。

"天道是规则。两点之间直线最近，三角就是比四角稳定，光线跑得最快，水总是往下流，燃烧需要空气，这些世界的规则，便是天道。"

夫子吃着芋泥，随意说着，然后他把手中的调羹从窗口处扔了下去，片刻后街上传来一声痛呼，应该是有行人被砸中了脑袋。

"和水一样，任何事物都要往下面落，这也是规则。"

酒楼下面传来争吵的声音，大概是那名被调羹砸中脑袋的行人，要进酒楼寻找肇事者，夫子就当没有这回事，看着宁缺继续说道："水汇集到最低处的海里，便不会再往下流，调羹落到地上……或者行人的脑袋上，也不会继续下坠，这不代表规则被破坏，只是有另外的规则开始发挥作用。"

"如果没有受到外力影响，没有别的规则出现，那会是一个怎样的情况？那只调羹会不停往更下方坠落，一直坠到深渊里，说不定能够出现在冥王的餐桌上。当然，我现在越发肯定，没有冥界自然也就没有冥王。"

夫子把空碗搁到桌上，推到桑桑的身前，桑桑接过碗，继续盛芋泥。

夫子指着桑桑手中的碗说道："如果这张桌子足够大足够光滑，如果碗底足够光滑，如果人间没有一个叫桑桑的小姑娘会把这只碗捡起来，那么会发生什么事情？就像那只不停坠落的调羹一样，这只碗也会不停向前滑动。"

宁缺挠了挠头，说道："这不就是惯性？"

"惯性？这个词很好，不过我习惯称之为：事物或规则的天然存续倾向。"

夫子说道："这也就是我所以为的生命。"

"生命？"宁缺完全听不懂，疑惑重复问道，"惯性就是生命？"

夫子说道："人活着的时候，能走能跳能思考能吃饭能眨眼能拉屎，人死后变成腐尸白骨，而且这些事情都不能做，形状、构成和特质完全被改变。

"我们活着，便是要保证自己可以继续能走能跳能思考能吃饭能眨眼能拉屎，保证自己看着像人，也就是保证形状、构成、特质能够存续。

"这种存续就是生命。"

宁缺很是不解，说道："但动物也能走能跳能吃饭能眨眼能拉屎。"

夫子说道："但它们不能思考。"

宁缺说道："大黄牛和小师叔那头驴肯定能思考。"

夫子说道："但它们的形状不像人。"

宁缺说道："如果我们可以把它们变得像人呢？"

夫子说道："如果你有这种本事，那它们就是人。"

宁缺连连摇头，说道："这怎么说得通？"

夫子说道："这怎么说不通？"

宁缺愣了愣，然后终于想通了。一个长得和人类一模一样，能走能跳能吃饭能眨眼能拉屎能思考的生命，那不就是人吗？

"每个人都想活着，想要保持自己的形状和内在的存续，这就是生命。往宽泛些看，人类社会，也想要保持自己的形状和内在的存续，比如文字比如书画比如组织，所以这也是一种生命。"

夫子说道："石头也有生命，它也想保持自己的形状，它的手段是坚硬，想要毁掉它的生命，便需要克服它的坚硬。水也有生命，或清或浊，或汪洋一片或小溪无言，你要改变它的形状特质，毁掉它的生命，便需要去煮去晒。

"生命是本身形态的延续。天道既然是规则本身，那么如果它也有生命，它的生命便是保证这些规则永远有效，不被破坏。"

宁缺这时候已经完全不知道该说些什么，好在这时候菜上来了。

三个人吃十八道菜，很丰盛的一顿饭。

夫子不停给桑桑夹菜，然后不停地介绍劝说："这道菜你得试试，这可怜的孩子，跟着宁缺这些年就没过过好日子，要知道人间不知有多少好吃的东西，有多少好玩的东西，这些天你就跟着我享享福吧。"

才吃烤羊腿，又品宋国菜，宁缺和桑桑撑得有些不行，好在夫子果然不愧千年老吃货之名，竟是风卷残云一般，把十八道菜一扫而光。

夫子端着杯双芽菜饮以清腹，看着很是享受。

宁缺打了个饱嗝，想着先前夫子说的那些话，心情就像胃一般沉重，搓了搓有些麻木的脸，准备把话问明白。

夫子放下茶杯，说道："昊天有两面性，一是规则的客观性，二是它要维持规则的客观性，便会呈现出生物一样的生命性。"

宁缺问道："所以？"

夫子指着杯盘狼藉的桌面，说道："人活着要吃东西，它活着也要吃东西。"

宁缺看着汤汁淋漓的菜盘，忽然觉得很恐惧、很恶心。

第六十六章
这是一个问题

昊天要吃东西，吃什么是一个问题，不过想来，不管它吃什么都不用付钱，而人吃东西，总是要付钱的。

夫子让宁缺结账，然后带着他和桑桑下了酒楼。在宋国都城里逛了会儿，看见一间陈锦记的分号，走进去给桑桑买了些脂粉。

宁缺觉得老师对桑桑太好了些，不像是自己所认识的老师，只不过此时他的心神全部被那些问题所占据，所以来不及深思。

黑色马车离开宋国都城，片刻后，又回到青草遍野的荒原上。

宁缺看着荒原上的野草羊群，想了想后说道："老师，能不能简单一些？"

夫子走下马车，看着一望无垠的草甸说道："草生荒野间，得阳光雨露，吸土壤精华，所以能够生长，它吃的便是这些。"

夫子指向不远处的羊群说道："羊吃的是草。"

他又指向十余里外，说道："你看，那些狼正在吃羊。

"那么昊天吃什么？"

宁缺忽然想起莲生大师在魔宗山门里充满愤怒的那番喝骂，想起岐山大师在佛殿秋雨中的感慨，想起很多前辈高贤的疑惑，颤声说道："吃人？"

"羊不能直接吃泥土与阳光，所以吃草；狼不能直接吃草，所以吃羊；人相对要厉害得多，我们基本上什么都吃。但大体论之，饮食的逐层递进，都是能量利用效率的提高，最终造成上一层的生命只能食用下一层的生命。"

夫子摇头说道:"依据我的猜测,昊天的生命补充,来源于天地元气,而它无法直接食用天地元气,就像羊不能直接吃泥土与阳光,狼不能直接吃草,所以他也需要一个过渡环节,那就是人。"

宁缺说道:"我刚才就是这么说的。"

夫子说道:"普通的人都不知道天地元气是什么,如何能够改变天地元气?还是需要修行者,来炼养以及提升天地元气为昊天需要的养分。"

宁缺说道:"您是说,天地元气是草,修行者就是那些吃草的羊,把草里的养分,变成昊天这匹狼可以吸收的东西?"

夫子说道:"大概就是这个意思。"

宁缺说道:"道门典籍里一直说,修行是昊天赐予人类的礼物。按照您的这种说法,这个礼物实在是有些阴森可怕。"

夫子说道:"当然,昊天要比荒原上的狼群挑食得多,毕竟它是我们这个世界最顶层的规则集合,普通修行者在它眼里,是食而无味的羊,越五境之后的那些修行者,开始拥有自己的世界,创建自己的规则,把自然里的天地元气纯化为他们独有的精魄,至此时,便成为昊天眼中的美味。"

宁缺看着夫子问道:"那您呢?"

"到了为师这种程度,当然就是美羊羊。"夫子笑着说道,"不过就像狮子与野牛群的关系,有的野牛太强大,或者野牛群太过强大,狮子也会感觉到威胁。"

宁缺一直很平静,和夫子讨论的时候,还有闲情逸致看看脚下的青草、如云的羊群,事实上他的心情震撼到极点,一时如将沸的羊汤锅,一时如冻凝的羊肉冻,早已濒临崩溃,不停自我催眠这是一场学术讨论不涉及现实,才坚持了下来。

学术讨论终究要往现实的世界里落下,他沉默了很长时间后,问出了讨论至今最重要的那个问题:"老师,您有证据吗?"

没有证据,这就是一场学术讨论,他可以发散思想,往最深邃处、最不可思议处、最阴森恐怖处去想,而没有任何心理负担、如果有证据,那么这便是一个残忍而悲伤的故事,不忍卒听,何况讨论。

夫子很清楚他此时的心情，笑着说道："这不是什么悲伤的故事，更谈不上阴森可怕，无数年来，能够越五境的修行者数量，加起来也不如人类一天吃的羊多，真要说阴森可怕，人类要比昊天可怕得多。"

宁缺很难从这段话里得到安慰，因为他是人不是羊，所以他睁着眼睛，无辜而可怜地看着老师，还是想要听到答案。

"这种事情当然没有什么证据。"

夫子说道，然后不等宁缺稍微松口气，便继续说道："但你小师叔，还有我，都已经直接证明了昊天有意识，它是类似于人类并且高于人类的一种生命形式，所以它必然需要吃东西，这种推论你很难否定。"

宁缺的表情很难看，和过年时被推到开水桶前的猪差不多。

"修行确实是件很艰难的事情，但放在如此大的人类数量之上，其实也不是太困难，总有些人能够修行，总有些人能够越过人间五境。"

夫子看着他说道："越过五境的修行者再罕见，无数万年累积起来，想来也是个很大的数字，那么你能否告诉我，他们去了哪里？"

宁缺说道："生老病死寻常事，那些人也许就自然老死了，这也不足为奇。"

夫子笑着说道："我已经活了一千多年，如果愿意，我还可以继续活下去，生老病死，对于五境之上的人们来说，确实是很不寻常的事。"

宁缺感觉嘴有些干，有些苦涩，片刻后又说道："佛宗涅槃，道门羽化成仙，这些在神话故事里都有描述，那些人去天上享仙福去了？"

夫子笑着说道："天上？天在哪里？昊天神国在哪里？回归世界本原后可还有你自己？如果连自己都没有了，那还是活着吗？"

这个问题宁缺和岐山大师在烂柯寺里讨论过，他知道这个问题没有答案，如果真往最深处思考，可能有的答案只能指向冰冷的那一面。

"没有人去过昊天神国，然后再回来，你小师叔当年可能曾经看了一眼，却忘了留下几句话，所以我以前对这个问题也没有答案。"

夫子望向荒原上空的碧空白云，悠悠说道："直到先前看到黄金战车上那名光明神将，我才终于看到了答案。"

宁缺问道："答案在哪里？"

"答案就在他的脸上。"

夫子说道："他的脸太完美，而世间没有完美的事物，所以他非真实，他的完美来自于千万故人，所以他不是我的那些故人。"

夫子的情绪有些低落，有些感慨，似乎回忆起了很多往事。

然后他收回目光，看着宁缺说道："我在他脸上看到了统一的昊天的意识，却没有看到个人的意识，我看到的是永恒，于是也看到了死亡。"

这是一个简单的世界，这些是简单的道理，只不过在夫子说出来之前，宁缺哪怕二世为人，见过世间最离奇的事情，也无法想到这些问题。

他沉默了很长时间，然后说道："难道别的修行者就没想过这些问题？"

"当年在书院后山，你曾经对我说过，人类一旦思考，昊天就会发笑。但事实上，不在意被昊天嘲笑的人类有很多，远在我之前，以及在我之后，有很多修行者都在不停地思考，很多人都产生了与我类似的怀疑。"

夫子向草甸下走去，说道："柳白那小子，为什么迟迟不敢跨出那一步，这些年一直躲在剑阁里不敢出来？千年之前那名光明大神官，为什么会叛出西陵神殿，到这片荒原上创建魔宗？都与这些怀疑有关。"

听到开创魔宗的那名光明大神官，宁缺不由得想起西陵神殿，问道："道门与昊天最为亲近，道门里的高人应该对这方面的了解极深，难道除了那位光明大神官以外，数万年来，就没有别的人对昊天产生过怀疑？"

"道门追求羽化成仙。被接引至昊天神国，回归世界本原，便是他们最大的幸福，也是他们生存和奋斗的终极目的，这是他们的向往，哪里需要被怀疑？"

夫子看着他说道："只不过对于别的很多修行者而言，与昊天一道永恒，还是一个人孤独地死去，这始终是一个问题。"

……

生存还是死亡，这是一个问题。与昊天一道永恒，还是一个人孤独地死去，这也是一个问题。然而所有的问题都能找到答案吗？

宁缺再次想起莲生大师在魔宗山门里说过的那些话。

"你看这污糟糟的世间，活着不知多少庸碌如猪的蠢货，难道你不觉得呼吸的空气都那般脏臭？顶着一个沉默不知多少年的贼天盖，难道你不觉得呼吸极不畅快？人活天地间理所当然就要吃肉，吃猪吃狗吃鸡吃天地，哪有道理可讲！

"在我看来你我存在于这个世界的方式，便是自身对世界认识方法的集合。当年坟茔一夜苦雨，我便一直在苦苦寻求认识真实世界的本原，最终改变自己存在于世间的方式，最终想要奢望改变这个世界，寻找到那个已经不可能回来的世界。

"我只是追求力量，寻找改变世界的方法，并不在乎道魔之分，也不在乎谁胜谁败，我之所以愿意来魔宗，是因为我想看看那卷失落的天书。

"我去了南晋大河，去了月轮国，最终我往西而去，前往那个遥远的不可知之地，在那座悬空寺中，终于听到了首座讲经，看到了那些清曼的佛光，听到了光辉间那些振聋发聩的佛言。然而过了数年，我终于发现悬空寺里的大和尚们也只是一些浊物，所谓佛言一味故弄玄虚，和宋国街上的算命先生无甚分别。更令人厌憎的是佛宗苦修己身，面对命轮转移只会卑微等待，似这般如何能够抵达彼岸？

"我本以为终于寻找到一个对的地方可以有机会认识真正的世界，然而没有想到，在桃山上待了些时日，才发现西陵神殿全部都是一群怯懦胆小的白痴。都是一群狗，那座破观又如何？终究还不是昊天养的狗！哈哈……都是狗！"

过往宁缺一直以为，莲生大师的这些话只是一些疯言胡语，直到此时此刻，他才终于明白，这位学贯佛道两宗的魔宗高人，是何等样的了不起。

莲生大师始终站在修行世界的最高处，生存的目的便是直指这个旧的世界，想要开创新的世界，他和夫子、小师叔并没有什么太大的区别，只不过选择的方法，所采用的手段要显得更血腥更阴冷一些。

宁缺知道自己这辈子，都可能没有资格去做这道选择题，因为自己可能永远无法达到莲生大师的境界，但他仔细想来，如果自己真要面临这道选择题，或者真会选择和莲生大师一样的答案和方法。

莲生大师很了不起，老师更了不起，他已经知道莲生大师是怎样选的，也猜到老师会怎样选，却不知道老师会怎样具体地去做。

"老师，您会怎样做？"他问道。

夫子问道："莲生当年本打算怎样做？"

宁缺说道："他打算毁灭旧的世界，创造新的世界，然后对抗天道。"

夫子摇了摇头，说道："终究是吃与被吃的关系，天道既然不吃人，何苦要把世间亿万普通人拖入这场战争之中？"

此时师徒二人已经走到草甸下方，锅里的清水已经煮沸，案板上堆满了新切好的鲜羊肉，桑桑抬起手臂擦掉额头上的汗，开心说道："可以吃了。"

三人开始吃涮羊肉。

"涮羊肉要吃鲜肉，冻肉要差很多。"

夫子不知从哪里摸出来糖蒜，脆嘣脆嘣嚼了，满足似的摸了摸肚子，然后看着宁缺说道："我是一个喜欢吃东西的人。"

宁缺心想，如果用更简洁的词语来形容，那就是吃货。

夫子拿起筷子在清水锅里捞了捞，发现没有羊肉了，有些遗憾，然后以箸指天，说道："我既然喜欢吃东西，当然不喜欢被别人吃。"

"为什么要与天斗？因为它要吃我，那么，我就得想办法不被它吃。"

"怎样才能不被它吃掉？"

夫子夹了块冻豆腐到桑桑碗里，看着低头吃肉的小姑娘，叹息一声，说道："这确实是一个很麻烦的问题。"

宁缺把凑到自己碗里来抢肉吃的大黑马推开，忽然想到一种可能，看着头顶那轮太阳，说道："昊天如果需要吃东西，吃阳光就好了，吃天地元气做什么？"

荒原地处塞北，虽至春日，阳光依旧无法炽烈，淡淡的如同假的画。

夫子再次举箸向天，指着那轮太阳说道："如果这是假的怎么办？"

第六十七章
雪海拾鱼及遗

从烂柯寺落下佛光开始，宁缺一直处于极端紧张焦虑的状态之中，直到夫子出现在荒原之上，他才终于感到放松和安全，却没有想到，紧接着，老师便开始带他进入连续的玄妙而令人压抑不安的话题讨论。

他的精神再次变得紧张焦虑不堪，好不容易想到一种可能，可以让这个灰暗的世界变得明朗些，不料老师的回答竟是这样的冷淡，而且隐隐要推演出更多可怕的世界阐述，他终于承受不住，当场崩溃了。

他跳了起来，挥舞着手臂，愤怒地大喊道："怎么能是假的呢？它天天东升西落，长安城的夏天热得要死人，这怎么就能是假的呢！"

夫子被他的反应吓了一跳，说道："只是讨论一下，不用这么激动吧？"

宁缺依然很激动，说道："怎么能不激动？昊天要吃人也就算了，您现在要我相信太阳是假的，那这个世界莫非也是假的？您千万不要告诉我，我在这个世界里活了这么多年，就是做了一场梦！就算您说出花儿来，我也不会相信！怎么可能是假的呢？我把她养了这么多年，难道白养了？"

夫子心想，在如此激动愤怒崩溃的精神状态下，你还是只关心那丫头是不是白养了，果然不孝到了极点，恼火地说道："太阳是假的，又不代表你我是假的。"

宁缺指着荒原上空那轮有些清淡的日头，说道："这就不能是假的！阳光是啥？那就是昊天神辉！昊天为什么不能吃这个，非得吃什么天地元气？"

"你想过没有，太阳散发的昊天神辉，并不是昊天的食物，而是昊天的外显形态？就像我们的外显形态是人肉，难道我们还要以人肉为食？"

"真饿极了，什么事儿做不出来？昊天就喜欢吃自个儿，谁管得着？"

"问题在于，它还有别的东西吃，为什么要吃自己？"

"它的口味有些独特？"

"就算昊天能以神辉为食，但神辉来自于它自己，难道它能永远吃下去？这是一个最简单的计算问题。"

"我可没说过太阳就是昊天自身，那是您说的。在我看来，太阳能发光发热，正是一切养分的源泉，昊天凭什么不吃？"

夫子和宁缺争吵得越来越凶，语速越来越快，唾沫星子在如毡的草甸上四处飞舞，桑桑不知道该怎样劝他们，只好低着头去收拾碗筷，浇熄火堆。

"太阳能一直发光发热吗？"

"几十亿年应该没有问题。"

"它为什么能持续发光发热？"

"这涉及一些比较深奥的道理，和您一时半会儿也说不清楚。"

"好好好，就算你说得有理，太阳能够发光发热几十亿年，那几十亿年后呢？"

"一顿饭能吃几十亿年，昊天还有什么不满意的？"

"那你能不能说清楚，为什么永夜的时候没有太阳？"

宁缺不说话了，因为他这时候才想起来，这是在昊天的世界里，并不是在自己曾经熟悉、现在却已经渐渐淡忘的那个世界里。

夫子见他无言以对，轻捋胡须得意说道："你的推论设计终究是有漏洞的，不及为师的设计合理，我开始思考这些事情的时候，你还在李三娘的肚子里，所以你老老实实听着就好，争吵除了浪费时间还有什么意义？"

宁缺说道："别提我妈，虽然您是我老师，但再提我妈，我也要和您翻脸。"

夫子说道："为什么？"

宁缺说道："我爸我妈被人杀的时候，您就在书院看着，也没说救他们。"

夫子说道："世间每天死的人多了，难道我每个都要去救？"

"您明知道我将来会是您的学生，为什么不救他们？是不是想着救了他们，我便有可能当不成您的学生？这是不是太恶毒了些？"

"每个人都会死，你父母的死那是天意，我自不能妄加干涉。"

"老师，您这辈子在做什么？您是在逆天咧！怎么连天意都不敢干涉了？"

"因为我看不清楚真正的天意是什么，所以当然要小心一些，万一妄加干涉，结果天意就像现在一样落在我的身上，那可怎么办？"

"如此说来，您就是觉得自己的命要比别人的命更重要。"

"本来就是如此。"

"自私得如此光明正大？"

"我对人间太重要，我的自私便是大公无私。"

"我忽然明白了一些事情。"

"什么事情？"

"我明白了小师叔和二师兄骄傲自恋的源头来自何处。"

"不要吵了。"

桑桑终于受不了师徒二人，看着他们认真说道："我听不明白你们在说些什么，我只想知道，接下来我们去哪里？"

……

黑色马车来到一片很寒冷的地方。

寒风如怒，黑夜如幕，星光暗淡，正是极北寒域，热海之畔。

只是热海海面早已冰冻，积着不知多深的雪，叫雪海更为准确。

大黑马纵非凡物，也被此间的寒冷冻得够呛，瑟瑟发抖地躲在车厢一边，避着热海海面上刮来的风雪。

夫子带着宁缺和桑桑向热海上走去，脚步所触之处，近人高的积雪簌簌而解，然后被风吹拂着向两边掠去，现出一条通道。

走了很远，直到海面深处，夫子才停下脚步。

他伸手遥遥点向海面，只见一道约水桶大小的洞口，出现在坚硬的冰层里，幽深直有数十丈，直抵尚未完全冻凝的海水底部。

桑桑把身上的裘衣紧了紧，跑到洞口边，端着木盆等待，呵气成霜。

没有过多长时间，几尾肥嫩的鱼儿，从冰洞口处跃起，落到木盆里，也不知道夫子究竟使了什么手段，竟能让这几尾鱼穿过数十丈的冰层。

夫子神情微凛，厉声喝道："还不出手！"

宁缺心头一紧，左手二指轻拈，一道火符破风雪而起，准确地落在木盆之上，释放出一道炽热的暖意，把那几尾鱼与寒气隔开。

见此情形，夫子满意地点点头，说道："牡丹鱼可以冻，解冻至七成，口感最佳，但如今海面温度太低，一不小心，便会冻过头，看你这符道本事，还真有了几分颜瑟的水准，也算是有资格吃这鱼了。"

……

桑桑做菜的水平很普通，但她的刀功就像她非人类的计算能力一样，非常精准，片刻工夫，砧板上便多出了很多片像雪花般的薄片鱼肉，堆在一处看上去，就像是木头砧板上，真的长出了很多朵白色的牡丹花。

他们此时在一间荒人废弃的帐篷内，有宁缺的火符支撑，又捡了些粗壮的木头，帐篷里的温度还算是比较宜人。

"桑桑这丫头的刀功，比慢慢要好很多。"

夫子在旁表扬道。

宁缺布置好碗筷，便准备吃饭。

他总觉得，这一天时间之内，吃得实在也太多了些，虽说跟着老师，吃的都是人世间最好的东西，可银票太多了也嫌沉啊。

夫子调好酱油、姜汁，还有一种青色的调料，夹了片鱼肉，如柳枝拂湖般，在碗中一点即起，送入嘴里缓缓咀嚼。

片刻后，他睁开眼睛，感慨说道："这鱼没有往年肥嫩，只能将就着吃，说起来，热海已经快要冻到底部，也不知还有几条牡丹鱼。"

宁缺听着这话，有些不忍抬筷，又或许是吃得太撑的缘故，说道："老师，既然热海里没有几条牡丹鱼了，我们就这么吃了岂不可惜？"

夫子训道："蠢货，正是因为没有几条了，所以才得赶紧吃掉，不

285

然等牡丹鱼绝种了，想吃到哪儿吃去？"

宁缺笑着说道："被冻死，也比被咱们这样生切着吃要好些。"

夫子说道："作为这么好吃的鱼，被我们吃掉，当然是它们最好的归宿。"

宁缺腹诽道，怎么不见您把被昊天吃掉当成最好的归宿？

……

牡丹鱼很好吃，分量却不多，很快便被三人一扫而空，绝大多数自然还是进了夫子腹中，大概是觉得有些惭愧，夫子很慷慨地动用神通，在冰冻的雪海某种坳口里，生生融出两洼温泉，供大家享受。

热雾蒸腾，水温微烫，池畔便是山石残雪，这幅画面在星光之下显得格外美丽迷人，宁缺泡在热水里，觉得好生舒服。

桑桑坐在他身边，轻声说道："你不要总和夫子吵架。"

宁缺沉默片刻后说道："吵闹只是为了热闹……我总觉得有些问题。"

桑桑睁大眼睛，不解问道："什么问题？"

宁缺说道："你不觉得老师的表现很奇怪？带我们吃这么多好吃的，又说了这么多话，为什么以前在书院的时候，他不说？"

桑桑问道："你到底想说什么？"

宁缺看着她，说道："我总觉得老师现在，就像当初你在瓦山时那样，是在向我交代后事，说的话都是遗言。"

桑桑闻言微怔，然后轻声说道："你在瞎想什么呢？"

宁缺眉头微皱说道："我也希望是在瞎想……身为书院弟子，我们坚信老师是最强的，尤其是这次之后，我更是确信，除了昊天，没有任何存在能够威胁到他老人家，但不知道为什么，我就是觉得事情有些不对劲。"

第六十八章
夜海泛粥及舟

雪中温泉，发着汩汩的声音，微烫的水里不可能有鱼，那便是气眼正在吐着泡泡，宁缺想着老师融一温泉，居然连这种细节都没有遗漏，再想着先前心中的警惕不安，情绪变得越发复杂，沉默不语良久。

桑桑感受到他情绪的变化，抱着他的手臂，把头靠在他的肩上，就像过去那些年里一样不说话，但确保他悲伤或难过时，能够确认自己的存在。

她的头发剪短后，不再像小时候那般黄萎弱细，变得乌黑了些，此时被水打湿后粘在颊畔，看着添了几分秀丽。

因为温泉里的沉默和异样的情绪，还有那抹不知从何而起的对别离的恐惧，宁缺觉得自己的怀抱很是空虚，想要拥抱，于是他把桑桑紧紧地抱进了怀里。

两个人在热泉中相拥着，然后开始亲吻，抚摸。

"你们还没有成亲吧？"

便在这时，夫子的声音从隔壁那眼温泉里传了过来。

桑桑被惊醒，赶紧离开他的怀抱，把不知何时滑落的毛巾提到微微隆起的胸上，面色微红，不知是羞的还是热的。

宁缺转头望向雪后喊道："定亲的时候，您可是批准了的。"

夫子说道："定亲和成亲可是两个概念。"

宁缺说道："不就是差一个拜天地的程序？这时候夜天雪地，我和她拜拜便是。"

夫子说道："有我在还用得着拜什么天地？而且昊天在上，它可不见得喜欢看你们两个人真的成亲。"

宁缺笑了起来，心想桑桑是冥王的女儿，自己和她成亲，要获得昊天的祝福认证，确实是有些不妥当。

然后他忽然想到自己先前和桑桑说的忧虑，沉默想着，莫非老师已经提前确认了那道不安的情绪，所以想在离开之前看着自己成亲？

……

夜穹里的星光变得明亮了些，雪海畔的坳湾里，白雾蒸腾，没有红烛，也没有知客，只有站在雪堆上的夫子，和跪在雪堆下的一对小儿女。

此情此景，颇似仙境，稍微有些遗憾的是，仙境里的三个人，穿得都不怎么周正，看上去和那些传说中的仙人没有什么关系。

夫子用一件大毛巾裹着，天寒地冻，他的身上依然热气蒸腾，就像是只白灼的鱼，从毛巾边缘滴落的水，落地而冰。

宁缺和桑桑跪在雪堆下，对着夫子磕了三个头，便算是拜过了长辈天地。

他们直起身来，额上发端残着雪屑，却发现夫子已经不在雪堆之上，那里只剩下一条快要被冻成冰块的湿毛巾。

夫子的声音混着马蹄声，从雪海深处传来。

"好好洞房吧，没有人会闹你们，我骑马出去玩会儿。"

……

一夜无言。

宁缺醒来时，天还未亮，依然一片漆黑，他想了想才明白过来，如今的热海已经近乎永夜，想要看到太阳是件很困难的事情。

桑桑还在睡，不知梦见了什么，在他怀里拱了拱，咧嘴笑了起来，露出两颗洁白的门牙，看着就像只小灰兔般可爱。

帐篷外传来一道极香的味道。

宁缺知道老师回来了，赶紧把桑桑摇醒，开始洗漱穿衣。

夫子用昨夜剩下的牡丹鱼骨，熬了一锅鱼粥。

桑桑掀开厚重的毛毡，走出帐外，寒风袭来，忍不住打了个寒战，她走到锅旁，接过夫子手里的活儿，脸上微羞的神色，渐渐变为平静。

与桑桑的平静相比，宁缺脸上的傻笑挂了很长时间，直到吃完鱼粥，桑桑去温泉收拾碗筷时，他依然还在傻笑。

夫子拿着牡丹鱼的尾骨剔牙齿，一边剔一边看着他说道："你今年不过二十出头，怎么感觉像是一间着了火的老房子？"

宁缺咳了两声，说道："一起过了十几年，哪有您说得这么夸张？"

夫子忽然压低声音，好奇问道："感觉怎么样？"

宁缺看着他手里拿着的那根鱼尾骨，无奈说道："看看您现在这样子，哪里像是书院院长？人，不能为老不尊成您这样吧？"

夫子把鱼骨扔进雪里，说道："我可没有窥淫癖，只不过你这事儿太罕见，要知道你和她的洞房，将来是必然要上史书的，所以细节你得记清楚。"

宁缺不明白夫子这句话的意思，而且他有些累，所以又去补了一觉。

大黑马也在帐篷里补觉，它昨夜在雪海之上狂奔百里，也很疲惫，而且觉得很是羞耻。虽说夫子不是普通人，但被一个赤裸的老男人骑了一夜，终究还是羞耻。

……

正午时分，热海畔依然一片昏暗，根本找不到太阳在哪里，一行人离开荒人部落放弃的定居点，继续向北进发。

据宁缺所知，人类所抵达的世界最北端，便在这片极北寒域，也就是热海北缘，所以他很好奇，北面的世界是什么模样，而且有些不明白，历史上那么多强大的人类，为什么没有探索过热海的北面。

直到他看到那座雪峰。

昨天在热海畔的时候，他也曾经往北看过，却什么都没有看到，然而今日离开热海不远，这座雪峰便进入了他的眼帘，仿佛是撞进来一般，显得格外诡异。

那座雪峰陡峭高耸，星光散发着幽幽的光芒，高不知多少万丈，从雪原处望去，只觉得峰顶仿佛已经要刺到夜穹一般。

宁缺去过很多名山大川，其中最著名最高险的，自然便是岷山北麓，或者说天弃山脉，然而和这座雪峰相比，天弃山要显得矮太多。

"从南方任何一个地方往北走，只要一直不停走，都会走到这座雪峰下。"

夫子抬头看着星光下的雪峰，说道："当年热海畔日照充分的时候，这座雪峰会显得更加壮观，单凭人力，没有人能爬得上去，所以这里便是最北端。"

宁缺注意到这句话里的两个重点，首先是任何地方往北走，都会走到这座雪峰之下，其次是单凭人力，没有人能够爬得上去。

那么能爬过去的人，还能算是人吗？

当黑色马车出现在雪峰的另一面，出现在一片黑沉的海前时，宁缺看着前方夫子高大的背影，心里想着这样的问题。

那是一片汪洋大海。

之所以海洋的颜色是黑的，是因为这里没有碧空，没有任何阳光，虽然星星显得更加清晰明亮，但变得少了很多。

宁缺知道自己看到的画面，是人类所有典籍上都没有记载过的地方，所以他很震撼，而更令他震撼的是，这片黑海里有一艘船。

这艘船很大，大黑马可以在甲板上尽情奔驰。

宁缺站在船舷旁，看着夜穹下那座雪峰，震撼得无法言语。

夫子走到他的身旁，抬头看着漆黑的夜穹，说道："黑夜便是从这里开始，然后逐渐向南蔓延。"

宁缺望向他，问道："老师，这艘船是……"

夫子说道："很多年前，我担心被昊天找到吃掉，一直想着怎么逃，怎么躲，我心想既然这里是黑夜的开端，应该离冥界最近，冥王的力量最强，昊天的力量很难延伸到这里。所以我在这里造了只大船，准备若昊天来吃我时，我便逃到这里来，乘舟泛于黑海之上，然后再也不出去。"

宁缺怔住了，通过这番话，便能推想过去千年里，老师始终活在昊天的世界里，那该是怎样的焦虑与不安。

"后来我变得更强了些，不再时刻担心被昊天找到吃掉，这艘船自然没有了用处。不过我忽然发现这里的夜很干净，很适合观星，所以又过来了，而且真的乘舟往汪洋深处去旅行过一次，没想到那次旅行，却让我发现了一些很有趣的事情。"

"什么事情？"

"这个世界不是平的。"

"老师，我不明白您的意思。"

"我带你来这艘船上，就是要让你明白。"

"明白什么？"

夫子说道："为什么要与天斗，当然是因为昊天要吃我，但像酒徒和屠夫这两个老鬼懦夫都能躲这么多年，我一样也能躲，大不了学佛陀那样闭眼而去。我之所以要与天斗，还有一些在我看来更重要的原因。"

"什么原因？"

"以前在书院后山，我说过我在这个世界很多地方看过日落日出，包括这片海洋，当时这里还有日出，在阳光的照射下，这片海洋是透明的，看上去就像是无尽的深渊，太阳便落在这片海洋里。

"当时你说过月亮是太阳的反射，我说太阳没有真正的朝升暮落，我还说如果这个世界是个球就通了，现在看来，至少证明了我先前说过的，这个太阳是假的。

"除了观日，我也观星，我在书院后山观星，也在这艘大船上观星，因为这里的星星比较少，而且明亮清晰，我对你说过，无论多少年前还是多少年后，这些星星始终停留在它们原先的位置，没有发生过任何变化……

"我后来做了一个观星镜，在镜中观察，星星的大小依然没有变化，不像人与景物可以被放大。那么这说明，夜穹里的这些星星的位置是固定的，与地面之间无限远又无限近，无法用距离来做计量。"

"老师，能简单点吗？"

"简单来说，这是一个封闭的世界。"

"再简单点儿？"

"这是一个没有边界的世界。"

"您先前不是说封闭？"

"只有没有边界，始终相贯，才是封闭。"

"星星所在的夜穹不是边界？"

"没有人能够触到，那便不是真正边界，只是你眼里和心里的边界。"

"老师，越说我越糊涂了。"

"昊天不想被人打破边界，所以它不肯让人看到边界。"

"于是？"

"于是，这证明了这是一个封闭的世界。"

"您又绕回来了。"

"不错，就像这个世界一样。"

第六十九章
那一定很美

书院果然是天下第一，无论什么方面都是天下第一，就连耍贫嘴，夫子也能耍得如此平静高雅，时刻能让对话者产生吐血的冲动，却偏生吐不出血来。

宁缺真切地感受到了这一点，于是他明智地不再继续与老师在言语上抖机灵、在道理上做较量，直指漆黑夜穹里的那颗星说道：

"如果星星所在的位置足够远，那么它就会足够小，在望远镜中就算变大，也很难被肉眼捕捉到，所以您的推论，并不是那么立得住脚。"

"如果足够远，便足够小，那为什么我们在地面上能够看到它？"

夫子轻抚微寒的船舷，抬头望着那寥寥可数的几颗星，似乎想起了什么往事，微笑说道："很多年前，我曾经向天空飞过。"

宁缺第一次知晓老师还做过这样无畏的举动，想象着老师乘清风直上天穹的画面，极为震撼，问道："您为什么要飞？"

夫子转身望向他，说道："你看见一座山，会不会想知道那座山后面是什么？如果你看见一堵高墙，你会不会想知道那堵墙后面是什么？"

宁缺想了想后，说道："总是会有好奇心的。"

夫子微笑说道："我也有好奇心，我想知道天空到底有多高，这个世界到底有没有边界，我想知道那些星星究竟有多远。"

宁缺莫名紧张，声音微涩地问道："然后呢？"

夫子说道："我飞了很长时间，然而天空还是那么高远，星星依然没有任何变化。更令我感到不解的是，脚下的地面，似乎还在原来的地方。"

"您飞了多长时间？最后发生了什么事？"

"天空上也有日夜交替，只不过当时的我自然没有心情去计算年月，湛蓝的天空里先有雄鹰，还有白云，到最后什么都没有，只剩下我一个人。"

夫子说道："很是孤单，心里也渐渐没有底，而且感到累和疲倦，然后我便转身飞回，当我重新降落到人间的地面上，才知道已经过去了三十几年。"

除了震撼和向往，宁缺此时心里无法生出任何别的情绪。

在他曾经熟悉的那个世界的规则里，覆盖着地面的是大气层，夫子当年飞了那么长时间，早就应该飞出了大气层，甚至飞出了太阳系，然而夫子的经历却并不如此，那么这似乎说明夫子的猜测是正确的。

这是一个封闭的、没有边界的世界，只是这样一个世界是怎样构成的呢？

"莫比乌斯环？"他自言自语说道。

夫子没有听说过这个词，问道："什么环？"

桑桑一直沉默站在旁边，听他们说话，这时候想起小时候听宁缺说过这种环，说道："一张纸只有一个面，怎么走都走不出去。"

夫子微微挑眉，说道："一张纸怎么只有一个面？"

宁缺醒过神来，说道："她的说法不准确，不过大概意思差不多。"

夫子的眼睛微亮，看着他说道："你教我。"

宁缺说道："好。"

……

大船离开海岸，驶入黑暗的海洋，继续向北方前进，那座据说是人间最北处的雪峰，渐渐消失在视野之中，更准确来说，是在视野中变矮。

有别的事物在视野中出现，那是一轮明亮的红日跃出海面，就如夫子曾经说过的那样，太阳就这样陡然地出现，根本没有任何预兆。

宁缺完全没有想到，在黑暗海洋的更北方，居然能够看到日出，被这幅画面震撼得无法言语，怎么也想不明白。

大船继续向北前行，看到太阳的次数越来越多，太阳在天空里停留的时间越来越长，黑暗的海水，也渐渐变成美丽的深蓝。

随着时间的流逝，大船四周不再只有汪洋一片的海水，开始出现积雪的海岛、游动的海鱼，甚至有一天，他们看到了海岸线。

夫子带着他和桑桑登岸，看看岸上的风光，然后再次登船继续北行。一路上，他们去过寒冷的高原，见到了满被苔藓覆盖的无人大陆，看到了各种奇形怪状的动物，还看到了像面镜子一般的大盐湖。

这是不见典籍的陌生世界，夫子带着他们环游，带他们去了很多美丽的地方，吃了很多没有吃过的食物，当然那些食物都是很好吃的。

有一天宁缺问道："老师，这些地方您以前都来过吗？"

夫子说道："这些年来为了寻找冥界，也为了寻找世界的边缘，我去过很多地方，有时候带着你大师兄，有时候就是一个人旅行。"

宁缺问道："为什么要寻找世界的边缘？"

夫子看了一眼湛蓝色的天空，说道："为了寻找世界边缘，我连天上都去过，难道我会不想知道脚下这片大地的真实模样？"

宁缺这才明白自己问了个很愚蠢的问题，说道："世界的边缘在哪里？"

夫子说道："这个世界没有边缘。"

宁缺说道："宇宙无限，这很正常。"

夫子看着他微笑说道："但你知道这个世界不是无限的。"

宁缺只有沉默。

……

大船行于海上，从来没有遇到过风暴，钓鱼、喂海鸥、晒太阳、喝船舱里储存多年的美酒，这种日子很幸福，但宁缺总觉得心里不安。

夫子没有什么反应，每天除了享受人生，只做两件事情。

他教桑桑做世界上最好吃的东西，教她享受人世间最美好的东西，然后便是命令宁缺教他很多这个世界上没有的东西。

那些东西是知识，是不属于这个世界的知识。

宁缺剪开纸带，讲莫比乌斯环，用笔在纸上画三维图，形容更多变形，还讲了很多物理学方面的东西，只不过毕竟他来这个世界的时候，年龄还小，就算当年的学习成绩再好，能讲的东西也都很浅显。

夫子没有问他是从哪里得到的这些知识，宁缺也没有说，师徒二人似乎形成了某种默契，又或者彼此早已心知肚明。

在海洋上航行了数十日，海面上终于出现了船只。

船只迅速变得密集起来，无聊了很长时间的大黑马，把头伸出船舷，看着那些熟悉的人类，欢快地嘶鸣，把那些船上的人吓得不轻。

千帆行于碧波间，这是一幅很美的画面，宁缺看着这幅画面，却变得非常沉默，虽然他已经有心理准备，但依然觉得难以接受。

通过和那些船上的人的对话，他知道再往北去数十里，便要抵达大河国最南端的一处海港，也就是说，他们已经回到了人间。

离开荒原极北寒域后，大船一直在向北行驶，怎么却来到了南方？夫子没有动用他的大神通，那么这一切究竟是怎么发生的？

宁缺望向远处海面上的帆影，喃喃说道："不是先看见帆尖，再看见船身，说明这个世界确实是平的，那么我们是怎么绕回来的呢？"

夫子端着一杯葡萄酒走到他的身边，说道："当初在书院后山，我们曾经讨论过类似的问题，我说过，如果是一个球，便能解释很多现象，但既然我们身处的世界不是一个球，又不是平的，那么只能说明它是扭曲的。"

"就像你说的那个环一样。"

宁缺说道："我没有见过那样古怪的世界。"

夫子饮了一口葡萄酒，说道："你见过的世界是什么样的？"

宁缺看着老师眼中的深意，不知该怎么说。

夫子说道："以前说过，你梦中看到过别的世界，能不能形容一下那个世界？"

宁缺沉默了很长时间，然后说道："我梦中的世界……也有太阳。"

"那个太阳是什么样子？"

"和这个太阳差不多……但我可以肯定梦里的太阳是真实的，那是一个大火球，可以燃烧很多年，人间的能源、养分，基本上都来自于它。至于它为什么能够燃烧那么长时间，就是来自于前些天我和您说过的那个公式。"

"噢，那个简洁而至美却无限广阔的公式。"

"是的……梦里的人类，也是生活在一个球上。"

"之所以不会掉下去，是因为万物之间自有引力？"

"是的，老师。"

时间就在师徒二人的讨论中缓慢流逝，这是夫子第一次接触到另外的世界，也是宁缺第一次向别人讲述那个世界，听的人感慨万分，说的人也自有感慨。

夜晚降临到海面之上，繁星镶满了夜穹。

宁缺看着夜空说道："我梦中的世界，夜空也有星星，但那些星星都在移动，在视线里的移动，主要是因为人们脚下大地的关系，事实上，在近乎无限的遥远宇宙空间深处，它们自己也在移动。"

夫子叹道："一个时刻发生着变化的世界，该是怎样的生机勃勃。"

宁缺说道："最大的区别其实不是星星，而是月亮。"

他指着夜空说道："夜晚如果无云，人们便能看见月亮，有时候它圆得像张饼，有时候它细弯得像根丝瓜。"

他没有解释月亮为什么会有盈缺变化，因为他知道老师肯定能明白。

夫子抬头望向夜空，仿佛看到一轮明月出现在那里，微笑说道："万古长夜生明月，那画面想来一定很美。"

第七十章
摘秧休妻换新天

桑桑很小的时候，偶尔会从宁缺嘴里听到什么月亮、桔梗小姐、狗之类的话，也会听他说一些关于什么环什么瓶的知识，只不过她不怎么感兴趣。

后来宁缺渐渐不提这些事情，于是她也渐渐淡忘，但月亮这个词还是会三不五时被宁缺说出来，她总以为这些是胡话，直到今天夜里，她站在夫子身旁静静听了半天，才知道原来那不是胡话，而是梦话。

她抬头把被海风吹乱的头发捋到鬓后，顺着夫子和宁缺的眼光向夜空望去，心想如果那里能有一个亮亮的东西，确实应该很美。

繁星映照下的南海，安静温柔，海风轻微温暖，海浪轻柔起伏，就像摇篮一般摇着如婴儿的大船，船舷畔一片安静。

从荒原往北，继续往北便来到了世界南方，数十日来见过太多，吃过太多，也听老师说了很多，宁缺总觉得有哪里不对劲。

他的眼睛忽然明亮，说道："我总觉得好像在哪里见过……好像叫什么的世界？"

夫子微异，问道："什么世界？"

宁缺摇头说道："我忘了在哪里看过，也忘了名字，只记得那个世界是个假的，然后故事里的男主角划着船拼命地往边上走……"

那个世界里的很多记忆已经变得很模糊，他尽自己所能回忆，然后把记得的那些细节全部说了出来，一一讲述给夫子听。

夫子听完后，沉默思考了片刻，从袖子里取出一根短木棍，重重地在宁缺脑袋上敲了一记，教训道："蠢货，难道你以为我们是在演戏给人看？”

宁缺第一次见到夫子是在长安城的松鹤楼露台上，当时他便被这根著名的棒子砸昏了过去，此时又被砸得生痛，不由得好生恼火。

他想不明白老师平时把这根棒子藏在何处，却顾不得研究这个问题，指着头顶的夜空，说道：“说不定昊天就在天上看戏，这又不是不可能。”

“当然不可能。”

夫子说道：“我们身处的世界没有你所说的物理学上的边界，世界内部的构造绝对稳定均衡，同样是你所说的熵那个东西、热力学第几定律，似乎在这里也是无效的，那么按照你所说的那些道理，我们这个世界，等于是一个独立的世界，不与外界进行任何交流。”

宁缺点点头。

夫子说道：“这种推论是建立在昊天世界是唯一世界的基础之上，如果天外还有天，世界之外还有真实世界呢？”

宁缺说道：“也有可能，昊天世界就是漂流在时间轨道的独立世界。”

夫子摇头说道：“不可能。”

宁缺疑惑问道：“为什么不可能？”

夫子说道：“因为那样太没意思。”

宁缺无言以对，心想如此理所当然的口气，果然是书院一脉相承的气质。

“如果天外有天，昊天世界之外还有世界，或者说，昊天世界处于一个更大世界之中，那为什么能够不与外界交流？”

夫子继续说道，然后他伸出一根手指，指向夜空，有星光落在他修长的指尖，然后渐渐凝聚，变成了一个很淡的光泡。

“根据这些天你说的那些道理，我猜想你梦中世界的大智慧者，如果知道昊天世界的真实情况，大概会认为我们身处的世界是一个泡。”

“一个泡？”

“或者说空间碎片？不，还是叫泡更妥切。”

“飘浮在外部世界里的一个泡？”

“飘浮这个词并不准确，它在外部世界的空间里，又不在空间里。”

"老师，反正我听不懂，您请继续。"

"这个泡因为某种原因，与外面的世界并不相通，稳定、自洽、独立，甚至可以说是完美，可以永远这样生存下去。"

"然后？"

"我只是想证明你先前的猜想是错误的，昊天的世界没有旁观者，因为昊天也是参与者，如果我们在演戏，那么它也是演员之一。"

"为什么？"

"如果有智慧者从外部世界观察这个泡，泡的内部与外界便会发生联系，每一次观察都会影响观察对象的状态，这不是你这几天说过的道理？如果那样的话，我们所处的世界便不再完美稳定，既然这种情况没有发生，就说明没有旁观者。"

宁缺不知道该说些什么，这些天他把自己记得的那些残缺的知识告诉了夫子，哪里能够想到夫子能够记住这么多，还能如此简易地推论出很多事情，虽然他现在依然不知道夫子的推论是否正确，但至少听上去很正确。

夫子指尖那团镀着银辉的光泡凭空消失，他拍了拍宁缺的肩膀，说道："我知道你在害怕什么，你怕所有的这些都只是一场梦，或是一场游戏，那种情况确实让人很恼火，不过那种情形确实不需要担心。"

宁缺说道："因为老师您的推论？"

"不仅如此。"夫子说道，"不管我们生存的世界是什么样的，只要我们是真实的，那么这个世界就是真实的。"

宁缺看着夫子诚心赞美道："老师，如果您生活在我梦中的世界，您绝对会是最优秀的哲学家、科学家、教育家、美食家、革命家。"

夫子轻捋胡须，自矜说道："原来不管我生活在哪里，都还算是不错？"

宁缺笑着说道："哪里是不错，是强到不能再强。"

夫子双眉微颤，难抑喜悦之情，说道："别的不好说，美食家还是有资格的。"

……

清晨时分，大海和海里的鱼儿被红艳的朝阳一道唤醒。吃完桑桑做的生蚝粥，夫子带着宁缺去船首吹海风睡回笼觉。

宁缺靠在软椅上，把毯子拉了拉，侧头吸了口椰汁，觉得这样的生活真是幸福到了极点，如果能够一直不登岸，那便好了。

然而终究还是会上岸，大船继续向北行驶，隐隐约约间，已经能够看到远处黑黑的海岸线，甚至有种错觉，能够闻到码头上的味道。

上岸便是回到人间，便可能会面临很多事情，尤其是联想到一直笼罩着自己的那份不安，宁缺的情绪变得有些异样。

听着船首撞破海浪的声音，看到船上空的碧空流云，他沉默了很长时间，想到荒原大战时，那条黄金巨龙吸取荒人战士尸体散发出来的天地元气的画面，心中昊天的形象越发变得贪婪起来。

宁缺皱眉思考道："因为是封闭自守的世界，所以能量只能在其间源源不绝地流转，最终依然会趋向寂灭才对，昊天不会不明白这个道理。那它为什么不破开这个世界，去往更广阔的世界里寻找新的能量来源？"

"首先，昊天是这个世界的规则，如果这个世界破灭，或者是与外界相通，它有可能直接毁灭，其次，我想它应该是害怕。"

夫子躺在椅上，手里拿着个五彩斑斓的贝壳在玩。

宁缺把椰子递过去，半跪在椅上，不解问道："它这么强大，害怕什么？"

夫子接过椰子，用手在坚硬的椰壳上，掰下一小块椰肉，送进嘴里缓缓嚼着，叹息说道："椰肉久嚼，香过花生。"

宁缺正在专心等着老师的回答，没想到听到这样一句话，苦笑说道："可没听人说过，也没见谁把椰肉当花生吃。"

夫子放下椰子，说道："你问昊天害怕什么？它害怕的就是未知。"

"未知？"

"人也会害怕未知，就像很多人没有吃过椰肉，把椰肉当垃圾一样扔掉，很多人没有吃过辣椒，觉得那就是魔鬼。但人同样向往未知，所以才会有第一个吃螃蟹的人，才会有我这样爱吃椰肉的人，才会有那些嗜辣如命的人。

"面对未知，永远不会缺少勇于尝试的人，因为人们会恐惧，但也会好奇。未知和好奇是相生相伴的两个概念，正是人类最显著的特征。

　　"就像那天夜里我与你说过的那般，看见一座山，我们总想知道山那边是什么；看见一片海，我们总想知道海底是什么；看见一片天空，我们总想知道天空之上是什么。正是因为好奇，所以人类才会不断地开拓进取，变得越来越强大。

　　"这个世界绕来绕去，起点便是终点，这真的很没有意思，人类对未知好奇的天性决定了，我们不可能在一个封闭的世界里永远平静地生活下去，世界既然是封闭的，我们便想打开这个世界，去外面看一眼。

　　"但昊天不是人，虽然它有生命性，但归根结底，它是枯燥的、单调的、无趣的客观规则，它害怕改变，更没有勇气面对未知。这就是我们与昊天最大的区别，也正是我们与它不可能永远和谐相处下去的根本原因。

　　"强扭的瓜不甜，三观不同怎么成亲？被一个贼老天盖在头顶，呼吸如何能畅快？所以只好摘了瓜秧、休了老妻，掀开这片天。

　　"莲生是这样想的，你小师叔是这样想的，我，也是这样想的，事实上，古往今来有无数人都在这样想。我们当然清楚，就算天外有天，那个天或者也只是一个更大的囚笼，但至少我们可以多看一些风景，多经历一些事情。

　　"这些事情，或者很重要，或者不重要，但我以为值得为之而奋斗。"

第七十一章
夫子的故事（上）

大船在大河国南方一处海港登岸，黑色马车驶上陆地，悄然无声而去。此时距离他们离开荒原，已经过了七十几天，地处南方的大河国，也已经知晓了荒原战争的最终消息。

黑色马车离开荒原后，西陵神殿联军，很突然地向唐军发起了攻击，然而唐军似乎早有准备，北大营铁骑东出贺兰城，打了神殿联军一个措手不及。

战火再次在荒原上燃烧，只不过这一次的战争，与荒人再没有什么关系。战争一直持续了数十日，在兵员数量上明显处于劣势的唐军，最终在皇帝陛下李仲易的亲自指挥下，艰难地获得了胜利。

因为后勤补给线拉得太长，而且西陵神殿方面还有很多位实力强劲的大修行者，所以唐军在确定胜势之后，很冷静地没有继续前进，分两路撤回贺兰城和土阳城，其中东北边军的铁骑，此时应该快要抵达荒原边缘。

令人有些不解的是，大唐皇帝陛下李仲易率领北大营铁骑撤回贺兰城后，并没有马上班师回长安，御驾留在了贺兰城中。

有人猜测是沉默安静了太多年的金帐王庭有些什么动静，更多人则认为，唐帝只是想带着皇后娘娘，在远离长安城的地方多享受一些美好时光。

荒原上这场战争，虽然以唐军的胜利而告终，但以一国对抗天下，大唐国势再强，军威再盛，也付出了不小的代价。至于西陵神殿联军方面，更是死伤惨重，看上去至少在短时间内，无法再启战端。

本应震惊整个世界的夫子破天一战，因为西陵神殿最严酷的封锁，再加上当日世间所有人都跪在地面，不敢直视光明大盛的天穹，没有看到真实的画面，所以并没有流传得太广，至少在唐国之外如此。

在黑色马车穿行大河国的旅途中，夫子曾经问过宁缺，要不要去莫干山看看，如今王书圣带着墨池苑弟子去荒原赴战，还未回来，那么此时的莫干山上便只有莫山山，按照夫子的意见是大好的机会。

宁缺明白夫子说的机会是什么，只是不明白夫子为什么越来越为老不尊，明明桑桑就在车里，还要用这些话来撩拨自己，所以很坚定地表示拒绝。

黑色马车驶出大河国境，向着东北方向而去，穿过南晋东南方的丘陵地带，来到一片青葱满目的美丽国度，正是西陵神国。

小镇道殿对面，有个卖烤红薯的摊子，此时盛夏未去，即便是受到昊天眷顾的西陵神国，天气也很炎热，烤红薯摊子的生意应该很糟糕才对，但不知道为什么，摊子却始终开着，而且隔不多时便会有人来买。

"严寒雪天围炉吃涮肉，酷热夏天抱冰吃雪食，这固然是极好的应时的享受。但有时候，人就应该和自己过不去，酷暑时吃火锅，汗如雨下，图的是个畅快，寒冬时嚼甜冰，图的也是一个畅快。"

夫子说道："想尝试这种刺激，图畅快，或者说自虐的人很多，所以这家摊子一直开着，而且已经开了一千多年，你们应该试一下。"

宁缺买了三个烤红薯回来，用手指头掐着撕皮，说道："真有烤红薯摊能开一千多年？那不做成了千古生意？老师您可别是在骗我们。"

夫子说道："一千多年前，我就经常从山上下来吃这里的烤红薯。"

这个小镇在西陵神国深处，地近桃山，从镇外那道石桥上，顺着河流的方向望去，便能在青山里看到巍峨壮观的西陵神殿。

夫子这句话里说的山，难道就是桃山？

宁缺有些吃惊，忘了继续撕红薯皮。

夫子从他手里接过红薯，用很快的速度剥好皮，露出黄红软糯冒着热气的薯肉，递给桑桑，说道："我以前没有见过昊天，也没有与它直接打过交道，所以只能猜，但现在看来，猜测已经越来越接近事实。

所以我才觉得，我有资格给你们讲昊天的故事，现在它的故事已经讲完了，接下来我想讲一些关于我的故事，就不知道你们两个人有没有兴趣听。"

宁缺和桑桑当然有兴趣。

世间只知大唐有书院，书院有夫子，夫子最高，然而却很少有人知道夫子的故事，岐山大师猜测夫子已经活了接近两百岁，而宁缺现在知道，夫子已经活了一千多岁，一千多年的人生那该有多么精彩的故事？

黑色马车驶出小镇，驶过石桥，顺着河流的方向继续前行，西陵神殿所在的桃山，随着道路弯曲，在视线里时隐时现。

夫子吃完了烤红薯，接过桑桑递过来的湿毛巾，擦掉唇角和胡须上沾着的薯肉碎屑，又把微黏的手指擦干净，指着窗外东方某处说道："很多年前，就在西陵神国的东面，有一个叫做鲁国的国家。"

宁缺说道："我怎么没有听说过？"

夫子说道："那是一千多年前的国家，现在早就没有了。"

宁缺说道："看来是个小国，而且不怎么出名。"

夫子不悦道："那是你自己不学无术，一本史籍都没看过，你要问后山里那些师兄师姐，谁不知道当年的鲁国？"

宁缺发现向来最擅长溜须拍马的自己今天竟连续犯了两个错误。

首先是忘了替老师把胡须上沾着的食物碎屑擦干净，紧接着又没听明白，老师既然此时提到鲁国，想必他与鲁国之间大有关系，自己随口一句话，就像是一巴掌险些打到老师脸上。于是他赶紧道歉。

夫子不再理他，望着已经不复存在的故国，说道："我生在鲁国……"

宁缺心想，果然是故国情怀不容侵犯。

夫子又说道："我是一个很普通的人……"

宁缺心想，您这句话等于是把全天下的人都扇了一记耳光。

夫子不清楚这个学生在心里一直不停补着台词，继续说道："本来就是普通人，所以我像普通人一样，自幼读书，明理，然后考试，很辛苦地做了一个官员，不料刚审了一个案子，便得罪了权贵，被迫辞官。”

宁缺好奇问道：“什么样的案子？”

夫子简单说了几句，看神情，明显对当年之事犹觉愤愤不平。

“就这么直接把那人的头砍了？您有证据吗？”宁缺小心翼翼问道。

夫子说道：“没有证据，但所有人都知道他是个恶人。”

宁缺嘲讽说道：“没证据就判案，也不知道唐律第一怎么成了书院的规矩，我说老师，您到底为什么杀那个人？是不是您看他不顺眼？”

夫子大怒说道：“我说昊天也没证据，还不是一样要和它对着干？”

宁缺有些紧张地说道：“那是因为您看昊天也不顺眼。”

夫子怔住，沉默很长时间后，忽然笑了起来，说道：“也许你说得对，当年我毕竟还年轻，可能脾气确实大了些。”

宁缺得了一寸的便宜，自然不能忘了再进一尺的乖，大笑说道：“老师，您现在活了一千多岁，其实脾气也没见得好到哪里去。”

笑声戛然而止，宁缺摸着自己脑袋上被棍棒敲出的大包，觉得自己好白痴，明知道老师脾气不好，自己还说这些有的没的做甚？

……

黑色马车驶到桃山之下。

宁缺变得有些紧张，又有些兴奋和期盼，然而令他感到有些失望的是，那些行色匆匆的神官和神殿执事，没有人注意到黑色马车的存在，而夫子似乎也没有再上桃山斩桃花的想法，让马车停在一株大树下乘凉。

“被人夺官去职，我无事可做，去操持族里的事务，总觉得有些不妥，而且当时世道纷乱，所以我只好隐居不出。”

“记得那年我已经三十多岁，不知为何，忽然对道门典籍产生了兴趣。于是我开始看书，开始修行，很顺利地初识，然后感知。”

“正如先前所说，我就是一个普通人，无论悟性还是资质都很普通，如普通修行者一般，按部就班破境而上，到了不惑境界，便开始停滞不前。”

“在普通人看来，再普通的修行者都很了不起，所以当时我对自己的修行速度没有任何不满意，就算停滞不前，也觉得很正常。

"族里对我被夺官一事，本来有很大意见，但当我能够修行之后，他们对我的态度顿时发生了很大的变化，把我送到桃山来做执事。"

夫子指着窗外的神殿说道："到神殿之后，便有主事问我想做什么，我当时在想，族里肯定花了很多银钱，还不如把这些银钱给我买个官职。"

桑桑连连点头，心有戚戚焉，心想用来买脂粉也是好的。

宁缺也觉得有道理，更好奇老师当年的选择，问道："您选了什么？"

夫子说道："我想自己既然喜欢看道门典籍，便要了个藏书楼的管理职司。"

宁缺重重一拍大腿，说道："好选择！"

夫子有些不解地看了他一眼。

宁缺赞道："但凡最强大的、最逆天的人物，都必然做过图书馆管理员。老师您看昊天不顺眼，想来从那时起便注定了。"

第七十二章
夫子的故事（中）

夫子对自己的大徒弟说过，对很多人都说过，自己不是无所不知、无所不能。在很多人看来，这很正常，在大师兄等无条件无道理信任老师的书院弟子看来，夫子对自己的这种评价明显过于谦虚，以至近乎骄傲。

事实上夫子的认识很清醒，比如像此时此刻，他就无法听懂宁缺这句话里的笑点，也无从感受这句话里强烈的赞美情绪。他想了想，没有想明白，于是决定不再花时间思考，开始继续讲述自己的故事。

"从那时候起，我便开始在西陵神殿里当理书道人，我进藏书楼便是为了看书，自然不会错过这种大好时机，于是便开始不停看书。书看得多了，便莫名其妙地开了窍，破了不惑境晋入洞玄，然后继续向上走，境界修为变得不错。也就是在这个时候，我发现自己每天看书的时候，有个道人也一直在藏书楼里看书，要知道那时候的神殿和现在的神殿可不一样，道人们都喜欢去人间吃香喝辣、作威作福，没有任何人敢管他们，所以当时的道人都不爱看书，那个道人便显得很特殊。"

因为年代太过久远，夫子的回忆也有些模糊，他沉默着想了片刻，确认没有记错时间顺序，继续说道："我和那个道人在藏书楼里看了很多年，后来一直把藏书楼里所有的教典和书籍都看完了，两个人便开始觉得无聊。

"当时世道纷乱，各地门阀虽然也好藏书，但着实没有什么好东西，我和那名道人商量了一下，想着知守观里还有七卷天书没有看过，所以我们……"

"慢点儿，"宁缺吃惊地问道，"您是说，当年您和那名道人就因为无聊到想找书看，所以就跑去知守观看天书？"

夫子说道："我当时对修行依然没有太大兴趣，如果不是想着那七卷天书是绝对的孤本，哪里会想着去深山老林里找知守观？"

宁缺无语，发现自己确实很难理解千年之前人们的思维方式。

"然后呢？"

"西陵神殿里的人都知道知守观，却不知道知守观在哪里，我和那名道人本来以为很难找，哪里想到很容易便找到了。"

"那是因为您和那位道人……都不是普通人，再然后呢？"

"再然后？当然就是在知守观里看书。观里的道人肯定不会让我们看，所以我们就只好偷偷看，只要不被他们发现就好。"

"七卷天书您都看过？"

"如果有更多的卷，我自然能看更多。"

"您还是继续说故事吧。"

"七卷天书很有意思，但越看，我和那名道人心中的疑惑便越深，尤其是看完明字卷后，我们对这个世界都产生了某些疑问。"

夫子说道："但当时这些不是我考虑的主要问题，所以我等那个道人看完七卷天书以后，便结伴重新回到西陵神殿。"

"那个道人究竟是谁？"

"又过了些年，那个道人进了光明神殿，当了光明大神官。"

夫子看了一眼桑桑，说道："就像她老师一样，都是有些值得佩服、又非常不值得佩服、执拗得令人哭笑不得的家伙。"

宁缺想到某种可能，扳着指头算了算时间，问道："就是那位光明神座？"

"不是那个还能是哪个？"

夫子摇头说道："神殿让他去荒原传道，那便去吧，若是想叛教自立，那便叛吧，但他偏偏又跑到知守观去把明字卷给偷了，真是令人恼火。"

宁缺说道："我记得是道门让那位光明神座把明字卷带去荒原的。"

夫子微讽说道："道门最擅长的事情，就是怎么不丢脸，便怎么说。事实上，知守观发现天书失窃，事情闹得很大，甚至查到了多年前我和那家伙一道去看书的事情，没办法我便只好离开桃山，好在神殿真没注意到我这个小人物。

"离开桃山之后，我去世间巡游。前面我说过，当时世道纷乱，战争不断，黑暗不堪，比现在的世道要差太多，道门一统，神殿独大，却不理世事，修行者随意凌辱普通人，世俗皇权低落至极，人间就像是一盘散沙。

"唯一的例外就是荒原上的荒人帝国，因为荒人先天身体强大的缘故，修行者不敢太过肆意妄为。那家伙偷天书明字卷，是因为他对昊天产生了怀疑，所以他选择荒原，并不是一个出乎我意料的选择。

"后来关于那个家伙的事情，你应该知道。他叛出了西陵神殿，靠着一卷天书，开创了明宗，也就是后来的魔宗。"

听着这些千年前的故事，宁缺很是震惊，直到此时他才完全理解，为什么书院向来没有什么正魔之分，无论小师叔还是自己入魔，夫子都无所谓，甚至还让三师姐收了唐小棠当弟子，原来魔宗祖师爷是他的老相识。

有份故情在此。

"虽然直到今天，我仍然认为那个家伙是在胡闹，弄出来的魔宗不三不四，畸形得厉害，很没意思，但我必须承认，当时他的行为，在世间造成了很大震动，也间接导致了一些比较好的结果。"

"什么结果？"

"道门警惕他在荒人帝国的传教，那便必须让中原安宁一些，神殿稍微肃清一些，世间的庶民便能好过很多，当然所谓好过，只不过是能多活几年，身子能稍壮一些，万一将来有战争也好上阵。事实上百姓的生活依然极为糟糕，并不比狗好到哪里去，穷山恶水间，到处都在死人。"

夫子沉默片刻后说道："没有经历过当年那番乱世的人，很难理解现在世道的美好，有时候我也觉得很不理解，这般混乱凄惨，人们是怎么撑下来的，还可以繁衍生息，只能说人类的生命力很可怕吧。

"但我觉得人不应该这样活着，不应该像野兽一样活着，不应该活得连条狗都不如，我们应该吃狗，而不应该被野狗吃。"

夫子的神情变得凝重起来，看着宁缺说道："我想要结束人间的纷乱，我觉得首先应该得有些规矩，然后讲些仁爱，如果能开启智力，识重信义，那便是更好的结果，所以我开始在乡间讲课，想要把这些道理告诉给世人。"

宁缺沉默不语，平静而专注地聆听着。

"有些恼火的是，没有人愿意听我讲课，有些地方是因为太穷，人们每天愁的是吃喝二字，没心情听我讲课；有的地方，则是道观不喜欢让我讲课；还有些地方，则是民众不喜欢我讲课，因为我讲课要收钱。"

"您可以不收钱。"

"不收钱吃什么？我总是要吃饭的。"

"老师，您真是一位现实的理想主义者。"

"这个称赞我很喜欢。当年我在现实里不断碰壁，却也没有放弃这个理想，只是变得清醒了很多，渐渐明白，想影响整个人世间，我自己再强大也没有意义，必须要有一个强大的俗世政权，或者像道门这样的宗教帮助。

"恰好此时，我在渭河之西的咸阳土围讲学，有个年轻人在听我讲学之后，半夜来找我，我以为他是要来拜师，便让他明天清晨去土围东铺割三斤肉再来，没想到他根本不是来拜师的，他是来招募手下的。"

"简单一些说，那天夜里，那个年轻人讲述了他的理想，我发现他的理想，也是结束乱世，所以有些喜欢，便听了下去。"

"您就这么成了他的下属？"

"我可能成为别人的下属吗？我只是答应帮帮他。"

"老师，那个年轻人……姓李吧？"

"是啊。"

……

黑色马车不知何时离开了桃山，来到了长安城下。

"荒人强盛，西陵神殿单靠修行者，无法对抗，所以开始整饬世间秩序。诸国兵甲渐盛，皇权渐起，唐国趁着这个机会积蓄实力，又遇着连续好些年风调雨顺，国力渐强，才有办法修这座长安城。"

夫子看着窗外的千年雄城，想着当年建城时的画面，脸上露出怀念的神情，说道："当年修这座城的时候，应该算是我这一生最快乐的日子。"

　　宁缺看着长安城墙上的巨砖青苔，想着自己曾经对此雄城发出的幽思感慨，想着自己曾经震撼于修筑长安城的那些前贤之伟大，不由得无语。

　　自从夫子开始讲述故事，他便经常无语。

　　当你发现，人间历史里最传奇、最伟大的那些岁月，风雨冲刷不去的荣光，原来就在身边时，你只能用沉默来表达内心的震撼。

　　隔了很长时间，宁缺才醒过神来，喃喃说道："长安城是您建的，惊神阵，自然也是您建的。"

　　夫子说道："颜瑟把阵眼杵交给你，南门观里有些道人还不服气……这阵眼杵本来就是我的，传给你是理所当然的事情。"

　　宁缺说道："当然，理所当然。"

　　……

　　"后来呢？"

　　"后来唐国便开始征讨诸国，准备一统天下。"

　　"为何没有成功？"

　　"打遍天下诸国无敌手，但还有座西陵神殿。"

　　"老师您没有出手？"

　　"像为师这样的人，岂能随便出手，不出手才是最大的震慑……好吧，我承认当年的我虽然已经很强大，但还不够强大，至少没有把握，在不惊动昊天的前提下，把西陵神殿灭掉，把它的徒子徒孙全部镇压。"

　　"老师，能说出这样的话来，您已经足够强大了。"

　　"当时世间真正强大的是荒人。那家伙在荒原上传道多年，魔宗大盛，已经做好南下的准备，唐国地处北方，首当其冲，没有办法避开荒人的锋锐，被迫挥兵深入荒原，我也去和那个家伙打了一架。"

　　"谁赢了？"

　　"我不像你小师叔那样喜欢打架，打过的次数不多，但我没有输过。"

第七十三章
夫子的故事（下）

好久不见长安城，黑色马车在朱雀大道上缓缓行驶，宁缺和桑桑掀起窗帘，看着熟悉的街景，难免有些感慨。

如同在桃山西陵神殿下一样，长安城里的居民，没有人注意到黑色马车，好像根本看不到它。

由朱雀大道向东，建筑渐矮，便到了东城。

马车驶入久别的临四十七巷，停在老笔斋前。

隔壁假古董店里，依然回荡着吴老板和他妻子的吵架声，巷口还残留着酸辣面片汤摊子留下的油渍。

咯吱一声，老笔斋铺门开启，宁缺和桑桑把夫子迎入后院休息，只听得一声猫叫，墙头有影子一闪而过。

他看着墙头笑了笑，走到井边打水，和桑桑一道清扫，准备做饭。这是夫子第一次来老笔斋，总要正经吃顿饭。

几盘简单的青蔬和家常肉菜，很快便做好，搁在前铺的桌上，夫子取筷子吃了几口，露出满意的神情，很是紧张的桑桑这才松了口气。

用完饭后饮茶闲叙，桑桑站在夫子身后替他捏肩，气氛很是安宁惬意，只是盛夏的长安城总是令人恼火，宁缺拿了把扇子站到夫子身前。

他一面扇风，一面问道："您为什么没有把明字卷拿回来？"

夫子说道："当年在知守观里看书的时候，我就没有动过偷书的念头，这时候自然更不会拿，想着留给那家伙的徒子徒孙也好，直到后来你小师叔灭了魔宗，我不想让道门拿回去，才把它捡了回来。"

在老笔斋里没有坐太长时间，夫子喝完茶后便带着二人离开，继续坐着马车闲逛，逛着逛着，便逛到了长安北城，隐隐可以看到皇城。

时值盛夏，长安城里酷暑难耐，街上行人不多，大树却很快活，郁郁葱葱，繁茂至极，显得极为浓郁，掩映宫墙，很是美丽。

"唐国打败荒人帝国后，西陵神殿也不得不承认这个国度的地位，默允了它的特殊性，而俗世诸国受唐国影响，也开始修订律法，道门和修行宗派，渐渐把更多的权力，交还到普通人的手中。"

夫子看着窗外不远处的皇宫，沉默片刻后说道："这是一件很好的事情，普通人不会修道，敬畏较少，反而能够在利益争执之中找到平衡的方法。但普通人也有一桩不好，那就是他们太容易老，寿命太短。"

"李皇帝擅长谋略军事指挥，但他终究是个普通人，他也会老，老了之后很容易犯糊涂，有时候会和我的想法抵触。那些年，我在长安城南修了间书院，便干脆在书院里读书，懒得见他，免得生气。"

宁缺很好奇这个大唐开国皇帝与夫子的故事会怎样发展，问道："后来呢？"

夫子说道："后来李皇帝实在是糊涂得有些厉害，不知道从哪里听的闲话，说要长生不死，便需要吃我的肉，竟想要对付我。"

宁缺担忧说道："那您怎么办？"

夫子说道："昊天要吃我，我都不让它吃，更何况是李皇帝。当他想对付我的时候，我进皇宫把他给杀了。"

宁缺震惊说道："就这么杀了？"

"不就这么杀了还能怎么办？难道还要三司会审，判他凌迟？"

"老师……我说的不是这个意思。"

"总之，大唐第一个皇帝就这样被我杀了，我虽然没有觉得伤心难过，但还是觉得有些遗憾，于是我想出了一个法子——我来教新皇帝，这样就算新的皇帝也犯糊涂，但总不至于想吃我的肉。"

宁缺心想这大概便是书院在大唐拥有如此超然地位的历史由来。

"新皇帝是个很孝顺的孩子，很不错。"夫子轻捋胡须，满意说道。

宁缺默然想着，老师您杀了人家的亲爹，随时可以杀他后再立一个新皇帝，可怜的太宗陛下除了对您孝顺还能怎么办？

"大唐后来的皇帝也都称得上优秀，老李家的血脉有值得骄傲的地方，一切走上正轨之后，像我这么懒的人，当然不愿意再去理会朝政之类的事情，从那之后，我再也没有踏进过皇宫一步。"

夫子的目光穿过车窗，穿过茂密的青树，穿过泛着热雾的金河，落在朱红色的宫墙上，神情很平静，只有眼眸最深处能够看到一些感伤。

黑色马车缓缓启动，离皇城越来越远，至繁华热闹地，于满街商铺伙计慵懒的目光下前行，停在一间铺子前，铺子名为陈锦记。

夫子走进陈锦记，给桑桑买了一大盒脂粉。

"老师，您何必这般宠她。"

宁缺看着桑桑匀匀涂着脂粉的小脸，忍不住笑了起来，说道："还别说，我家桑桑现在变得越来越白了。"

桑桑微羞低头，对夫子致谢。

夫子笑着摆了摆手，表示不用在意。

黑色马车离开陈锦记，继续南行，行驶在笔直宽敞的朱雀大道上，这一次马车经过那片著名的朱雀石质绘像。

车轮碾轧着石板而过，那些自外郡外州而来的唐国游客，正顶着烈日，撑伞看着地面的朱雀绘像，忽然一阵风起，被眯了眼睛。

风沙间，朱雀绘像的眼眸微微转动，仿佛要活了过来，却在片刻之后，失去了所有灵动的感觉，就像是失去了灵魂一样。

昏暗的车厢里，忽然出现了一只浑体通红的小鸟。

小红鸟在地板上挪动，姿势显得有些笨拙，模样看着很是可爱，但朱红色的羽毛里却似乎蕴藏着极为恐怖的力量，令人不寒而栗。

"啾啾。"

小红鸟走到夫子身前，叫了两声。

夫子伸出一根手指，轻轻摸了摸它的脑袋。

小红鸟顶着夫子的指腹，转动着，显得很是高兴。

"这……就是那只朱雀？"

一路以来，宁缺已经听到看到了很多震惊无语的事情，如今知道长安城乃至惊神大阵，都是老师的手段，此时看到朱雀忽然化出身形，出现在黑色马车里，虽然还是很震撼吃惊，但还不至于惊慌失措。

他学着夫子的模样，小心翼翼地想要摸摸这只传说中的朱雀。

小红鸟霍然转身，盯着宁缺的眼睛，神情显得格外威严，眼眸里流露出警惕、厌恶、轻蔑、不屑的情绪。

宁缺想起当年自己和桑桑撑着大黑伞在雨中观朱雀绘像时的感受，还有自己身受重伤躺在朱雀绘像旁时的经历，赶紧把大黑伞塞到臀下遮住。

小红鸟又转动脑袋望向桑桑，眼眸里的情绪忽然变得很迷惘。

……

黑色马车驶出长安南门，向着书院而去。

这些年里的无数个清晨，宁缺便是沿着这条道路去书院读书修行的，对道路两侧的景致非常熟悉，所以看了两眼便收回了目光。

他本来想问夫子，千年以来书院的变革……然后他想明白了这个问题不用问，书院可以有很多任院长，但只有一位夫子。

"您是书院第一任院长，也是如今的书院院长，中间这些年您在做些什么？如果真是不想理会世事，为什么又会出山重新执掌书院？"

"这几百年里我很忙。我想着当年在西陵神殿我管藏书楼，自己又喜欢看书，有了书院，当然要去世间各处收集书籍，这事情很费时间。"

夫子说道："而且你不要忘了，我往天上飞了那么多年，为这件事情做准备，下决心则花了更多年的时间。在世间游历的过程里，我寻找传说中的冥界，寻找世界的边缘，寻找真正美味的食物，寻找一些人，也花了很多时间。"

宁缺问道："您在找什么人？"

夫子说道："我想找到一些和我一样的人。"

宁缺问道："您找到了吗？"

夫子说道："我找到了酒徒和屠夫。我从他们那里，知道了关于昊天更多的事情，也知道了一些永夜的事情，于是我想邀请他们一道做些事情。"

宁缺说道："他们没有同意？"

夫子点头说道："不错。"

"那您怎么做的？"

"我和他们打了一架。"

"谁赢了……"宁缺摆手说道，"抱歉，这个问题很白痴。"

夫子叹道："他们当然打不过我，恼火的是，他们还是不肯听我的。"

"您究竟想做些什么？"宁缺问道。

夫子看着宁缺说道："你先前不是问我这些年，我都在做什么吗？"

宁缺点点头。

夫子说道："这些年，我绝大多数时间，都用来思考一个问题。"

宁缺问道："什么问题？"

夫子说道："怎样才能战胜昊天。"

黑色马车的车厢里变得非常安静，只有夫子的声音仿佛还在飘着，落在地板上，朱雀鸟踩出的脚印，如水般轻拂。

这趟修行旅程早就已经揭示了真相，师徒还讨论过更加具体的问题，然而当这句话最终如此真切而简单地出现，依然显得那般震撼。

宁缺沉默了很长时间，抬起头来问道："老师，您想出方法了吗？"

夫子恼火地说道："如果想出了方法，我怎么还会在这辆马车里？"

第七十四章
那些年，我们一起逆的天（上）

黑色马车在地面上，地面是人间，如果夫子已经想出战胜昊天的方法，他此时必然早已离开人间，上天而战，自然不是还在马车里。

"我想了很长时间，都没有想出可行的方法。"夫子说道，"就这样过了好几百年，我碰见了一个人，他叫轲浩然，也就是你的小师叔。"

听到小师叔的名字，宁缺本来有些黯淡的情绪，顿时明亮起来，有些兴奋，因为要知道小师叔的浩然气，现在便在他的身上。

夫子说道："你小师叔资质出众，可以称得上惊才绝艳，无论修行还是别的事情，都是一学便会，像佛宗说的什么知见障，从来没有在他身上出现过。相对应的，这个家伙的脾气也有些怪，有很多东西他都不愿意学。"

宁缺说道："我听莲生说过，小师叔这辈子就只会浩然剑这一种功法……但莲生又说，小师叔已经到了一法通万法通的境界。"

"不管什么名头，最终把自己整死的境界，在我看来，再强也有限。"

夫子说道："说回当年的事情，我见着你小师叔后，眼前便一亮，心想我的资质太过普通，所以想不出来战胜昊天的方法，他的资质远胜于我，如果接受我的悉心培养，那么或者真有可能完成我的夙愿。"

"然后呢？"

"先前说过，你小师叔脾气有些怪。"

"是骄傲吧？"

"骄傲不就是怪吗？"

"老师您也挺骄傲的。"

"我向来客观公正。"

"老师，我们扯远了。"

"是你扯的……你小师叔很骄傲，我想收他当学生，他居然不干，说我没有资格收他当学生。我便问他，我都没有资格，世间谁还有资格当他老师？"

夫子说道："当时你小师叔答道，世间本来就没有任何人有资格当他的老师，他的老师只可能是他自己。我最开始还有些不悦，后来一想也对，我不一样也是自学成才？但我还是想让他在修道路上少走些弯路，所以说要代师收徒，他问我们的老师是谁，我说我们没有老师，他才同意。"

稍一停顿后，夫子继续说道："我始终想着，要你小师叔在修道路上少走些弯路，但后来发现，这种教育方法确实是有大问题的。"

宁缺不解问道："什么问题？"

夫子说道："一点弯路都没走，他走得太快，随时可能飞起来。"

这句话有些艰涩费解，但宁缺听懂了。

"你小师叔的境界提升得太快，我开始感觉到不安，于是继续周游世间，在一个小镇上看见你大师兄，然后又收了君陌。"

"然后你小师叔骑驴离开书院，先进长安城，闯荡世间，然后灭了魔宗，最后又回到书院，他以一种难以想象的速度成长着，世人都以为单剑灭魔宗是你小师叔最巅峰的境界，实际上他回到书院后，变得更加强大。"

"他终于体会到与我一样的苦恼，对这片天空产生了相同的疑问，于是他决定去和昊天战上一场。我很反对，我告诉他你不可能打赢昊天。他却对我说，不打一场怎么知道能不能打赢，师兄，这种事情当然要先打了再说。"

宁缺低头沉默，想着二师兄说话行事的风格，确实很有几分小师叔的气魄，然后他抬起头来，看着老师平静问道："然后呢？"

夫子沉默片刻，说道："然后他就去打了。"

"然后他就输了。"

"然后他就死了。"

......

说完这三句话，夫子笑了起来，笑容显得有些落寞萧索。

宁缺距离夫子和小师叔的精神世界很遥远，却能体察到夫子此时的情绪。

越强大的人越孤单，酒徒和屠夫非同道中人，夫子好不容易在浊世红尘里遇到一个志同道合的师弟，结果却没有并肩而战的机会，便就此分离。

夫子情绪渐宁，说道："那之后，我便把全部的精神，放在教你大师兄和二师兄的身上，我以千年来在人间的经验与过往总结出一些道理，以仁义教慢慢，以礼法教君陌，他们也没有令我失望，学得非常好。"

"遗憾的是他们终究是在学我，就算学得再好，也只能是第二个我，或第二个轲浩然，想要战胜昊天，希望并不是太大。便是你三师姐，她的修行与众不同，但同样还是在昊天的修行世界之内。"

"于是我开始思考别的可能，我在世间游历，寻找各个领域最天才的人，让他们回书院学习，比如你五师兄宋谦，比如王持。但这一次，我不再试图让他们在修行道路上辛苦地攀爬，而是任由他们自行研究爱好，试图在那些数字与线条的世界里，寻找到打破昊天世界的方法。"

"在西陵的时候，我对你们说过，我这一生修行的起点，便是道门，于是最后我的目光又重新落在道门之上，你十二师兄陈皮皮是道门不世出的天才，拥有道门最美好的特质，却完全没有任何尘垢，所以我选择了他。"

"可惜时间还太短了些，如今看来，我的这些尝试不见得能够成功，就算有成功的可能，我也看不到了，不过好在还有你。"

宁缺一直安静地听着，直到听到提到自己，才惊讶地抬起头来，说道："老师，我的修行资质可比陈皮皮差多了，如果要说符道数科或是弈道，更没有什么资格和师兄师姐们相提并论，您为什么会选择我？"

"首先，因为你是一个很自私的人。"

"老师，您这是在夸我还是贬我？"

夫子说道："千年之前，我以仁义教化世人，以礼法固化道德，以律法减少纷乱，如今无论唐国还是你两位师兄，都可以完美地实践这些，然而这些只能使人类社会平静地生存，却无法产生足够强大的破坏力，只有自私才能让人类前进。"

宁缺说道："我只听说过爱拯救世界，可没听说过自私拯救世界。"

夫子说道："有时候，破坏旧世界，便是拯救新世界。"

宁缺叹息说道："您这么说，我压力很大啊。"

夫子大笑起来，然后笑声渐敛，静静看着他说道："当然，我选择你作为关门弟子，最重要的原因，是因为我一直都看不懂你。

"卫光明在桃山上看到长安城里有一个生而知之的小男孩，我自然也看到了，他认为你是冥王之子，我并不这样认为，但我确实想不明白，世间怎能有生而知之的人呢？而且你显得那样的普通。"

夫子说道："直到后来，直到最近的这些时日，我终于确定，原来你不是昊天世界的人，你来自另一个世界，才有了答案。"

就像如何战胜昊天这个论题一样，宁缺是穿越者的事实，在这些天的旅程里，一直没有被提起，夫子和他却早已默认。

宁缺低头看着地板上那道朱雀留下的爪痕，沉默了很长时间，然后抬头望向桑桑，对于老师这种大智慧的人，他没有什么好担心的，夫子肯定不会认为他是什么妖怪，直接把他镇压，然而桑桑呢？

桑桑会怎么想？

桑桑什么都没有想，她有些吃惊，但没有任何惊恐或是排斥的情绪，只是好奇地看着宁缺，当宁缺望向她时，她笑了起来。

宁缺心头微暖，他不在乎桑桑是冥王之女，只在乎桑桑是桑桑，桑桑也不会在乎他是哪个世界的人，只要他是他，这就够了。

"我暂时没有找到战胜昊天的方法，你小师叔没有成功，这个世界上从来没有人成功过，那是因为这本来就是昊天的世界。"

夫子看着宁缺微笑说道："但你不是昊天世界的人，至少你的灵魂、你的思想不是这个世界的原生物，如果这个世界是一个生死光明循环的死局，你从局外来，那么你就是那个破局之人，这很好。"

宁缺先前说自己压力很大，这时候听到这番话，他才感觉到真正的压力，下意识地向车窗外望去，看着那片湛蓝的青天，忽然觉得整片天空变成了无比沉重的某种事物，压得自己的意识和心脏都快要破碎开来。

要逆天呀？

弱者呼喊着"俺就是要逆天"，那是小说里的有趣故事，像夫子这样沉静人间千年苦思冥想，以身实践想着要破开这片青天让世界呼吸新鲜的空间，这便不是故事，而是最真切最生动最壮烈瑰丽的奋斗。

宁缺是很自私的人，除了很有限的几样之外，他从来没有想过为什么而奋斗，然而此时，他忽然发现自己要为全人类的解放事业而奋斗。

这关我什么事？

他这般想着，却说不出口。

就如同夫子说的那样，他本不是这个世界的人，却来到了这个世界，感受了如此多的悲伤痛苦别离愤怒以及喜悦快乐和幸福，为什么会有这一切？

任何事情都应该有原因，生命总要有目的。

只是这个原因，这个目的，实在沉重到他难以负担。

他抬起头来，静静看着夫子，沉默了很长时间。

就在夫子和桑桑都以为他准备拒绝或者说逃避的时候，宁缺问道："我怎样才能像您一样强大呢？"

第七十五章
那些年，我们一起逆的天（下）

如何战胜昊天，和怎样才能像您一样强大，看起来没有什么关联。

但在宁缺看来，修行者至少得像夫子这样强大，才有资格说逆天，有资格探索那些深奥艰涩的问题。

夫子是怎样炼成的？这肯定很难简单模仿，或者学习，但可以请教，就像当年的小师叔一样，可以少走一些弯路。

"有人说活着就是一场修行，虽然酸臭，却是真话，因为活得越久，你修行得就越高，我的修行资质也很普通，就是活的岁数长一些。"

夫子说道："怎样才能像我一样强大？先要学会和昊天最强大的两个规则之一的时间对抗。你要尽可能活得更长久一些，活的时间越长，你的境界便会越高，于是便能活得更长，如是循环不尽。"

宁缺说道："老师，您这些话说了等于没有说。"

夫子说道："我就是这么做的，所以也只能这么说。"

宁缺看着老师脸上的皱纹，心头微动，问道："老师……您是人间最强大的人，可以飞翔于九霄云上，近乎长生不死。如果严格来看，您非但不是普通人，甚至已经超出了人类的范畴，您完全可以像酒徒和屠夫那样，平静低调沉默地享受时光，为什么一定还要逆天？为了人间？"

"首先我们要厘清一个道理。如果世界是单调的重复，有限而无趣，那么如果你活的时间越长，你便会越无趣。只有无限的世界才能带来无限的乐趣，我已经看过世间所有风景，吃遍世间所有美味，我在昊天的世界里已经活得很无趣了，所以我理所当然想要破天而出，去看看别的风景，这是以前便说过的。"

夫子说道："其次你说我已经超出了人类的范畴，应该没有心情代替人间寻找新的乐园，满足人类的好奇心……很多年前，我也曾经疑惑过，自己究竟还能不能算人，为了确定这一点，我做了一件事情。"

"什么事情？"宁缺问道。

夫子说道："我吃了一口人肉，然后发现很不好吃，更准确来说，我很恶心，一直不停地呕吐，甚至把胃肠里的清水都吐了出来。"

宁缺低头说道："人肉确实不好吃，但这和您的疑惑有什么关系？"

夫子说道："老黄牛喜欢吃牡丹鱼，大黑马喜欢吃羊肉，但老黄牛从来不吃牛肉，我相信大黑马也不会吃马肉，因为老黄牛是牛，大黑马是马。世间一切肉我都有兴趣尝试，唯独人肉例外，正因为我是人。"

很简单却没有什么道理的说法，但充满了直觉的力量，不容置疑。

夫子又道："既然我还是人，活在人间，当然便要做人事。道门里的很多人不同，他们自认为是昊天的子民，在人间只是短暂停留，最终会回到昊天的怀抱，所以他们行的是天道，这便是我与他们的区别。"

此时黑色马车已经驶抵书院，青色的草甸间，耐热的花树正在盛放，风景看着很是美丽，隐隐可以看到雾中的后山。

夫子没有回书院后山的意思，让大黑马继续前行。

宁缺长舒一口气，开心地笑了起来。

夫子看了他一眼，问道："什么事情这么开心？"

宁缺连连挥手，没有解释。

他之所以开心，是因为夫子没有回书院。没有回书院，便不会与后山里的弟子们告别，这也就意味着，他最担心的事情不会发生。

黑色马车一路向北。

宁缺与夫子的对话还在持续。

"您已经如此强大，为什么还是不能战胜昊天？"

"我说过，这是昊天的世界，它是世界的规则，越五境的修行者，能够拥有自己的规则，但那些规则始终是在世界本原的规则之下。"

夫子说道："这个世界里的一花一草一树一木、一个微笑、一个念头都在它的目光注视之下，就连因果都逃不出它的计算。比如莲生自以为可以跳出三界外，但事实上，他始终都在此山中。"

说到这里，夫子向宁缺腰间看了一眼，又看了一眼桑桑，说道："至于我虽然可以无视昊天的规则，做到无矩，却无法超脱佛陀说过的因果，因果是事物发生的顺序，事物发生的顺序便是时间，时间代表一切。

"在这个世界里，昊天无所不知，所以无所不能，它能计算安排所有，我们却无法提前预知而躲避，这便是所谓天意不可测，天意不可违。"

宁缺问道："既然昊天无所不能，为什么始终没有办法杀死您？"

"它当然试过，雷电交加，暴雨磅礴，大海呼啸，我这一生所见的天怒，大概比所有修行者加起来遇过的都要多。"

夫子说道："不过我跑得比较快。"

说完这句话，夫子轻挥衣袖，黑色马车周遭的天地元气微有变化。

宁缺的感知本就极敏锐，如今已经晋入知命境，天地元气最细微的变化，也很难瞒过他，他瞬间察觉到，天地元气分成了很多层，其中两层之间，有一片极为幽渺的平滑空间。

夫子说道："人间被天地元气覆盖，天地元气自有分层。大概是因为这个世界是扭曲的缘故，这些元气分层里，也有些扭曲的通道，可以让人瞬间抵达万里之外。"

宁缺说道："这便是无矩？"

夫子说道："不错，如果你晋入无矩境界，昊天想要杀死你，便会变得比较困难。问题在于，你不可能总逃，不然会累死，所以还是要想些别的方法。"

"我说过除了活的时间长些，我没有别的长处，不过正是因为活的时间够长，所以我的境界越来越高，高到无前者可以学习，只能自己摸索，好在还是摸索出来了一些手段，它要找到我变得越来越难。"

"我舍了这身躯壳，不往三界外跳，直向人间去，把自己与人间融为一体，昊天要杀我，便要把这个世界毁灭，但它是这个世界的规则，世界不存在，它便会毁灭，所以它只能想办法找到我，邀我上天一战。"

"这是一种很危险的方法，因为它只要找到我的一部分，便能找到我，但这也是一种最安全的方法，因为我到处都在，只要我本体不现，它便永远找不到我。"

宁缺想了很长时间，然后说道："虽然还是不明白，但感觉很厉害。"

……

黑色马车来到泗水岸边。

杨柳青青，对岸民舍颇新。

宁缺和桑桑分坐在夫子身旁，借柳荫蔽日，看风景，暂歇息。

昊天和夫子的故事讲完了，但有个非常重要的角色，始终没有被提起。

宁缺问道："冥王又是怎样的存在？"

夫子说道："没有冥王。"

宁缺怔住，转头望向老师，重复说道："没有冥王？"

夫子说道："我去过很多地方，看过很多风景，就是没有见过冥界，既然没有冥界，自然就没有冥王。"

宁缺的思绪有些混乱，说道："怎么可能没有冥王？冥界不是要入侵人间？烂柯寺的佛光阵，佛祖留下那么多法器，不就是为了对付冥王？"

夫子说道："佛陀想镇压的是他所以为的冥王，从这个意义上来说，他涅槃前的应对确实有道理，只不过他到最后也不知道冥王究竟是谁。"

宁缺越发听不懂，指着正在摘柳枝编小玩意儿的桑桑，说道："她是冥王的女儿，如果没有冥王，怎么会有她？"

夫子转身望向他，笑着说道："痴儿，已经到了现在，你是真的不懂，还是一直不愿意朝那个方向去想？"

老师的笑容很温和，眼眸里的神情很宁静，宁缺的心情却骤然一紧，眼皮开始不停地跳，双腿变得像柳枝一样绵软，似要瘫软。

无数的汗水像浆子般，从他身体每一处涌出来，瞬间打湿身上黑色的书院院服，体内的浩然气因为情绪的极度紧张，竟有了崩溃的征兆。

宁缺觉得自己的嘴里一片干涩，想要说话，却发不出来声音。

夫子看着正在编柳枝的桑桑，揉了揉她的脑袋，说道："不要忘记，在成为被人间追杀的冥王之女前，她是光明的女儿。"

桑桑抬起头来，看着夫子，不明白他在说什么。

"其实，她一直都是光明的女儿。"

夫子轻拍宁缺肩头，平静说道："换句话说，她就是昊天的女儿，她就是昊天的分身，甚至你可以理解为，她就是昊天。"

桑桑听懂了这句话，无法理解，却莫名感到不安，小脸骤然间变得极为苍白，甚至比脸上擦着的陈锦记家的脂粉还要白。

宁缺的脸色比她更苍白，他这时候终于能够说出话来，声音显得格外干涩嘶哑，颤抖得非常厉害："但都说她是冥王的女儿。"

夫子说道："我说过很多次，没有冥界，自然也就没有冥王，如果非要说有，就像佛陀以为的那样，那么昊天就是冥王。"

宁缺低头，埋在自己的双膝间，说道："这，没有道理。"

"这是最简单朴素的道理，哪怕是初入书塾的孩子都能想明白。其实我早就应该想明白了，只不过这道理实在是太简单。"

"绝对的光明就是绝对的黑暗……"

夫子的目光透过柳枝落在湛湛青天间，赞道："大道至简。"

第七十六章

身在黑暗，脚踩光明

绝对的光明就是绝对的黑暗，这是很多人都懂的简单道理，当年隆庆皇子与宁缺入书院二层楼登山比试时，便曾经在夫子的幻境里有所感悟，设置幻境的夫子，又怎么可能不明白？只是正如他感慨的那样，大道至简而无形啊。

宁缺看过天书明字卷，看过佛祖留下的笔记，在荒人部落里生活过很长一段时间，他曾经被人认为是冥王之子，桑桑一直被认为是冥王之女，他对冥王相关的知识有很深的认识。此时听到老师的话，以往看天书明字卷和佛祖笔记时，很多不理解的地方忽然便有了答案。

荒人部落献祭冥王的仪式上，称冥王为广冥真君，那就是光明真君。佛祖笔记到如今的佛宗，都有关于不动明王的记载，那实际上就是不动冥王。

冥，就是明。

冥王，就是明王。

……

但他依然不相信，或者不肯相信，目光在夫子和桑桑之间来回，眼眸里的情绪显得极为痛苦，声音微哑说道："昊天没道理做这么多事，一时光明一时黑暗，它闲着没事做，还是想和人间开玩笑？"

"老天爷不开玩笑，它做事情自然有目的。"

夫子看着他说道："昊天做这么多事，撒弥天大谎，构惊天之局，除了永夜的需要，最主要的目的当然还是我。

"在荒原上的那一刻，它成功地让我相信，桑桑真的是冥王的女儿，让我把人间之力灌注到她的体内。

"我说过自己对抗昊天的方法是什么，我不往三界外跳，直向人间去，把自己与人间融为一体，这种方法很安全，又很危险。"

"但昊天并没有找到您。"

"我就是人间，人间之力就是我的一部分。现在我的一部分，便在桑桑的体内。从那一刻开始，它就已经找到了我。"

夫子看着桑桑微笑说道："在这些天的旅程中，它一直在看着我，我也一直在看着它，所以我吃肉都没有味道，所以我带着你满世界地找肉吃。"

桑桑看着泗水里的柳影，瘦削的身子微微颤抖，惘然不安，然后就像最开始在荒原上看到夫子发脾气时那样，她开始悲伤。

"其实我很早便隐隐察觉到，我的命运会和她的命运纠缠在一起。我身在红尘中，心系人间事，感知不够清晰，你大师兄身心皆净，所以比我的感知还要更加强烈。"

"所以那年他从荒原回来之后，便一直试图让桑桑和我保持足够远的距离，只不过那时候的他，以为桑桑是冥王的女儿，却没有想到事实的真相竟是如此。"

"我不相信命运，更不相信我的命运会注定与她的命运纠缠不可分离，然而事实上，在天意的安排下，这些事情早已注定。"

夫子看着宁缺说道："十八年前，我在书院后山看着你从柴房里出来，我也看到了她的降生，我看到了柴房里的血，也看到了曾静夫人房间里黝黑的小女婴，只不过当时我并没有想到，这意味着什么。"

"她在烂柯寺里变成了冥王的女儿，然后你带着她被人间追杀，我有很多次机会都可以出手，但我始终没有出手，如今想来，是因为当时的我，已经隐隐察知到命运的走向，所以本能地只想与这件事情保持足够的距离。"

宁缺神情黯然问道："那老师您最后为什么还是选择了出手？"

夫子沉默片刻后笑了起来，摊开双手说道："我也不知道……大概是因为我在人间实在待得烦了，潜意识里想看看上天安排的命运是什么，于是顺势而行，借这个机会破除自己的心障，上天与那厮战上一场？"

"你不要急着批评我。"

夫子看着宁缺微笑说道："怪你小师叔吧，经过千年修行，我本来已经变得足够平和隐忍，他非要拿把破剑就去逆天，数十年前便已经挑起了我的火气，上桃山斩桃花只宣泄了一丝，积累到如今，终究是要爆的。"

宁缺声音微颤说道："这一战……没办法避免了吗？"

夫子指着桑桑说道："先前说过，我的一部分在她的身体里，它一直在看着我，我也一直在看着它，它知道我在哪里，我也知道它在哪里，那么我便无法再拒绝它的邀请，这一场战斗势在必行。"

宁缺一直在思考，一直在痛苦地思考，用尽自己所有的智慧与经验在思考，忽然间他想到一件事情，眼睛骤然明亮，看着老师说道："不对……如果冥王就是昊天，它为什么要让永夜降临人间？"

"这些天我也在思考这个问题。我在想，人间是土地，昊天便是辛苦耕种的农夫，一茬一茬收着庄稼，再肥沃的原野，种了很多年庄稼之后，也总是需要休息的，永夜大概便是休耕的时间。"

夫子说道："还有一种可能，人类在人间不断繁衍，数量越来越多，文明越来越发达，修行者的数量越来越多，越五境的强者也越来越多，昊天的食物来源虽然会更充沛，但它也开始恐惧，在荒原上吃涮肉的时候，我曾经对你说过，狮子固然强大，但如果野牛的数量足够多，它也只有死路一条。"

"蚂蚁固然卑贱，如果有足够多的蚂蚁飞上天空，也可以把整片天空都遮住。如今想来，佛陀当年说人人可以成佛，或者便是这个道理。"

宁缺说道："您是说，昊天害怕人类繁衍生息强大，所以在人间发展无数万年，到了某种临界值的时候，它便会降下大灾难灭世？"

夫子说道："应该便是这个道理，当然，这依然只是你我的推论，真相到底如何，看来只能等会儿我当面来问它。"

宁缺忽然说道："我懂了。"

夫子沉默片刻后说道："我也懂了。"

宁缺说道："老师您错了，小师叔也错了，反而莲生是对的。"

夫子叹息说道："不错，如今看来他才是对的。"

宁缺说道："还来得及吗？"

"我此时已经在路上，自然来不及回头，而且这是我的故事，我要去试试自己的方法究竟能不能行。至于以后故事怎么写，那是你的事情。"

宁缺说道："我担心自己没有能力写这个故事。"

"没有冥王，也可以说有很多冥王，昊天是冥王，因为它要降下永夜惩罚人类；我是冥王，因为我要逆天；她也是冥王，因为她就是昊天；你也是冥王，因为你来自另一个世界，按照你的说法，那个世界最广阔的区域，都处于极端的寒冷之中。如果我不行，那么你就必须行。"

夫子看着他说道："事实上，从你开始修行的那一天开始，你就有且一直有这种能力，你可以改变这个世界，现在或者以后，只看你如何选择。"

宁缺看着桑桑。

他眼中的情绪很复杂，再如何精妙的文字都无法形容，有些陌生，有些熟悉，有些难过，有些悲伤，有些畏惧，有些挣扎。

他似乎想说些什么，但最终什么都没有说。

他望向头顶被柳枝分割成很多区域的天空，问道："老师，您有信心吗？"

夫子随他一道望天，叹息说道："从来没有真正打过，哪里来的信心？"

无数年来，夫子一直在思考怎样战胜昊天，他想过很多方法，不停地躲避，不停在学术与精神层面上思考，却没有实践过。

桑桑这时候忽然抬起头来，安静地望向天空。

然后她收回目光，望向夫子，说了一句话。

"其实，我也没有信心战胜你。"

……

桑桑的双脚离开了河畔的草地。

她飘到了泗水之上，微黄的短发，瞬间变得无比乌黑，然后渐渐变长，如瀑布般披散在她的肩头，又像是无数道光线。

她黑色的眼瞳以肉眼可见的速度变白，然后与眼白相融，紧接着变淡，淡到仿佛透明一般，然后有淡淡的圣洁光团氤氲其间。

两种截然不同的情绪，出现在桑桑的脸上，一种是人间桑桑的惶恐不安畏惧与痛苦，另一种则是在荒原马车上曾经出现过的漠然。

绝对的漠然，排斥生命与喜乐的带有神性的漠然。

看着这幅画面，宁缺觉得自己的心脏忽然间像被撕碎成泗水畔的柳枝，痛苦地唤出声来，唇角淌着血，伸手便要去抓她的脚。

夫子悠然叹息一声，轻拂衣袖，把他定在河畔。

静静流淌的泗水水面上，桑桑的身体不停发生着变化，瘦削的身子渐渐变得丰盈，黑色的衣裳被撑破，变成无数道丝缕，露出赤裸的肌肤。

黑色的长发随风飘舞，她脸上的神情变得越来越痛苦，身体不停扭曲，像在一张网中不停挣扎，然后渐渐静止，只剩下漠然。

破裂的衣衫丝缕如水般滑落，露出温润光滑的肌肤。

那个瘦削的、普通的、病弱的桑桑不见了，此时出现在人间的桑桑，是一个全身赤裸的美丽女子。无论是五官还是身体，都那样不可挑剔，完美到了极点。

完美的身体与容颜，配上圣洁而漠然的神性，给人一种不容侵犯的感觉，仿佛就像是某些道门教派供奉的昊天女神像。此时的桑桑和天女像唯一的区别便是她的肤色，她的肤色依然显得有些黑，一如从前。

无论是渭城的桑桑，还是老笔斋的桑桑，她的身体一直都是黑的。

她的双脚却很奇妙的洁白如玉，如两朵雪莲花。

夫子看着这幅画面，感慨说道："身在黑暗，脚踩光明，原来如此。"

第七十七章

登天（上）

桑桑的身子是黑的，像炭一样。

桑桑的双脚是白的，像玉一样。

宁缺替她洗过澡，最喜欢抱着她的脚睡觉，很熟悉她的身体，熟悉她的双脚，熟悉她的一切，此时看着这具黑白分明的完美身躯，却觉得无比陌生。

小时候在河北道死尸堆里挖出那名小女婴时，他就像通议大夫府里的人们一样觉得奇怪，只不过后来抱着养了这么多年，于是见怪不怪，直到此时看到这幅画面，听到夫子的话，才终于明白了其中的道理。

桑桑是黑的，也是白的，就像她在烂柯寺最后一局棋落下的那颗黑子一般，随着时间的流逝，最终在荒原马车里变成了一颗白色的棋子。

至此宁缺再没有任何侥幸的希望。

这个世界没有冥王，昊天便是冥王。

这个世界没有冥界，当昊天让末日来到时，人间便是冥界。

……

无数的光明从桑桑的身体里喷涌而出，平静的泗水水面像镜子一般，把那些光线凝成一道光柱，然后反射到高远的碧蓝天空之上。

河畔也开始光明大作，无数光丝从夫子的身体里钻出，与桑桑喷涌出的光线系在一起，他的一部分在桑桑的体内，于是他便无法离开。

夫子望向自己身体里渗出的光丝，觉得很有趣，甚至还伸手去摸了摸，就像弹琴一般轻弹，然后他问道："到时间了？"

桑桑的脸上没有任何情绪，声音也没有任何情绪，分不出来男女，没有任何波动，却并不是机械的，只是透明空无的。而且那道从她身体里响起的声音，拥有无数多的音节，复杂得根本无法听懂，更像是大自然的声音。

夫子听懂了，于是他笑了笑。

宁缺没有听懂，但他知道分离的时刻到了。

一个是自己最敬爱的老师，一个是相依为命多年、生命早已合为一体的女人，毫无疑问，这是一个人所能想象到的最痛苦的抉择时刻，幸运或者不幸的是，他此时没有能力做选择，或者说可能不需要做选择。

宁缺不能动，只能坐在泗水畔的草地上，看着被无数万道光丝联系在一起的两个人，望向桑桑的目光变得越来越平静，越来越淡漠。

……

昊天说的话，没有人听懂，如风啸，如雷鸣，响彻人间。

于是人间知晓了泗水畔正在发生的事情。

于是整个人间，都开始回荡一句话。

……

"恭请夫子显圣！"

西陵神国桃山最高处，庄严肃穆的神殿外，石坪上跪着黑压压的人群，往常骄横的红衣神官和神殿执事们，就像最虔诚的信徒，以额触地。

西陵神殿掌教大人，也跪在白色神殿最深处的纱幔之后，在纱幔外，还跪着天谕大神官和裁决大神官。

……

"恭请夫子显圣！"

极西荒原深处，天坑中央的巨峰之巅，悬空寺讲经首座的手中没有握着锡杖，而是诚心诚意地双手合十，无比恭敬地祝祷着。

巨峰云雾间若隐若现的无数座黄色寺庙里，不停响着诵经的声音，以及那句同样的话，静静地等待着夫子上天。

……

"恭请夫子显圣！"

人间无数道观，无数寺庙，所有皇宫，无数尊贵的大人物，都恭敬无比地跪在地面，不停重复着这句话。

……

遥远的南海某处。

青衣道人沉默地看着陆地的方向，脸上的神情显得异常凝重。

他没有说那句话，因为他很紧张。

他看到一道大幕正在缓缓落下。

为了这一刻，他已经等待了太长时间，不到最后，他无法放心。

……

没有恭请夫子显圣的还有很多人。

真正的普通人，并不知道发生了什么，更不会知道泗水畔发生的这件事情，会对人间对他们的生活带来怎样的影响。

他们像平常一样，买菜做饭喝酒聊天打牌盗香宅斗种田。

……

"人间之事我管了太多年，有些累，也有些烦，有些厌恶，所以我不想再管了，你看，事实上人间的这些人也不想我管。"

夫子把飘到眼前的一根光丝挥手赶走，看着宁缺说道。

宁缺没办法动，只能看，只能哭，所以他大哭起来，泪水在脸上纵横，然后他又开始笑，莫名其妙地笑，神经质般地笑。

夫子有些纳闷说道："当时在荒原上，昊天终于找到我，所以它很高兴，才会又哭又笑，你这时候又是为了什么犯病？"

宁缺忽然发现手能动，抬袖擦掉脸上的泪水，说道："我是在恨。"

"恨什么？恨你媳妇儿？"夫子大笑说道。

宁缺看着夫子，说道："我恨老师您不负责任。"

夫子怔了怔，说道："我哪里不负责任了？"

宁缺说道："您就这样上天了，大唐怎么办？书院怎么办？"

夫子说道："这种小事，我都不感兴趣，更何况昊天？"

宁缺说道："就算昊天没兴趣，那道门怎么对付？"

"如果你们连人间的敌人都对付不了，又怎么对抗昊天？"

夫子微笑说道："再说，我又不见得一定会输。"

……

笑容渐渐在夫子的脸上消失，他看着飘在泗水之上、浑身大放光明的桑桑，忽然说道："在荒原马车里，我就知道是你，而在你找到我的同时，我也找到了你，你有没有想过，这些天我一直在做什么。"

桑桑面无表情，像是没有听到这个问题，身上的光丝越来越繁密，渐要成流。

"我带你吃人间最好吃的烤羊腿，带你吃宋国最考究精致的十八碟，我带你吃草原最鲜美的涮羊肉，我带你吃了牡丹鱼、生蚝汤，我带你去看了雪峰，泛舟海上，苔原镜湖，还让你和宁缺成亲洞房。"

"我带你吃遍人间美食，带你赏遍人间美景，我让你体会到作为人最大的快乐，我甚至还顺手让你体会了一下更深的情感。"

夫子看着桑桑说道："在你眼里，人类都是蝼蚁，如今你却与蝼蚁成了亲，并且感受到了其中的美好，你感受到了充分的人间的美好，那么你会不会有那么一丝想要留在人间的念头？这些年来，你想尽一切办法要找到我，邀我上天一战，但你有没有想过，其实我也很想邀你来人间做客？"

无限光明里，隐约可以看到神情若冰的桑桑，细而精致的眉头微微蹙了蹙，似乎夫子的这番话，对她确实构成了某种威胁。

夫子微微一笑。

然而片刻后，她蹙起的眉心便平伏如镜，光明再盛，与夫子紧紧相连，然后映于平静的泗水水面，再被折射成一道光柱投向碧空之中。

光柱落在碧空的位置，渐渐出现一道光门。

那扇门正在开启，门后隐隐可见光明的神国。

"你梦里的月亮……应该就是天书明字卷里的月亮，那真的很美。"

夫子转身看着宁缺说道，然后把他从草地上拎起来，手臂一振，扔向北方。

夫子飘身而起，离开泗水，飞向碧空里那道光门。

……

在"恭请夫子显圣"这句话响彻人间之前，夫子回去了一些地方。

他回到鲁国，在一处丘陵间沉默了片刻。

他回到唐国，在皇宫里行走了数步。

然后他回到长安城南的书院。

书院之前草甸如茵，花树如束，风景极美。

他背着手，沿着石径走入书院，沿途遇到的前院学生，虽然不知道他是谁，但依然极有礼数地躬身行礼，因为书院要求学生尊敬长者。

夫子很满意。

夫子走进前院的教舍，和黄鹤说了几句话，又对那名女教授说，青布大褂穿得太久便脱不下来，你将来怎么嫁人？

然后他离开前院，穿过巷道，走过湿地，走过旧书楼，看了一眼不远处的剑林。

余帘，正像平日那样，在旧书楼东窗畔写簪花小楷。

忽然间，一滴墨从笔尖落下，污了金花纸。

她沉默片刻，把笔轻轻搁在砚台上，对着窗外跪拜行礼。

夫子走进书院后山。

木柚在湖亭里绣花，看见老师不由得喜出望外，连声说道："您可算回来了，桑桑那丫头有没有带回来？这些天的饭菜可真难吃。"

北宫未央拿着笛子，从密林里钻出来，埋怨道："您已经有六年没听我的曲子了，做老师的不能偏心成这样吧？"

溪畔的水车还在转动，铁匠房里不停传出打铁的声音，后山密林里偶尔会听到有人在大喊不能悔棋，有野花被人摘下送入唇中，嚼成香末，小白狼被大白鹅啄得痛不欲生，夹着尾巴狂奔，四处寻找着唐小棠的身影。

大师兄和二师兄，从各自的小院里走出来，沉默不语随着老师走向后山之后，走上陡峭的石径，来到绝壁断崖上。

夫子站到崖畔。

大师兄和二师兄在他身后跪下。

夫子看着远方的长安城，笑了笑。

……

泗水畔。

黑色的罩衣在空中飘舞，夫子乘风而上。

桑桑随之而去，无数光明金花，从她的身体里溢出，撒向人间。

天空上的流云泛着异彩。

"恭请夫子显圣。"

人间传荡着这个声音。

夫子高大的身影，渐渐消失在光明之中。

第七十八章
登天（下）

人间某座小镇，某处集市，热闹嘈乱，空气里弥漫着烂菜叶和鸡屎的味道。一个男人提着一壶酒，走进一间肉铺。屠夫关上铺门，带着那人登上二楼天台，对桌坐下，开始喝酒吃肉。

酒徒望向天空某处，嘲讽说道："他总说昊天飞得再高又有什么用，如今看来他再强又如何？终是要离开人间，向天空飞去。"

屠夫说道："为了那些莫名的念头，便要放弃永生，去对抗永远不可能战胜的上苍，在有些人看来这或者很潇洒，实际上不过是愚蠢罢了。"

……

西陵神国深山老林里。

陈皮皮跪在知守观里的湖畔，对着天空不停流泪，双肩塌着，身体不停颤抖，眼睛哭到红肿，就像被雪迷了眼睛的兔子。

中年道人站在他身后，叹息安慰说道："夫子既然已经显圣登天，那么你父亲便可以回来，至少这算是一件好事。"

……

陈皮皮的父亲是知守观观主。

他叫陈某，无数年来身上都是一袭青色道衣，故号青衣道人。

多年前，书院轲浩然遭天诛而死，夫子登桃山，入西陵神殿，知守观被迫全力出击。此一役，道门无数强者殒命或重残，青衣道人哪怕请动悬空寺讲经首座联手，依然无法在夫子手中那根棍子下支撑片刻。

那之后，他被迫飘零于南海之上，终生不敢踏足陆地一步。

青衣道人在南海无数岛屿间流浪，跟随渔船漂泊，他不停修行，与南海取珠的渔女生下一个孩子，然后把那个孩子送到了夫子门下。

即便如此，他还是不能踏上陆地。

因为夫子不准他登岸。

今日夫子终于登天，按道理来说，他终于可以登岸了。

但青衣飘飘，依然在南海无数海岛间来回。

一座郁郁葱葱的海岛上，忽然出现他的身形。

下一刻，他便消失。

数千里外，他的双脚落在另一座海岛的沙滩上。

然后他再次消失。

在每一座海岛上，他都只能停留片刻，甚至无法停留，便要再次奔亡。

青色道衣上染着血水，道髻早已凌乱，他很狼狈。

那是因为，有根短短的木棍，始终在追着他。

每当他瞬移到一座海岛上，那根木棍便会紧跟着出现。

他的右肩已经被那根木棍击中过一次。

如果不是他对南海上的无数岛屿非常熟悉，他根本无法避开这根木棍。

他是道门最强大的人，晋入传说中的无矩境界。

但夫子的木棍，亦有无矩的境界。

他只能继续逃亡，直到夫子真正离开人间。

或者到那时，这根木棍才会落入海中。

……

知守观后方有座山。

山岩与泥土都是红色的，似极了陈年的血，只不过山崖表面生着无数青藤，所以看上去像是一座青山。

那些茂密的青藤，遮住了苍天，也遮住了青山里如蚁穴的那些洞窟，最重要的是，遮住了洞窟里那些强者的气息。

数十道或沙哑或尖锐的笑声，从洞窟里传出，穿透青藤，向人间而去。

这些笑声里充满了悲伤愤怒，又显得那般狠毒暴戾。

青山蚁窟里，住着很多道门强者，其中绝大多数都已经是知命境巅峰，甚至有几个人已经越过五境，成为传说中的存在。

他们都已重伤，都已重残，一半人是伤在书院轲浩然的剑下，另一半人，则是伤在当年夫子登桃山斩花一役中。

书院这两个字，是这些道门隐世强者的噩梦。

轲浩然很多年前便遭天诛而死，今日夫子终于显圣登天。

人间再也没有任何力量，可以让他们感到恐惧。

他们终于迎来了重见天日的时刻。

所以他们痛哭，所以他们欢笑，所以他们手舞足蹈，虽然基本上都少了只手，或是断了脚，他们放肆地释放着自己的气息，向人间宣告自己的强大。

他们太过放肆。

那些强大的气息，不只向人间四处散播，甚至快要触到天穹之上。

他们并不担心昊天会惩罚自己，因为他们是昊天最虔诚的信徒，最忠实的下属，昊天不会让他们这时候便回归昊天神国。

但他们忘了此时的天空上还有人。

那道高大的身影虽然渐渐消失在无限光明之中，却还没有完全离开人间。

"我本不想再管人间之事，但既然你们愿意现身，那便善终吧。"

夫子的声音响起。

一只脚从天空里落下，踩向青山。

青山里的笑声骤然变成了惊怖的尖叫，与恐惧的呼喊。

数十道极强大的气息喷涌而出，向着青山外逃去。

然而哪里还来得及。

那只脚落在青山上。

青山平。

道门隐世强者，尽灭。

……

天空之上，光明之中。

夫子抖了抖脚，把鞋底的泥土岩屑抖掉。

他看了人间一眼，又望向桑桑问道："想回去？你回不去了。"

桑桑完美的脸上本来没有任何情绪，此时却忽然流露出极大恐惧。

光明大作，然后散开。

昊天神国的大门，就此崩塌。

天穹开始震动，有些地方，甚至出现了极细的裂痕。

天空里极细的裂痕，对人间来说其实已经无比开阔。

无数非金非玉的白石，自天而降，呼啸而落，与空气急剧摩擦，变成数万颗流火的陨石，落在宽阔无比的海洋上。

海上生起无数巨大的浪花。

生出无数炽热的水雾。

水雾里有无数死去的鱼与鸟。

人间无恙。

在数万颗流火陨石里，有一颗近乎透明如同水晶般的石头。

当流火入海时，那颗水晶，折射着天穹散放的光明，在空中画出一道明亮的弧线，向着人间北方而去，最终不知落在何处。

……

书院后山。

老黄牛无精打采地躺在草甸上。

大师兄把一篮最新鲜的青草放在它身前。

二师兄把一盘最鲜美的鱼脍放在它身前。

老黄牛不肯吃草，也不肯吃鱼，显得很落寞，很疲惫。

它缓缓闭上眼睛，有滴水从眼角淌下。

又有水滴落在它的脸颊上。

然后是越来越多的水滴。

大师兄和二师兄抬头望天，才发现下雨了。

……

夫子登天后，整个世界开始下雨。

这场雨很大，延续的时间特别长，绝大多数时候都是暴雨如注，偶尔有几个时辰会细雨如丝，但中间完全没有断过。

这场雨注定会被载入史册。

这场雨注定会改变人间的很多事情。

······

夫子曾经说过，从世界任何一个地方，如果往北一直走，最终都会走到一座雪峰下，那座雪峰，便是这个世界最寒冷最北的地方。

极北寒域从来没有下过雨，只下雪，当黑夜延长，荒人部落南迁之后，这片全无人烟的静寂之地，更是连雪都很少下。

但就连这个地方都开始下雨。

热海表面的雪层，被暴雨击打得千疮百孔。

那座世间最高的雪峰上，也因为暴雨产生了几次滑坡雪崩。

其中有一处最大的豁口，看上去就像是被天外飞石击中一般。

······

宁缺醒了过来。

他发现自己在荒原之上。这时候雨已经停了，他只能从身旁青草上的水珠和泥泞的土地，判断出这里曾经下过好大的一场雨。

他不知道过去了多少天，但想来已经是一段很长的时间。

很多天食水未进，他的身体虽然强横，依然感到了虚弱，被夫子填饱的肠胃早已空空如也，但他什么都不想吃。

他坐在雨后的草地里，坐在泥泞的原野间，抱着双膝，瑟瑟发抖，看着雨后的天空，瘦削的脸颊被天光照得非常苍白。

天还是那个天。

没有任何变化。

老师与昊天的这一战，应该是输了吧？

老师死了。

桑桑是昊天，回去了，也就是死了。

他很痛苦。

最令他痛苦的是别的事情。

直到此时，他才想明白老师登天之前对自己说的那番话。

他本来有可能改变这一切。

但因为很多原因，他没有想到，或者说不想想到，所以他什么都没有做。

他眼睁睁地看着昊天找到了老师。

他眼睁睁地看着老师登天一战，然后失败。

宁缺抱着双膝，看着天空。

他就这样坐着。

什么也不想说，什么也不想做，什么也不想想。

他不知道自己该做些什么。

就这样，从白天一直坐到日落，坐到黑夜来临。

宁缺看着渐黑的夜空，忽然呆住了。

他站起身来，摇摇欲坠。

他放声而笑，笑声越来越大，因为声音很嘶哑，所以听着像是在哭。

他躺到湿漉漉的草地上，纵情地笑着哭着，像孩子一样打滚蹬腿。

……

一轮明月，出现在夜空里。

那当然不是真的月亮，或者说，不是宁缺熟悉的那个月亮。

他的视力很好，没有看到环形山，只看到温暖的光明。

荒原深处传来几声狼嗥，它们从来没有见过月亮，不知道这是什么。

宁缺知道这轮明月是什么。

夫子还活着，还在天上战斗，只不过换了一种方式。

夫子说过，那一定很美。

这画面真的很美。

他对着夜空里那轮明月喊道："一定要赢啊！"

……

明字卷上面写着："日月轮回，光暗交融，生生不息，自然之理。自然之理谓之道。道以衍法。法入末时，夜临，月现。"

佛陀观明字卷后，曾在笔记里写道："日月轮回，光明交融，月便应在夜里。然无数劫来，万古长夜不见月。"

夫子便是月。

天不生夫子，万古如长夜。

344

第一百六十五章
我以长安战无敌（上）

昨夜初雪持续至今，长安城变成了一块黑白相间的大布，上面绣着宫檐观寺，画着湖光山色，其中一路雾瘴深重，很是黯淡。

宁缺在那处落了很多针，密密缝之，想要缝好那些裂口，或是重新绣上一朵崭新的花，让那片黯淡重现光华。

可惜的是，他明白得有些晚，落的针数不够，观主始终能够寻觅到落脚处，然后在他修好惊神阵之前，看到了他。

宁缺和观主隔着一条十几里的、被风雪笼罩的长街，遥遥相见。

在长安城里穿行，观主受了很多伤，道衣染血，但没有倒下。

他们并没有相遇，但已经相见。

一朝相见，便已经分出了胜负。

宁缺知道自己输了。

莫山山看了他一眼，将鹿皮袋里的石子撒在街上，然后离开。

他接过阵眼杵，握紧刀柄。

如果是从前，一旦确定失败，他肯定马上转身离开，但今天他没有这样做。

这与勇气无关，只与信心有关。

因为他相信自己能够获得最终的胜利。

因为这里是长安城。

······

隔着十几里的风与雪，观主向街那头看了一眼。

宁缺手中的阵眼杵，忽然变得滚烫无比，掌面与杵面接触的地方，发出嗞嗞的响声，伴着青烟生起，有焦味刺鼻。

从晨时到现在，这一眼是宁缺和观主的第一次真正接触，只有凭借惊神阵的力量，他才能不被观主的目光敛没心神。

惊神阵的力量经由阵眼杵散发至街道中，护住他的身与心，阵眼杵是通道，承受了难以想象数量的天地气息，急剧升温。

这种灼烧的痛苦，不只落在他的掌心里，也落在他的心上。

但他神情依然平静，不吭一声，因为既然滚烫，那么便可战。

"就算在长安城内，你依然太过弱小。"

十余里外传来观主的声音，风雪掩之不住。

宁缺看着风雪那头说道："在长安城里，我无所不知，所以你一直追不上我，我现在想试一下，可不可以做到无所不能。"

话音落处，他抽刀斩落。

他识海里的念力散逸出身，经由手中紧握的阵眼杵，传到长安城的四面八方，来到东城三百六十五道街巷的宅院里，来到那些经历了无数年风雨雪霜的青砖旧石间，来到西城五片湖泊，来到那些亭榭楼台。

一道沧桑苍凉的气息，从那些砖缝石隙间散发出来，从冰雪覆盖的湖水深处、从亭榭楼台的地基深处缓慢升腾而起。

陈旧的梁木吱吱作响，青石板碾出积年的灰尘，五片湖泊底涌出的热泉越发高温，无数珍珠般的气泡汩汩涌出，鱼在沸腾的湖水里拼命逃窜。

有去便有回。

惊神阵感应到了阵眼杵散发的念力召唤，回赠以无穷无尽的天地气息来到朱雀大道上，来到他的身前，来到他的刀锋前。

宁缺一刀斩落，便把这座城斩了出去。

雪街之上，出现了无数道刀痕，哧哧乱响，破墙割地而去。

这些刀痕成双成对，每对刀痕便是一个"乂"字，一个威力强大的神符。

这些刀痕里凝结着长安城的天地气息，强大无比，每一记刀痕都在五境之上，把整条朱雀大道封死。

刀痕如割草，杀人如草。

檐破墙倾梁断石砾尽碎，所触之事物，皆如枯草。

刀痕携城而至。

观主青衣微颤，便在原地消失。

一道刀痕落在街面上，咔的一声脆响，青石板破。

大街上的空气也破了。

观主落回街上，脚踩残雪。

他的左腿上出现一道伤口。

他一眼望去，鲜血顿止，伤口如玉。

无数刀痕，从十余里外的长街那头破空而至。

观主再次消失，在方寸间施展无距手段。

宁缺斩出的刀痕，带着长安城的气息，再次把他从天地元气的夹层里斩出来。

观主不时消失，不时出现。

他重新出现时，在巷口，在坊门，在破衙，幻若神像。

每次他重新出现时，他的身上都会多一道伤口。

他是千年来道门的至强者，如今的天下第一人，但面对整座长安城的力量，他依然只能被动地防御。

宁缺想知道自己能不能在长安城里无所不能，至少在现在看来，他做到了。

……

观主再次被刀痕从虚无里斩将出来。

他的额角出现一道极细微的伤口，伤口恰在眉尾，断眉就像是断掉的河堤，血像溢出河堤的水般，从那道细线里缓慢淌出。

他看着长街那头，神情渐趋凝重。

他忽然抬起手掌，缓慢自面前拂下，似古佛拂面自哀，又像是宋国古戏里那些变脸的戏法，想要把这张脸抹去。

观主缓缓落下的手掌，没有把那些鲜血抹掉，也没有让细线般的伤口变成一道金线，只是让断眉与睫毛上多了一层寒霜。

一道寂灭的气息，笼罩了他的身体。

长街那头，又有刀痕破雪而至。

寒风先至，观主青袖拂动，身躯迎风便长，仿佛瞬间变大了无数倍，要冲破天穹。

事实上，他还是站在街上，还是那个普通道人。

只是他的身上散发出一道宏大如海、无边无量的气息。

宁缺的刀痕到了。

长安城到了。

天地气息狂暴地变化着，朱雀大道的风雪中，呜咽似有无数人在哭。

一瞬间，他中了数十刀。

宁缺的刀痕，都在五境之上，拥有斩山破河的威力。

但此时观主已寂灭，无情无识，无痛无怖亦无惧。

宁缺的"义"字符，拥有五境之上的威力，携带着惊神阵的力量，在朱雀大道上，就像是宋国风暴海上的狂澜。

但此时观主已无量，无论气息还是体量，都有如浩瀚的海洋。

再强大的刀痕，斩不痛不痛之人。

再恐怖的狂澜，落在汪洋里，只是一隅的画面。

寂灭以及无量。

观主同时施出两个五境之上，并且让二者形成完美的统一。

……

风雪再静。

观主平静前行。

宁缺的刀痕，在他的身上，只留下了一些极细微的痕迹。

有睫毛落下，有衣袂断，布鞋上多了条小口子。

除此之外，再没有任何伤口。

宁缺看着走来的观主，说道："原来你是只飞蚂蚁。"

第一百六十六章

我以长安战无敌（下）

极西荒原天坑底部，生活着很多农奴，他们侍奉着悬空寺里的僧侣，维系着那个社会的存在。在昊天的眼中，生活在地面上的人类其实也就是些农奴，都是类似于蚂蚁般的存在，任劳任怨地重复着乏味的人生。

只是千万年间，蚂蚁群中总有那么特立独行的几只出于种种原因或没有原因，而决定暂时把目光脱离腐叶泥土向湛蓝青天望去。

看见青天，那些蚂蚁的生命便会发生极大的变化。有的蚂蚁因为看见所以向往，有的蚂蚁因为天空的遥远而愤怒，有的蚂蚁因为看见所以恐惧，于是颤抖着臣服在泥土里，因为得到天空的恩赐而感激。

但无论是哪一种结局，那些蚂蚁都已经不再是普通的蚂蚁，从某种意义上来说，他们已经离开了蚂蚁的范畴，因为他们可以飞。

夫子和轲浩然，毫无疑问是无数年来最不可思议的两只飞蚂蚁。宁缺说观主是飞蚂蚁，并不是在嘲笑对方，而是表达自己的尊重。

"其实有件事情我一直没有想明白，观主你早已超凡脱俗，眼光不在人间，那你为何不把眼光再投到青天之上？"

宁缺看着长街那头认真请教道。

"道门与书院的理念，从来无法相通，我与夫子的看法，也不相同。任何开始，都必须有结束，任何循环都必须有终结，这才是真的循环。"

观主的声音从风雪中传来。

"就像夫子留在人间的这座长安城，自绝于天，纵使再如何强大，也不过是一潭死水。又像你现在写的'乂'字符，狰狞勃发，却无归途，所以谈不上圆融，也就没有选择，那么又怎么拦得住我？"

宁缺看着风雪中说道："没有选择，难道不是自由？"

观主说道："没有选择不是不选择。"

气息与阵意不停发生着碰撞，朱雀大道上出现无数道极细而锋利的线条，街道上不时响起气泡破灭的轻"噗"声，雪残符破。

观主的声音在风雪中近了几分。

"就算有惊神阵加持，弱小如你，也不可能守住这座城。按照你的性情，你应该早在前些天便逃离，结果你依然在街上，这让我有些意外。"

"老师把这座城留给我，我只好留在这座城里。而且如果我明白得更早一些，也许前两天便已经把惊神阵修复如初。"

宁缺说道："而且很遗憾的是，这几年她在长安城里待的时间太长，我自己太懒，什么事情都让她去做，结果她走过的地方太多，留下的气息太多。从这个角度上来说，长安城现在的危险是我们夫妻的责任。

"你说得对，如果是以前，我可能早就已经逃出长安，但既然是她和我的责任，而她现在已经死了，那我只好留下来扛，因为她是我的妻子，这个账总是要认的。"

观主知道他说的是谁，说道："哪怕明知守不住？"

"因为知道，所以要守，知道守不住，还是要守。"

宁缺说道："这是我的职守。"

说完这句话，他看着风雪中越来越清晰的那道身影，双手紧握刀柄，左膝微屈，身体紧绷如弓，挥刀砍落。

他明白观主说的是正确的。

他还没有找到那个字，他还不能完美地调动惊神阵。

他以前会的唯一神符是"二"字符，那代表着切割与绝对的执拗，但那也代表着平行的对立，与周遭的天地很难发生联系。

昨夜他悟出了"乂"字符，那两道平行对立的线条相交，开始相通，于是可以借用惊神阵里的天地之力，拥有了五境之一的威力，但两条线的四角入天落地，却是渐行渐远，无法循环回复，只能逐渐散逸。

但他还是想试一试，因为他不相信真的有人能够对抗这座千年雄城。

两刀破风雪而去，呼啸渐厉。

观主神情宁静，再次以掌拂面，青衣飘摇，气息直冲天穹。

无量与寂灭的完美结合，让他把这场战争融入另一个尺度里。

宁缺手中的阵眼杵，滚烫得像是火山里的熔岩。

他看着长街那头观主飘摇而起的身影，体内的念力不停疾出。

湖水沸腾，青砖微颤，整座长安城里的天地元气，仿佛都被宁缺召集到了朱雀大道之上，向着观主狂涌而去。

长安城上方的天穹，骤然放晴，那些从昨夜一直盘桓到现在的雪云，在极短的时间内消散无踪，露出湛蓝的青天。

一座城的威压，轰击到观主的身体上。

几乎同时，自天穹落下无数道雷，轰击在这座城里。

观主的身影在风雷中缥缈不安。

昊天的愤怒与人间的力量，借由观主和宁缺的身体，真实地碰撞到了一起。

没有落雪，却有落雪声，暴雪。

没有风起，却有啸风声，狂风。

整座长安城笼罩在暴烈的天地元气冲撞里，无数建筑的墙体表面被震出了裂缝，除了恐怖的风雪声，根本听不到任何别的声音。

……

风雪渐停，散向四野的云又回来了些，长安城上的那轮日头有些黯淡。

朱雀大道安静无声，观主和宁缺相对而立。

他们之间的距离，已经没有十余里，只有十余丈。

宁缺能够清楚地看到观主的脸。

他看到了观主脸上的伤痕，那道断眉以及断指。

观主向他走来。

街面上的圆粒小石头簌簌而动，向两边避去。

宁缺低头咳嗽起来，显得很是痛苦，唇角溢出血丝。

然后他霍然抬头，看着观主，毫无预兆地一拳击出。

他此时的眼眸很冷静，所以很残忍。

就像是草原上盯着猎物的年轻公虎。

他站在原地挥拳，拳头来到十余丈外，来到观主的面门之前。

自修行浩然气入魔以来，他的身体强度便越来越可怕，他的力量越来越可怕，所以他从来不担心近战，他一直等着观主来到身前。

蕴藏着磅礴浩然气的拳头，就像是夜色里探出的虎爪。

锋利，而且致命。

……

观主举起手掌，握住宁缺的拳头。

宁缺现在的拳头，可以击垮一幢小楼，但击在观主的掌面，却像是击中了荒原深处那片大泥沼，又像是落进了一片大海。

就连余帘的拳头，都无法威胁到观主，更何况是宁缺的。

观主笑了笑。

宁缺左手握着的阵眼杵，忽然间大放光明。

长安城的天地元气，尽数经由阵眼杵涌入他的身躯，从他的拳头里爆发出来！

第一百六十七章

冰封（上）

朱雀大道上响起一声雷鸣。

观主与宁缺拳掌相交。

无数道气息，从他们的身体之间暴散而出，向四周射去，所触之处，砖石尽毁，梁木折断，街畔的房屋尽数倒塌。

难以想象的磅礴力量，从宁缺的拳头中砸进观主的掌心。

他此时就像是一道桥梁，把长安城和观主连在了一起。狂暴的天地元气，从他的骨骼血肉里奔涌而去，让他承受极大的负荷。

他承受得很辛苦，关节咔咔作响，睫毛微焦，身体剧烈地颤抖，鲜血从他的唇角不停向外淌涌，落在雪上。

但他在笑。

观主的手掌断了三根手指，断处洁莹如玉，此时骤然进破，有血丝渗出，然后飙射出三道鲜血，落在雪上。

他脸上的笑容微凝，但并未褪去。

有一片雪花在他眼前飘过，掠过睫毛。

他眼瞳的颜色渐渐变淡。

或者说，那抹雪花的颜色开始变深。

是灰色。

观主的眼睛变得灰暗起来，仿佛深渊上的雾霾。这是今天他的眼睛第二次变灰，第二次使用道门秘法：灰眸。

灰眸这种道门秘法，专门吸噬修行者的念力以至精神，很是邪恶恐怖。

隆庆皇子当初便是从天书沙字卷上学了这种异法，然后吸收了半截道人一身绝世功力，才从一个废人变成如今纵横荒原的强者。

观主的灰眸，更是不知道要比隆庆强大多少万倍，面对他如同幽深枯井底的灰色眼眸，强如余帘也觉得愤怒和心悸。

宁缺能做些什么？

他感受着观主身上如黑色漩涡般的恐怖吸噬力量，感受着颊畔拂起的风，脸上的情绪没有任何变化，平静如常。

他什么都没有做，因为观主的灰眸对他没有造成任何影响，无论是识海里的念力还是胸腹里的浩然气，都安静地停留在原处。

观主不能从他身上夺走一丝气息，哪怕是味道。

观主的眉毛挑了起来。

宁缺深吸一口气，胸膛高高鼓起，就像是被劲风吹拂的战旗。

他身前的寒风雪粒被尽数吸入肺中。

观主断指喷出的血水，化作血雾，嗖的一声被他吸进唇中。

他的唇角多了些血渍，除了自己的，都是观主的。

这个画面看上去非常诡异。

……

宁缺知道自己不是观主的对手，哪怕有一座长安城在他的身后。从最开始他就没有奢望过战胜对方，只希望能够把惊神阵修好。

所以他在街巷里行走，却最终还是被观主看到，所以他在雪街之上挥刀斩符，遥遥而战，只想着御敌于十余里外。

如是种种迹象，明确地表露了他的畏惧，更不可能逃过观主的眼睛，所以观主平静微笑着向他走了过来，步步靠近。

事实上这正是宁缺需要的。

在以天地城池为战场的大尺度战斗中，他找不到一丝战胜观主的机会，相反如果距离足够近，或者他能在绝望中觅到一丝希望。

因为他擅长近身战斗，他入魔后的身躯坚硬如石，拥有恐怖的力量，最关键的是他的手中有阵眼杵，晨时他在雁鸣湖畔看到了观主与三师姐的那场战斗。

灰眸是道门不传之秘学，宁缺却很了解这种功法，因为他与隆庆在红莲寺外战斗过，因为灰眸来源于魔宗的饕餮大法。

饕餮大法早已失传，在莲生死后，这个世界只有一个人会饕餮，那就是宁缺，而知道这件事情的只有叶红鱼和桑桑。

所以他一直在给观主近身的机会，他等着对方近身。

看着观主平静走过来，他紧张而且期待。

看着观主的眼睛变成灰色，他开始兴奋并且喜悦。

灰眸对他没有任何效果，他的饕餮则开始释放，就像传说中那个贪婪的怪物一样，拼命地吞噬着身前的一切。

满是雪粒的寒风，以及血散作的雾，进入他的唇里。

此时的他，仿佛变成一个生吞血肉的野兽，拼命地吸噬着观主的血，吞噬着观主的念力与精神，甚至连呼吸都忘了。

一道淡渺微红的通道，出现在他与观主的身体之间，观主丰沛的念力与精神气息，从那条通道里快速消逝，进入他的体内。

宁缺满脸红晕，似醉酒的汉子，似清晨的朝霞。

他的眼睛明亮得就像是金色的池塘，要把观主的身影吞噬。

他清晰地感觉到，一道至纯至净，就像是水一般的气息，不停地涌入自己的雪山气海，把自己的身体洗涤得无比干净。

他知道那是观主最本质的生命气息。

饕餮大法远比灰眸强大，一旦施展，几乎不可逆转。

宁缺看着近在咫尺的观主，露出一丝笑容。

看起来，他似乎真的将要迎来一场不可能的胜利。

然而就在下一刻，他的笑容变得有些僵硬。

因为观主还在笑。

观主的精神与念力正以恐怖的速度消逝，但他还在笑。

他的眼神不再灰暗，只是平静如湖，里面荡着微嘲的意味。

他的笑容依然平静，仿佛洞悉世间一切变化故事。

宁缺忽然觉得那道如水般的气息……变成了寒冰。

这不仅仅是心理上的变化，而是客观现实里真实发生的事情。

先前像清水般洗涤着他雪山气海骨髓的那道气息，骤然寒冷成冰，此时变成了无数冰碴雪屑，布满了他身体最细微的每处区域。

不是他用饕餮大法吸噬的观主气息发生了变化。

而是因为观主身上另外一道气息，被他噬进了体内。

那是一道绝对寂灭的气息。

……

热是一种运动。

寒冷是运动烈度的降低。

寂灭会带来绝对的寒冷。

……

看着观主，宁缺知道自己错了。

在强大的实力差距之前，任何战斗意识都没有意义。哪怕他利用饕餮反击灰昳，但只要观主赠自己一缕五境之上的寂灭，自己便无法应对。

他的身体骤然僵硬寒冷，无法动弹。

雪落在他的脸上，似永远不会融化。

他的识海开始结冰。

他的身心变成了一片寒冷死寂的世界。

他与长安城心意相通，却依然无法破开这个寂灭的世界。

甚至，整座长安城都开始冰封。

第一百六十八章
冰封（下）

晴空万里，忽然间有雪飘落，这便是万里雪飘。

厚重的雪片，像芦苇烧后的灰般飞舞不停，占据了整片天空，遮住了青天的颜色。城市里温度急剧降低，寒冷至极，檐边的冰凌寒意逼人，湖冰被冻得发出咯吱异响，巷口的井水开始结冰。

宁缺站在风雪中，黑色院服上积着厚厚的雪，就像是一座雪桥，因为承载了太多雪的重量，随时可能断掉。

在这场战斗中，他就是一座桥，长安城借他的刀攻击观主，此时，来自观主的寂灭，被饕餮吞噬，进入宁缺的体内，再通过阵眼杵，得到了无数倍的放大或者说具象化，笼罩了长安城。

雪片带着的寒意，穿透厚重的院服，直抵皮肤，瞬间把宁缺冻僵，睫毛上的霜和脸上的雪粉极厚，像极了当年第一次化妆的桑桑。

寒冷到了极点，所有的运动便停止。被寂灭之意占据身心的宁缺，如同跌入最深的冰窖，他冷得无法颤抖，冷得无法呼吸，甚至就连思维都快要被冰凝。

他就像巷口的井一般被冰封。

此时他的身躯里，只有腹部那滴晶莹剔透的液体还在缓缓转动，虽然转动的速度已经变得极为缓慢，似乎随时可能停止。那滴液体散发出来的气息，拥有挣破一切束缚的骄傲，无论是寒冷还是寂灭。

此时他的识海已经变成冰雪覆盖的海洋，只有海底最深处的淤泥底，有块碎片还在散发着光泽，面对着自天降落的寒冷，不甘而且暴戾。

宁缺的浩然气继承自小师叔，意识碎片继承自莲生，这两个人都是那个年代最巅峰的存在，都能与观主分庭抗礼不落下风。

此时他陷入了有生以来最大的危险，在距离死亡最近的时刻，已经无数次拯救他的浩然气和意识碎片，再次爆发。

宁缺忽然开始颤抖起来，睫毛上的霜和脸上的雪片片碎裂，然后如利箭一般激射而走，露出真实的容颜。

一口鲜血从他的唇间喷出来，向下洒落。

血水很浑浊，因为里面有很多被低温凝结的碎血冰粒。

浑浊的血水淌落在衣襟上，落在他的左手上，阵眼杆被鲜血一浇，骤然发烫，血水被蒸发成雾气，拂面而过。

宁缺发出一声喊叫，显得极为痛苦，黑色院服上的冰甲被震碎，就像是石桥上的雪被拂落，露出了真实的模样。

他霍然睁开眼睛。双手微微颤抖，发力握破冰雪，然后弃刀。

他必须抓住醒来的这一瞬间。

他双手分执阵眼杆两端，在身前的风雪中横直扫出。

一扫便是两道线，两道绝对平行笔直的线条。

凛厉的符意在风雪中骤然迸发。

"二"字符。

借着符意遮掩，宁缺脚踩冰雪，纵身后掠，暴驱数十丈外。

观主已经证明他天下无敌，他哪怕拥有一座城，也依然不是对方的对手，甚至险些一眼身死，所以他此时只想离开。

离对方越远越好。

朱雀大道上，出现两道凌厉的符意，就像两条精钢炼成的锋刃。

观主举起右臂，手指轻点。

知其雄，守其雌，为天下溪。

知其黑，守其白，为天下式。

知其荣，守其辱，为天下谷。

观主用的是天下指。

指意完全无视雪街之上的"二"字符，遁空而去。

宁缺还在后掠，膝上出现一道血洞。

他向后挫倒，肩上出现一道血洞。

噗噗数声轻响，他的身上出现七道血洞。

观主用了七指，暗合天意，便断人道。

断了人的求生之道。

……

鲜血汩汩流出，染红了宁缺身下的白雪。

他此时只能以一种极难看的姿势勉力坐着，再没有什么力量挥刀。

观主说道："机巧乃小道。"

宁缺明白观主是在评述先前那场战斗，他承认观主说得很对。

无论是示敌以弱，还是诱敌近身，对于真正的战斗来说都不入大道。

"你现在的境界，距离真正的大道还有很遥远的一段距离，你的渴望再如何强烈也无法弥补，更何况你还走上了一条歧路。"

观主缓步走来，风雪辟易。

"我曾看过你的书帖，与世人不同，我并不喜欢，因为你不会拙笔，而那个字的一撇一捺太沉重，必须用拙笔。"

宁缺有些困难地抬起手臂，擦掉下颔上的血，说道："以后若还有机会，我一定会记住您的教诲，学习如何行拙。"

"没有以后了。"

观主感知到身后的风雪里，有两道身影正在高速前来。

他知道是书院那对强大的师兄妹。

他并不在意。

这座城都已经被他冰封。

城里的人又能如何？

……

朱雀大道西侧不远，有一片朴素甚至可以说简陋的宅落，在长安城里，这是很常见的画面，往往某处官衙旁边，便有数百年失修的老房子，繁华与破旧总是相偎相依，倒也说不出是好是坏。

这片街巷叫三元里，住着长安最普通的百姓，其中一家后院的柴房里，忽然响起一个少年恼火的声音，还伴着拍打桌子的声音。

"凭什么只给一壶热水？凭什么只给一壶热水？喝都不够，娘的脚冻着了，也没办法泡一泡，那个家伙还天天黑着张脸，给谁看呢？"

妇人坐在被褥堆里，抱着一个三四岁大的丫头，看着愤愤不平的儿子，脸上满是担忧的神情，说道："有住的有吃的，挺好了。"

少年穿着破旧的棉袄，看打扮神情，应该是个乡下孩子。

他坐在柴房漏风最严重的门口，青稚的面容已经被寒风吹得有些发青，恼怒说道："就多要一壶热水，又有多难？"

今天特别寒冷，屋檐上挂着冰凌，就连灶房的热气都飘不了多远。少年担心母亲的老寒腿，向前院讨要热水，结果只端回来了一壶，还被前院那个少年说了几句，想着如今的遭遇，他的情绪非常糟糕。

便在这时，柴房门被咯吱一声推开。一个少年出现在门口，只见他穿着一件紧实的棉袄，神情有些闲散傲气，看来没少在街巷里厮混。

寒风从门外涌入，妇人受激开始咳嗽，她却顾不得自己，赶紧把怀里的小女孩抱紧了些，又把被褥扯到小女孩身上。

乡下孩子看着那个城里孩子，愤怒不已，却紧握着拳头不敢动手。

因为城里孩子手里提着两把刀。

一把柴刀，一把菜刀。

第一百六十九章
三元里的少年（上）

战争开始以来，唐国处处烽烟。

最惨烈的是北疆，自荒原南下的金帐王庭骑兵与镇北军厮杀不停，为了每片牧场、每座坞镇，洒下无穷鲜血。

最悲壮的是东疆，大唐东北边军在成京城遭到燕军和东荒骑兵的伏击，虽然以难以想象的壮烈气势让敌人付出了惨重的代价，但经此一役再无可用之兵，国境大开，任由入侵者的马蹄在肥沃的土壤上践踏。

最危险的则是南疆，清河郡叛变，许世大将军战死，镇南军千里迢迢驰援而回，时间上却已经来不及，书院诸弟子以一敌千，均已身受重伤，西陵神殿的主力部队随时可能突破青峡，进入中腹地带。

大唐最富庶最核心的渭泗流域，暂时还没有被战火波及，以效率著称的唐国朝廷，却早在数日之前便开始准备迎接最恶劣的局面，各郡的存粮被车队源源不绝送入长安城，同时开始疏散百姓，京郊的百姓早已撤入城内。

虽然疏散进行得很有秩序，被疏散的百姓并不是那般凄惨，但终究是战争的难民，也不可能拥有太好的生活享受。

进入长安城的数十万难民，有亲友的都选择投靠亲友，在城中没有亲友的则是被府尹衙门强制安排进城中百姓的家中。

天宝郡海川县与长安城极近，乡下少年和他的母亲、幼妹便是海川人，在城中却没有什么亲友，便被官府安排到三元里的一户人家里。此处邻近朱雀大道，住户一般都有空闲的房间，这种安排应该说是比较妥当的。

乡下少年在这户人家已经住了数日时间，每天有两顿热饭吃，住的是柴房，主人家也拿了好几床被褥。但毕竟是寄居他人屋檐之下，总有诸多不便，逃难在外，谁不思念家中的热炕酸菜与肥肉？

这是朝廷的安排，而且府衙承诺一应花费事后都有补给。在当前这种危难关头，这户长安城里的人家也不会有任何异议，只是家里忽然多了三个难民，也不免觉得不便，尤其是那个年轻的长安少年更是多有不满。

对那城中少年的态度，乡下少年早已感到愤懑，心想若不是我和这些庄户人家省吃俭用，把粮食送到长安城里来，你们早就饿死了。

妇人很理解儿子的心情，却还是劝说他，住在长安城里，至少有口热饭吃，有地方住，不用担心被那些蛮子伤害，还能指望过怎样的日子呢？

乡下孩子本已被劝服，不料昨夜一场突如其来的雪，从晨时长安城便开始降温，直到此时已经是冷得难以经受。他去前院找主人家讨要热水，不料那少年竟吝啬地只给了一壶，便再不肯多给，他想着母亲的老寒腿，便再难压抑怒意。

没想到他还没去找那个家伙麻烦，那个家伙便闯进了柴房。

"张三，你要做甚！"

乡下孩子看着拿着两把刀的那个家伙，神情有些紧张，以为对方真的生出什么歹念，不敢出手反抗，脚却悄悄向后挪动，右手伸向火盆旁的板凳，在心里默默发狠：如果对方真想欺负自己，那便拼了！

那板凳是他从海川乡下带过来的，实在的硬木，而且涂着青漆，很是沉重结实。他小时候被人嘲笑有很多个爹的时候，曾经试过用这个板凳干架，并且用三个村里孩子开瓢的脑袋，证明了这个板凳很好用。

那名提着两把刀闯进柴房的城里孩子，确实姓张，但自然不可能叫什么张三，他的大名叫做张念祖，便是排行也不是第三。

"李四，我有事情找你。"张三看着那名乡下孩子说道。

乡下孩子姓李，叫李光地，排行也不是第四，两个少年之间的称呼，其实只不过是延续着前些天的互相嘲弄与斗嘴。

李光地警惕地看着张念祖握着刀的手，但下一刻，他发现情形并不是自己想象得那样，因为张念祖的手在颤抖，脸有些惨白。

李光地很瞧不起懦弱没用的城里孩子，但这些天斗了这么多场，他知道张念祖并不是那种人，不管是行凶还是恐吓自己，他都不至于脸白。

因为那明显是被吓的。

张念祖看着李光地说道："我看见了一个妖怪。"

他脸色苍白，菜刀和柴刀在手里颤抖得很厉害，甚至有些风声。

张念祖有些艰难地咽了口口水，看着李光地继续说道："家里人很害怕，也没有人敢上街去打那个妖怪，但……我想去试试。"

李光地有些糊涂，问道："什么妖怪？"

张念祖说道："一个穿着青衣的家伙，左手只有两根指头，但他一步能走半条街，而且能呼风唤雨，怎么看都是个妖怪。"

听着这句话，李光地知道他在说什么，脸色顿时变得难看起来。

从前些天开始，长安府衙及各坊里正还有鱼龙帮的汉子，往各家各院里发警告，他虽然和母亲、幼妹住在柴房里，也知道今天会发生什么。

晨雪落下，并没有炊烟，今天长安城看似空无一人，但事实上所有人都在家中紧张而不安地等待着这场战争的结果。

李光地醒得很早，他站在后院的风雪里，看到了很多他以往只在故事和传说里听说过的画面，他看到了雪云撕开的缝，他看到天穹落下的无数道雷，他看到了深冬里降下的那场雨，也看到了燃烧的云。

他很害怕，所以没有继续看，开始向母亲抱怨没有热水，想用自己对前院城里少年的痛恨，来压制住自己的恐惧。

虽然只是一个少年，但他是唐人，他觉得那种恐惧很丢脸。

李光地没有想到张念祖的胆子这么大，居然敢偷窥街上的那场战斗，想到自己先前的恐惧，他觉得自己的脸有些发烧。

"你对我说这个做甚？"

为了掩饰羞愧，他恶狠狠地望着张念祖说道。

张念祖很不喜欢听他的海川口音，但想着自己接下来要做的那件事情，压抑住取笑对方的冲动，咽下因为紧张而不停涌出的唾液。

"那个青衣妖怪很可怕，书院的先生好像都打不过他。"

他说道："我准备过去，但前院那些老男人胆子太小，不敢跟我去，也不让我去……我觉得你至少还是有些胆量的，你敢不敢跟我去？"

李光地问道："去做什么？"

张念祖说道："去帮忙。"

李光地问道："怎么帮忙？"

张念祖举起手中两把刀，说道："柴刀和菜刀，你先挑。"

第一百七十章
三元里的少年（下）

李光地愣住了，看着对方手里那两把刀，不知道该做何表示。张念祖焦急说道："我们就要输了，你还愣在这里做什么？"

妇人这时候才明白过来，吓得不轻，说道："你们年纪这么小，能帮什么？"

张念祖挥动手中的刀，说道："有刀就能砍人，这些年我在长安城里见过好多场决斗，见过血，知道怎么砍人。"

李光地有些犹豫，回头望向母亲。他自幼便没有父亲，事母极孝，哪怕母亲莫名生出一个幼妹，也没有让他改变对母亲的态度。

张念祖有些恼怒，说道："乡下人果然没胆。"

说完这句话，他转身便往院外走去。

李光地喊住他，从柴房角落里摸出一把钢叉，走出门外，说道："我在瓜田用叉打猹的时候，你连西瓜都不敢杀。"

张念祖看着他喜悦说道："李四，我果然没有看错你。"

……

风雪如怒，极度严寒，街面上积着厚厚的雪。

长安城已然被冰封，朱雀大道上静寂得仿佛是雪湖最底层，没有任何声音，只有雪片深处隐隐传来几声咳嗽。

大师兄在风雪那头咳嗽。

当宁缺挟城而击却依然失败，眼看着便要被观主杀死，他没有办法再继续等待，于是和三师妹余帘来到了这片风雪里。

宁缺还没有能够用长安城把观主从昊天的世界里隔绝出来，这绝对不是余帘等待的那个机会，所以他们再次失败。

观主向街道那头的宁缺走去，他身上的伤势更重，开始咳嗽，但脚步还是那样的稳定，踩在街道如棉的厚雪上，只留下极浅淡的脚印。

街道旁的铺门紧闭，不远处的坊市幽静得有如坟茔。

宁缺坐在雪街上，浑身鲜血，身下的雪都被染红，已难站起。

……

张念祖和李光地藏在一座宅子里，他们隔着门缝，看着街上的情形，这时候的天气太过严寒，雪花落在他们的脸上身上，仿佛把他们冻僵了。

两名少年已经偷窥了一段时间，却始终没有什么动作，并不是真的被冻僵了，而是因为他们觉得很孤单，而且很害怕。

街巷里没有一个人，整个世界是这样的安静。

他们没有帮手，没有看到平日里横行市井的流氓，没有看到平日里无比艳羡的游侠儿，没有看到所有唐人少年视为偶像的羽林军，也没有看到传说中南门观的那些修行者，他们只能看到彼此苍白的脸，和写满紧张恐惧的眼神。

他们很勇敢，但毕竟只是普通的少年，当他们看到书院的先生被那个青衣妖怪接连击败后，被热血冲淡的恐惧再次占据了他们的身心。

"怎么办？"

张念祖的声音有些颤抖，听上去下一刻就会哭出声来，只是想着这是自己的提议，而且他不想让乡下孩子看低，所以强自忍着。

李光地相对平静，但苍白的脸也暴露了此时真实的心情，他隔着门缝，看着那个像神仙一样走在雪街上的青衣道士，颤声说道："我听你的。"

张念祖想咽口唾沫平静一下，却发现因为太过紧张和害怕，唇舌干涩至极，根本没有什么口水，不由觉得好生羞愧。

羞愧是勇气最真实的来源，尤其对于唐人来说。

张念祖抓起一把雪塞进嘴里，胡乱嚼了两下，说道："我先去。"

因为嘴里有冰雪，因为他的声音有些含混，李光地没有听清。

下一刻，他忽然发现张念祖踹开木门，提着刀往雪街上跑去，这才明白发生了什么，赶紧抓起瓜叉跟了过去。

来到雪街上，看到那名青衣妖怪，张念祖凭借冰雪刺激提起的勇气，忽然间消失了大半，双臂绵软无力，手里握着的菜刀和柴刀，拖在了身体后方，姿势显得非常滑稽可笑，但他依然在奔跑。

"妖怪，纳命来！"他喊道。

李光地提着瓜叉，跟在他身后冲了过去，他的脸色比街上的雪还要惨白，他的双臂不停地颤抖，看上去叉子随时可能落到地上。

"我×你妈！"他喊道。

他们并不知道青衣道士是谁，更不知道他母亲是谁，但他们知道对方是书院先生都打不过的妖怪，所以他们知道对方很可怕。

他们很害怕，但依然冲了过去。

因为他们的胸腹间有一股气。

他们自己大概都不知道那股气是什么，因为他们已经没有力气，但他们知道如果自己这时候不冲过去，他们会瞧不起自己。

风雪中的长安城，静寂无声，观主无敌。

在这时，有两名来自三元里的少年，提着菜刀与柴刀，拿着守瓜田的钢叉，一路骂着脏话冲了出来。

他们的声音很颤抖，听着就像是在哭一般。

他们大哭着冲向难以想象的敌人。

这个画面看着很可笑。

但并不可笑。

……

长安城很安静，但当然有人。

晨雪之下的街巷，有无数双眼睛在关注着朱雀大道上的动静。

观主很清楚，一路踏雪行来，更清晰地感受到那些门缝后的敌意。

他并不在意，因为这场战争虽然发生在人间，但早已超越人间的范畴，没有任何普通人有资格参与到这场战争中。

今日之战，书院和唐国朝廷没有动用任何军事力量，便是明证。

所以当他看到两名少年拿着刀叉向自己冲来时，他有些意外。

观主神情微凛，然后明悟，像冰雪融化一般回复平静。

他看着那两名少年，微微一笑。

不是嘲弄，而是怜悯，但也没有什么敬意，因为那是俗世的价值。

他是昊天的代言人。

他看着那两名少年，就像是高高在上的昊天，看着地面上的蝼蚁。

蝼蚁的抗争，不会让昊天生出太多感慨，只会觉得有些趣致。

雪街上还有一个人。

坐在血雪中的宁缺，神情微变。

他的神情发生了很微妙的变化。

不是微小的变化。

这种变化突如其来。

看着那两名少年，他觉得原来世间还有意义这种事物。

他为长安城做的这些事情，是有意义的。

换句话来说，这座长安城以及生活在城里的人们，值得为之而努力，比如这两名脸色苍白，脚步踉跄的少年。

第一百七十一章

罪恶之城（上）

雪花落在少年们的脸上，有些寒冷，就像他们最开始的心情。但随着奔跑，他们的身体开始发热，于是心中的恐惧也渐渐退散。

他们看着街道上那个青衣道人，觉得对方也不过是个普通人。

他们的呼吸变得急促，血开始变得滚烫，觉得无所畏惧。

张念祖心想，我要一刀砍死你，不行我就两刀砍死你。

李光地心想，我要像扎猹一样扎死你。

柴刀与菜刀来到了身前。

瓜叉也举到了空中。

然后他们的人到了天空之上。

看着雪街在脚下变得越来越遥远，看着那个青衣道人的身影越来越小，两名少年很惶恐，不知道究竟发生了什么事。

朱雀大道上残留着观主与书院战斗的天地元气湍流，看似平缓的风雪里，不知蕴藏着多少力量，普通人根本无法靠近。

张念祖和李光地想要冲过去，唯一的结局，便是像两条破布袋一样被震飞。

寒风呼啸，擦着面颊而过，他们从数丈高的空中坠下，重重地摔在雪街上。

啪啪两声，积雪四溅，两名少年喷出鲜血。

此时再望向街中那名青衣道人，他们眼中的恐惧神情越发浓郁。

他们浑身剧痛，不知有没有摔断骨头。他们互相搀扶着站起身来，感觉彼此的身体都在颤抖。他们真的哭了起来，因为真的很痛，他们真的很害怕。

他们想擦掉眼泪，却发现怎么也擦不干。这让他们觉得很丢人，所以哭得越发厉害，越发觉得丢人。

于是他们举起刀拿起叉，哭喊着再次冲到街上。

……

没有官员会长时间看鞋边爬过的蚂蚁，没有车夫会注意到官道畔挥舞着爪子的螳螂，最开始看了一眼那两名唐人少年后，观主便没有再怜悯地施与丝毫注意力。他在雪街上平静前行，翩然若仙亦如鹤，不染雪花不染尘。

宁缺看着那两名不要命奔跑的少年，心跳莫名加速，仿佛看到了一只螳螂苦苦挡着车轮，看到一只蚂蚁正撑着巨人的鞋底。

他知道那两名少年什么都改变不了，更不要说长安城的命运，就如同此时的他也什么都改变不了，包括那两名少年的命运。

对于这场风雪里的一切，他疲惫无奈，非常的不甘心，这种不甘心就像猛兽的利爪撕扯着他的精神，让他紧张并且痛苦。

稍一用力，他的身体便开始溢血，但他忍着痛苦，颤抖着双腿慢慢站起，因为他知道这两个少年马上就要死去。

他想看着这两名少年死去，站着看着这两名少年死去。

……

张念祖和李光地没有死，因为他们一瘸一拐，奔跑的速度有些慢，于是有一样事物在他们之前，来到了观主的身前。

那是一块青砖。一块斑驳杂色、表面带着青苔，不知道在墙里塞了多少年、承受了多少年长安风雨的普通青砖。

那块青砖来自朱雀大道旁一个普通的院子，呼啸破空而至，飞出院墙，砸向观主的身体，最终却只是颓然落在观主身前。

啪的一声闷响，青砖摔碎成了四截。

张念祖和李光地停下脚步，看着那块青砖，心想难道朝廷的修行者终于出手了？难道这块青砖就是传说中的法器？

接下来发生的事情，冷酷地摧毁了两名少年对故事峰回路转的企盼，因为随着青砖摔破，一个满脸络腮胡的男人，不知何时出现在院墙上，那人在寒冷的冬天里依然敞着衣裳，浑身油污，怎么看都不像是个正经人。

张念祖认出此人是三元里一带著名的泼皮，这辈子只擅长五样事情，那就是坑蒙拐骗偷，虽然谈不上无恶不作，但绝对不能说是好人。

他对鱼龙帮和其余帮派的汉子有些敬畏向往之心，对这泼皮则是没有任何好感，不知为何，今天看到对方出现，在失望之余又有些温暖。大概是泼皮的出现，让他和李光地两人不再感觉像先前那般孤单无助。

泼皮没敢下院墙，姿势难看地分腿坐在墙上，怀里抱着十几块砖头，对着街道中央的观主不停地砸去，随之而去的还有一连串脏话。

"老子砸死你！……你个狗日的！……你妈卖烂×！你娃卖屁眼！"

张念祖醒过神来，和墙上的泼皮一道破口大骂，声音顿时嘶哑，把手里的那把柴刀，向观主砸了过去，李光地把手里的瓜叉也掷了过去。

带着残雪绿痕的青砖，不停从墙头飞落，两把刀与叉破雪而去，自然没有一样能够挨着观主片角衣袂，纷纷摔落在地面上。

物不近身，话不入耳，观主平静前行。

……

然而又有一把菜刀从空中飞了过来。

有一个黑锅从院墙那头飞了过来。

有晾衣的竹竿从楼上砸了下来。

有滚烫的茶水连着价值不菲的茶壶被扔了过来。

街边的院墙上，茶楼上，出现了无数唐人。

有茶博士，有豆腐摊的女老板，有顽童，有泼皮。

他们拿着手里最沉重的东西，向街中那个道士的身上砸去。

他们用最污秽的脏话，问候着那名身份最尊贵的道士以及他的双亲。

前一刻还寂静无声的朱雀大道，忽然间人声鼎沸。

前一刻还仿佛是死城的长安，忽然间活了过来。

前一刻不知道藏在哪里的唐人，忽然间来到了此间。

他们曾经恐惧，所以沉默地留在家里等待着道门与书院战斗的结局，他们甚至现在还处于恐惧之中，因为他们是凡人。

但当他们发现书院败了的时候，他们就像那两名三元里的少年和那名泼皮一样，压制住心头的恐惧，来到了需要他们的地方。

他们想要保护书院的先生，想要保护长安，因为书院是唐人的书院，家国是唐人的家国，身为唐人当然要为之而出力，哪怕出命。

鱼龙帮的青衣汉子们从街巷里拥了出来。

数十名最后的羽林军从朱雀大道那头纵马而至。

天枢处的修行者们从风雪里暗中藏匿而至。

老妇带着家里的老少走到朱雀大道上。

一个拄着拐棍的老者走在人群后方。

离老者不远有一名瘦道士。

瘦道士带着观里的小道士，手里拿着祭天用的香炉，满脸凶狠，好似歹徒。

所有人都满脸凶神恶煞。

慈眉善目的唐人，急公好义的唐人，虔诚奉天的唐人，在这一刻都变成了歹徒，长安城变成了一座罪恶的城。

因为这座城里的所有人都要拼命，都要杀人。

第一百七十二章
罪恶之城（下）

稍早前，宁缺离开春风亭朝宅，向朱雀大道走去，留下神情忧虑的曾静夫妇还有仿佛什么事情都没有发生的朝老太爷。

朝小树带着刘五还有骁骑营的骑兵离开了长安，朝宅却始终热闹，因为无数道政令便是通过这座宅子，颁布到城里的各座坊市的，加上收留了数十名难民，这些天的朝宅就基本上没有安静过。

今天朝宅很安静，因为从清晨开始，宅院里的仆人和难民们便听到了很多震耳欲聋的声音，听到了城里传来的那些大动静。

人们先是听到了满城的钟声，接着听到风声与刀声，紧跟着又是雷声雪声雨声爆炸声，直至看到那满天燃烧的雪云。

恐惧渐生，因为没有人知道发生了什么事情，当宁缺来了又走，他们知道了这场战斗已经不属于人间，于是越发悚然生寒。

朝宅里有朝廷官员，有避战的难民，有骁勇的鱼龙帮众，但他们都是普通人，他们没有资格加入到这场战斗里。

庭院被笼罩在长时间的安静中，难民们紧张地抱着孩子，生怕不懂事的他们发出一点声音，朝老太爷和曾静夫妇坐在桌畔，神情各异。

终究有人会忍不住，最先站出来的那个人，也没有超出朝老太爷的意料，他看着对方说道："你应该很清楚，去了就是送死。"

齐四爷回应道："二伯，你什么时候见过我怕死？"

一直安安静静站在花窗畔的陈七回过头来，看着自家四哥，眉头微微蹙起，显得并不赞同，正准备说话阻止，老太爷却挥了挥手。

"想去就去，送死这种事情，难道还要我这个糟老头子同意？"

齐四爷笑了笑，转身带着数十名青衣帮众，走出了朝宅。

陈七沉默片刻后说道："没有意义。"

朝老太爷知道他说的是什么，此时在朱雀大道上发生的战斗，早已超出五境的范畴，非俗世力量能够影响，书院无法战胜那个强大的敌人，那么就算鱼龙帮甚至整座长安城的人都死光，也没有办法阻止对方。

"人总是需要被帮助，或者说希望被帮助。"

朝老太爷说道："十三先生虽然不是我们这些普通人，但我想他也是希望能够看到我们这些长安人能够来帮他一把。"

陈七说道："如果帮助没有效果，那便没有意义。"

"观主就算真的是神仙，只需要看一眼，我们这些凡人就会死去，但只要能够让他在人群里多看一眼，谁又能说这完全没有意义？"

朝老太爷脸上的皱纹里写满了平静与洒脱，说道："就算如你所说，我们的出现没有意义，但只要我们出现在那里，其实也就有了意义。"

桌旁的曾静大学士最先明白了这句话的意思，赞同地点了点头。

"书院是大唐的书院，大唐是书院的大唐，大唐朝野对书院尊敬有加，全力供奉，但你何时见过哪个唐人对书院低声下气，自视为仆？同样是受庇护，但与周遭那些被神殿欺凌的国度却是截然不同，为什么会这样？自然是书院和夫子立下的规矩，但更重要的则是我们这些唐人自身的态度。"

朝老太爷说道："我们不是燕国南晋宋国那些被道门圈养起来的猪狗，我们是这片土地的主人，所以我们需要出现在那里，哪怕死去。"

陈七是鱼龙帮的军师，长于谋略，却极少真的上战场，判断局势，往往以行动的效果为先，此时听着老太爷这番话，若有所触。

"既然要死，当然是老弱妇残先死，我已经活了七十多岁，也该死了。"

朝老太爷颤颤巍巍扶着桌子站起身来，从身旁的暖床大丫头手里接过拐杖，在一名老仆的搀扶下向外走去。

曾静大学士说道："我也老了，当与二伯随行。"

曾静夫人说道："我是个无用的妇人，我最应该去那里。"

朝老太爷示意陈七带人把曾静夫妇二人看住，微笑说道："如果让宁缺看到自己的岳父岳母被我骗去送死，我还真怕他一怒之下撂了挑子。"

春风亭今日无春风，只有寒冷的雪花飘舞，朝宅正门大开，朝老太爷带着家中老弱仆人还有难民里的一些老者，走到了街上。

朝老太爷手里拿着拐棍，一路行走一路敲门，呼朋唤友，招人引伴，把这几十年里熟悉的街坊邻居全部喊了出来。

"只要老不死的，不要年轻的。"

朝老太爷说道，神情并不严肃，也没有什么风萧萧兮的悲壮感，反而带着笑容，就像是喊这些老家伙去西湖喝茶下棋。

街坊里的那些老家伙，也没有觉得如何，唐人尚武，他们当年都是当过兵的人，此行前往朱雀大道，对他们来说就像是当年出发去战场。

这是很寻常的事情。

他们甚至仿佛感觉自己回到了当年的军营，很是兴奋。

陈七安顿完曾静夫妇，疾步迈出朝宅去追老太爷，看到的便是数十名皓首老人和他们的子侄辈们满是剽悍意味的身影。

看着这幅画面，他露出一丝苦涩微嘲的笑容，心想人流如此浩浩荡荡，却只是为了让那个神仙多看一眼，真是愚蠢而白痴的行为。

想虽然这般想着，他脚下的速度并没有变慢，不多时便赶到了人群的最前方，替下那名老仆，搀住朝老太爷的身躯。

没有办法，谁叫他也是唐人，唐人有时候就是这么愚蠢而白痴。

……

某条街上有座道观，主持道观事务的是位瘦道人，瘦道人最喜欢吃面条，这辈子做得最多的事情，除了煮面条便是替街坊修被暴风雨掀坏的屋檐，因为他只会做这个活计，如果不想这么干，便需要存很长时间的钱，才可以买些美酒，诱惑街坊邻居过来听他宣讲一次西陵教谕。

这座道观很不起眼，但这里发生过很多将来会写在历史上的事情，比如道门行走叶苏，曾经在这里当过宣教道人，书院大师兄和叶苏曾在石阶前进行了一场辩难，叶苏曾在这里悟道，他把道观弄垮了然后又修了个新的。

瘦道人是个普通道人，他只知道叶苏道髻所代表的地位，却不知道对方的真实身份，他也不知道自己的小道观里曾经发生过这些事情，不然或者他不会像现在这样烦恼，又或者他可能比现在更加烦恼。

"我很烦恼。"

瘦道人看着身前的弟子们，满脸愁苦不堪，说道："我是真不知道该怎么做了，你们有没有什么主意？"

小道士们每天背诵教典，哪里能出什么主意。

瘦道人抬头看着天上燃烧的雪云，说道："我确实听说过知守观，那可是咱们道门的不可知之地，那观主就等于是我们的祖师爷。"

一个小道士说道："但听街坊说，祖师爷准备把长安城给拆了。"

"所以我很烦恼……你说我们是应该去帮祖师爷，还是应该去阻止他？"

瘦道人唉声叹气。

忽然间，他泄恨似的重重一跺脚，对着天上燃烧的雪云大声嚷嚷道："我管他是祖师爷还是什么，我这辈子都在打理这座道观，就算是昊天要拆了我这座道观，我也要跟他拼到底！"

瘦道人带着小道士们离开了小道观，他们抱着沉重的香炉，扛着一直堆在墙角没有用上的旧木头，准备去对抗自己的祖师爷。

和春风亭横二街的那些百姓不同，他们心里的挣扎更为剧烈，但一旦做了决定，他们便再没有任何犹豫，一心一意要去做些什么。

因为他们都是有信仰的人。

与道门为敌，这似乎严重违背了信仰，但无论是瘦道人还是那些小道士，他们早已说不清楚自己究竟信仰的是什么。

他们是唐人，在长安城里生活了一辈子，他们曾经以为自己信仰的是昊天，但当他们端起香炉扛起木棍走出道观时，才发现自己信仰的就是信仰本身。

总之，他们都是有信仰的人。

……

在西陵神殿的教义中，自杀是一种严重的罪行，身为道士却与道门为敌更是大罪，都必将受到昊天最残酷的惩罚。

朝老太爷带着他的同伴出现在朱雀大道上，是送死也是自杀。

瘦道人带着小道士们拦在观主的身前，是叛教也是亵渎。

换句话说，他们的身上都有洗不净的罪恶。

这样的人还有很多。

……

三名南门观的道人在布置着阵法。

他们是天枢处的高手，是昊天最虔诚的信徒。

他们的脸色苍白，内心痛苦万分。

但他们的动作没有任何迟疑。

……

楚老太君，带着满府妇孺，横刀于长街之上。

老太君是十六卫大将军楚雄图的遗孀，满头银发在风雪中飘拂。

她这辈子生了七个儿子，三十七个孙子。

数十年来，有两个儿子，三个孙子，死在大唐的边境中。这一年在燕京，在七城寨，在葱岭，她又有十一个子孙战死。

如今楚府的所有男丁，都在大唐四野的战场与侵略者厮杀，她身边只有十几个老弱妇孺，只有几把刀。

明知前来便是送死，但她神情漠然，毫不在乎。

楚家满门忠烈，都死光了，还是满门忠烈！

……

如果昊天真的有眼。

那么这条风雪长街上，每个人都有罪，犯着不同的罪。

今日的长安城就是一座罪恶之城。

好一座罪恶之城。

第一百七十三章
赴 死

寂灭散出观主的眼，被宁缺的饕餮吞噬，经由阵眼杵，笼罩了整座长安城，于是风雪越发狂暴，寒意无处不在。

朱雀大道也很寒冷，但随着出现在墙头以及街上的唐人越来越多——他们并肩站在一起，肩与肩相摩，他们拥挤在街道上，鞋后跟不时互踩——街道上的温度渐渐升高，冰雪渐融，甚至令人觉得有些热。

唐人的心很热，所以他们的血变热，直至身体都滚烫起来，他们握紧拳头，挥舞手臂，不停地宣泄着自己的愤怒。

朱雀大道四周不停响起喊杀声和脏话，人们不停地砸着砖块，还有人把夜壶、残茶、剩饭、童子尿砸向观主。

唐人信奉昊天，却很奇妙地相信人定胜天，这是因为夫子虽然不理世事多年，但他那股与天斗其乐无穷的悍劲儿，却通过书院、通过皇族、通过朝廷以及军队散播到唐国的每个乡镇，融进每个唐人的血液。

所以明知道街中的青衣道人，是普通人难以想象的强者，是真正的天下无敌，在此人面前，普通人就像是蚂蚁一般弱小，但两个三元里的少年拿着刀叉就敢来杀，就算观主是吃人的妖怪，人们也要试着整一下。

我们这些人打不过你难道我们这么多张嘴还骂不过你？就算这个家伙厚颜无耻骂不痛，我拿屎尿泼你，难道你不会狼狈？

先前的雪街看上去就像是圣洁无比的琼宫，有了一分非人间的美丽，风雪同样洁净，没有一丝尘埃，就如同昊天的脸。

此时随着人群的进攻，长街顿时变得污秽不堪，亵渎的喊杀声和脏话，还有那些来自人间的臭味，随着风雪渐起，飘入高远的天空，把昊天的脸涂抹得极为难堪。

观主看着那些飘向天空的污秽的属于人间的气息，微微挑眉，那些屎尿秽物自然染不得他一丝衣袂，却令他有些微怒。

在他的视野范围之内，雪街上至少有数千名唐人，他还能感知到有更多的唐人正朝着朱雀大道赶来，前来赴死。

看到这么多唐人出现在长街上，观主略微有些意外，但他并不在意，他在意的是执行昊天的意志，终结夫子留在人间的千年历史。

此时的长安城里满是风雪，风雪里隐藏着无数道宁缺先前写的"义"字符，那些符成功地填补了惊神阵的很多缺口，只有一条路。

和先前的局面没有任何改变，观主必须杀死宁缺，宁缺在朱雀大道之上，而此时他与观主之间，是浩浩如汪洋的人群。

于是观主向人群里走去。

观主叫陈某，拥有一个最普通的名字，看上去是最普通的人，当他走进人群，就像是一滴水，融化在人民的海洋里。

然后便有风暴起于海洋之中，无数道人影被震飞，就像是拍打在礁石上的海浪，带着白色的雪，消散于凶险的自然环境里。

那些拿着刀冲杀过来的青衣汉子，纷纷倒在血泊之中，纵马冲锋的十余名羽林军，距离观主还有数十丈远，便坠马不起。

观主的身影，渐渐在人群的海洋里显现出来，在他的身后是一片狼藉，恐怖的气息压迫之下，人海渐渐分开一条通道。

便在这时，唐国的修行者终于出手了。

天枢处已悄然潜伏至四周的坊市里，数名阵师启动了天罗阵，朱雀大道间天地元气骤然剧烈变化，无数道元气湍流，变成无数道无解的元气锁，出现在观主四周的空气里，锁死了他的所有去路。

几乎同时，十余名隐匿在普通民众间的军方剑师，暴起出手，只闻锵锒清鸣，明亮的飞剑破空而起，直刺观主的面门。

观主的神情没有任何变化，轻轻地拂了拂衣袖，然后继续前行。

随着衣袖一拂，纵横长街的剑意，顿时变成被雨水打湿的稻草，绵软颓败无力消散，而那无数凶险的元气锁，在这一拂间，就像是秋日熟透的苹果摔在了地面上，破碎成泥，溅出无数汁液。

隐藏在坊市里的大唐阵师，受到元气反震，当场流血身死，而那十余名军方剑师的本命剑被观主一拂毁之，亦是身受重伤，生死不知。

观主继续前行，寻找着人群后方的宁缺。

人群一阵扰动，飞舞的砖头稍一停歇，然后继续如暴雨般落下。

只是修行者的飞剑都不能及观主其身，何况砖头？黄杨大师的念珠，都无法困住观主一瞬，更何况污水？

观主平静前行，拦在他身前的人们就像蚂蚁一般被踩死，被震飞。

勇敢的唐人们，继续向他扑去，然后继续死去。

雪街变成了一条血街，到处都有鲜血喷洒。

勇气在人间是一个值得尊敬的词，但在代表昊天的绝对力量面前，却显得那般弱小可笑，甚至很难形容为壮烈。

面对无法抗衡的差距，长安城里的人们，本应该像仰首望向青天的蚂蚁那样，感到绝望，然后放弃。

但难以想象的是，此时在唐人们的脸上，可以看到悲痛，可以看到愤怒，可以看到不甘，却看不到一丝绝望的情绪。

人们没有绝望，没有哭泣，甚至连脏话都不骂了，他们只是沉默地继续战斗，哪怕是无望的战斗，但也要战斗到底。

一名苦力挑夫拿起扁担砸向观主，然后死了。

一名从外郡来的商贩，拿起在深山里保命的匕首，然后死了。

一个看不出什么身份的男人扑向观主，然后死了。

人们拿着砖头砸，拿着菜刀砍，拿着家传的弓箭不停射着，然后死去。

这就是在送死。

送死是一个不怎么好听的词，显得有些愚蠢。

但人就是这样一个很奇妙的生物，明知道有很多事情无法改变结局，却依然有很多人因为这样或那样的原因，坚持去做。

人们甚至为此还专门创造了一个意思相近的词。

赴死。

唐人今日在赴死。

纷纷赴死。

他们想要拦住观主。

长安城高耸入云的城墙没能拦住敌人。

于是他们用自己的血肉之躯，筑起了一座新的城墙。

第一百七十四章
君子国的不甘（上）

街上的人，拦在观主身前的人，倒在血泊里的人，组成这片新城墙的所有人，其实都很清楚，他们的死亡不见得能改变什么。

但他们依然这样做了，因为千年之前，夫子和他们的先辈在渭泗水畔创建了唐国，唐国拥有了书院，从那一天起他们至少改变了自己。

宁缺先前对观主说过这样一句话，明知守不住还是要守，这便是他的职守。此时正在死去的唐人，仿佛就是在证明他的这句话。

然而看着被血染红的长街，看着不停倒下的人，宁缺的心却开始颤抖起来，睫毛上残留的冰霜发出细碎的声音。

远处传来一声清啸，他知道大师兄终于赶来，并且出手——这并不是书院寻找的时机，书院的时机在宁缺身上，然而面对着喋血的长街，大师兄无法再等待沉默下去，就像此时的他也快要忍不住一样。

来到这个世界已有二十余年，他依然坚信自己是非典型唐人，遇见过太多黑暗的他，向来信奉冷血的生存法则，只要能够活着，付出怎样的代价都可以，他的心就像先前被观主寂灭冰封的身体一样冷酷。

冰雪剥落大半，宁缺的身体依然寒冷，此时他却觉得自己的身体渐渐变得滚烫，血管里的血液开始蒸腾，体会到一种久违的感受。

那种感受叫做热血。

他不喜欢悲壮之类的词汇，更是忌讳热血这种感受，但看着无数人死在观主身前，从伤口里流出的血怎能不冒出热雾？

只是热血代表着希望与渴望，宁缺渴望活着，希望能够战胜观主，面对着这个寻找不到一丝希望的故事结局，热血又有何用？

不时有人从他的身边跑过，向着不远处的观主冲去，他从雪地里捡起先前落下的朴刀，艰难地撑住自己的身体。

朴刀的刀锋刺破积雪，刺进坚硬的青石街面。

……

大师兄再次败了，鲜血从棉袄的破口里向外汩汩冒着。

他站在朱雀大道的南方，佝着身子不停咳嗽，痛苦而且落寞。

余帘不知道去了哪里。

观主继续向前行走，杀死了很多人，震飞了很多人，越过了很多人，无视很多人，步步行来，身后尽是鲜血。

朱雀大道上到处都是死伤的人群。

观主走到了宁缺身前不远处。

此时在二人之间，只剩下了最后的数百名老弱妇孺。

瘦道人这辈子都生活在长安城里，从最普通的小道士变成现在的道人，却依然只是在那个小道观里生活。他没有见过西陵神殿的红衣神官，数年前天谕大神官出使长安城，他跪拜了整整一夜也没有机会聆听神座的教诲。

此时此刻，他终于见到了昊天道门真正至高无上的那位，他的身体难以控制地颤抖起来，他想跪倒在青衣道人的身前，虔诚地亲吻对方的脚背。

他忽然大喊一声，从小道士手中接过香炉，朝观主砸了过去。

香炉是小道观用来祭奉昊天的，真材实料，青铜打铸，非常沉重，瘦道人心情很沉重，而且很瘦弱，哪里能够掷远。

只听啪的一声闷响，香炉砸到了瘦道人的脚上，脚上顿时冒出血来，他连声痛唤，在小道士的搀扶下才没有摔倒。

楚老太君从三媳妇儿的手中接过马刀，拦在观主身前。

朝老太爷拄着拐杖，从后方走到人群最前面。

观主神情平静，眼神极为淡然。

他的眼睛里仿佛有亿万颗星辰湮灭，然后只余空寂。

令人心悸，令人敬畏。

在这道空寂目光的注视下，一切都将结束。

赴死的唐人，不屈的长安，伟大的唐国，千年的书院，所有的荣耀与血腥，壮烈或罪恶，光明或黑暗时间，都将在这里结束。

长街凄冷。

宁缺看着观主那张普通的脸和那双眼睛，忽然想起了自己的生命里曾经遇到或者感受过的那些了不起的人。

无论是夫子还是小师叔，或者是莲生，都是真正大彻大悟，自我解脱然后明白自己究竟想要什么的人，所以他们强大得难以想象。

观主也是这样的人。

今日书院败在观主手中，是理所当然的事情，书院信奉理所当然，那么便应该像长街上死去的那些人一样平静而从容。

但他做不到这点。

因为他，不甘心。

……

向晚原是一片水草极佳的牧场，在大唐的北方。

如今这片牧场早已变成最惨烈的战场。

金帐王庭的骑兵与镇北军的精锐骑兵，为了争夺牧场边缘的一处要害骑道，在这里连续厮杀了三日三夜。

骑兵数量占优的金帐骑兵，在付出惨重代价后，终于把唐军压制到了骑道北方的数座丘陵之间，正在发起最后的攻势。

战马撞击发出沉闷而令人恐惧的声音，弯刀与直刀的摩擦发出令人耳酸的声音，厮杀声和战鼓声却相对低沉了很多，因为双方都疲累到了极点。

骑战已经变成了步战，最后的近千名唐军，用最后的力气与生命，抵挡着金帐骑兵的攻击，只是眼看着已经快要支撑不住。

一名大唐军官带着十余名下属，被金帐勇士们团团包围。

这名军官有些矮小，不像一般的唐军那般强壮有力，但在这样危急的时刻，他却爆发出来难以想象的战斗力，连续砍倒了三名敌人。

数柄弯刀破空而至。

矮小的军官举刀相格，被压得单膝跪下，苦力支撑。

他听到丘陵四周传来的痛呼声，越过眼前飘拂的发丝，他看到很多同伴战死倒下，看着那些蛮人在同伴的遗体上残忍地补着刀。

真的撑不住了吗？

他这样想着，真的撑不到主力骑兵回援了吗？

他苍白而秀气的脸颊上，看不到绝望的情绪。

他想不到自己应该绝望。

因为他，不甘心。

……

一支队伍在东疆的原野上狂奔。

他们是骁骑营的骑兵，他们离开长安城，去东疆厮杀。

这时候，他们要急着赶回长安城。

骑兵和坐骑早已疲惫不堪，但没有任何人要求休息。

因为他们终于确认了隆庆皇子和那两千草原精骑的去向。

隆庆正在向长安城进发。

这意味着伐唐联军确认长安城能够被攻破。

朝小树的脸，瘦削得像是被切开的硬石，黝黑而憔悴。

寒风吹拂在他的脸上。

晚了很多天，他和他的骑兵才去追，应该追不上了。

就算追上，又能如何？

但他依然要求部属继续向着长安城狂奔。

因为他，不甘心。

第一百七十五章
君子国的不甘（中）

火舌在银色的面具上和黑色的眼眸里狂舞，就像是夏雨里的电芒。

现在是寒冬时节，雪片落着，又不是天地元气震动不安的长安城，自然没有什么闪电，那是真的火焰。

白雪覆盖的田野，官道畔美丽安静的村庄，本应是极美的画面，被凶猛的火焰烧过，顿时变成焦黑凄凉的废土。

隆庆皇子静静看着眼前的画面，神情淡漠，看不出有任何兴奋，只有紧握着缰绳的手才暴露了他此时的几分真实情绪。

带领东荒蛮骑杀入唐境后，他只命令下属放了两把火，一把是遥远的东疆，另一把火便发生在此时的村庄里。

他带着两千名最精锐的骑兵下属，不惜一切代价奔袭长安，无论是唐国的义勇军，还是那些难缠的骁骑营骑兵，都已经无法追上他。

离长安城已经很近。

当年他在书院登山试里输给宁缺，带着西陵神殿使团和护教骑兵，黯然离开长安时，走的便是这条道路。

在当年的官道上，他想起当年看到的那些画面，回忆起当年的那些感受，然后再次想起当年自己曾经发过的宏愿。

"我要把这些难看的唐人民居全部推倒，把田间的油菜花全部铲除，然后一把火全部烧掉，烧掉那些罪恶与肮脏，让这里的天地只剩下一片光明。"

他即将回到留给他无尽羞辱和痛苦、从某种意义上改变了他生命的长安城，他的修行境界和实力远胜当年，他的眼眸却已然不再纯然光明。

道旁的田野，油菜花还没有生长出来，被唐国农夫漆成各色的民宅，却还像当年那般美丽或者说难看，那么，便一把火全部烧掉吧。

顺便告诉长安城里的人，我来了。

……

长安城在落雪，崤山北在落雨，却是同样的寒冷，雨水浸泡着盔甲皮袄，渗进棉衣，直抵身体，显得更加难熬。

在寒雨中，全体镇南军在向北行军，崤山的山林间，到处都是唐军的身影，密密麻麻，就像是林子里落了几千年的树叶。

行军非常艰苦，严寒的天气和雨水，腐烂的落叶和被踩踏凌乱的山道，都是他们的敌人，沿途有很多人已经掉队。

更多的人还在继续前进，哪怕脸色苍白，身心俱疲，依然咬着牙，低着头，跟着前面的人在泥泞的山野间爬行。

只有咬着牙才能继续支撑下去，只有沉默才能节约最后一丝体力，只有低着头，疲惫的人们才能看清楚行军的方向在哪里。

十余万唐军行走在山野间，竟是没有发出太多声音，只有军靴踩着泥土的啪啪声响，偶尔还会听到重物坠落的声响。

这种沉默令人心悸，也正是他们最令敌人害怕的地方。

从唐军将领到普通士卒都坚信，哪怕西陵神殿联军真是传闻中的百万大军，但只要他们能够赶到，就一定能够拦住对方。

他们要赶到青峡北方，西陵神殿联军留给他们的时间不多，他们没有时间睡觉，没有时间吃热饭，他们所有的时间都在路上。

他们在白天行走，在夜晚行走，他们在雪里行走，在雨里行走，在充满瘴气的密林里冒险寻找捷径，他们一直行走在路上。

然而路途毕竟太过遥远，镇南军拼尽了全力，此时距离青峡北依然有一段距离，离军部要求的抵达日期已经过去了几天时间。

按道理来说青峡应该已经失守，镇南军再赶过去没有任何意义，反而危险，他们这时候最应该做的事情是打探敌情，然后回撤待援。

但镇南军依然在拼命地赶路，因为他们没有接到新的军令，他们的任务依然是赶到青峡，就地防御，因为他们近乎盲目地相信书院诸位先生的能力。

因为他们，不甘心。

……

在崤山的那一面，则是云薄雨稀。

雨淅淅沥沥地下着，洒在平静的原野上，瞬间被土壤吸收，根本没有可能洗掉这七天积累的血污，只是添了几分湿意。

青峡前的地面，因为连续禁受了三场绝世强者天地元气的碾压，相对较硬，雨水渗得比较慢，在杂乱的马蹄印里积了起来。

原野南方远处传来轰隆声，大地开始震动，蹄印里的浅水开始晃动。

"南晋的投石机终于运到了。"

六师兄看着远方显现身影的事物，感受着脚底传来的震动。他如生铁打铸的身躯上面血痕无数，铁锤上面都被砍出了深刻的印子。

四师兄坐在铁篷下，举着河山盘，与数日前观主留下的那道虚剑苦苦抗衡，除他之外，其余的书院弟子都已经身受重伤。

王持鬓角插着一朵花，染的血早已乌黑。

西门不惑前襟染血，脸色苍白得像纸。

北宫未央的双手落在满是斑驳血痕的琴上，抽搐着就像鸟的爪。

君陌换了一身新衣衫，素色无血，左边的袖子在寒风中轻拂，承接着天上落下的微雨，低着头，很是疲惫。

他看着身前的蹄印里的水，沉默不语。

青峡前到处是残肢与尸体，只有他身周比较空旷。

柳白退走后，青峡前又是连番大战，神殿联军每每眼看着便要吞噬这些书院弟子时，却总有剑光琴声起于血泊之间。

叶红鱼站在对面远处，裁决神袍被血染成了真的血色。

七日后，她终于看到了胜利的曙光。

书院终究不是昊天，不能无所不能。

君陌缓缓躬身，拾起落在地面上的高冠。

自与柳白一战落冠后，他便一直没有理会过，因为没有时间。

冠上染着血与灰。

他缓缓蹙眉，想要拂掉这些血与灰。

但他右手执冠，已经没了左手。

木柚走到他身边，接过冠帽，用手中的绣帕很仔细地擦拭了一遍。

君陌身体前倾，似对她行礼。

木柚眼睛微湿，微笑回礼。

这便是对拜。

木柚说道："我同意嫁给你了。"

君陌平静说道："如此甚好。"

木柚把冠帽戴到他头顶，认真地理正。

这便是正冠。

君陌说道："正冠而死，合礼。"

木柚说道："一起死，也很合理。"

青峡前响起哭喊声，哭得撕心裂肺。

北宫未央拍断琴弦，鲜血四溅，纵泪喊道："不甘心啊！"

第一百七十六章
君子国的不甘（下）

宁缺低着头站在雪街上，血水从指洞里不停向外流淌，被严寒冻凝的血块，不时被新的血水冲开，看着很是凄惨。

他一手握着阵眼桩，一把握着刀柄，却写不出符来，也没有力气挥刀，如果不是朴刀支撑着他的身躯，也许他随时可能再次倒下。

他没有看观主的眼睛，因为只要与观主的目光相触，便有可能死去，他只能看着观主的脚，目光卑贱到积雪下的尘埃里。

他浑身鲜血，除了自己的，绝大多数都是先前死在观主手下的普通人的鲜血，他觉得这些新染的血要比自己的血更加滚烫。

被普通人的鲜血一激，他的血也早已发热，然而令他感到悲哀的是，他的身体是冷的，他的心也是冷的。

即便有再多的不甘心，也被寂灭的寒冷，冰冻得没有任何生气，自然也寻找不到任何力量，只剩下疲惫与无奈。

无数道"义"字符，依然飘拂在长安城的大街小巷里，隐匿在风雪中，借助着惊神阵补给的力量，始终没有散去。

这是宁缺最强大的手段，但此时已经证明，并不能战胜观主。

他看着观主的脚，仿佛在观主的鞋底下看到了密密麻麻的蚂蚁的尸体，这些蚂蚁都是最勇敢也是最无畏的，只是现在都已经死了。

令人惊叹的勇气都不能改变天与人之间的差距，那么人间的万姓，除了对昊天表示臣服还能做什么？不甘心又有什么意义？

……

观主一生修道，修的便是昊天无情，而且他妙算无碍，最善隐忍，能忍之人，惯能忍人，绝对没有什么不忍之心。

今日在雪街上争先赴死的唐人，虽然没有改变这场战斗的结局，但一幅幅不可思议的画面，却让他感到有些意外吃惊。

不是不忍，而是不解。

观主曾经见过很多能够平静面对最后终结的人，但那些人无一例外都是超凡脱俗的大修行者，普通人却是极少。

在长安这座城里，居然同时出现了这么多平静迎接死亡的普通人，这一点出乎了他的意料，或者说超出了他对普通人的评价。

"唐人……或许真的有些特殊。"

观主负手看着面前这些老弱妇孺，看着风雪中那一张张没有任何恐惧神情的脸，忽然问道："像蚂蚁一样地死去，能甘心吗？"

回答他这个问题的是朝老太爷。

朝老太爷拄着拐杖，颤巍巍走到人群之前，说道："甘是甜，甘心就是舒服，怎么能让自己感到舒服？我不知道外面的人会说出怎样的答案，但对于我们这些老长安人来说，只要死的时候不感到羞愧，就会感到舒服。"

"原来甘心可以如此解释。"

观主看着朝老太爷说道："老丈不凡，怎么称呼？"

朝老太爷说道："我姓朝，一般晚辈都称呼我为二伯。我觉着我的年龄要比你大，那你就叫我朝二伯好了，也不算我占你便宜。

"我没有什么不凡，我们只是些普通人，只不过无论是最普通的人，还是像您这样最不普通的人，归根结底都是人，只要是人都会死。"

老太爷这句话的意思很清楚，不管你是知守观观主还是昊天的信徒，待死之后，终将变成一抔黄土或一捧骨灰，那么我们便是平等的。

"所以才会有这么多人争着来送死。"

观主看着朱雀大道上到处都是的唐人尸体，若有所思道。

"我唐人向来有赴死的传统。"

朝老太爷神情渐渐变得严肃，说道："与诸国首战，风雨飘摇之际，唐人无降者。与荒人战，唐人无降者。自渭泗水畔揭竿，我大唐开国至今已有一千余年，慷慨赴死之辈数不胜数。唐之所以强，强在敢死。

"当年太祖皇帝为一使者，不惜冒灭国之灾，耗尽国力，使大军远征北荒，直至屠尽敌酋才肯归师。书院为一孤苦幼女，敢与佛道两宗相争，二先生斩破烂柯佛祖石像，才稍宣恶气。唐之所以强，强在敢恨。"

"唐之所以强，在于唐人。"朝老太爷看着观主，用苍老的声音说道，"我大唐从古以来，就有埋头苦干的人，有拼命硬干的人，面对不公与欺凌，有人敢拍案而起，面对侵略，有人慷慨赴死……"

……

镇南军在崤山的山林间，艰难地向着青峡进发。

寒冷的雨水，顺着衣领钻了进去，带走了温度，带来了病患。不时有士兵摔落山崖，同伴们站在崖畔沉默站立片刻，然后继续前进。

他们疲惫地低着头，哪怕明知道已经晚了，却依然不肯停下自己的脚步，冒着生命危险，蛮不讲理地奔跑着，拼命地赶着路。

……

杨二喜砍翻了一名东荒蛮人。

他很珍惜这把从战场上得来的弯刀，把刀收回鞘中，从肩上取下草叉，然后重重地砸了下去，确认那名蛮人死透。

田野里的厮杀声渐渐平息。

他擦掉额头上的汗水，喘着粗气向四周望去，然后看到了几个相熟的同伴，倒在了覆着薄雪的冬田里。

战事结束，他站在那几个浅浅的新土堆前，沉默了很长时间，然后望向家乡的方向，他很怀念妻子炖的腊猪蹄。

家乡学堂里的那面墙还没有刷完。

当年因为觉得衙门给的工钱不地道，他坚持不肯接这个活儿，和里正吵了一架，甚至险些掀了酒桌，还时刻准备着去县衙打官司，直到实在熬不过女儿的恼怒和妻子的嘀咕，他才万般不乐意地接了下来。

但只刷了一半，便看到了那份公告，他便背着草叉与酒肉，离了家乡来到了遥远的东疆，学堂的墙不知何时才能刷完。

不知道还有没有机会刷完。

至少在他的手上。

杨二喜看着故乡的方向，想着这些让他觉得很麻烦的事情，恼火地皱了皱眉，那道新添的伤疤又裂开了口子。

血水向下淌着，他抬起手臂，用袖子胡乱擦了擦，忽然想到学堂里的先生，如今再不会因那面没有刷完的墙生气才是。

于是他高兴地笑了起来。

……

向晚原牧场的战斗，依然惨烈。

那名矮小的军官被蛮人的几把弯刀压得单膝跪下，情势极为危险。

他在苦苦支撑。

一道黑影从旁边飞了起来，重重地砸在那几名蛮人的身上。

弯刀雪亮，在仿佛燃烧一般的草甸上划过。

那道黑影摔落在地，胸口中了两刀，鲜血淋漓，眼看着便是活不了。

军官认出那是自己的近侍。

他悲愤地大喊一声，手里的朴刀离了头顶，向着对面斩了过去。

在这一刻，他根本不去想头顶的弯刀，会把自己切成两半。

他很幸运。

围攻的蛮人被他杀死，而他没有死。

他的肩头中了一刀，鲜血像被划破的酒囊里的奶酒一样向外溢着。

最危险的是，他的头盔被敌人的刀打落。

敌人的刀锋，打落头盔之后，还切开了他的发髻。

黑色的发丝披散在肩头，加上那张没有盔甲遮掩的清秀的面容，此时所有人都能看出来，原来这名军官竟是个女子。

她是司徒依兰。

她提着沉重的朴刀，带着满身的伤与怒，带着最后的下属，重新开始战斗，她不知道要战斗到何时，但知道要战斗到死亡或者胜利时。

……

"长安有这样一句话，可托六尺之孤……"

朝老太爷看着观主继续说道。

此时远处的皇宫被笼罩在风雪里。

唐小棠站在殿前的雪地里，静静看着南方。

皇后娘娘牵着小皇帝的手，站在槛后，看着宫外越来越急的雪。

雪街那头传来咳声，大师兄走了出来。

他身上的棉袄早已破烂不堪，棉花从里面探出，白得似雪，有的地方则染得殷红朵朵，红得似血。

清新鲜艳，都很动人。

宁缺站在街那头，亦是浑身鲜血。

他握着阵眼杵，血水把杵与掌面都凝结在了一起。

这根杵，这座阵，这座城，是老师们和陛下托付给他的。

那么直到死，他都不会放下。

朝老太爷握着拐杖的手微微颤抖，声音骤然激昂。

"可寄百里之命……"

……

青峡前。

君陌衣衫已正，冠已正。

他单手执铁剑，望向原野间如铁流般的敌骑。

他面无表情，开始燃烧最后的念力。

仿佛天地都感受到他生命燃烧所带来的炽热，淅沥的雨水骤然间停止，原野上方的雨云渐渐消散，露出一线湛蓝的天空。

阳光从云缝间洒落，落在他的身上。

落在书院诸同门的身上。

……

朝老太爷看着满街的唐人尸体，忽然间老泪纵横，然后又笑了起来，看着观主大声喝道："……临大节而不可夺，君子人也！"

……

苍老的声音在朱雀大道、在风雪中回响，在冬柳雪湖上回响，在青峡前回响，在崤山里回响，在东疆、在北疆，在唐国的每一寸土地上回响。

可托六尺之孤，可寄百里之命，临大节而不可夺，君子人也！

"我大唐从来都不缺少这样的人，大唐就是君子国。"

朝老太爷盯着观主的眼睛，厉声说道："如此美好的国度却要被你们这些贼老道从人间毁掉，你还问我是否甘心……"

他举起拐杖便准备砸过去。

"我甘你奶奶！"

第一百七十七章

如果天不能容我

慷慨激昂、掷地有声的热血宣言，忽然间变成语带双关的脏话，朝老太爷大喊一声"我干你奶奶"，便一杖砸了过去。

普通人和不普通的人都是人，死后都会化土成灰，但在他们活着的时候，毕竟还是有很大的差别，老人家的拐杖，自然没有办法打倒观主。

雪街上的人们都以为朝老太爷死了，但事实上老太爷并没有死，因为观主什么都没有做，平静地从他身边走过。

大师兄隐约猜到观主的用意，道门要破长安城，也要破长安城里的人心，观主杀戮于长街，便是想用最强大的手段，砸碎唐人最坚硬的壳，把唐人的骄傲踩进泥土，既然杀人不能解决问题，那么他选择无视。

只是观主依然不是很了解唐人，朝老太爷在生死边缘走了一遭，并没有因为他的无视而心生惘然困惑，从而开始怀疑，以至恐惧。

没打到就是没打到，以后有机会再打便是，没死就是没死，没死总比死了好，哪里需要产生什么自我怀疑？朝老太爷拄着拐杖，骂骂咧咧向街边走去，骂的话很脏，甚至比雪地里那些污秽的事物更脏。

观主微微挑眉，然后继续前行，向宁缺走去，稍后便是皇宫。

大师兄说道："这样是不对的。"

观主说道："唐国虽强，天要亡唐，你能奈何？"

……

青峡前。

叶红鱼看着对面的君陌，鲜血顺着她的衣袖，不停地淌到地面，与这些天来积凝渐臭的血污混在了一起。

她很平静，因为知道君陌伤得比自己要重很多，对方此时正在燃烧最后的念力乃至于生命，即便面临最后的死亡。

看着君陌依然毫无表情的脸，看着他身后那些浑身浴血的书院弟子，回想着这七日来青峡之前惊心动魄的连番战斗，想着就是这样几个人便把浩浩荡荡的神殿联军挡在了唐国的南方无法北进……

像君陌这样的人，苦战将死，即便是她也不禁有些动容，还有几分怜惜敬佩。

"天要亡你书院，你能如何？"

她看着君陌说道。

君陌抬头望向天空，此时雨已经停了，云没有完全散开，只有几处青天可见，就像是碎瓷一般。

而且就算雨消云散，天空完全放晴，现在是白天，也没有办法看到那轮明月，他在战死前的那刻，只是看一眼老师。

他没有直接回答叶红鱼的问题，而是说道："朝小树是个极不错的人，如果当年没有意外，他本来应该是我的师弟。"

叶红鱼知道朝小树是谁，只是不明白为什么君陌会在此时提到他。

君陌看着天空，寻找着那轮明月在前七个夜晚留下的痕迹，继续说道："只是他喜欢跟着先帝，所以才没有进书院。"

"当年先帝决意清肃朝堂，于是有了春风亭一夜。"

叶红鱼知道著名的春风亭一夜，朝小树和宁缺这两个名字，都是在那个雨夜之后，才进入西陵神殿的视野。

君陌收回目光，望向她说道："在那夜之前，朝小树在红袖招与对方谈判，曾经说过两句话，事后在长安城流传甚广。

"当时他那两句话是这样说的。"

君陌说道："天若能容，我便能活，人不能容，我便杀人。"

叶红鱼忽然觉得身体有些寒冷，因为她知道接下来会听到什么。

虽然现在举世伐唐，昊天道门与唐国已然势不两立，但她依然没有想到，在昊天的世界里，有人会如此平静而坚定地提到这个问题。

果不其然，君陌轻振右臂，宽直方正的铁剑洒下一道血水。

他握着铁剑，看着叶红鱼，又像是看着她头顶那片天空，说道："我一直认为这两句话不妥，因为天不容我，我也要活。

"如果这贼老天，真的不能容我活下去，那么……我也不能让它活。"

他最后说道："至少不能让它活得太痛快。"

……

长安城的雪街上。

大师兄看着观主说道："老师曾经说过一句话，人心所向，天必从之。"

"天若不从，天若不容，那你又如何？"

观主停下脚步，望向不停落着雪的天空，停顿片刻后，若有所思说道："你们可以抬头看看，苍天可曾饶过谁？"

一片安静，没有人说话，因为没有人能够回答观主的问题。

在绝对强大的实力面前，勇气值得赞赏，却没有力量，在天穹冷漠的眼光里，人类的意愿，似乎从来都不是什么重要的东西。

瘦道人沉默，楚老太君沉默，受伤的沉默，死去的人无法再说话，即便是朝二伯的嘴唇翕动片刻，也没有说出话来。

最终，有一道声音打破人间的沉默。

这道声音很沙哑，很干涩，应该是很长时间没有喝水，而体内的血水又流失太多的缘故，让人听着觉得有些刺耳。

这道声音显得很疲惫，甚至有些虚弱，但却透着股极坚定的意味，所谓刺耳不是类似锐物摩擦镜面的声音，更像是打破镜面的声音。

那道声音说的是："那便灭了它。"

……

观主望向人群后方，看到了宁缺满是血污的脸。

然后他看到了宁缺的眼睛。

他们的目光第一次如此真切地对视。

宁缺看着他说道："人心所向，天必从之，天若不从，那便灭了它，我想这是一个很简单的道理。"

观主看着他眼睛里流露出来的坚定与信心，缓缓挑眉。

......

天下溪神指，让宁缺身受重伤，信心遭受极大的挫败，但那时，他的精神世界依然坚定，而后来，他却渐渐开始变得有些恍惚。

他看着那两名少年一边哭喊着，一边去做人间最难以想象的一次尝试，于是他决定站起，他真的站了起来。

但他只能依靠着朴刀支撑自己虚弱的身体。

然后无数的普通人从他的身边跑过，然后奔向死亡的黑色海洋。

他看到很多人在自己的眼前死去。

他觉得这是不对的。

这些普通人的选择，完全违背了他对这个世界的认知，与他的规则相抵触。虽然他在战场上曾经见过很多类似的画面，但今天看到的画面，依然带给他难以承受的精神冲击，很是震撼。

因为以往的他，总是把自己放在局外。

今日的他，在这条街上，便在局内。

他的身体和灵魂，随着那些鲜血的喷洒，随着那些身体的倒下，那些灵魂的离散，终于缓缓降落在这个世界上。

以前他愿意为长安城死去，那是因为责任和情感，对书院对夫子对师傅颜瑟对陛下的责任和情感，他坚持认为不是因为热血。

他认为自己的血是冷的，当身体里的血液开始变热，甚至沸腾之后，他开始惘然，精神状态变得有些恍惚。

他隐隐约约感觉到一种力量。

他曾经见过那种力量，并且不止一次。

但没有一次比此时此刻在雪街上所感受到的更真切。

便在这时，一道苍老的声音，开始在他的耳中响起，在他的心里响起。

他不知道那是朝二伯在说话。

那道苍老的声音，在唐国各地回响，他的意识仿佛也随之而飘到这片大好河山里，在各处，看到了各种各样的人。

那些人在战斗，在行军，在拼命，在赴死，在坚持，或者只是等待，但那种等待也充满了一种令人感慨的韧度。

他看到了很多人，都是很了不起的人。

接下来又有很多画面，在他的眼前快速掠过。

他看到了柴房里染血的柴刀、河北郡龟裂的田地、像鬼一样的饥民，看到了莽莽的岷山，看到了老猎户，看到了渭城的土、长安城夜里的华灯，看到了荒原里那片湖，看到了烂柯寺里那座满是青苔的墓。

他看到了很多人，也许谈不上了不起，但那些都是人。

他仿佛回到烂柯寺石尊像前入定，仿佛还在魔宗山门的白骨山间与莲生做着最后的谈话，他仿佛看到那年夏天入符道时看到的原始部落里的那名符师。

最早的人类在荒野间与野兽搏斗，开始穿兽皮，吃肉，住洞窟，然后开始耕地，饲养家畜，吃更多的肉。人类继续吃肉，并且想了很多煮肉的方法，确保肉很香，可以吃更多的肉，因为吃肉可以让人变强。

他看到人类修筑房屋，有了村庄与道路，最后看到了一座雄城，矗立在平原之上，似乎要把天空给捅穿——那是长安城。

他行走在长安城里，看到了前些天曾经看过的包子铺，那些青石板，想起那日曾经感悟到的那道气息，那道只属于人间的力量。

这种力量可以改天换地。

这种力量可以战胜时间。

这种力量最普通也最不普通，最耀眼也最不起眼，是包子铺的热雾或城墙里一块青砖，但也是智慧的传承和不屈的反抗。

宁缺忽然间觉得非常感动。

这种力量是如此的伟大。

他却距离对方如此的近，能够拥有如此真实的感受。

他感觉到自己的渺小，却不像面对昊天时，会因为自己的渺小而愤怒，只会因为自己的渺小而心生敬畏向往。

因为再渺小的他，也是这道力量里的一部分。

这道力量再伟大，也来自于无数个渺小的他。

第一百七十八章

千万人

这种力量就是人间之力。

宁缺不是第一次感知到它的存在。在荒原上夫子伸手自万里之外的南方剑阁召来古剑斩金龙杀神将，用的就是这种力量。在雁鸣湖对岸的民宅间，他感受到的也是这种力量。

他的不解在于，这种力量怎样才能为己所用。

他曾经向夫子求教过这个问题。夫子说我就是人间，我的力量就是人间之力——这个解答很简单，对他没有任何意义。

他看着夜穹里的那轮明月，想起老师，看着崖畔那棵青松，想起小师叔，看着血水泛滥的烂柯寺前坪，想起莲生。

他想起在泗水畔与老师最后那段对话——原来莲生才是对的。

小师叔骄傲而自由，他以强者的姿态，代表人间想要把天捅穿，夫子则认为自己就是人间，他要带领人间向昊天发起挑战。

然而人间是人的居所，人间的力量来自于居住在里面的每一个人，这种力量不能被代表，也不需要被带领，必须所有人在一起，才能真正发挥出这种力量。

夫子兴唐建书院，其实已经走在一个正确的道路上，但夫子依然想的是通过教化和引导，从而带领所有人来做这件事情。

因为执念的缘故，莲生所达到的境界，距离夫子和小师叔还有一段距离，但同样是因为执念的缘故，他想事情想得更加极端。

在夜雨中，看着妻子的孤坟，他想要掘开那座坟，却最终放弃，飘然远离。从那一刻起，莲生便已经疯了。

其后无论是自毁魔宗，还是血洗烂柯，都是在他发疯时。

他要毁灭这个世界，在他看来生存与死亡没有任何意义，包括他自己。

他这一生都在追求以魔遮天，以道顺天，最终以佛法抵达彼岸，跳出三界之外，不在众生之中，从而在崭新的世界里抹去旧世界那层太上无情的天道，寻回一些他想穿越时光寻回的东西。

换句话说，他想要破除这个世界最根本的规则，他要毁掉昊天，而他选择的方法，是让整个人间随他一起疯癫，甚至毁灭。

这种方法很血腥很残酷，但却正确。

如果昊天知道曾经有这样一个人，只是因为想要复活墓中的妻子，便想出了这样一个疯狂的念头，大概也会颤抖起来吧？

……

宁缺小时候带着桑桑在世间流浪，谈不上有太多耐心，所以当桑桑稍微能做些事情的时候，他就不停地教她一句话。

"自己的事情自己做。"

那么人间的事情也应该人来做，大家一起来做。

宁缺睁开眼睛，发现自己还站在风雪长街之上。

他不知道是已经醒来，还是说依然在梦中。

他看着街上那些咬牙不肯发出惨呼的伤者，看着那些普通人的尸首，看着那两名身受重伤却倔强坚狠的少年，想明白了很多事情。

长安城不是城，是人，是生活在城里的每个人。

人间的力量，来自生活在这里的每一个人。

数人，数十人，数百人，数千人，数万人，千万人。

每个人的意愿与渴望，都是一种力量。

千万人的渴望，在一起便是人间的力量。

这种力量威力无穷，可以改变天地的容颜，可以对抗时间的流逝。

这种力量在莲生处，便是滔天的血浪。

这种力量在小师叔处，便是剑留下的痕迹。

这种力量在夫子处，便是破天的渴望。

但那都还不是这种力量的全部。

莲生得不到这种力量的认同，或者说他没有机会来调动这种力量。

小师叔千万人吾往矣，豪迈无双，所以孤单。

夫子堪为万世师，却忘了墨卷总是需要学生自己来写的。

颜瑟大师用一生的时间，在苦苦寻觅那个字。

那个字便代表着人间的力量。

但正如观主曾经说过的那样，那个字太过沉重。

千万人的意愿如何能不沉重。

而且千万人的意愿如何能够一样？

所以没有人能够写出那个字。

即便是夫子也写不出来。

……

此时的宁缺，终于清楚地看到了那个字。

他看到了朱雀大道上的很多人。

成千上万的普通人，为了同一个目的，走到了一起来。

他们用血肉，筑起一座新的城墙。

众志，在此时，真的成城。

此间的千万人，他们的意愿与渴望是那样的强烈一致。

此间是人间的一部分。

对长安城来说，这是最绝望愤怒的时刻。

却是写出那个字最好的时刻。

……

宁缺现在需要思考的问题是，那个字该怎么写？看到那个字，不代表能够写出那个字。就像当年他初登旧书楼，看着满书架的珍贵典籍，看着那些明明见过无数遍的字，不要说写，连记都无法记住。

他想起泛舟海上的那三月时光，想起老师的那些谈话。

夫子说昊天并不是这个世界本身，而是这个世界最根本的规则集合。

夫子说当规则掌控世界时，世界是稳定而乏味的，只有出现新的力量，打破旧的规则，这个世界才能重新拥有活力，并且有趣。

夫子说人是这个世界的最伟大的产物，因为人有智慧，并且能够传承，人有对抗甚至打破这个世界根本规则的本能意愿。

那种意愿是那般的顽固而强大，可以称之为渴望。

所以人间与昊天必然走向对立，直至分出胜负。

在这个世界过往的历史里，昊天获得了无数次胜利，人间迎来了无数次漫长的黑夜，那些传承的智慧凋落在寒冷的永夜里。

但人间总会再次复苏，再次发起挑战。

……

现在是白天，天自然是白的。

从空中落下的雪花也是白的。

风雪中的朱雀大道一片洁白。

街上积着的血，渐渐变得乌黑。

倒在血泊里的唐人，都穿着深色的衣裳。

散落在街面上的砖头、铁锅，还有夜壶，都是污秽而黑的。

既然昊天选择了白色，人间便选择了黑色。

这个世界在宁缺的眼里，变得黑白分明。

光明与黑暗，圣洁与肮脏。

黑白的世界，在他的眼中变成极简的画面，变成了两条绝对平行的直线，冷漠地遥望，绝不愿意接近。

两条线缩短，便有了长度。

这是宁缺很眼熟的图案，是他学会的第一道神符："二"字符。

紧接着，其中一根直线忽然偏转，刺进了另一根线条。

这便是他昨夜在湖畔悟的第二道神符："乂"字符。

当两根直线相触，两个世界便相通，却不能相融，开始发生剧烈的冲突。

一股凛冽的切割意，仿佛要把整个空间切开。

与颜瑟大师的"井"字符不同，"井"字符有自己的规则，有自己平静的区域，"乂"字符则是向着四周漫无边际地蔓延，就像野草般狠狠地生长。

"乂"字符很强大，切割之余，两个世界又能相通，自有一种生生不息之意，代表着人间与昊天的平衡。

但这不是宁缺想要的，也不是如今的长安城需要的。

看着雪街上的那道"义"字符，他仿佛看到了无数野草，又像是看到了两根枯柴，更像是看到一把柴刀插在肥沃的原野上。

两根柴无法搭得牢固，有一根木柴缓缓垮塌。

有一只手握着刀柄，想要把那把柴刀从原野间抽出来。

野草里忽然出现了一块带着青苔的石头。

那是魔宗山门前大明湖底的石头。

小师叔破块垒阵时，在每块石头上斩出两道剑痕。

两道剑痕，一个字。

……

宁缺真正地醒了过来。

对于这种情况，他并不陌生，在魔宗山门里看着小师叔留下的剑痕，在烂柯寺里对着石尊者像时，他都有过类似的经验。

今日在雪街上他沉思很短，获得的却是极多，即便有些现在不能为他所用，但只要他能活下去，必将成为他修行路上最宝贵的财富。

他知道有一些事情已经发生。

然后他听到了朝二伯那句甘你奶奶。

接着他听到观主问大师兄：苍天可曾饶过谁？

他曾经听过这句话。

在魔宗山门里，莲生曾经问过他同样的话。

当时他的回答是：人定胜天，何须天来饶。

但今日他不想这样回答。

他和观主之间隔着数百名老弱妇孺。

对他来说，这些老弱妇孺便是千万人。

穿过这千万人，他看着观主的眼睛，说道："天若不从，灭了便是。"

和当年回答莲生相比，今日他的答案显得更加平静肯定。

不是因为他有信心战胜观主，也不是他想表现自己的狂妄，而是因为他真的想明白了其中的道理，所以平静。

因为人心所向为自由，天必然不从，那便只有灭天。

无论会胜利，还是会失败，这件事情总是要做的。

因为所以，这就是书院的道理。

说完这句话，他握住刀柄，准备把朴刀从地面上抽出来。

随着这个动作，他腹内那股缓缓旋转的液体猛地炸开，喷洒得到处都是，浩然气像野草般狂肆地生长，摇展着腰肢。

长安城感应到了雪街上的变化。

无数的天地元气，随着风雪落下，通过阵眼杵，灌进他的身躯。

他的气息随之骤变，开始向着知命境的巅峰不断攀爬。

第一百七十九章

千万刀

整座长安城的天地元气，磅礴浩荡，根本无法计算数量，此时通过阵眼杵，顺着宁缺的左手，不停灌进他的身体里。

天地元气没有实体，没有质量，比最清的水还要清，比最轻的空气还要轻，但此时进入他体内的数量实在太多，自然带来难以承受的负荷。

如果是普通人，哪怕是知命巅峰的修道者，在如此短的时间里，接纳了如此多数量的天地元气，也只有被瞬间崩死这一个下场。

但宁缺修行的是浩然气，身体强过钢铁，世间除了道佛魔三宗兼修的观主，还有本身是魔宗宗主的三师姐余帘，再没有谁比他更强。

他的身体就像是精钢打铸的容器，并且是打造元十三箭的那种异种精钢，承受着不断涌入的天地元气，然后将这些元气压缩到难以想象的程度。

此时的他就像大海深处的海贝，身体和灵魂承受着无比恐怖的压力，却不知何时才能凝缩出璀璨夺目的珍珠。

这是一个非常痛苦的过程，他的脸上却没有什么表情，除了睫毛不停眨动，衣服上的残雪不停融化。他只是看着观主。

他身上的伤口再次崩开，汩汩向外流着血，那些血水就像是红色的玉石一般晶莹，遇着街上的寒风便散化开来，变成极细的微粒。

那些微粒离开衣服表面，游离在他身周的空气中，像极了火焰又像极了雾，他看上去就像燃烧的火人，又像是极寒冷的冰人。

他继续抽刀。

锋利的刀锋从朱雀大道的青石缝中缓缓上升，带出黑色的泥屑，眼看着便要离开雪面，长安城里随之发生了很多事情。

……

清晨，长安城落雪如幕，观主挥袖破块垒，飘然入城，连败书院大师兄和三师姐，然后有很多道神符出现在他的眼前，告诉他此路不通。

从那一刻开始，直到在朱雀大道的风雪中看见观主，宁缺在长安城里走了很多地方，斩了与桑桑相关的很多过往，抹掉了昊天在惊神阵里留下的很多痕迹。

虽然最终他没有完全修复惊神阵，但他留下了足够多道神符——那些神符由两道刀痕组成，看上去就像是一个"乂"字。

这些神符让观主有些狼狈，让观主无法直入皇宫毁掉惊神阵的阵眼，让观主必须走进朱雀大道的风雪中，必须选择先杀死宁缺。

宁缺被七道天下溪神指重伤，他没有再继续写"乂"字符，因为已经没有意义，但他写下的那数百道"乂"字符并没有就此消散，而是在惊神阵的支持下，继续飘拂在长安城的大街小巷里，渐渐隐入风雪中。

随着他拔刀的动作，数百道"乂"字符重新现出痕迹。

在街头，在巷尾。

在井上，在衙前。

在墙后，在园里。

在柳下，在梅边。

数百道"乂"字符重现长安城！

不可思议的是，这些神符竟然还在发生变化。

准确地说，这些"乂"字符在发生变形。

这些"乂"字符由两道刀痕组成，便是两道笔画。

一撇一捺。

随着宁缺拔刀，那一撇缓缓向右升起，仿佛要飘离那一捺。

这一撇就像是一支羽箭，无形的弓弦在向后拉，离弓身越来越远，同时也积蓄着越来越强的力量。

又像是一把刀，正在离开地面，将要绽露锋芒。

……

拔刀是一个很简单的动作，宁缺这辈子不知道重复过多少次，他做得很熟练，所以在很短的时间内便完成了。

长安城街头巷尾的变化，也是发生在极短暂之间。

情势陡变，最先感觉到宁缺和长安城变化的，不是观主，也不是大师兄，更不是雪街上的人们，而是众人头顶的那片天空。

巷口井底的水早已结冰，忽然间多出了两道刀痕，被雪覆盖的钟上出现了两道刀痕，雁鸣湖上也出现了两道刀痕。

井水重新开始荡漾，钟声开始荡漾，雁鸣湖畔的柳枝也开始在寒风里荡漾，潭柘寺里的松树上厚雪簌簌落下，一只肥硕的松鼠把过冬的粮食坐在屁股下，不停地搓着前肢，不明白先前自己为什么被冻僵了。

那道笼罩湖山塔寺的寂灭气息，随着数百道"义"字符的重现与变形，瞬间消失不见，即便是飘落的风雪也骤然停止，冰封的长安活了过来。

那道不知来自何处的气息，随着宁缺的动作，继续向四周扩散，同时也向天穹冲去，狂野地冲散厚重的雪云，湛蓝的天空重新出现。

夫子离开人间，观主便是天下第一。

天空最先感觉到这种变化，他第二个感觉到。

他感觉到了危险。

他的眼眸忽然变淡，比灰色更淡，直至淡到透明，仿佛水晶里面有无数的光影在高速掠动，就像是有很多故事正在幕布上发生。

他看到了一些片段，一些令他无法相信的片段。

在长安城里，观主无法看清楚未来的事情，正如他从来没有看清楚过此后的书院会变成怎样，但他曾经看到过一些他坚信不疑的画面。

但那些画面改变了。

就在宁缺抽出刀的那一刻。

……

雪停，风息。

朱雀大道很是安静。

观主看着宁缺，眼眸回复正常，却留下了一抹讶异。

他信的是道，对于杀戮这种事情，无爱亦无憎。

今日观主杀人无数，自有他的道理，他的需要。

他先前要杀宁缺，也是基于需要。

但他此时要杀宁缺，却是基于一种莫名的警惕。

这份警惕是那般的强烈，甚至让他的道心有些微摇。

他要杀死宁缺，这种渴望甚至快要变成本能。

但他感知到，自己与宁缺之间的空气里，隐藏着一些什么。

他不能晋入无距，便不能在最短的时间里杀死宁缺。

那么他至少不能让宁缺举起那把刀。

观主看着宁缺说道："凡信奉……"

宁缺不知道他为什么这时候要说话。

青峡前的书院弟子，听到这三个字，则一定能够联想起，天谕大神官诵读的那段西陵教典，那种与悬空寺讲经首座言出法随齐名的道门神术。

宁缺没有死。

因为观主只来得及说出这三个字。

因为大师兄同时说了三个字："子不语。"

说完这三个字，他脸色骤白，棉袄上溢出的血越来越多。

便是阻了这么一瞬，宁缺终于拔出了刀。

刀锋完全地离开了雪面。

看着他手中的刀，观主退了一步。

退便是走。

千年以来，只有他杀入长安城。

眼看着便能毁掉惊神阵，毁灭唐国和书院，成就不世之功业。

只要能够杀死宁缺，便能做到这一切。

对于观主来说，这是很简单的事情，自然是极大的诱惑。

但他却要离开。

没有丝毫犹豫，没有任何不舍。

只有真正道心通明，不染尘埃的人，才能如此。

街上无风亦无雪。

观主不能前进，便向后退去，右脚退落地面，脚底便有风雪生。

风雪中出现了一道无形的门。

只有无距境界才能看到的门。

观主的右脚踏进了那扇门，青衣顿时变得透明起来。

下一刻，他便要踏入虚空之中。

长安城里的天地元气，已被宁缺所乱，却依然无法阻止他离开。

宁缺不准备让他离开。

因为他已经拔出了刀。

刀锋离开雪面，发出一声很轻微的声响，就像是蘸着油的毛笔抹过被篝火烤至滚烫的肉块，又像是蘸着墨的毛笔滑过雪白的纸面。

长安城的街头巷尾，柳下梅边，同时发出数百声轻响。

像是琴声，像是弓弦振动的声音，最像刀锋出鞘的声音。

那是撇与捺摩擦的声音。

那是数百道"乂"字符所发出的声音。

紧接着，是更多道刀锋出鞘的声音响起。

这一次则是真实的声音。

东城猪肉铺墙上挂着的十余把杀猪刀，已经在皮革制成的刀鞘里寂寞了整整一天一夜时间，忽然间那些杀猪刀破鞘而出。

距离朱雀大道不远，某家宅院里的案板里插着把尖刀，刀上染着新鲜的血，不远处还有一锅炖肉冒着些微的蒸汽，忽然间那把菜刀从菜板里跳了出来。

两名少年躺在朱雀大道旁的血泊里，身受重伤，无力地靠着被雪水打湿的墙，虽然没有死，却已经无法再拿着身旁的刀和叉。忽然间，那两把柴刀和菜刀从雪堆里蹦了出来，落在了他们的手边。

宁缺拔刀。

长安城里所有的刀都拔了出来。

数百把，数千把，数万把刀开始崭露锋芒。

雁鸣湖畔的冬柳在飘。

潭柘寺里的寒松躬着身。

磨刀石上积着的雪飘了起来。

数百道神符里的其中一根线条，很轻微地动了动。

长街上残雪迷离，无数道凌厉的气息，陡现其间。

无形的门被瞬间斩成碎片。

观主身上的青衣出现无数道细微的裂口。

他以天魔境拟成的强大肉身上，同样出现了很多道裂口。

观主开始流血，开始流很多血。

宁缺举刀，说道："我想杀你。"

说话间，有绝对凝结的天地元气从他的唇间喷出，变成半尺长的白雾，雾中有极小的雷电闪烁，还有他极为强烈的渴望。

第一百八十章
在青天上写字

宁缺没有说我要杀死你，说的是我想杀你，显得非常小心，但这种谨慎与平静，却代表了他真的很想做成这件事。

因为这是长安城里所有人的渴望，他想要完成这种渴望，所以他很认真地说出那句话，同时发出自己的召唤或者说请求。

仿佛听到了他的召唤，长街南方忽然响起一声极为清亮的鸣啸。

……

朱雀大道上风雪已消，积雪犹在。

当年在春雨里曾经让宁缺和桑桑噤若寒蝉的朱雀绘像，此时便被埋在深雪之中，仿佛已经冻僵了般，没有任何生气。

朱雀绘像是惊神阵的杀符，拥有某种难以想象的灵性，当它自行运转时，都能拥有近乎知命巅峰强者最强一击的威力。

千年之前，它被夫子亲手雕刻在朱雀大道的南方，镇守着这座伟大的都城，无数妖邪阴祟，在漆黑的深夜里被它悄然焚成灰烬。

观主进入长安城，朱雀绘像有所感应，将要现形战斗之时，却被观主一脚踩在了它的翅膀上，只是简单的一脚，它便不敢动弹。

因为朱雀感知到了境界之间的差距，它感到了恐惧，所以它畏惧地低下曾经高傲的头，把自己埋在了寒雪之中，无颜见人。

直到此时，一道声音忽然传进了它的灵魂最深处，那道声音说他想杀观主，所以他需要它的帮助。

朱雀知道这声音来自何人，但它想不出来，在夫子离开人间之后，有谁能够杀死像观主这样的人，所以它依然怯懦。

但那道声音不停地在它的灵魂最深处回荡、摩擦，如激荡的岩浆烧灼得它极为烦躁，直至它的血液都燃烧了起来。

前一刻的怯懦，变成了此时的羞愧，一种叫做勇气的东西重新回到了朱雀的体内，积雪被风吹散，露出它的眼睛。

街面上生起一道磅礴的气息。

朱雀绘像的双翼挣破冰雪与青石，现形于空中。

只闻得一声极清亮的鸣啸，朱雀的身体尽数离开街面，腾空而起！

朱雀千年未鸣。

今日一鸣，能惊神否？

朱雀展开十余丈的羽翼，破空而飞，瞬间来到长安南门。

城墙高耸入云，青砖苍老。

朱雀便飞翔在这片城墙之间。

它挥动殷红的双翼，仿佛拖着两道火焰，紧紧倚着城墙，高速飞翔，只用了极短的时间，便来到北方。

朱雀飞到了皇宫之上。

皇后娘娘牵着小皇帝的手，看着天空微微躬身。

皇城角楼里，余帘挑了挑眉。

朱雀飞越皇宫，降低高度，顺着朱雀大道，向南方扑去。

这条世间最笔直宽阔的道路，是它的道路。

朱雀在这条道路上，飞得无比迅疾，十余丈的火红羽翼，仿佛要把长安城给点着，所触之处，残雪骤然化为青烟。

雪街上根本没有人能够反应过来。

他们只听得一声清鸣，紧接着，便看到一片火影来到。

人们来不及思考，即便是观主也来不及做出任何反应。

待他看清楚飞临长街的是朱雀，不由得露出嘲弄的神情。

观主很少露出普通人的情绪，唯有对这只传说中的朱雀，他却从来无法压抑自己的嘲弄和轻蔑，即便是他自己都想不明白原因。

大概是因为，这只朱雀是夫子留在人间唯一的东西。

朱雀飞临雪街，双翼招展，炽热的火焰把空气都烧得噼啪作响。

整个世界仿佛都充满了火红的颜色。

就当唐人们满怀期望，看到朱雀扑杀观主，就在观主准备伸手把朱雀的火翼撕下来时，朱雀却再次发出一声清鸣。

一道火光闪过。

朱雀悄然无声敛去声威，化作一道火焰，落在了宁缺手中的刀上。

一声轻微的灼烧声，就像是烙铁在某处印下。

宁缺的刀上多了些焦黑的灼痕，还有一个非常鲜明的图案。

那只是一只浑体通红的火鸟。

……

宁缺的铁刀是曾经陪伴过他很多年的三把刀合而为一，就像元十三箭一样，是书院集体智慧的结晶，拥有难以想象的强度和重量。

只有如此强的刀，才能承受他身体里强大的力量。但随着修为境界的提高，这把刀与当年的三把刀，还有如今的元十三箭以及用之不竭的符纸相比，对他的作用显得并不是那么大，甚至有时候反而成为他的弱项。

宁缺很擅长战斗，很清楚手中的武器与自身实力无法平衡，是多么麻烦的一件事情，但他始终没有放弃这把刀。因为冥冥中，他总觉得这把刀应该就是属于自己的，并且必将在某一天展露真正的锋芒。

在此刀出炉时，他甚至拒绝了四师兄和六师兄建议他像以前那样，像世间绝大多数修行强者那样在刀上刻上用以增加威力的符文。

因为他觉得自己那时候写的符还不够强大，用在铁刀上等于是毁了这把刀，哪怕如今他已经能够写出神符，他依然觉得不够。

没有什么理由，没有什么原因，他就是觉得有资格刻在这把刀上的，必然是一道非同一般的符文。

于是这把铁刀便一直黯淡着，上面始终没有刻上任何符线，厚重的刀身显得那般朴实无华，只是任由无数鲜血不停地浸洗。

直到今日，长安城南一声清鸣，朱雀破空而至，化为一道火落在了刀上，然后黯黑的刀身上，多了一道鲜红的图案。

宁缺这才明白，原来自己一直等的就是它。

他这才明白，夫子离开人间前，让朱雀与自己相见的原因。

能够与这把铁刀相配的，确实必须是一道不凡的符。

这道符，就是朱雀。

就是惊神阵里的杀符。

……

刀已经从雪中拔出。

宁缺举刀，雪粉骤散。

黝黑刀身上的朱雀神符，骤然间明亮。

一道鲜红的火焰，从刀锋处喷射而出，直刺天穹。

此时风雪早消，青天展露在人间无数双眼睛之前。

铁刀喷出的那道鲜红的火焰，竟有十余里长，随着宁缺举刀的动作，在碧蓝如瓷的青天上，由东北向西南拖动。

火焰拖动，碧蓝的天穹上竟被烧出了一道痕迹，就像是有人拿了根像山峰般的巨笔，在天空上重重写下一笔。

这一笔便横跨了半个天空，不知几万里。

宁缺落刀，刀锋喷出的火焰随之下移，开始写第二道笔画。

……

皇城角楼里。

余帘静静看着天空，看着那道在天地之间移动的火焰。

然后她看了一眼自己手里的那把刀。

这是一把巨大的血色弯刀，甚至有她娇小的身躯两个长、两个宽。

这把血色弯刀，正是魔宗的圣物，在荒人南迁之后，便一直由唐小棠保管。

余帘身为魔宗宗主，拿到这把刀是很自然的事情。

观主在雪街上前行时，她来到皇宫，为的便是这把刀。

如果只从外观上来看，她手里这把血色巨刀，绝对要比宁缺现在手里的那把刀更加恐怖，给人更强硬的震慑感。

但她知道和宁缺手中的刀相比，自己的血刀差了些东西。

宁缺的刀能够在天空上写字。

"你终于写出那个字了。"

余帘看着碧蓝天空上那个渐渐成形的字，忽然深吸了一口气。

皇城四周的积雪，随着她的呼吸，从地面上飘了起来。

护城河里的冰面，咔咔作响，碎成无数块。

无数的空气，在她的呼吸之间，灌进她娇小的身躯。

她的胸脯微微起伏。

她的眼睛渐渐明亮。

……

雪街上所有人都在看着天。

长安城里所有人都在看着天。

人们看着那道火焰形成的巨笔，在湛蓝的青天上写字。

大师兄也在看着天。

没有雪落下，他的眼睛却有些微湿。

他看着天空默默说道："老师，小师弟终于把那个字写出来了。"

然后他深吸了一口气。

雪街上没有任何变化。

呼吸之间，就连落在积雪上的枯叶都没有颤动一丝。

他的眼睛渐渐明亮。

他身上的棉袄继续渗血。

木瓢碎在葱岭之前。

木棍被他握在手中。

那卷旧书不知被他放在何处。

棉袄上的腰带，再不用系那么多东西，那么多忧思。

于是开始飘拂起来，画出道道残影。

……

宁缺看着观主，落刀。

因为他手中的刀，必然要落在观主的身上。

所以他要砍得准一些。

他的眼神与观主的眼神，在街中相遇。

他没有在观主的眼中看到别的任何情绪，只看到了平静。

空中飘着的雪屑，也变得平静起来。

雪堆挤压所发出的极微小的声音开始变得低沉。

时间流逝的速度，开始变慢。

然后他的识海里响起观主的声音。

"你的笔画写错了。"

宁缺并不担心。

因为除了佛祖之外，没有谁能够真正地操控时间规则。

观主也不能，他纵使用大神通让时间变慢，但他也在变慢的时间之中，这也就意味着，无论铁刀落得多慢，总有到达的那一刻。

他对观主说道："笔画写错了，不代表字也是错的。"

观主的声音消失了片刻，然后再次响起。

他的声音很感慨，情绪很复杂。

"好字。"

第一百八十一章
请受千刀万剐

"我一直不明白为什么夫子会收你做关门弟子。虽然你连逢奇遇，很早便进了知命境，对于世间普通修行者来说，确实不凡，但莫要说李慢慢和君陌、林雾这三人，你连我儿皮皮都不如，有什么资格成为夫子在人间留下的最后痕迹？"

观主说道："直到你此时写出了这个字，我才明白夫子终究就是夫子，除了与昊天为敌，他就没有做过错误的选择。"

此时街上雪屑如铅球，缓慢飘拂，时间依然行走得非常缓慢，宁缺听着识海里的声音，自然想起了如今依然在天上战斗的老师。

观主看着宁缺，起始时他准备杀他，当他发现宁缺抽出那把刀时，他决定一定要杀死他，至少不能让他抽出那把刀来。当宁缺抽出刀来，他生出了退意，却被长安里的无数把刀困住，而当朱雀附在铁刀之上，宁缺用这把刀在青天之上开始书写那个大字，他决定选择另外一条退路。

他和宁缺的境界差距实在是太大，即便宁缺能够写出那个字，也不见得是他的对手，真正让他决意不惜一切代价退走的原因，还是因为他看到的那些画面。

先前他看到了一片深沉的黑夜。

"可惜你这个字的笔画顺序错了，而且你来不及写完，那么在我想要离开的时候，便没有人能够把我留下来。"

观主说道，然后神情肃穆张开双臂，仿佛要迎接什么。

随着他的动作，雪街上时间的流逝速度回复了正常。

观主的手指在寒风中微微颤动，左手被余帘用蝉翼斩落了三根手指，此时张开双臂抱天，便只有七指出现在天穹之下。

便是七道天启。

磅礴的力量与宁静的清光落在雪街上，落在观主的身上，更准确地说是落在他的手指上，七道清澈的光线。

清光落指，陡然发生变化，落在观主右手拇指上的清光变成了红色，食指上的清光则变成了橙色，其余几根手指上的清光也同时变换了颜色。

红橙黄绿青蓝紫。

七色的天光合在一起，便是彩虹。

长安城里出现了一道彩虹。

彩虹的一端在雪街之上，拔地而起，直通极高远的天空，然后画了一道浑圆的弧线，落在城外不知何处。

这道彩虹蕴藏着难以想象的威力，街面震动不安，青石板寸寸碎裂，站着的人们纷纷跌坐于地，残雪污水都被震成了粉末。

观主的身影从雪街上消失，御风而飞，顺着这道彩虹来到天空里。

天空很大，宁缺用朱雀刀写出来的那个字虽然也很大，却没有办法占据全部，给那道彩虹留下了足够多的空间。

他的刀还没有斩落，在青天上写的那个字还没有收笔。

他的刀承载着千万人的渴望，这种渴望极为沉重。

或许正是因为这种沉重，所以有些慢。

而观主便要踏虹而去，去千里之外。

此乃大神通。

……

天空很大，真的很大。再了不起的禽鸟，也不可能飞越整片天空，再远的眼光，也不可能看到天空的尽头。

城里有无数道刀痕，有无数的符意，天地元气已然紊乱，观主想要离开比较困难，所以他来到了天空里，想来再也没有谁能够阻止他。

但天空也很小，真的很小，小到禽鸟有时候会发生互相撞击的惨剧，小到生活在天空下的人有时候会觉得呼吸都难以畅快。

一只手出现在天空里，握住观主的脚。

那只手很干净，指甲剪得也很干净，没有血，没有泥垢。那只手很稳定，很坚定，就像弹琴时那样，没有丝毫颤抖。

大师兄的手。

在荒原上，桑桑被昊天神国召引，渐渐飘向天空，宁缺抱着她的腰，随她离开人间的时候，夫子站在地面，伸手握住了他的脚。

伸手相握，是因为不想你离开。

大师兄也不想观主离开。

他和观主在人间追逐七天七夜，眼看着便要到了最后，怎么能让他离开？

他是书院的大师兄，看似温和木讷，却拥有真正的智慧。

他有一颗不染尘埃的心，比宁缺更清楚观主的真实境界，更明白观主的道心通明，知道宁缺写出那个字后，对方一定会不惜一切代价离开。

所以他提前就做好了准备，吸了一口气。

其时枯叶不颤，只有腰间的衣带拂出残影。

那是进入无距的迹象。

当观主脚踏彩虹，飞上青天的时候，他便追了上去。

他从未距离青天如此近过，从未距离大地如此遥远。

以无距登青天，却不见得能够安然回到地面。

他拿自己的生命去追，一追再追。

……

提前做好准备的，不只大师兄一个人，还有余帘。

她站在皇宫的角楼里，看着青天上那个渐渐完成的字，深吸了一口气。

呼吸间，雪飘冰裂，无数寒冽的空气灌进了她的身体。

然后这些空气，尽数从她的双唇间喷了出来。

高速摩擦的空气，发出令人心悸的尖啸声。

她双膝微屈，把身躯里所有的力量，都送到脚下。

轰隆声中，坚固的角楼垮塌，烟尘弥漫。

一道娇小的身影像被投石机掷出的石头般，破烟尘而出，直上青天。

她来到了青天之上。

在辽阔的天穹背景下，她的身躯显得格外娇小。

她手中握着的血色弯刀，却还是那般夸张巨大。

血色弯刀向着那道彩虹砍了下去。

刀锋与彩虹相触，砍出如金似玉的碎屑。

血色弯刀虽然是魔宗圣物，但与精纯的天启清光相抗衡，依然疾速烧灼。

一声清脆的破纸声。

血色弯刀变成了一根铁棍。

那道贯通长安城内外的彩虹桥，从中断裂，然后开始崩塌。

观主从青天上跌落。

大师兄依然握着观主的脚。

余帘也开始下坠。

如三颗陨石一般。

……

轰隆一声巨响。

三人落在了雪街之上。

残雪骤散，烟尘大作。

隐约可以看到，余帘把大师兄抱在怀里，如果不是如此，大师兄境界再高，从如此高的天空中摔落，只怕也会被活生生地震死。

然而即便她是当代魔宗宗主，拥有难以想象的力量与身体强度，如此恐怖的撞击，加上要护着师兄，她依然是受了极重的伤。

鲜血从她的脚踝处流了出来，只怕已经骨折。

观主不愧是千年道门第一人，自青天坠落，竟仿佛什么事情都没有，他伸手便又是一道天启，一股磅礴的力量自天穹落下。

余帘玉手轻翻，两道透明的蝉翼，便出现在雪街之上。

天启的力量，轰击在蝉翼之上。

咔的一声脆响，余帘的手腕尽碎。

这是极难承受的痛楚，但她依然面无表情，继续保持着单掌托天的姿势。

大师兄已经不行了。

她必须要把这片天空托住。

在长安城里杀死观主，这是书院想做而且必须做到的事情，在最早大师兄和她拟定的计划中，应该是由宁缺修复惊神阵，至少要把观主困在一个具体的位置，然后由她和师兄进行燃烧生命的最强攻击。

然而世事向来不如人所料。

宁缺没能及时修复惊神阵，观主比书院想象得更加强大。

幸运的是，宁缺现在可以写出那个字。那么大师兄和余帘要做的事情，便是把观主困住，然后把绝杀的机会留给宁缺。

……

一道彩虹落下。

观主直上青天。

然后跌落尘埃。

宁缺的刀，也终于到了。

这把铁刀很黝黑，朱雀图案殷红无比。

朱雀是知命巅峰全力一击的威力。

而此时长安城里无数天地元气，经由阵眼杵进入宁缺的身体，再输送到铁刀之上，这一刀的威力，早已越过了五境！

雪街之上飑风骤起。

都是刀风。

街上所有的杂物，都被这阵刀风卷起，向着观主砍了过去。

街上的视线变得一片昏暗。

观主的身影骤然淡渺，竟就这样消失不见。

只能听到风声，撞击声。

无数锋利的刀锋破空声。

天地元气生出无数危险的湍流，有些地方甚至发生了大尺度的扭曲。

每一处扭曲，都像是一面镜子。

有的镜子里能够看见刀。

有的镜子里能够看见一道极淡的身影。

有的镜子里能够看到一袭青色道衣。

一片青衣碎布落到了街面上。

观主落在街上。

他浑身是血，不知被多少刀砍中。

鲜血淌流，无数刀口。

那些刀口有的深，有的浅，形状也不一样。

他身上有些地方的肉，几乎被割光了，露出森森的白骨，看上去极为凄惨。

宁缺的这一刀贯通了所有的天地元气。

无论观主藏身于何处，都会被他砍出来。

当刀锋及体之时，观主动用了佛宗的无量境界，就如先前两次那样。

然而这一次与前两次不同。

因为宁缺的刀不止一把。

他向长安城里每个人都借了一把刀。

长安城里的所有刀，都落在了观主的身上。

大海无量，刀数无算。

观主在这条街上杀了千万人。

所以他在这条街上被千刀万剐。

他喊出一声极为尖厉的凄啸，痛苦万分。

第一百八十二章
为人间所破（上）

厉啸声中，观主来到宁缺身前，雪街上步步皆血。

余帘砍断了彩虹桥，大师兄握住他的脚，他无法从空中离开长安城，便只能硬接宁缺这把千万人的刀。

他此时凄惨得就像是受了一半凌迟之刑的罪人，浑身是血，白骨森森，但他依然认为自己能够接住这把刀。

观主飘掠之势，依然如仙，白骨仙。

他出指点中刀锋。

他的神情庄严肃穆，似行走在人间的神国君主。

他身上的气息骤变，变得极为凛然。

一道比深渊还要寒冷、比死亡还要寂寞的气息，从他的指尖传到了铁刀的刀锋之上，瞬息间，刀锋蒙上了一层寒霜。

好强大的寂灭气息。

朱雀发出一声愤怒的鸣啸，喷涌出无尽的火焰，与寂灭相对抗。

铁刀前端寒冷胜冰，散发出令人心悸的寂灭意，覆着雪霜，与宁缺右手相近的那一端则是炽热无比，向外界散发出火焰。

两道极端的气息，便在这样一把朴实无华的刀上，做着最凶险的抵抗，谁也不知道下一刻这把铁刀会被冻成废铁，还是会焚尽世间一切寂灭。

便在这时，铁刀在雪街上卷起的飓风里响起一道很清脆的声音，那是金属物体撞击的声音，然后越来越多的撞击声响起。

刀风拂过街道，鼓荡于街巷坊市之间，不知卷起了多少物事，有人们落在街面上的铁锅，也有几张破锣，还有些箫管之类的乐器。

铜锣被石块击中，厚实的铁锅撞在墙上，风灌进箫管开始呜咽，昏暗的风里响着热闹的声音，不知谁家上演着喜事或是丧事。

随着这些声音的响起，铁刀前端覆着的雪霜以肉眼可见的速度消失，而朱雀喷出的火焰则是顺着刀锋向观主斩去。

寂灭，被人间的热闹所破。

……

铁刀掀起的狂风，让朱雀大道变成了宋国东面的风暴海。

观主的寂灭气息被破，青衣随风而动。

他招摇而起，身躯仿佛瞬间变大了无数倍。

一道宏大如海，无边无量的气息，出现在雪街上。

观主再一次动用佛宗的大海无量。

前一刻的凌迟之苦，让他非常清楚，如果只使用佛宗的无量境界，并不足以抵抗宁缺手中的那把刀，因为那是千万把刀。

所以他同时施出了天魔境——天魔境乃是魔宗不世功法，如今世间除了余帘，便只有观主会。这种功法除了能够让修行者的身躯强逾钢铁，更重要的是可以创造一个新的世界，或者说虚假的世界。

佛宗的无量和魔宗的天魔境，同时施展出来，会有怎样的效果？

……

宁缺来到了东海之滨，站在绵延不知多少里的海堤上。

宋国的东海堤非常著名，他没有看脚下那些奇形怪状的大石头，而是沉默地看着堤外那片仿佛无边无际的大海。

有无数风暴起于海洋深处，近处海水被搅动得仿佛墨汁，透着一股令人心寒的危险味道，远处的海水则是掀起了十余层楼般高的巨浪。

宁缺没有挥刀砍向那些重楼巨浪。

因为观主不是风暴，风暴本就来自他的铁刀。

观主就是大海，无论风暴再如何剧烈恐怖，始终无法摧毁大海本身。

阴晦的天空里响起朱雀的清鸣。

殷红的小鸟衔着一块小石头，顶着海上的暴风雨，奋力向大海深处飞去，无论风雨再如何狂暴，也无法阻止它。

朱雀变成天穹下的一个小黑点。

它把衔着的小石头，扔进了大海里。

石块落入狂暴的海洋里，瞬间被吞噬，甚至没有溅起足够显眼的浪花。

朱雀没有因此而丧气，它清鸣一声，振翅向海岸飞回，又衔起一块石头，继续顶着暴风雨，再次向大海深处飞去。

小鸟穿梭于阴晦的天空与狂暴的海洋之间，不停往复。

在海堤的后方，有座山已经垮塌了一大半。

山下有人拿着铁锤敲打石头，把坚硬的岩石砸碎，砸到朱雀能够衔起。

砸石头的人很多，黑压压难以计数。

砸石头的人有很多来自瓦山，这几年他们把崩塌的佛像砸成无数小佛像，卖给游客来换取利益，很擅长这种事情。

人类本来就很擅长这种事情。

人类擅长开山，擅长砸碎世间所有的坚硬。

海堤之后，沉闷的砸石声不停响起，不知持续了多少日夜，人们不知疲惫地砸着，朱雀不知疲惫地来回于大海和陆地之间。

无数的小石头被朱雀扔进海洋里。

这便是填海。

大海无量，但只要不停地填，相信总有被填满的那一天。

无量，被人间的无限所破。

……

观主变成了荒芜的原野。

大雨已经持续下了半年时间，据说这场洪水是来自昊天的惩罚，任何不敬的人都要死在这场恐怖的灾难里。

如果想要躲过这场大洪水，便必须走过这片荒原，然而这片原野间生长着没膝的野草，到处都是泥泞的乱沼，有些地方看似安全，却隐藏着凶险的流沙，即便是凶猛的野兽，也不敢在原野间乱走。

第一个人来到了原野外围，他有些犹豫，因为这片原野上没有道路，他不知道应该如何走，怎样走才是正确的。

有越来越多的人来到了原野上，他们想要走过这片原野，去寻找新的世界，然而就像第一个人那样，他们也不知道道路在哪里。

人们商量了很长时间，甚至开始争吵起来，却始终没有得出一个主意。

"请让让。"

一个少年挤开人群，向荒原里走去。

他的行李很简单，真正有些用的大概便是手中那把带着锈迹的柴刀，更令人感到担心的是，他还背着一个瘦瘦的小女童。

人们劝说他荒原里很危险，最关键的是没有道路。

少年没有理会他们，继续向荒原里走去，只是把手里的柴刀握得更紧了些。

看着消失在荒原野草里的少年背影，人群沉默了很长时间。

有人紧了紧背上的行囊，跟着走进了荒原。

有人用树枝支撑着疲惫的身躯，也走了进去。

走进荒原的人类越来越多。

有的人被沼泽里的毒蛇咬死，有的人沉入泥潭深处，有的人变成流沙下的干尸，但有更多的人成功地走过了这片原野，去往了崭新的世界。

世间本就没有路，只要走的人多了，便自然有了路。

天魔境，被人间的执着所破。

……

观主同时施出三种境界。

道门之寂灭、佛宗之无量、魔宗之天魔境。

这三种境界皆在五境之上。

宁缺简单地落刀。

一刀尽破。

……

观主的手指依然抵在刀锋之上。

铁刀上的雪霜早已尽消，刀势与炽烈的火焰随风而去。

观主的手指上多了道极细的血口。

然后他的身上多了十余道极凄惨的刀口。

被割开的肉，有的被风吹走，有的耷拉外翻，裸露于昏暗的风中。

血水像瀑布般从他身上淌落。

他看上去很惨。

惨到看上去怎么都不可能再活。

但观主还活着。

千年以降，道门最强的人，不会这般容易死去。

只是他离死亡，或者说回归昊天神国，也只剩下一线的距离。

如果他无法对抗宁缺的千万刀，那么一切便将结束。

观主一生傲视世间，感受死亡阴影的次数极少。

败在轲浩然剑下是一次。

被夫子木棍击中是一次。

但即便是这两次，他都活了下来，而且在修行路上再进一步。

唯有生死间的大恐惧，才能让观主这等大解脱之人，再有悟道之机。

今日在宁缺的刀前，他再次看到生死之间的那片深渊，他能否再悟出什么？

……

观主看着宁缺，脸上出现一种很奇怪的表情。

那种表情不是淡然的忏悔，也不是愤怒，与不甘也没有任何关联。

这种表情不是人类应该拥有的，平静到了极点，便透着份漠然，漠然的最深处不是寒冷，而是虚无，没有任何情绪。

没有情绪的表情，似乎不应该称之为表情。

但宁缺却觉得这就是，而且他很警惕。

观主的眼睛里也没有任何情绪，甚至连眼瞳都逐渐淡去。

不是施展灰昐功法时的那种浅淡，而是真的淡。

观主的眼睛淡至透明，不再似玉，就是无味的清水。

然后他忽然收指。

宁缺的铁刀落了下来。

刀锋未至，风提前开始肆虐。

黑发在风中飘舞，血水在风中散落。

他身上剥落的血肉，鲜红仿佛花瓣。

那些森森然的白骨，洁净如藕。

本应血腥的画面，此时显得无比清美。

他变成一朵莲花。

血不能污，垢不能蔽。

清净无比。

清静无比。

……

碎裂的彩虹，从青天之上飘落，此时终于落到了街上。

有几片落在了观主的身上，骤然泛起金玉的光泽，然后滑落。

这些彩虹碎片，是天启的残余气息，但此时不知为何，这些昊天赐予的力量，竟无法融入观主的血肉。

观主与昊天的联系竟仿佛中断了，他仿佛从天地间消失，变成了遁走的雪与花，是那样的独立，从而是那样的不可触摸。

看着这幅画面，余帘骤然挑眉。

大师兄不可置信道："清静境？"

第一百八十三章
为人间所破（下）

清静境是传说中道门最深不可测的一种境界，但从来没有人见过，在上次永夜之后的修行史上，也没有出现过。

对于这个世界里真正的强者们来说，曾经有一个问题令他们最为好奇——那就是夫子究竟有多高。

烂柯寺的岐山大师曾经猜测夫子应该是清静境，由此可以想见，清静境在人们的眼中是何等样的高妙。

夫子在荒原上证明自己的境界，超出了所有人的想象，但即便是他，也没有在自己漫长的人生中，见过晋入清静境的人。

大师兄更没有见过，他对清静境的了解完全来自书院后山藏书里的零星记载，此时他喊出清静境三字，完全是猜测。

他感觉到自己的猜测与事实的真相应该相差不会太远——除了传说中的清静境，没有任何办法解释观主此时的变化。

宁缺写出了那个字，集长安城里千万人的渴望，借了千万把刀，眼看着便要把观主斩杀于刀下，观主居然进了清静境！

大师兄不敢相信这个世间真的有人能够进入这种传说中的境界。

但这一幕却如此真切地发生在他的眼前。

观主果然不愧是道门千年至强者，昊天之下的那个寡人！

……

和别的五境之上相比，清静境是更高层次的一种境界，这种境界才能真正被称为绝世，因为这种境界可以做到与世相绝。

晋入清静境，世间一切力量对于修行者来说，便成为了绝对的外物。

清丽的阳光洒落在山崖间，青松在石上映下身影，若有清风拂过，或者撼起几缕松涛，或能拂去山石上的尘土，却如何能吹走影子？

此时的观主血肉为莲瓣，白骨为藕节，清稚生在清水间，已然不在天地内，宁缺的铁刀是人间之刀，尚在天地之内，如何能落得到他的身上？

那把铁刀能连破三道五境之上，却如何来破清静境？

……

铁刀砍散了寂灭，砍灭了无量，砍破了天魔境，宁缺此时的战意与精神，正处于最巅峰的时刻，身体里数量恐怖的天地元气，仿佛要喷出来一般。

因为知道，所以思考，所以烦恼，大师兄现在便是如此。他却是什么都不知道，他不知道观主为什么会飘起来，为什么会看着干净了很多，所以他没有思考，他只知道自己要把对方砍死。

他的铁刀终于完全砍落。

铁刀挟着的十余里火焰，终于在湛蓝青天上写完了那个字。

朱雀大道上的所有事物，都被他的刀风卷起，袭向观主的身体。

有衙门库房里的银锭和金条，有书画铺里的花鸟，有女子梳妆用的脂粉还有十几根发簪，还有小道观里的陈年香炉。

有铁锅与破锣，有茶壶里的隔夜茶，有夜壶里的童子尿，有被啃了一半的包子，还有带着葱味的肉馅，也有下水道里被掀起的屎与尿。

无论美好还是丑陋，甜美或是恶臭，令人欢愉或是憎厌，都是人间。

宁缺的刀把人间的所有气息都砍了出来，包括污秽。

所有的事物混杂在一起，便不再有各自不同的属性，再也闻不到是香是臭，银锭和夜壶能有什么区别？干屎橛和金条又有什么不同？

朱雀大道上狂风大作，变得昏暗无比，整座长安城都变得昏暗无比，然后变得逐渐黑沉，仿佛黑夜将要来临。

……

仿佛被黑夜笼罩的长街上，不停响起沉闷的撞击声。

观主像一朵洁净无尘的莲花，鲜红的花瓣，洁白的枝茎，于风中飘摇。

无数来自人间的物事，击打在他的身体上。

带着葱味的肉馅，落在他的脸上，然后落下，在他的胡须上留下些许冻凝的肉汁，还留下了一小粒葱段。

一根金条重重地打在他的胸膛上，打得那处垂落如花瓣的血肉微微一颤，然后留下一道字迹，那是金条上的大唐国库标识。

一把夜壶擦着他的右肩飞过，洒下黄色的令人恶心的尿液。一盒脂粉在他的面前散开，扑撒得他满脸雪白。

观主的身上到处都是血，此时则到处都是污秽，腰带上挂着两片烂菜叶，断指的伤口处是几团粪星。

他变得很脏，非常脏。

就算没有晋入清静境，他这辈子也没有这般脏过。

他这一生居于人间之上，游于南海之间，双脚不沾尘埃，然而此时却被迫被红尘洗礼，承受着人间所有气息的熏染。

来自人间的污垢在身外，亦在心外。

观主依然在清静境之中，没有受到任何伤害。

他只要能保持道心清静，便能使身心皆净。

然而身心不二，若身体真的被红尘熏染久了，他的心可能始终保持清静？

相隔无数年的漫长岁月，甚至可能经过了数次永夜，传说中的清静境，才终于再一次出现在人间，这是何等样令人震撼的画面。

然而更加令人震撼的是，清静境刚刚重现人间，便遇到了在天地间能够遇到的最强大的对手——这个对手就是人间本身。

莲花在黑风中摇摇欲坠，似乎随时可能凋落，也有可能逝去。

观主继续与宁缺抗衡。

道门绝世境界与人间的战斗，没有谁知道结局。

即便是昊天，也不知道。

……

姜睿是三元里最著名的泼皮，最擅长坑蒙拐骗，胆子却是极小，连最不成器的市井混子都不如，于是连少年们都瞧不起他。

他居无定所，到处流窜，自然也没有收到朝廷的通知，清晨时分，他被满城钟声惊醒，然后听到了风中传来的很多杂声。

姜睿不知道那是观主在和书院战斗，他甚至不知道现在长安城是什么情况，只是当他发现，街巷坊市里居然空无一人，平日里在街上巡逻甚严的长安府衙役也不知去了何处，仅存的那些疑虑顿时被狂喜所冲淡。

他去荷花池偷了几匹来自南晋的绣布，当发现一处衙门库房垮塌后，准备捡几锭银子，却又因为胆怯而最终讪讪罢手。

虽然是个泼皮，但他也像别的唐人一样，觉得尊严感是个很重要的东西，所以当他回到那间小杂院后，想着先前的胆怯，觉得好生羞愧。

为了不再羞愧，他决定做一件想做很久的事情，他从怀里摸出一把尖刀，偷偷溜进里正家的院子，准备捅死小时候咬过他的那只大黄狗。

那件事情已经过去了十几年，当初的大黄狗早已成了垂垂老矣的老黄狗，根本没有什么反抗的力量，在他把尖刀刚捅进去时便咽了气。

姜睿甚至怀疑老黄狗究竟是被自己捅死的，还是老死的。

总之，他完成了自己这一生最想做的事情，他提着老黄狗回了小杂院，开始剥皮剁块，然后点燃炉子准备做锅狗肉吃。

就在这个时候，他听到了街上传来了对话。

他听不懂那些对话，但紧接着，他听到了两个少年哭喊的声音，他听出来其中有一个应该是张家那个冷眉冷眼的小子。

姜睿用双手攀住墙头，向街上望了一眼，然后大概明白了长安城正在发生什么事情，他很害怕，赶紧走回院中。

他看着锅里没有开的水，看着案板上的狗肉，发了会儿呆。

他把尖刀插进案板里，把狗肉带着血水倒进水锅里。

他推倒年久失修松动的老墙，捡了十几块砖头捧在怀里，然后很吃力地再次爬上墙头，取出一块砖头对着街上那个青衣道士砸了过去。

他觉得这样比较安全，想着那锅狗肉，他有些愤怒，对老黄狗又觉得有些抱歉，所以他对着那个道士破口大骂。

"老子砸死个狗日的！"

姜睿就这样死了，再也没有人知道他今天完成了这辈子最大的心愿，也不会有人知道小杂院里垮了半面墙，锅里煮着狗肉。

观主的寂灭意笼罩整座长安城，炉子里的柴火被冻熄，锅里的水不再升温，水里泡着的狗肉，继续就这样泡着，泡出了很多血水。

宁缺从雪街上拔出朴刀，小杂院里案板上的小尖刀随之跳了起来，刀上的血迹依然新鲜，不远处的锅里冒着微微的蒸汽。

青天上出现了一个字，朱雀大道上起了一阵风，世界变得昏暗无比，长安城仿佛提前进入黑夜，小杂院也在夜色之中。

那阵黑风很暴烈，到处乱吹，把坊市里的屋檐吹破，把小杂院里剩下的半堵墙也吹倒，甚至把炉上的狗肉锅都吹了起来。

狗肉锅被风卷着飞过院墙，飞到街上，然后落在一个人的身上。

落在了观主的身上。

这锅带着血水的狗肉，从观主的头顶淋下。

血水和汤水，打湿了他的全身。

狗肉落在观主残破的身躯间。

如果是朵莲花，冒着温气的狗肉，就挂在花瓣上。

花瓣上淌着血水。

观主身污，然后心污。

道门的清静，最终被人间的世俗所破。

观主眼中生起一道惘然的神思。

"我杀死你了。"

宁缺说道。

他的铁刀砍在观主的左肩上，真正的身体上。

纵使清静境被破，观主的天魔境深厚至极，已近不朽。

所以他砍得很用力。

他左膝微屈，浩然气如风暴大作，无数的天地元气灌进铁刀，斜斜向下拖去，在观主的身上斩开一道极恐怖的刀口。

那朵洁净的莲花被黑风卷起，渐渐凋零，然后有花瓣落下。

宁缺的这一刀，蕴藏着长安城千年的沧桑，带着千万人的渴望。

观主直接被斩落尘埃，向长街南方颓然飘去。

一路鲜血洒落。

长安城街巷里的数百道"义"字符，再次落在他的身上。

长安城里千万把刀，同时斩在他的身上。

黑夜之下，刀风之中。

观主的七根手指，像藕节般落下。

然后他的双腿离开了身体。

他的腹部裂开，肝肠寸断。

狗血屎尿进入他的身体最深处，再难洗净。

南城门上轰的一声，出现一个人形的洞口。

观主被震飞出了长安城。

从宁缺拔刀开始，他就想离开长安城，但绝对不是以这种方式。

黑风卷起观主的身体继续狂舞。

南城门外的那些巨大的湖石，被吹得凌乱不堪。

残缺的块垒阵，竟都无法让宁缺的刀风稍作停留。

城南四里外，有片湖。

飓风扫过，湖水卷起如雨。

观主的身体，重重地摔落在湖畔。

干净的湖水，随之落下，把他身上的污秽洗去了些。

有几尾鱼落在他身旁的地面上，不停地甩尾挣扎。

宁缺那把刀斩出的飓风继续向南。

湖畔渐渐回复安静，天光清明。

观主睁着眼睛，看着湛蓝的天空，双唇微微翕动，想要说些什么，却什么话都没有说出来。

他转头望向那几尾在水泊里挣扎的鱼。

湖鱼挣扎片刻，最终认命死去。

观主看着这几尾死鱼，若有所悟。

湖畔响起脚步声。

陈皮皮对着他双膝跪下。

图书在版编目（CIP）数据

猫腻与《将夜》/ 庄庸著 . -- 北京：作家出版社，
2018.12 （2023.8 重印）

（网络文学名家名作导读丛书）

ISBN 978 - 7 - 5212 - 0318 - 9

Ⅰ. ①猫… Ⅱ. ①庄… Ⅲ. ①网络文学 – 长篇小说 –
小说研究 – 中国 – 当代 Ⅳ. ①I207.425

中国版本图书馆 CIP 数据核字（2019）第 003100 号

猫腻与《将夜》

作　　者：庄　庸
责任编辑：王　烨　袁艺方
装帧设计：天行云翼·宋晓亮
出版发行：作家出版社有限公司
社　　址：北京农展馆南里 10 号　　　　邮　　编：100125
电话传真：86 - 10 - 65067186（发行中心及邮购部）
　　　　　86 - 10 - 65004079（总编室）
E – mail: zuojia@zuojia.net.cn
http: // www.zuojiachubanshe.com
印　　刷：三河市北燕印装有限公司
成品尺寸：152 × 230
字　　数：390 千
印　　张：28
版　　次：2019 年 4 月第 1 版
印　　次：2023 年 8 月第 2 次印刷
ISBN 978 - 7 - 5212 - 0318 - 9
定　　价：48.00 元